COLLECTION FOLIO

Louis Oury

Rouget le braconnier

Gallimard

Louis Oury est né en 1933 à Maumusson (Loire-Atlantique). Ouvrier dans la métallurgie, puis ingénieur chez Alsthom, il a écrit un récit qui est un témoignage essentiel sur la classe ouvrière française : *Les prolos.*

Son œuvre romanesque *(Les feux du sacrifice, Mon village à l'ère nucléaire, Rouget le braconnier, Les années noires)*, que l'on pourrait souvent rattacher à la tradition populaire du roman-feuilleton, est marquée par l'amour de son terroir et sa passion pour l'histoire.

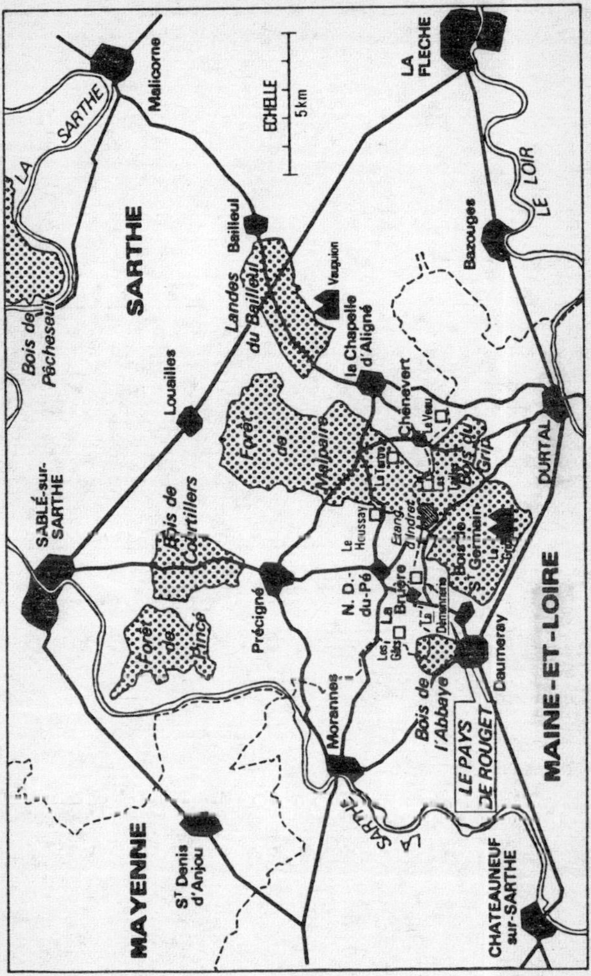

Le pays de Rouget...

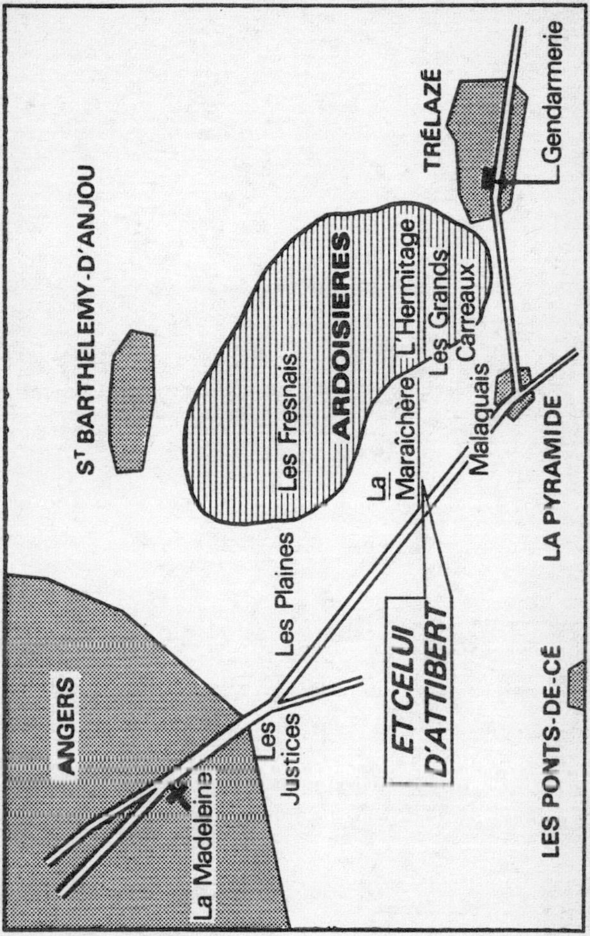

... et celui d'Attibert

A Régis Antoine

Il y a deux histoires : l'Histoire officielle qu'on enseigne, l'histoire ad usum Delphini ; *puis l'histoire secrète où sont les véritables causes des événements, une histoire honteuse.*

BALZAC

Il n'est pas de chemin privé si l'histoire un jour y chemine.

ARAGON

1

C'était une cage carrée, d'un mètre de côté, haute d'une trentaine de centimètres et dont le fond n'était pas grillagé. L'armature débitée dans des perches fendues en deux, écorcées, donnait à l'ensemble l'aspect solide des outils de première nécessité. Rouget referma la trappe du dessus, la vérifia, puis, se servant de l'un de ses sabots comme d'un marteau, il entreprit de pilonner la béquille de bois dans le sol dur. Au quatrième coup il resta le sabot en suspens, écouta l'écho du martèlement dans la fraîcheur du bois de l'Abbaye, attendit que le silence revînt, le pesa, estima son mystère ; alors, balayant de regards furtifs les chaumes blancs sous le soleil, il continua son pilonnage. Quand il eut terminé il posa la rame sur le moignon de fourche de la béquille et contrôla son instabilité ; l'aplomb était suffisant pour maintenir la cage entrouverte, mais sans plus. Satisfait, il sortit précautionneusement d'une poche de sa blouse une poignée de grains qu'il répandit à l'intérieur de la cage ainsi prête à se rabattre sur les pigeons lorsqu'ils heurteraient la rame.

Rouget se rechaussa et prit du recul. L'engin ne se remarquait pas dans l'angle du champ, pourtant un vague pressentiment d'être découvert le tourmentait. Une nouvelle fois il regarda autour de lui... Il la vit !

Angèle venait d'une marche lente, balançant langoureusement sa silhouette plantureuse... Ils ne s'étaient pas fréquentés depuis huit ans, depuis qu'il avait enterré sa vie de garçon, et de voir subitement son ancienne maîtresse venir à lui, en plein champ, ralluma son désir... Elle souriait, sans hâter le pas... Elle avait dû le suivre, empruntant les mêmes fossés couverts de ronces, et maintenant elle semblait vouloir le coincer à l'angle de ces haies dont les ramilles formaient alcôve. Un instant il se demanda si elle avait enfanté, mais pour qu'elle fût si gironde dans sa splendeur de femme mûre...

— Tu ne me reconnais pas ! dit-elle en riant.

Rouget tarda à répondre. Subitement il lui trouva le visage fané avec des amorces de rides. Autant les rondeurs captaient l'attention, autant la figure maintenait une distance froide. Il se voulut affectueux :

— Je te reconnaîtrais la nuit, lâcha-t-il.

En une seconde il revit les images du passé. Gamin, elle le recherchait déjà, mais leurs parents n'étant pas de voisinage il croisait rarement son chemin, préférant chercher son pain sur Morannes, Précigné, voire Durtal. Plus tard, adolescent, son instinct de chasseur l'avait attiré vers Daumeray où le maillage des haies, des taillis, des futaies, variait le plaisir. Tantôt les lièvres, les lapins, tantôt les ramiers, les perdrix, ce genre de braconnage convenait mieux à son caractère. Plusieurs fois il avait rencontré Angèle, par hasard. A croire qu'elle connaissait toutes les caches et les musses des braconniers, car il la trouvait là où il s'y attendait le moins, le corsage plein, diablement appétissante, le regard déluré. Un jour, tout chaud de sa randonnée giboyeuse, il avait posé le sac lourd et souple... Après, souvent ils s'étaient revus, toujours dans les bois de Saint-Germain, et à mesure il avait constaté qu'Angèle était vraiment sa maîtresse. Les sens apaisés, un trouble toujours l'inquiétait : Angèle le dominait...

— Tu me reconnaîtrais la nuit ! fit-elle épatée.

Le ton ingénu sonnait mal. D'un coup il n'eut plus envie d'elle, la voix dissimulait vraiment trop de caractère, trop d'autorité. Rouget pensa à Marie qu'il avait épousée, douce et naturelle, sans afféterie, une vraie compagne.

Elle relança :

— Tu fais une drôle de tête aujourd'hui.

— Je ne te savais pas à Daumeray.

Franchement elle ne l'intéressait plus : au fond des yeux des éclairs durs et de près le visage osseux, sans grâce.

Elle ajouta :

— Tes idées sont ailleurs.

Comme il gardait le silence elle se plaça devant lui, le regard perforant :

— Je sais à quoi tu penses, et à qui.

Cette fois il n'y eut plus de communion sensuelle.

— A quoi ?

Elle ne répondit pas aussitôt. Sa poitrine se souleva, son visage se remodela, son regard s'adoucit.

— A ce qu'aurait pu être notre mariage.

Rouget crut que la paille de ses sabots brûlait. Il fit effort pour ne pas se sauver aux cinq cents diables. Jamais il n'aurait pensé ! Ils avaient rompu à l'amiable pour aller vers des mariages de raison. Elle dont les parents étaient aisés avait épousé François Milcent, sabotier installé à Sablé, ville importante de la Sarthe. Tandis qu'il avait lié son destin à Marie, une fille sans le sou, comme lui, et il l'avait emmenée dans une vieille maison, en lisière des bois, la Démennerie.

Elle se rapprocha, se colla à lui. Ses seins s'écrasèrent contre le torse de Rouget qui sentit leur chaleur palpitante. Un instant il se demanda ce qu'Angèle goûtait en lui. D'elle, jadis, il ne conservait qu'un parfum de cheveux secs après des étreintes sauvages. Aujourd'hui il retrouvait le même parfum. Une brusque envie de la saisir à la taille et de la posséder en force sur les chaumes rugueux le remua soudain. Il se domina.

— J'ai deux petits garçons, avança-t-il hypocritement.

Elle le regarda bien en face. Rouget perçut comme une lame d'air froid qui courait sur sa peau lorsqu'Angèle se décolla de lui. Son visage et son regard variaient au gré des flaques de soleil qui tombaient des branches chatouillées par la brise. Il ne voulait pas la blesser, seulement lui faire comprendre que désormais ils restaient amis. Sans plus.

— Viens, dit-il tendrement, on va causer un brin en rentrant.

La poitrine d'Angèle se souleva, se gonfla. Rouget crut qu'elle allait pleurer.

— Et François, dit-il doucement, il se porte bien ?

— Mon Milcent c'est un bon gars, il gagne de l'argent, mais c'est tout.

— C'est beaucoup.

Puis, se voulant encourageant, il ajouta :

— Si un jour prochain il veut faire une partie de chasse, qu'il me le dise.

Elle réagit ironiquement :

— Sur quelles terres ?

Ils allaient de plus en plus vite et sans qu'ils s'en rendissent compte longeaient le bois de l'Abbaye. Rouget finit par répondre :

— Mais les terres sont à tout le monde.

Il vit un regard méchant :

— C'est peut-être la République qui t'en a fait

cadeau ? Eh bien la République n'existe plus, maintenant c'est Louis 'Poléon qui commande, et avec un Bonaparte faut marcher au pas.

Elle riait, franchement, déconcertante. Elle lui prit le bras et l'entraîna dans le bois. La Milcent s'arrêta net à une sorte de clairière et à nouveau se plaqua contre lui.

— Faut que je rentre, dit-il.

Elle le fixa froidement, puis les éclairs s'allumèrent.

— Tu préfères la Marie !

Rouget ne répondit pas.

— Une sans-le-sou, attifée faut voir comme.

— Tais-toi !

Elle se radoucit, cauteleuse :

— Avec des enfants qui chercheront leur pain !

Elle mit ses poings sur les hanches, un sourire inquiétant barra son visage. Il redécouvrit la fille orgueilleuse et jalouse.

Tu crois peut-être pouvoir nourrir femme et gosses en braconnant jour et nuit. Tu sors de prison. Une semaine ça t'a pas suffi ? Javelle t'épinglera quand il le voudra, lui c'est un gendarme qui fait son travail.

Rouget resta abasourdi par tant de méchanceté. Elle le dominait dans la furie de ses chaleurs. Se ressaisissant il fut sur le point de la jeter à terre et d'abuser d'elle. Maintenant il comprenait : seules les cordes grossières de l'attrait physique les avaient noués sans que les fils ténus de l'amour fussent même tissés.

— ... et ta Marie qui a juste quelques nippes sur le dos. Vous faites un beau couple ! Ça vit de rapines, au jour le jour.

— Tais-toi !

— Non ! Je vous souhaite de souffrir la faim le restant de vos jours !

Deux gifles vigoureuses jetèrent la Milcent au sol. Elle se releva lentement, s'essuya la figure, secoua sa robe. Elle le fixait sauvagement, le souffle court. Dans l'ombre son visage paraissait encore plus austère sous la coiffe. Puis elle fit demi-tour et partit à petites enjambées, trottant presque. Elle couvrit une vingtaine de mètres et se retourna, un bras tendu, agitant la main ouverte comme pour donner une gifle.

— Je me vengerai Rouget. Tu m'entends? Je me vengerai.

Puis elle repartit, criant des mots incompréhensibles qui emplissaient la forêt entière. Rouget haussa les épaules.

2

Rouget marchait vite sous l'effet de sa contrariété, diminué par les paroles de la Milcent, se jugeant comme il jugerait un autre. Il savait les tares de sa lignée mais connaissait aussi ses forces, l'art de se dissimuler, de se faire oublier, de se fondre dans le milieu ambiant. Qu'il s'agît d'habileté, de rapidité de réflexes ou de force pure, malgré sa taille moyenne Rouget s'imposait. Son père lui avait enseigné que sur terre la justice est celle du vainqueur, celui-là seul qui écrit l'Histoire. Cachant sa volonté sous une carapace d'humilité, Rouget se mouvait dans un monde qui ne lui laissait que blessures ou affronts, joies ou plénitudes, perceptions dont sa mémoire débordait. On lui avait appris à mendier sa nourriture, le bissac à l'épaule, de ferme en ferme, à chanter le Christ lors de la Semaine Sainte afin d'obtenir quelques piécettes, à faire son gîte à la belle étoile sans craindre canicule ou gelée, à épier les gendarmes, à déjouer le flair des chiens ou du gibier, à franchir des halliers impénétrables en sautant de branche à branche, à traverser les marais à la course sans peser sur les herbes, à mesurer la valeur des habitants d'après l'aspect de leur demeure... à juger le plein de tendresse d'une femme.

Sans argent pour épouser Marie et monter son ménage il n'avait pu tenir la promesse qu'il s'était faite : cesser le braconnage. Surtout que la contrée incitait à la chasse, au cœur de bois et forêts où les étés sont frais, tout bruissants de vies cachées, et les hivers aussi hospitaliers dans le fatras des branches et surgeons en sommeil, dans la reposante odeur de l'humus. Les limites des départements du Maine-et-Loire, de la Sarthe et de la Mayenne étaient imprécises et les gendarmes n'osaient aller trop loin par crainte de les franchir. Rouget n'avait que l'embarras du choix. Au nord la forêt de Pincé et les bois de Courtillers. Plus près à l'est la grande forêt de Malpaire coupée en deux par une route joignant Précigné à la Chapelle-d'Aligné et prolongée au sud par les bois du Grip et de Saint-Germain, lesquels bouclaient le pays avec à l'ouest le bois de Morannes. De-ci de-là des éclaircies, suite ininterrompue de haies, fourrés, futaies ; des marécages invisibles sous un fouillis d'herbes coupantes ou de mousses traîtresses. Seulement des chemins creux, des sentes, des pistes de braconniers et de charbonniers pour témoigner d'une activité humaine au royaume des sangliers, chevreuils et lapins. Rouget les traquait au fusil, au collet, au furet, il savait aussi plonger la botte d'osier dans le bon sens pour que les anguilles viennent s'y entortiller par demi-douzaines. Il dépouillait les poules d'eau comme pas un et en faisait de bons bouillons, réservant ses autres prises pour la vente au giboyeur. Il préférait le lapin, peut-être parce qu'il reconnaissait dans ses détours imprévisibles la manière dont lui-même se débarrassait des gendarmes, à force de ruses. Ses prouesses aussi intelligentes qu'athlétiques allaient jusqu'aux oreilles de fermiers, de journaliers, de trimardiers qui les racontaient au hasard d'un chemin. Au fil des ans Rouget s'était fait une renommée : chenapan pour les bourgeois, sorte de justicier pour les pauvres subjugués par les lois. Quand la journée était bonne il donnait un lapin et en retour constatait que ceux qui rendaient d'une façon ou d'une autre étaient les plus démunis. Il savait que ceux qui possèdent le moins ont toujours quelque chose à donner et l'envie généreuse de le donner. Il savait atténuer sa force de caractère afin qu'elle n'éveillât ni colère ni jalousie. Maigre, la figure tannée par le soleil, sa musculature semblait se dénouer lors de ses moments de repos ; alors, la voix amoindrie, il aurait paru tout ordinaire, n'eussent été les veines saillantes qui sillonnaient le dos de ses mains et la flamme des prunelles pour trahir le potentiel de force et de volonté qu'il recélait. Il évoluait humblement parmi les êtres instruits et savait que lorsque ceux-ci daignaient s'intéresser à un homme de son espèce c'était pour poser des questions dont les réponses permettraient de sordides calculs qu'on retournerait contre lui. Dans la bouche de ces gens les mots avaient un sens dont il devinait instantanément les répercussions. Rougissant parfois de son ignorance il avait le courage de la reconnaître, sauf si l'interlocuteur le prenait de trop haut. Dans ce cas s'enflammait en lui un brûlot de haine qu'il avait toujours maîtrisé.

Ce brûlot, deux hommes l'attisaient : le gendarme Javelle et Ulysse Leblanc, principal employeur de Rouget.

Dans la contrée on savait peu sur Ulysse Leblanc, sinon qu'il avait été commissaire-priseur à Angers et que l'héritage de son père lui attribuait une maison cossue à la Bruère ainsi que les bâtiments qui abritaient la gendarmerie. Seul le vicomte du Grip, octogénaire, savait comment la famille Leblanc s'était implantée à Daumeray. Dès les premiers coups de semonce de la Révolution le vicomte avait émigré en Angleterre sur les conseils du comte d'Artois, « afin de se mettre à l'abri d'une ondée ». Mais l'orage avait duré et des patriotes étaient venus répertorier les propriétés du châtelain. Parmi eux un certain Camille Leblanc président de district... Elles avaient été classées « biens nationaux » et le citoyen Leblanc avait emporté les clefs « au nom de la Nation ». Sous les menaces de la chouannerie personne ne se voulut acquéreur lors de la vente aux enchères. Alors terres et bâtiments souffrirent de l'abandon et surtout des maintes conquêtes et reconquêtes des républicains ou des royalistes. Ce ne fut que sous l'Empire, le régime stabilisé, qu'un jeune homme bien mis de sa personne, jovial mais un tantinet arrogant, s'installa à la Bruère, s'efforçant à la sympathie : Ulysse Leblanc. Sa présence à Daumeray ne dura que le temps de lier connaissance avec d'anciens fermiers du Grip et de les inciter à reprendre le travail sur les terres, à leur entier profit, sans réclamer de fermage. Il les réunit dans une grande salle du château dont il paraissait le maître, unique fois où il donna l'impression de vouloir régner ! Puis il repartit pour Angers, arguant des hautes charges qui l'attendaient. Son court séjour lui avait permis de faire valoir ses droits de propriétaire absolu de la demeure qu'il restaura, aménagea, et où il vécut : la Bruère, de susciter puis d'organiser la venue d'une brigade de gendarmerie au bourg de Daumeray dans un bâtiment remis en état sous ses directives, ... et de laisser croire que le domaine du Grip lui appartenait également, mais qu'un lit à estrade et une vaisselle timbrée seraient faste ridicule pour l'homme du peuple qu'il était.

Des années passèrent, Ulysse Leblanc ne faisait que de rares apparitions dans le bourg. Chaque fois son genre de vie paraissait plus conséquent qu'auparavant. Lors de festivités qui n'avaient rien de frugales, il recevait les gendarmes à la Bruère. Il recevait également des personnages chamarrés de la tête aux pieds qu'il conduisait en calèche jusqu'aux abords du Grip... Sur ces entrefaites Napoléon fut vaincu et partit pour l'île d'Elbe. Alors on ne vit plus Ulysse Leblanc à Daumeray et on assista au retour du vicomte du Grip, un homme aigri qui se voulait généreux. Le fait de récupérer ses biens parut lui suffire. Il comprit l'état d'abandon du château ; l'installation de la gendarmerie dans une de ses propriétés le choqua mais il n'en dit rien ; quant à l'agencement pompeux de son repos de chasse de la Bruère... il tenta de savoir qui avait pu oser, mais ne trouva que bouches closes et regards inquiets... L'Histoire confirma la prudence des villageois. L'empereur revint ! Du jour au lendemain Leblanc réapparut. Des partisans d'on ne savait qui et surgis d'on ne savait où, mirent la main au collet du vicomte du Grip et jugèrent bon de le fusiller pour avoir accaparé les biens nationaux... Leblanc intervint avant que l'irréparable ne fût commis. Il eut une entrevue avec le vicomte, dans le noir du cachot aux murs épais et sans oreilles... le châtelain fut traité décemment et retrouva la liberté sitôt connue l'issue de Waterloo, avant même que Napoléon n'abdiquât.

Dès lors Ulysse Leblanc se montra de plus en plus fréquemment à Daumeray. Il habita la Bruère, perçut le loyer de la gendarmerie... mais ne se hasarda plus aux abords du Grip où le vicomte s'était réinstallé et faisait revivre le domaine. Les gens du cru constatèrent la distance que maintenaient entre eux les deux hommes, mais là encore ne cherchèrent pas à comprendre.

Trente-cinq ans plus tard la situation était identique !

Leblanc vivait désormais en rentier à Daumeray. C'était un homme courtaud, ventru, le poil roux, la peau tachetée de son, le geste sec et la voix autoritaire. Dans la contrée on ne lui connaissait qu'une sorte d'amis : les gendarmes et les prêtres, tous gens en uniforme. Il employait Rouget pour des travaux de jardinage, d'entretien de clôtures ou d'abattage forestier. La plupart du temps il le surveillait sans rien dire, à quelques mètres dans son dos, jambes écartées et bras croisés. Alors Rouget sentait peser sur lui un regard cynique. Il n'avait nul besoin de se retourner pour savoir que le triomphe épanouissait la face rubiconde. Une intuition confuse lui révélait que derrière était l'autorité, la conscience légale, l'ordre, et s'il le fallait la foudre qui vilipenderait la paresse, détruirait le vice, materait la rébellion de l'esclave inculte. Alors un mystérieux ressort se tendait au plus profond de Rouget, amenait l'envie de se redresser, de se retourner, de cracher des vérités à la face du tyran. Mais Rouget contenait ses instincts, il pensait à la Démennerie, à la petite nichée qui l'attendait dans la maison grise aux ardoises moussues.

La trentaine passée Louis Rouget était devenu une sorte de félin dont l'intelligence se reflétait sur un visage capable de passer du rire éclatant à la réflexion ombrageuse. Il possédait son territoire, cette petite maison de deux pièces, isolée au fond de chemin creux, avec un jardin d'une boisselée. Il avait bien choisi son repaire ; en plein cœur des bois et forêts c'était l'assurance de provisions naturelles, de feu pour l'hiver et surtout de viande pour chaque jour. A condition d'éviter les gardes, plus rosses que les gendarmes dont l'autorité débonnaire du brigadier Savin amoindrissait le goût de l'effort.

Ses queniots n'avaient jamais porté le bissac et lui braconnerait nuit et jour pour que cela ne se produisît jamais. Même que le petit Loulou, son aîné, irait bientôt à l'école, qu'il apprendrait à lire et à écrire, pour que lui, Rouget l'adulte, n'ait plus à renifler le papier, à détecter le contenu d'un écrit à l'odeur ou au dessin de lettres qui occupent des pages à la vivacité d'une pensée.

Le ménage Rouget ne faisait pas de bruit dans la contrée. Marie ne se rendait à Daumeray que pour acheter son épicerie et son époux ne fréquentait guère que les frères Poirier, les fils du fermier du Veau, mais surtout Gilbert, bûcheron et charbonnier dans les bois du Grip, surnommé « le Bossu » à cause de sa silhouette voûtée. Aussi agiles et rusés que Rouget ils braconnaient ensemble et régulièrement se retrouvaient le vendredi soir à Chênevert, chez Buineau le giboyeur. Puis ils revenaient de nuit, par les bois, près de deux lieues à courir comme des gosses, imitant le cri des chats-huants, heureux de faire sonner leurs sous dans les poches, sans même penser aux gendarmes. Pourtant ils savaient que les propriétaires s'étaient plaints de la mansuétude du brigadier de Daumeray et réclamaient une répression. Le gros Ulysse Leblanc qui avait le bras long avait fait muter un gendarme dont la réputation de « sans-pitié » était connue au-delà de Daumeray, bien avant qu'il ne s'y installât. Cet homme paraissant se plaire dans l'hostilité c'était le gendarme Jean Javelle, sorte de fier-à-bras, investi de pouvoirs qui lui permettaient de braver l'opinion.

Par quelque mouchard Javelle avait eu connaissance de Rouget, imprenable en flagrant délit. Le braconnier pratiquait les halliers, les marécages, et savait des traquenards en attente, tandis que Javelle se perdait dans le bois de l'Abbaye et ignorait tout du bois du Grip. Rouget savait les terres, les haies, les futaies, les taillis, vaste territoire aux senteurs variées, où les plantes, les arbres, les animaux, se revigoraient au rythme des saisons. Il connaissait la lune sur les champs, l'ombre de chaque buisson lui donnait l'heure, l'âcre parfum d'une taupinière lui laissait prévoir le changement de temps. Il avait ses passages, ses musses guère plus importantes que celles du gibier, mais tout aussi secrètes. Avant de quitter la Démennerie muni de son attirail, le sac sur l'épaule, il tendait l'oreille, écoutait la sonnerie de trompe des biquards rentrant leurs troupeaux. Écho bref : les gendarmes de la Sarthe opéraient. Écho prolongé : une brigade de Maine-et-Loire courait les bois. Autant d'échos et c'était autant de brigades d'un département battant la campagne. Mais Javelle cultivait un sens du devoir bien personnel, chaque ronde dans les bois lui fournissant le prétexte d'une « tournée de répression ». Il importunait plus souvent charbonniers, rouliers ou bûcherons qu'il n'avait l'occasion de mettre la main au collet d'un braconnier. Peu à peu Javelle s'était coupé de la population, sauf d'Ulysse Leblanc qui le conviait à domicile pour un rafraîchissement ou une boisson chaude au soir d'une tournée sur la Bruère. Connaissant l'employeur prolixe en détails, Javelle avait peu à peu cerné la personnalité du braconnier...

... Le gendarme avait surpris Rouget un soir entre chien et loup alors qu'il tendait ses collets. Narquois et triomphant, Javelle s'était rattrapé de ses mois d'insuccès. Et plus tard il était venu lui-même à la Démennerie s'assurer de la personne du justiciable pour le conduire en prison. Rouget y était resté six jours avant de s'entendre condamner, à sa sortie, à une amende de quatre-vingt-seize francs, lui que Leblanc payait dix sous, un demi-franc pour une journée de quinze heures. Pour Rouget qui ne savait pas compter, la monnaie ne représentait que pincées qui glissent entre les doigts. Mais ce jour-là le mot « franc » avait écorché ses oreilles, il s'était représenté une suite de journées harassantes, Leblanc dans son dos, pour payer son amende, des mois de braconnage de nuit avec de nouveaux risques.

Par son outrance, le jugement rendu avait attisé, vis-à-vis de Javelle, la haine d'une grande partie de la population. A Daumeray on ne se gênait plus pour dire que « celui qui ferait la peau de cette carne rendrait grand service ». Des braconniers se vantèrent que « si un jour ils trouvaient ce salaud au bout de leur fusil... ». Sans le savoir des colporteurs avaient soufflé sur le feu : ils propageaient les détails du coup d'État bonapartiste, racontant que les soldats étaient dispersés dans les gendarmeries de province, que le gouvernement quadrillait le pays avec des anciens de l'armée d'Afrique... Leblanc, bonapartiste sans nuance, s'absentait de plus en plus mystérieusement. Le pétulant Gonzague du Grip, royaliste militant, avait quitté la région, laissant à son vieux père la gestion du château. Les propriétaires, qu'ils fussent fabricants, négociants, docteurs, magistrats, surveillaient encore plus jalousement leur patrimoine...

... Rouget entendit de loin les cris de ses queniots qui jouaient dehors. Il chassa ses idées noires et se promit une soirée en famille à fabriquer un panier en chèvrefeuille. Pendant que Marie surveillerait l'ébouillantage des lianes, il taillerait les rames de châtaigniers, les éplucherait, les cintrerait, les assemblerait, constituant l'ossature du panier à la lueur du falot qui grandirait l'ombre des enfants s'ébattant parmi les écorces et les copeaux. A l'odeur de la sève s'ajouterait le parfum douillet de la nichée. Des chants, des gazouillis empliraient de joie la pièce aux recoins ténébreux.

Rouget s'engagea dans la cour de la Démennerie. Il se voulut gai, essayant d'évacuer les images lugubres du cachot, les imprécations de la Milcent, les relances du percepteur réclamant le solde de l'amende... la griserie de l'affût, les sensations franches d'une nuit dans la forêt plaintive, le contact soyeux et tiède du gibier encore souple. Il se voulut rien d'autre que père et époux.

3

Sous l'auvent de la gendarmerie Javelle semblait en faction, bicorne posé, moustaches lissées, jambes écartées, dominant de trois marches les fidèles qui sortaient de la messe. Personne ne s'attardait à bavarder sous la pluie tiède qui amollissait tout. Le gendarme n'avait pas d'armes, mais malgré ses mains jointes dans le dos et l'immobilité du torse, le remuement de ses genoux trahissait la fébrilité.

Un nouveau coup de feu égoutta subitement le ciel : la huitième détonation en moins d'une heure. Javelle pensa : « Il remonte vers la Bruère. » Les coups de fusil éclataient à quelques centaines de mètres, dans le bois de l'Abbaye. Le premier avait tonné aux abords de la route de Morannes et les suivants, égrenés, selon un itinéraire qu'il reconstituait mentalement. Rouget devait être accompagné de Gilbert le bossu qui chassait surtout le dimanche, ayant une occupation régulière dans la semaine. Javelle savait que Rouget devait de l'argent au médecin, après la maladie de ses enfants. Il savait que le braconnier ne payait son amende que d'une pièce de cent sous à la fois et que l'hiver dernier il n'avait rien réglé. Il savait que Rouget, à court de subsides, disparaissait plusieurs jours d'affilée...

Javelle sortit dans la rue. La vieille Syette venait à pas traînants, une sorte de sac à pommes de terre agencé sur la tête et les épaules.

— C'est pas du temps à courir les chemins !

— Ça va s'éclaircir, répondit machinalement l'homme de loi.

Et il rentra. De la dizaine de gendarmes constituant la brigade ils n'étaient que quatre de faction ce dimanche. Béziau et Hamelin jouaient aux dames en fumant la pipe, tandis que Pennegat lisait « Le Journal du Maine-et-Loire », assis sur un escabeau près du ratelier d'armes.

La scène tranquille de ses collègues paraissant ignorer leur mission contraria Javelle. Il fit trois pas, lentement, appuyant tout son poids sur chaque pied, s'amusant à faire ployer les lames du parquet. Puis il proposa :

— On va faire un tour ?

— T'es pas malade ! Et Savin qui reviendrait avant nous ! Faut quelqu'un ici, rétorqua Pennegat.

Javelle lissa sa moustache avec son index gauche :

— Faut quelqu'un ici pour faire quoi ?

Dehors une charrette passa, les roues grinçantes et cahotantes...

— C'est l'été, continua-t-il, des prises au collet de femelles avec cinq ou six petits dans le ventre... La chasse est interdite !

Pennegat tourna nerveusement une page de son journal :

— C'est le meilleur moment de la journée pour les braconniers, reconnut-il.

Javelle reprit son va-et-vient, suivi de l'œil par son collègue.

— On peut aller faire un tour, poursuivit Pennegat, mais faudrait quand même quelqu'un ici.

— Allez donc, puisque ça vous démange, rigola Hamelin. Nous on garde le ratelier.

Javelle s'arrêta net et fixa Pennegat :

— Une virée dans le bois de l'Abbaye nous

dégourdirait les jambes et on s'absenterait pas longtemps.

— Si c'est juste pour sortir du bourg !

Pennegat posa son journal et en assura le pli de la paume de la main. Puis il se dressa, étira du pouce son baudrier, prit son bicorne :

— On y va.

Ils sortirent, le sabre au côté et la giberne au ceinturon. Le ciel se dégageait, traversé de nuages où roulaient des bouffées informes. Du sol montait une odeur fade et fraîche. Sur la route la pluie avait émietté les chapelets de crottin, diluant certains dans les rigoles dont les eaux couraient irisées vers les fossés bordant les maisons.

— Où va-t-on exactement ? questionna Pennegat.

Javelle haussa les épaules et parut réfléchir :

— On part sur le bois de l'Abbaye pour feindre une tournée sur Morannes, mais en fait on file sur la Bruère... puis on revient pour de bon vers le bois de l'Abbaye.

Un coup de feu résonna en plein bois, sur leur gauche.

— J'ai compris, dit Pennegat.

Javelle se décida :

— Rouget n'était pas à la messe ce matin. Je suis formel.

— Faut qu'il finisse de bêcher la vigne de Mauxion s'il veut toucher son argent demain. Et il en a besoin.

Javelle s'esclaffa :

— Rouget travaillerait la vigne de Mauxion ? Les Petites-Varennes c'est tout près. Nous y passerons.

En moins d'un quart d'heure ils atteignirent la vigne. Elle n'était qu'en partie bêchée. Il restait quatre rangs où les pousses se différenciaient mal du sol, au contraire des autres dont le vert rehaussait l'ocre de la terre. Les gendarmes arpentèrent le champ, vérifiant chaque rang en enfilade. La glèbe était lavée par l'orage du matin, sans indice de présence récente.

Javelle eut un petit rire :

— Pourquoi pas aller à la Démennerie ! Quelquefois que Rouget y sarclerait ses salades !

Pennegat ne répondit pas et suivit Javelle qui piquait droit sur le bois de l'Abbaye en grommelant :

— Même trajet qu'en venant, sauf un petit détour. Si l'alerte a été donnée ils vont croire qu'on va sur le Grip... As-tu entendu la corne des biquards ?

— Non ! C'est dimanche, il n'y a que nous à travailler.

4

L'après-midi était bien engagé et la faim taquinait Rouget. Parti avec le jour vers les Grandes-Varennes où Gilbert le bossu et Abaffour lui avaient donné rendez-vous, ils avaient filé sur Champdemanche, puis Juigné, en lisière du bois de Morannes, là où les champs sont encadrés de talus racineux aux profonds terriers. Sous la pluie ils avaient chassé au furet, puis, à partir de onze heures, le ciel se découvrant et le gibier quittant ses repaires, ils avaient osé le fusil. Les prises, une vingtaine de lapins, les encombrant, Abaffour, qui devait participer à un concours de coinchée l'après-midi, avait proposé de rentrer le gibier sous son hangar de maçon, accompagné de Gilbert qui après retrouverait Rouget dans le bois de l'Abbaye.

Dans l'attente du bossu qui tardait, Rouget eut l'idée de s'embusquer en bordure de la clairière que formait une ancienne boire, terrain marécageux l'hiver, mais jonchère l'été.

En moins d'une minute il y fut. Le soleil chauffait. Des fumerolles s'élevaient et se dissipaient aussitôt. Des lapins gambadaient. Sans bruit Rouget s'en approcha, le fusil canon à terre, un doigt sur la détente... Il épaula calmement et visa entre les oreilles pointées... La détonation emplit le bois, s'évanouit en échos... Rouget alla quérir le lapin et pressa le ventre jusqu'à ce que la vessie fût purgée. Puis il jeta son gibier dans le sac auquel il essuya ses mains... Il pensa aux queniots. Loulou et Totor cavalaient maintenant dans les bois. Ils sauraient survivre ! Un pâté de lièvre qu'ils avaient réclamé ! Ils l'auraient leur pâté. Il marchanderait avec Buineau, trois lapins pour un lièvre, cinq s'il le fallait...

Rouget perçut un craquement derrière lui, il tourna la tête mais ne vit rien. Rassuré, il se concentra à nouveau, le regard tendu sur la houpette blanche d'un arrière-train.

Il porta lentement son fusil à l'épaule, cala bien la crosse, puis visa, le doigt sur la détente... Rouget perçut encore des craquements dans son dos. Il lui sembla que du bois mort criait, un cri angoissant avec des échos sinistres suivis de calme tragique... Il se retourna...

Javelle était à cinq pas, un pied en suspens au ras des bruyères... Rouget se détendit et s'élança... Son pied droit glissa sur des écorces pourries... Une poigne s'abattit sur son épaule et la serra.

— Au nom de la loi ! Rouget tu es pris.

Pennegat venait en face.

— Cette fois ton compte est bon. Récidive.

Les gendarmes le tenaient chacun par un bras. Voyant qu'il ne bougeait pas, ils le lâchèrent. Rouget écrasé, tête basse, avait le regard vrillé sur un crottis encore frais.

Javelle sortit de sa giberne un carnet et un crayon. Rouget ôta timidement son petit chapeau noir :

— Vous n'allez pas faire ça ?... pour un lapin qui n'est à personne.

Il montra le sac taché de sang, presque vide, tout chiffé.

— Pour un lapin ! Vous étiez à l'affût, en visant un autre, dit Pennegat.

Javelle reprit :

— De toute façon le procès vaudra pour tous les larcins commis depuis deux ans.

Rouget croisa le regard du gendarme :

— Je suis pas un voleur. J'ai une femme et des gosses à nourrir. C'est tout !

— Faut travailler... comme tout le monde.

Les yeux de Javelle reflétaient le contenu de sa réplique. Les éclairs ironiques signifiaient « je suis gendarme, je travaille honnêtement, avec la loi, pour la loi... J'ai les tribunaux derrière moi, la clef de la prison... ».

Rouget anticipa une succession d'événements. Des hommes en robe pour le juger, un jargon auquel il ne comprendrait rien, Leblanc et Javelle qui jouiraient du spectacle...

Javelle dit lentement à mesure qu'il écrivait :

— Le 9 juillet 1854, vers trois heures de l'après-midi...

Un pic-vert pianotait rageusement un tronc, et ce bruit immense dans la forêt tranquille encombra l'esprit du braconnier.

— ... avons surpris en délit de braconnage le nommé Rouget Louis, né le... ?

— 20 avril 1817 à Notre-Dame-du-Pé, dit Rouget.

Javelle ajouta tout en maniant son crayon :

— Département de la Sarthe.

— Vous m'en voulez. Si je vais en prison ma vie est foutue.

Inflexible Javelle écrivait toujours.

— Voulez-vous de l'argent ? Ça restera entre nous et je ne braconnerai plus, c'est juré.

— N'aggravez pas votre cas.

Pennegat examinait l'arme du braconnier.

— ... fusil double à piston, chargé des deux côtés avec du petit plomb, dictait-il.

Rouget observa Javelle. Le gendarme portait fréquemment à sa bouche le crayon qu'il humectait d'un petit coup de langue. Le moindre de ses gestes, cette main qui courait sur le papier, ces lèvres qui se fermaient, ces sourcils froncés et ces yeux noirs sans étincelle, ça voulait dire « je sais lire et écrire, je fais mon devoir, je sers mon pays. » Rouget se rebiffa :

— Pourquoi mettre dans la gêne les pauvres gens ?

— Pauvres gens ! rigola Javelle. Faut travailler pour vivre !

— Vous voulez mon fusil ? Prenez-le, je ne chasserai plus.

— C'est le tribunal qui décidera, répondit Pennegat.

Javelle rengaina calepin et crayon. La tête rejetée en arrière il toisa son collègue de haut.

— Nous accomplissons notre service. Sans commentaires !

Ils tournèrent le dos et partirent, sans hâte, l'allure tranquille de braves gens.

La respiration saccadée, Rouget les regarda, conscient qu'allait disparaître la seule preuve de son acte. Après il n'y aurait qu'arrangements entre juges qu'il ne pourrait affronter, châtré de sa voix d'homme des bois sous les lambris du tribunal... Après, tout serait irréversible...

Il cria :

— Je vous jure que je ne chasserai plus.

Les gendarmes ralentirent comme s'ils cherchaient à retenir ses paroles. Pennegat tourna la tête. Son regard était neutre, sans chaleur, indifférent. Révolté, Rouget cria encore :

— Et puis je m'en fous ! En prison on me nourrira !

Un taillis de châtaigniers effaça les gendarmes... L'égouttis des branches froissait les herbes, berçant Rouget de solitude et de mélancolie. Il resta quelques minutes sans bouger, ne percevant que cette chanson plaintive.

Soudain l'évidence lui arracha un rugissement de fauve agacé. Une dizaine d'années de misère s'annonçaient pour Marie et les queniots... Le souvenir de Baptiste, le garde fusillé au coin d'un bois par un braconnier introuvable, lui éclaircit le cerveau un instant. C'était ça !

Rouget partit à travers bois, bondissant au-dessus des fourrés, se coulant dans les passes de sangliers. Il arriverait à Daumeray avant eux...

Parvenu à la tourelle qui marquait la limite de la ferme de l'Abbaye, Rouget fit demi-tour et s'avança à leur rencontre, en dehors du sentier, se dissimulant d'arbre en arbre. Ses membres tremblaient. Plus d'un braconnier s'était vanté d'avoir la peau de Javelle. Il serait celui-là !

Ils apparurent au sortir d'une courbe. Pennegat devait raconter une histoire et Javelle rigolait, sa main gauche contrôlant fréquemment la giberne qu'il tapotait amoureusement.

Ils approchèrent. Rouget maintenant comprenait leurs paroles. Javelle se gonflait comme un coq :

— ... ce Rouget qu'on dit le plus terrible des braconniers nous suppliait comme une femme...

La détonation ébranla le bois. Javelle s'abattit en avant... Pennegat se pencha vers son collègue... Une seconde détonation fouetta les arbres et Pennegat tournoya comme une toupie. Sa silhouette parut un instant choisir un point de chute, le sabre battant la jambe gauche, avant de s'affaler dans un creux de feuilles mortes.

Pendant quelques secondes l'image des corps inertes

accapara l'esprit de Rouget, puis il s'enfuit, poussant des braillements sauvages.

L'effort physique ramenant sa lucidité, tout s'éclaira. Pennegat l'avait abusé, avait feint une blessure mortelle... Rouget devait s'en assurer. Il fit demi-tour... Revenu à l'endroit de l'embuscade, il constata l'absence des gendarmes. Examinant le sol il découvrit des gouttes de sang parmi les herbes et les feuilles mortes... d'instinct il suivit, raclant du pied la traînée... Devant, un gendarme à genoux avançait péniblement. Rouget reconnut Javelle, lequel avait dégainé son sabre et s'en servait comme d'une béquille. Il rechargea son fusil. De voir son ennemi vivant lui arracha un gémissement d'animal privé de sa proie... Une course brève l'amena à trente pas, sa distance préférée pour tirer les lapins. Il épaula et tira... Javelle se raidit en arrière, mais resta à genoux. Puis lentement il se retourna et aperçut le braconnier :

— Rouget tu veux donc ma mort... mes enfants !

— Et les miens ? Qui les nourrira quand je serai en prison ?

Une mélancolie sauvage annihila Rouget un instant, mais il épaula à nouveau.

— Rouget fais pas ça !

— Crève donc charogne !

La détonation lui parut plus terrible que les trois précédentes. Des feuilles se soulevèrent sur le sentier... Javelle s'écroula, lâchant son sabre sur lequel dansèrent aussitôt des rayons de soleil.

Rouget jeta un regard en arrière. Puis, sans lâcher des yeux le corps de Javelle, il recula. Lentement, très lentement, jusqu'à la courbe qui allait lui cacher sa victime. Alors il s'arrêta. Ce cadavre le subjuguait, il ne pouvait s'en détacher. Lorsque tout à coup...

Rouget cilla, ouvrit tout grands ses yeux... Javelle remuait... Javelle se redressait... Au loin, venant de la ferme, des voix s'enflaient... Javelle s'appuyait sur ses coudes... Rouget fut sur le point de choir, foudroyé par la vision de ce fantôme dont la mort ne voulait pas...

A la hauteur de Javelle une silhouette sortit du bois. Rouget n'entendit que vaguement la détonation. Le bossu avait porté le coup de grâce sans hésiter, puis avait disparu.

Rouget s'enfuit en pleurant.

5

Un kilomètre à l'écart de l'allée forestière qui joint Daumeray à Durtal, chef-lieu de canton, le château du Grip dresse la majesté de son architecture sur le moelleux des bois. Plein sud sa façade ouvre sur une prairie au bas de laquelle un étang sommeille sous l'édredon des nénuphars. Le cadre est grandiose au soleil de midi, sauvage au crépuscule quand le vent chuchote et que revit la faune des fourrés, alors qu'au chenil la meute hurle à la lune.

Au Grip, le commerce des bois garantissait des revenus réguliers grâce au travail des bûcherons et charbonniers employés par le vicomte. De rares prairies formant clairières permettaient l'élevage des bêtes d'embouche et des laitières indispensables à l'autonomie alimentaire de la communauté : châtelains, ménages du basse-courier et du garde-chasse, personnel de service.

A la belle saison Gonzague et sa famille s'installaient pour quelques mois. Le dimanche la demoiselle Isabelle avait pour habitude d'assister aux offices à Daumeray, ce qui la changeait des litanies quotidiennes à la chapelle. Sa gouvernante se rivait à son bras gauche, aussi bien dans le break conduit par Auguste que dans le chœur de l'église.

Au sortir des vêpres le break s'enlisa dans une foule de roturiers. Faces rougeaudes et corps difformes occupaient la chaussée.

— Qu'y a-t-il Auguste ? demanda la gouvernante. Commandez le passage, les gendarmes sont ici pour éviter les voies de fait il me semble.

— Non madame, si les gendarmes sont en si grand nombre c'est qu'ils sont en deuil.

La gouvernante se pencha à la portière. Alors elle vit un gendarme inerte et ensanglanté gisant sur une civière. Elle rentra la tête précipitamment dans le break, tournant le dos à la demoiselle.

La vieille Syette avait remarqué le malaise de la gouvernante.

— C'est un crime, madame Hortense, chuchota-t-elle. C'est le pauvre monsieur Javelle que vous voyez là. J'avais causé deux mots avec lui au sortir de la messe. Si gentil qu'il était, bon époux, un homme qui faisait son devoir comme peu. Et voilà ! Un maudit braconnier tire dessus, pas moins de quatre coups de fusil. Le docteur Choisnet, de Durtal, doit arriver d'un moment à l'autre avec le juge de paix Dorion et le commissaire Chauvin...

— Il n'est donc pas mort !

— Non, Dieu merci ! Mais il ne vaut guère mieux. Sachez madame Hortense que le pauvre monsieur Javelle n'est pas la seule victime. Le gendarme Pennegat qui donna l'alerte a été conduit chez le docteur Debrais à Morannes, faudra sans doute l'amputer de son bras gauche. Et puis il y a les autres, cet assassin de Rouget aurait tué sept gendarmes dans le bois de l'Abbaye, là, à côté, à moins de cinq cents mètres. On ne se sent même plus en sécurité dans le bourg.

— J'espère qu'ils ont saisi le brigand ?

— Pas encore, mais ça ne saurait tarder. Le brigadier Savin attend du renfort de Morannes et Durtal.

— Monsieur le curé arrive, s'écria la demoiselle qui était penchée à la portière opposée.

Le break se frayait lentement un passage parmi les gens agglutinés.

— Allons Auguste, pressez-vous, cria dame Hortense. Rentrons vite au château.

— J'espère que Monsieur le vicomte apprendra bientôt la capture du mécréant...

Le piaffement des chevaux étouffa les paroles de la vieille Syette.

6

Par moments le remords et la crainte le changeaient en bête traquée, par moments son cerveau éclairait lucidement des scènes passées où Javelle tenait un rôle odieux. Pourquoi cet acharnement du gendarme contre lui ? Non, il ne regrettait rien !

Instinctivement Rouget remontait au nord, vers la terre sarthoise où les gendarmes de Daumeray ne pourraient le suivre. Jamais on ne le prendrait ! Jamais ! Il était au moins aussi intelligent qu'eux malgré leurs livres. Lui connaissait l'émoi des nuits de pleine lune quand chaque ombre profile une silhouette inquiétante, l'hostilité de la nuit abyssale quand un craquement provoque des souffles maléfiques. Il savait imiter le chat-huant ou la tourterelle, le coq ou la grenouille, et conversait avec eux plus franchement qu'avec les gendarmes...

Sur l'heure ça devait remuer à la gendarmerie... Le sort de ses enfants le tendit. Il se devait de rentrer à la Démennerie. Ils n'oseraient tout de même pas se présenter fusil à la main face à une femme et des enfants ! Ils avaient agi en hommes de loi ! Il leur avait répondu en homme des bois. Comment avait-il pu solliciter la clémence au nom de sa femme et de ses enfants ! Ça valait bien trois coups de fusil sur Javelle et un sur Pennegat.

Il aperçut Virginie Plessis qui rentrait, une brassée de foin encore vert sous chaque aisselle. Il la rattrapa.

— La journée n'a pas été bonne, dit-elle en riant après avoir lorgné vers le sac.

— Pas trop, répondit Rouget. J'en ai tué de plus gros.

Virginie rigola :

— Un sanglier trop lourd que t'as pas pu rapporter ?

Rouget sourit.

— S'il n'y avait que ça !

— T'es pas dans tes états, rigola encore Virginie.

— Non, soupira Rouget, tout à l'heure j'ai tué deux gendarmes.

Entre eux tombèrent le soleil et des chants d'oiseaux.

— Tu les as tués ?

— Oui, Javelle et Pennegat.

Rouget vit les yeux qui s'assombrissaient, se durcissaient. Il voulut se justifier.

— Javelle c'était un mort en sursis. Une peau de vache pareille !

— ... mais Pennegat !

— C'est pas sûr qu'il soit mort. Il s'est sauvé vers l'Abbaye.

Cette fois Rouget s'allégea complètement. Personne ne regretterait Javelle !

Et Baptiste ? questionna Virginie.

— Baptiste ?

— Oui Baptiste, le garde qu'avait coffré ton père.

Rouget fit non de la tête. Il aurait voulu crier « non, c'est pas moi », mais d'un coup il se sentit pris dans une toile.

— Je ne suis pas un assassin !

— Qui t'a dit que t'en étais un ?

Il lut dans les yeux de Virginie de la compassion.

— Le mieux, ajouta-t-elle, c'est que tu tiennes ta langue. Ça reste entre nous. C'est juré.

7

A la Démennerie rien ne bougeait. La cheminée à la noirceur mystérieuse paraissait aussi vivante que les êtres qui se blottissaient autour de la table.

— J'ai tiré sur les gendarmes, répéta Rouget à sa femme.

— Mon Dieu ! Nos enfants !

— Pleure pas, ça sert à rien.

Sur le rebord de la cheminée un rayon de soleil éveilla le falot, empourpra une casserole en cuivre dont le reflet ensanglanta une Vierge en plâtre...

Rouget se dirigea vers la huche, souleva le couvercle et saisit un quignon de pain qu'il alla poser sur la table. Puis il revint vers le meuble d'où il sortit cette fois une assiette garnie d'un lapin rôti figé dans sa graisse rousse. Alors il regarda ses mains. Elles étaient sales, tachées de plaques verdâtres, de boue séchée. Étaient-ce des mains d'assassin ? Non ! il aurait pu étrangler Javelle et alors oui il eût été un assassin. Mais un fusil qui crache le feu... ?

Il sortit et se lava dans la terrine en grès rouge enlacée d'un fil de fer ; puis il s'essuya au torchon pendu à côté. Il rentra et découvrit l'intérieur de la Démennerie. Les murs blanchis à la chaux détonnaient sur le plafond fumeux aux solives gercées. Il y avait une armoire patinée, deux lits aux bois vernis, quatre chaises pour adultes et une pour enfant, tout aussi large mais plus basse sur pieds, ainsi qu'un tabouret aux joncs craquelés. Des bancs en chêne noueux invitaient à terminer la journée en famille...

Il avança lentement, regardant Marie qui s'était assise, accoudée sur la table, la tête entre les mains, chaque garçon enlaçant un bras de leur mère. Il aurait voulu murmurer des paroles douces mais ne trouvait pas les mots...

Une corne sonnait par devers Saint-Germain. Ses modulations s'estompaient par intermittence, absorbées par la forêt. Elle semblait lui parler... Puis une autre corne prit le relais, par devers Roche-Péan, celle-là franche et puissante, toujours sur le même ton fraternel...

— Les gendarmes, cria Marie.

En se redressant elle renversa le banc et le bruit qu'il fit en tombant l'effaroucha plus encore. Elle alla s'asseoir sur le bord du lit, ses enfants blottis dans son sarrau. Rouget s'assura de la présence de son fusil accroché au-dessus de la cheminée... Une nouvelle corne prit le relais. Il la reconnut dès la première note. C'était Virginie qui sonnait. Il décrocha son fusil, chargea les deux canons à la hâte, puis se dirigea vers la porte.

— Rouget rends-toi !

Le brigadier Savin fit irruption dans la pièce suivi de deux gendarmes, puis des brigadiers de Durtal et de Morannes. Tous avaient le fusil à la main, les chiens relevés.

Les enfants hurlèrent, Marie se jeta sur un gendarme en criant... La corne sonnait toujours... Rouget remonta instinctivement les chiens de son fusil qu'il tenait de sang-froid, prêt à tirer...

— Prenez-le vivant, commanda Savin furibond.

D'une soudaine poussée Rouget déplaça la table qui forma barrière entre les gendarmes et lui. D'autres gendarmes apparurent.

— Brigadier, c'est fait, dit l'un d'eux.

— Alors en avant ! cria Savin.

Ce disant il sauta sur la table où il resta un instant accroupi, prêt à bondir sur Rouget, le temps qu'un collègue le rejoignît. Le braconnier fut plus prompt. Une détente en arrière le propulsa près de la porte de la buanderie. Il l'ouvrit et s'effaça dans la pénombre. Les gendarmes s'y engagèrent à leur tour juste à temps pour voir Rouget qui se faufilait par l'étroite fenêtre.

Rouget tomba sur les épaules d'un gendarme, lui arracha son arme, le ceintura et le jeta au sol. Puis il prit à l'est vers la Gilotière, à grandes enjambées. Il vit des bicornes partout...

— On le tient, il est cerné.

Le braconnier bifurqua puis fonça entre deux gendarmes qu'il bouscula et courut vers la haie du fond, haute de quatre à cinq mètres et au long de laquelle il avait construit des barges de fagots. Il escalada le tas de bois et au faîte, d'un bond, s'éleva au-dessus de la haie, lâchant son fusil en perdant son chapeau... Un gendarme tira, un autre aussi...

— Me le faut vivant, tonna Savin. Prenez son fusil, et à la poursuite.

Le grand calme de la forêt réenveloppa la Démennerie. Marie se hasarda dans le jardin. La terre meuble et mouillée gardait les empreintes de son homme, de son ample foulée aux impacts tout juste visibles en regard du piétinement lourd des hommes de loi. Elle comprit la tactique de Louis feignant de s'échapper par la vigne avant d'obliquer brusquement vers la barge qu'un gendarme, empêtré dans son sabre, ne pourrait escalader. Elle essuya ses yeux et se retourna vers ses queniots qui la suivaient sans rien dire. Dans les yeux du petit Totor elle lut l'épouvante tandis que Loulou demandait : « Papa leur a échappé ? ».

Elle fit oui de la tête et les attira contre elle.

— Marie ! es-tu là ?

Elle reconnut la voix de Virginie.

— On est dans le jardin.

Le voisinage ne l'abandonnait pas.

— Ils l'ont pas eu ?

— Non.

Les deux femmes examinèrent un instant le faîte de la haie, lissé par le chèvrefeuille en fleurs. Même pas une liane arrachée ! Rouget avait dû s'élever nettement au-dessus de l'obstacle.

— Tu te rends compte la hauteur que saute ton homme.

Soudain, derrière la barge, dans les profondeurs de la haie, un oiseau chanta. Elles reculèrent de quelques pas, hésitantes. L'oiseau chanta à nouveau.

— Bizarre, murmura Virginie, on dirait une poule d'eau.

Le visage de Marie s'éclaira :

— C'est Louis, chuchota-t-elle.

A son tour elle imita le chant de la poule d'eau. Aussitôt des ronces remuèrent et la tête de Rouget apparut :

— Mon fusil ?

— Les bicornes l'ont emporté.

— Merde !

Rouget sortit complètement de sa cache et s'étira.

— Pour me prendre, faudra qu'ils courent vite.

Marie serra plus fort ses queniots contre ses hanches, et des larmes coulèrent lentement sur son visage tanné de femme des champs. Rouget s'en aperçut, il se gonfla de responsabilité.

— T'en fais pas la Marie. Je ne rentrerai peut-être pas souvent à la maison, mais tu ne manqueras de rien.

Virginie approuva du menton. Aucun braconnier, aucun voisin, ne manquerait de l'aider.

— Quand vous tiendrez à vous voir, proposa-t-elle, on vous trouvera un lieu sûr... et jamais le même.

— Merci Virginie, balbutia-t-il.

La jeune fille s'éloigna.

— Où vas-tu passer la nuit ? demanda Marie. Ils peuvent revenir d'un moment à l'autre.

— Non. Je sais qu'il n'y a pas de bicornes dans les parages... Tant qu'un merle ne siffle pas...

Ses yeux brillaient de joie malicieuse. Marie n'osa plus le questionner devant les enfants.

— Allez jouer devant la maison, dit-elle tendrement.

Les queniots s'éclipsèrent trottant menu. Quand ils eurent tourné le pignon Rouget parla :

— Tu feras confiance à Gilbert le bossu, lui seul saura où je me terre... Autrement, pour qu'on se voie...

— Je préférerais que ce soit aux Gâts, chez tes parents.

— Surtout pas, ils seront surveillés. D'un département à l'autre les bicornes se passeront la consigne.

— Et les enfants ?

— Les enfants !... Plus tard ils comprendront que je ne voulais pas qu'ils aient à chercher leur pain. Je regrette rien. Tu m'entends Marie, je regrette rien. Plus d'un braconnier voulait la peau de ce Javelle. Je l'ai eue. Pour Pennegat c'est différent, mais je l'ai pas tué.

Un merle siffla... Rouget s'approcha de sa femme, l'étreignit, puis s'en délaça fermement.

— Cette nuit j'achèverai de bêcher la vigne à Mauxion et dès demain tu pourras te faire payer. Mais auparavant je viendrai finir la nuit avec toi. Si vers quatre heures un hibou chante trois fois, tu ouvres la porte. Autrement, mets la clef chez Virginie et réfugie-toi aux Gâts.

D'un bond Rouget disparut dans la forêt.

8

Bêcher la vigne de Mauxion l'occupa plus que prévu malgré la rage qu'il mettait à retourner la terre alourdie par la pluie. Encore heureux que la lune fût voilée ! Les gendarmes devaient le chercher partout sauf entre deux rangs de vigne ! Après tout, pourquoi le traquaient-ils ? Parce qu'il chassait ? Le gibier ravageait les cultures autant que ces messieurs lors d'une chasse à courre !

Un chat-huant chanta. Il pouvait être trois heures du matin. Rouget décrotta silencieusement les semelles de ses sabots avec le tranchant de sa bêche. Le chat-huant émit à nouveau sa cascade lugubre : Gilbert l'alertait.

Il dissimula son outil dans les ronces de la haie, puis, cassé en deux, les sabots à la main il se dirigea vers le bois, qui, au nord, bordait la vigne. Quelques mètres avant il se tapit dans la touffe de surgeons d'un chataîgnier et imita le chat-huant. Un homme sortit du bois et s'avança, Rouget quitta sa cachette et tendit une main au bossu.

— Gilbert, j'oublierai jamais ce que tu fais.

Le bossu eut un geste de modestie, puis parla sur un rythme rapide ;

— A la tombée de la nuit une douzaine de bicornes sont venus à la Démennerie. Ils ont tout foutu par terre sur ordre de Chauvin, le commissaire de Durtal...

— Le salaud !

— Ils cherchaient des armes, ils n'ont trouvé que les bourses et le furet. Ils ont tout emporté. Ta femme et tes gosses criaient. Les voisins ont accouru, mais Chauvin leur a dit de s'occuper de ce qui les regardait. Quand les bicornes ont été partis Marie a pris le chemin des Gâts. Elle m'a dit de te dire qu'il ne fallait surtout pas que tu approches de la Démennerie. Il y a des bicornes en embuscade.

— Les salauds, ils me paieront ça. Un fusil, bon Dieu, me faut un fusil et je les bousille tous !

— Te mets pas en colère. Pour le moment faut te planquer.

— Pas trop loin ?

— En plein bois, chez les Poirier.

— Ça fait une trotte, une bonne heure de marche.

— Oui, mais le Veau est une ferme du département de la Sarthe, avec le Maine-et-Loire à quelques centaines de mètres...

— Ils m'auront jamais, grommela Rouget. Jamais !

La nuit était profonde et hostile. Plus d'une fois les deux braconniers s'arrêtèrent, épiant les alentours d'un coup de sonde aigu où se libérait leur influx, puis ils repartaient, arrachant sèchement les épines cramponnées à leurs blouses. Parfois un lapin leur débouchait entre les jambes.

— Nom de Dieu, jurait tout bas le bossu, dommage que ce soit pas le moment.

Ils se dirigèrent vers les Tailles qu'ils évitèrent par le sud. Puis, par les sentes de braconniers, ils coururent vers le Veau.

Quand ils parvinrent aux abords de la ferme le jour pointait... Une sonnerie de trompe retint leur attention... loin, au cœur de la forêt de Malpaire. Ils se tournèrent face à face, sans que l'obscurité leur permît de lire sur leurs visages. Mais ils se comprirent.

Un autre son de trompe, net et clair, éveilla des chiens. Du côté de Chênevert la brigade de Précigné patrouillait.

— C'est un hasard, murmura Rouget, les gendarmes de Précigné ne peuvent savoir mon coup d'hier. Faut que le message passe par la Préfecture du Maine-et-Loire avant d'être transmis à celle de la Sarthe...

— De nos jours les nouvelles vont vite avec le télégraphe, coupa le bossu.

Dans la ferme tout paraissait sommeiller, un mince filet de fumée montait droit de la cheminée. Les chênes séculaires rapetissaient les bâtiments dans la brume qui traînassait à hauteur d'homme.

— Ils nous attendent, chuchota le bossu. J'ai envoyé Abaffour les prévenir de te ménager une planque.

Sitôt dit le bossu imita le hibou, puis ils s'accroupirent et attendirent. Le père Poirier ne tarda pas à sortir. Les deux braconniers le virent gagner le milieu de la cour et alors, bien en vue, mettre sa main en visière sur son front et fixer la cime des arbres, à l'est, où l'aurore rosissait le ciel.

Ils se bourrèrent mutuellement les côtes à coups de coude. Leur dispositif s'avérait aussi efficace que celui des gendarmes.

— Ils m'auront jamais, pouffa Rouget.

Ils écartèrent des entrelacs de chèvrefeuille tissés autour d'une branche morte et qui pendaient d'un arbre, puis se coulèrent au creux d'un fossé au-dessus duquel églantiers et ronces formaient une voûte protectrice. A une cinquantaine de pas une barge de bois obstruait le tunnel de verdure, sauf au ras du sol ou entre deux fagots s'ouvrait une musse qui semblait celle d'une passe de volailles. Ils s'y coulèrent, le bossu le premier, et rampant sur sept ou huit mètres traversèrent la barge et la brèche d'un mur qui la jouxtait. Ils se redressèrent puis écartèrent quelques bottes de foin. Les Poirier, le père accompagné de son fils Alexandre et d'Abaffour, les attendaient dans l'étable obscure, vivante de son remuement des bovins contre les bat-flanc.

— Eh ben les gars, rigola le vieux, si les bicornes enquêtent, qu'ils enquêtent. Avec Rouget ils sauront de quelle trempe sont les braconniers d'Anjou.

Rouget eut un sourire triste.

— T'en fais pas, intervint Abaffour, la Marie et tes gosses ne chercheront jamais leur pain.

Un instant il n'y eut plus que le souffle des bovidés et le froissement de leur rumination.

— Les salauds, jura Rouget d'une voix sourde. Ils ont saccagé la Démennerie devant mes gosses et leur mère.

Puis se tournant vers le fils Poirier.

— Lexandre, prête-moi ton fusil que je leur fasse payer ça.

— Surtout pas, tonna le père. Tant que tu seras chez moi tu n'auras pas d'arme, tu ferais des bêtises.

— Alors je me rends !

Le père et le fils Poirier, Abaffour et le bossu sourirent tranquillement. Jamais de mémoire d'homme un braconnier de la région ne s'était rendu aux gardes ou aux gendarmes.

— J'ai écouté toute la soirée, toute la nuit. Je n'ai pas entendu sonner le glas, donc Javelle n'est pas mort, murmura Rouget.

— Une bonne bête serait morte de quatre coups de fusil, mais une carne comme Javelle !... siffla Abaffour.

Du dehors parvint le son des trompes. Les cinq hommes sortirent sur le seuil de l'étable. Le jour était franc, quoique pâle. Lexandre s'avança au milieu de la cour, étira son cou, tendit l'oreille, fit un quart de tour, tendit à nouveau l'oreille... Quand il eut fait un tour complet il revint à pas lents vers l'étable.

— L'alerte sonne partout, en Sarthe et en Maine-et-Loire les bicornes courent les bois.

— Alors, trancha le père Poirier, tu te niches ici, sous le foin, et en cas de danger tu te musses par où tu es venu. C'est une mauvaise semaine à passer.

— Merci les gars.

Rouget éparpilla une brassée de foin au-dessus de sa tête, puis plus rien ne bougea.

9

Quand le mardi midi, à Angers, Ulysse Leblanc et sa femme arrivèrent au domicile du procureur Métivier, le rentier de Daumeray trouva à son hôte un air absorbé. Le magistrat le convoquait plus souvent à son bureau qu'il ne les invitait chez lui, mais dans ce cas il abandonnait sa mine hautaine et condescendante et se montrait un homme de compagnie agréable. Leblanc comprit qu'un imprévu allait bouleverser la réception.

— Il s'en passe des choses à Daumeray ! avança Métivier.

Du coude Leblanc fit pression contre le flanc de sa femme qui lui donnait le bras. Ils étaient à Angers depuis vendredi soir afin de jouir des spectacles de la ville et d'un coup la réflexion du procureur les rejetait à la Bruère.

— Daumeray est une bourgade remuante, répondit-il, souriant.

— En ce moment c'est au moins le centre de la province. Les gazettes affichent l'événement et le narrent avec probablement des exagérations. Vous qui connaissez les personnages pourrez sans doute nous rétablir les faits exacts.

Comme son mari ne répondait pas, Clémentine Leblanc le fit à sa place.

— Nous sommes tous pareils, nous croyons connaître les gens, et puis du jour au lendemain, par un acte incroyable ils se révèlent autres. N'est-ce pas Ulysse ?

— Ce devait être le cas de ce Rouget, je suppose ?

Sans se regarder les époux Leblanc sentirent que l'un et l'autre avaient trouvé la solution.

— Avec un homme pareil... avança Leblanc.

— Et la nuit vous n'avez pas peur ? Un endroit aussi désolé que la Bruère, demanda la maîtresse de maison.

— C'est une question de caractère. Nous autres, depuis que nous vivons là-bas, avons adopté un autre mode de vie, n'est-ce pas Ulysse ?

— Avec des avantages et des inconvénients, compléta Leblanc en remettant son macfarlane à la servante.

Ils se placèrent à table, les époux Leblanc levant fréquemment les yeux sur une tapisserie qui garnissait tout le mur derrière leurs hôtes...

La servante proposait un plat, sa coiffe diffusant des effluves de linge propre en armoire.

— Ce sont des rillauds que je fais venir des Rosiers-sur-Loire, de vrais rillauds d'Anjou, présenta madame Métivier. La couenne bien rousse atteste d'une cuisson à feu doux, moyen le plus efficace pour obtenir un délardage sans perte de saveur, tout en laissant la finesse au maigre.

Clémentine haussa les cils, puis regarda son mari :

— C'est ainsi que tu les aimes, n'est-ce pas Ulysse ?

Ulysse ne répondit pas, mais ses yeux approuvaient, malicieux.

— Je savais que monsieur Leblanc était un fin bec, dit la femme du procureur. Je n'ai donc guère de mérite, il est trop facile de satisfaire un gourmet.

— Hélas, comme monsieur Métivier à ce que je devine, j'ai autant l'esprit à Daumeray qu'ici.

— Vous avez raison Ulysse, car un tel événement dépasse en portée ce qui pourrait n'être qu'un fait local. Abattre de sang-froid deux gendarmes vaut un châtiment exemplaire, sans quoi il n'y aurait plus de justice sur terre.

Ulysse Leblanc se remplit la bouche en hâte. « Deux gendarmes !... ».

— Ce gendarme Javelle vous le connaissiez ? reprit Métivier.

— Monsieur Javelle ! Un si brave homme, n'est-ce pas Ulysse ?

— D'après le journal il a des chances de survivre aux quatre décharges de fusil qu'il a reçues.

— Je le lui souhaite, intervint Leblanc, car je comptais beaucoup sur ce fonctionnaire intègre pour restaurer l'ordre à Daumeray.

— Alors je comprends pourquoi ce bandit ne réserva qu'un coup de fusil sans gravité à l'autre gendarme.

Leblanc sentit sous la table la pression du genou de sa femme contre le sien. La voix de Clémentine se fit plus assurée pour s'enquérir de la tapisserie que soudain elle paraissait découvrir.

— Vous possédez là une œuvre de maître, dit-elle à madame Métivier désignant du menton le mur d'en face. Je ne l'avais pas remarquée la dernière fois.

— C'est une acquisition récente, que je juge un peu macabre pour une salle à manger, mais mon mari voit en cette tapisserie l'expression de la grandeur humaine.

— J'y vois surtout l'image de la vanité humaine croyant braver les lois divines, coupa le procureur.

— C'est le Bienheureux Noël Pinot... conduit à l'échafaud par les révolutionnaires, expliqua l'hôtesse.

— Ah oui, mon père m'a parlé autrefois de ce prêtre du Louroux-Béconnais. Un saint. Il l'avait même connu un peu.

— Une telle mort atroce pour un serviteur de Dieu !

— Et qui servait ses Créatures, toujours là pour aider les humbles, secourir les pauvres.

— Notez bien, intervint Métivier à l'adresse de

Leblanc, qu'aucun argument juridique n'autorisait une telle sentence.

— Il avait caché des soldats catholiques, si je me souviens bien.

— Oui, mais les Bleus ne l'ont jamais su. L'abbé Noël Pinot fut condamné à mort parce qu'il refusait le serment d'allégeance à la République.

— C'est tout ?

— C'est tout ! Mais assez pour dire les horreurs commises par ceux qui se prétendent défenseurs des droits de l'homme et du citoyen.

Ulysse Leblanc prit son verre, but une petite gorgée, et fit courir sa serviette sur ses lèvres.

— Sans pouvoir fort, la porte est ouverte à tous les abus.

— Entièrement de votre avis cher ami.

La servante proposait le second plat.

— Oh, s'exclama Clémentine, un râble de lapin, farci et rôti, décidément vous nous gâtez, n'est-ce pas Ulysse ?

— Et il a mariné dans du bon vin, compléta-t-elle.

— Il a mariné deux jours, mais je vous étonnerai madame Leblanc, non pas dans du vin mais dans une mixture dont je vous donnerai la recette exacte : huile, vinaigre, aromates. Vous faites une farce avec le foie, un peu de chair à saucisse, de pain trempé dans un bouillon, échalotes et persil hachés très fin, sel et poivre. Vous mêlez la farce dans le lapin dont vous cousez la peau du ventre à grands points. Et vous mettez à rôtir à feu moyen.

Leblanc eut un mouvement de tête connaisseur.

— Je savais madame Métivier cuisinière avertie, mais quant à penser qu'elle était cordon bleu expérimenté...

La maîtresse de maison eut un sourire poli.

— Et... ce n'est pas Rouget le braconnier qui m'a fourni le lapin...

— A propos, mon cher Ulysse, coupa, sérieux, le procureur, dès hier soir au cercle nous avons parlé de ce drame de Daumeray. Tous en avons convenu, le meurtrier doit être mis hors d'état de nuire dans les plus brefs délais, il se pourrait que des répercussions politiques hostiles au régime...

— Je tenais à vous rassurer, monsieur Métivier. D'abord ce Rouget fut parfois mon domestique, j'ai donc démonté son mécanisme mental. C'est un être fruste, ignorant, et qui se plaît dans la crasse. Je l'ai plusieurs fois confondu de vol de munitions. Et comme les gardes me rapportaient les douilles de cartouches trouvées dans les bois, nous connaissons les lieux de chasse du malotru. Ensuite...

Leblanc se permit un clin d'œil longuement appuyé d'une mimique de la bouche :

— ... ensuite, dans la contrée j'ai les brigades de gendarmerie bien en main, qu'elles soient du Maine-et-Loire ou de la Sarthe.

— Aucun bonapartiste ne conteste vos capacités d'infiltration. Les services rendus à l'Empereur sont indéniables, nous en sommes tous conscients. L'exemple que vous montrez fut même cité lors des échos qui nous parvinrent concernant une société secrète créée sans que quiconque pût nous fournir de renseignements.

— Une société secrète à Angers ?

Les femmes papotaient à voix presque basse. Les deux hommes piquèrent une bouchée dans leur assiette puis se regardèrent gravement, bouche close et les mâchoires à peine animées.

— Républicains ? questionna Leblanc d'une voix sourde.

— Oui. Cette secte s'appellerait « La Marianne ». Le plus inquiétant c'est que les petits commerçants et artisans qui l'ont fondée se seraient acoquinés avec les perreyeux *.

— Je comprends. La tendance évoluerait vers le socialisme.

Métivier fit de la main un geste d'impuissance.

— Les ardoisières sont de vrais nids à socialistes. Allez donc savoir ce que ces perreyeux trament au fond de leurs galeries. Ils complotent certainement plus souvent qu'ils n'extraient le schiste.

Leblanc assura sa position sur son fauteuil :

— Ma présence à Angers serait-elle nécessaire ?

— Que non ! Jouissez de vos rentes mon cher Ulysse. Si j'évoque la situation en ville c'est afin de mieux exprimer mon inquiétude au sujet du drame de Daumeray. Il suffirait que ce Rouget se révélât un meneur d'hommes...

Le maître de la Bruère repoussa son assiette et croisa ses bras sur la table. Clémentine fit une pression du genou, alors Leblanc reprit sa position déférente. Des cuisines un bruit de vaisselle cascada jusqu'à la salle à manger.

— Vous voulez dire ?

Métivier ne répondit pas. Ils se fouillèrent mutuellement du regard.

— Savez-vous, reprit Leblanc, que ce Rouget est parfois employé par votre fermier des Petites-Varennes ?

— Vous me l'apprenez.

— Quelques jours avant son forfait Rouget bêchait la vigne de Mauxion.

— Moyennant rétribution ?

— Évidemment. Mais à ce que je sache le travail n'était pas achevé.

— Alors je vais écrire à Mauxion de ne pas se faire le

* Ouvriers de la pierre.

complice d'un assassin en lui garantissant des subsides.

— Je peux me charger de la commission.

— Ça ira plus vite, je vous en remercie. Mon instinct me dit que là-bas le temps est précieux.

— A Daumeray le temps ne compte guère. Les gens vivent au jour le jour, et croyez-moi ils se dénigrent plus souvent qu'ils ne se soutiennent. C'est vous dire que je ne m'affole pas. Je connais l'homme qui réparera l'honneur de la gendarmerie.

Métivier ne sembla qu'à moitié satisfait :

— Selon vous, au sein de la brigade de Daumeray le moral serait encore excellent après un tel carnage.

Cette fois Leblanc hésita. D'un revers du doigt il lissa sa moustache rousse.

— A vrai dire je compte avant tout sur la brigade de Précigné. Elle possède un chef remarquable en mon ami Basile Houlbert.

— Mais, Précigné c'est la Sarthe !

— Savez-vous, s'exclama Clémentine, qu'à la Bruère nous sommes autant manceaux qu'angevins ? Le chemin qui traverse notre cour délimite les deux départements, nous passons la journée en Maine-et-Loire où nous avons cellier, cuisine et salle à manger, et le soir nous couchons en Sarthe. Voilà ! N'est-ce pas Ulysse ?

— J'ignorais que vous fussiez propriétaires sur deux départements.

— Ça représente beaucoup d'avantages, intervint Leblanc, notamment de recevoir chez moi des représentants de l'ordre qui à leur rang subalterne ne devraient légalement jamais communiquer entre eux.

— Et cet ami sarthois dont vous me parliez...

— Celui-là j'en réponds. Non qu'il soit un fin politique, ni même un diplomate, mais c'est un soldat, un vieux renard qui a servi longtemps sous Bugeaud. Un homme d'exception qui est devenu en peu de temps la hantise des braconniers... ils l'ont même surnommé « le vieux Basile », et croyez-moi, ce n'est pas de la familiarité.

Ils rirent tous de l'anecdote, Métivier franchement admiratif de la diabolique intelligence de Leblanc qui jonglait avec tous ces hommes.

— Dussé-je troubler votre modestie mon cher Ulysse, j'interviendrai pour que la Légion d'honneur vous soit décernée.

Un silence régna. La domestique versait un rosé qui enflammait les verres. Leblanc, les yeux sur la tapisserie, regardait la foule en marche vers l'échafaud. La victime marchait dignement entre ses gardiens aux mines de soudards... « Un exemple, pensa Leblanc, il me fallait un exemple, Rouget m'en donne l'occasion... »

Les abat-jour en porcelaine se teintaient de pourpre. Le fumet épicé du râble de lapin picotait son odorat.

— Sitôt rentré à Daumeray l'affaire sera résolue, n'est-ce pas Ulysse ?

10

Durant la première semaine Rouget s'imprégna du murmure de la forêt et des menus bruits de la ferme. La mélopée lointaine des trompes sonnant l'alerte annonçait les voix furieuses des gendarmes enquêtant chez tout un chacun. Il ne sortait de sa cachette que le soir et inspectait lui-même les abords de la ferme, son odorat suffisant à la perception intime des bois. Alors, certain de la virginité de la sylve, il rentrait chez les Poirier où l'attendait l'ambiance fraternelle des bracos. Le bossu connaissait toutes les nouvelles, de Morannes à Durtal. Un roulier ou un colporteur lui disait à l'oreille le détail des perquisitions. Le lundi les gendarmes étaient revenus en force à la Démennerie où à nouveau ils avaient chamboulé ce que Chauvin et ses hommes avaient mis sens dessus dessous la veille. Ils avaient pris la clef chez Virginie, usant d'un verbe autoritaire, ce qui leur fut préjudiciable au moment de trouver des témoins.

Et le bossu racontait...

... Rouget surprit un clin d'œil de Gilbert au père Poirier. Une secousse l'ébranla de fond en comble, il se crut trahi. Puis, comme rien ne bougeait et que les hommes échangeaient toujours leurs impressions, il reprit confiance.

— Ça me fait plaisir de savoir toute la contrée avec moi contre les bicornes.

Le mutisme instantané des Poirier et du bossu écrasa la salle. Rouget eut l'impression de dominer le monde grâce à sa perspicacité. Lexandre saisit le pichet et remplit les verres, versant de haut pour que le gazouillis du cidre pétillant fût entendu par tous. Le père Poirier, comme mal assis, gigota de façon que le banc criât, la mère renversa le trépied sur la sole du foyer. Seul le bossu demeura impassible. Alors Rouget comprit d'où se propageait ce qu'on lui dissimulait.

— Heureusement que toi Gilbert tu peux courir bois et champs, sans que personne te demande des comptes, comme ça tu nous tiens au courant.

Gilbert sourit, ses yeux se fermèrent un instant, il se voûta davantage... puis s'étira comme un chat dérangé.

— Pour ne rien te cacher, à Daumeray tu n'as pas que des sympathies.

Rouget but une gorgée puis fit tourner son verre sur la table.

— Je n'ai jamais été bien vu des lèche-bottes...

— Alors maintenant certains cassent du bois sur ton dos, poursuivit le père Poirier.

— Et ceux-là, ce sont ?
— Nommer les gens c'est délicat.
— Il faut pourtant que je les connaisse pour m'en défier. Ou alors c'est que vous...
Rouget n'acheva pas, la suite se bloqua dans sa gorge. Il regarda les quatre hommes, le père Poirier empreint de sagesse, Lexandre robuste et certain de sa force, Victor discret et sûr, le bossu aux manières de chat sauvage.
— Je dois connaître ceux qui veulent ma peau, reprit-il hargneux.
— Il n'est pas question de ça.
— Si ! c'est Cayenne ou l'échafaud si les bicornes m'arrêtent.
Un nouveau silence s'installa. Rouget aurait préféré un adversaire franchement déclaré, aussi redoutable fût-il, un super-Javelle arrogant qu'il affronterait au corps à corps. Une détresse l'amollit, lui arrachant deux larmes.
Les Poirier se raidirent sur leur banc, de l'autre côté de la table, tandis qu'à gauche le bossu pétrissait ses larges mains de bûcheron.
— Alors bon Dieu, vous allez me les nommer ces salauds qui n'ont pas pitié de Marie et ses queniots.
Il croyait jurer. Il s'aperçut qu'il implorait.
Le bossu parla :
— La plus intraitable, c'est la vieille Syette. Elle te met sur le dos toutes les rapines, tous les vols de ces dernières années.
— La garce ! Si je la rencontre je lui tords le cou...
— Mottais, du Petit-Thorigné, prétend que tu lui as pris son fusil.
— Hein !
— Rebour, des Mégréteries, a porté plainte pour un vol de six kilos de pain. Contre toi.
— ...

— Jean Crillon, de la Folussière, raconte que tu l'as menacé d'un coup de fusil parce qu'il te refusait un morceau de pain... Et il y en a d'autres qui assurent t'avoir vu ces jours derniers...

Rouget n'entendit plus que vaguement les paroles de ses compagnons, il sentit en lui comme une grosse bête qui le grignotait peu à peu.

— Et puis il y a Mauxion qui refuse de payer à Marie le travail que t'as fait dans sa vigne.

— Pourquoi ?

— Paraîtrait que ce sont les gendarmes qui lui interdisent de payer.

— Mais de quoi vont vivre Marie et les gosses ?

— Ulysse Leblanc t'accuse de lui avoir volé des munitions, relança le bossu.

Rouget ne put maîtriser une rage froide et subite.

Pieds joints il sauta en arrière par-dessus le banc. Les dents serrées il murmura :

— Pour les autres, y compris la vieille garce, je veux bien passer l'éponge, mais pour Leblanc, jamais ! Celui-là est de la race des profiteurs, de ceux qui jouissent de leur force et abusent de ceux qui ne savent pas...

Dehors le chien donnait, et l'aboiement rauque ne laissait aucun doute.

— Les bicornes, souffla Lexandre.

Le père Poirier baissa la mèche du falot et la salle se limita aussitôt à un cercle encombré de la grande table. D'un geste il fit signe à Rouget de se placer dans l'obscurité, au pied de l'escalier du grenier. Ensuite il prit le verre du braconnier et le porta dans la bassine où la mère Poirier lavait la vaisselle. Puis il revint prendre place à table.

La porte vibra.

— Au nom de la loi, ouvrez !

Le bossu et les Poirier se comprirent d'un regard ;

« ceux de la Sarthe, le vieux Basile et sa brigade de Précigné ».

Le père Poirier se rendit vers la porte, traînant bruyamment ses sabots, et tout aussi lentement retira la barre qui la bloquait.

Le vieux Basile fit irruption, suivi de quatre gendarmes qui bousculèrent le fermier et coururent droit à la table où ils ceinturèrent ses fils et le bossu.

— Lequel est Rouget ? gueula le brigadier en remontant la mèche du falot.

— Rouget ! rétorqua le père Poirier. Ici c'est le Veau, une ferme tenue par les Poirier, père et fils.

— Nous le savons ! Lequel est Rouget ? hurla à nouveau le vieux Basile.

— Il n'y a pas de Rouget ici, reprit sur le même ton le père Poirier.

— Écoute mon vieux, j'ai quinze ans d'armée d'Afrique, j'ai maté les socialistes en 48... j'étais à la barricade de Montmartre quand il a fallu l'enlever...

Il s'approcha du père Poirier et lui tapota les épaules en souriant :

— Lequel des trois est Rouget ?

Le paysan sourit à son tour :

— T'es brigadier, Houlbert ? Alors où as-tu gagné tes galons si t'es pas foutu de faire ton boulot sans un mouchard.

Les mâchoires du vieux Basile se contractèrent, le brigadier arrangea sa veste en l'étirant au-dessous du ceinturon.

— Il y a là Gilbert, un ami bûcheron, mes fils Alexandre et Victor.

— Te fous pas de moi Poirier, je sais que Rouget est ici.

— Eh bien, trouve-le !

Deux autres gendarmes étaient entrés.

— C'est vrai brigadier, dit l'un, je connais le bossu, c'est un bûcheron des bois du Grip.

— Alors on fouille partout. Lâchez ceux-là ! Inspectez le grenier, les étables et l'écurie. Rettling et Dubois vous m'accompagnez dans les chambres...

— Les falots ! ajouta-t-il sèchement.

Le gros Drouard qui était sorti revenait avec trois falots.

— Voilà, chef.

— Vous sonderez murs, fourrages et tous recoins au sabre, vous viderez les meubles et les renverserez...

— Mon Dieu, mettez pas le feu !

Le vieux Basile parut découvrir la fermière :

— Si les hommes n'ont rien vu, toi tu sais peut-être où se cache Rouget ?

Il s'avança à petits pas vers la cheminée. La mère Poirier le fixa, effarouchée. Son homme, derrière, avança lui aussi.

Houlbert se retourna... le père Poirier s'arrêta... dehors le chien jappait.

Les deux hommes qui semblaient prêts à en venir aux mains s'ignorèrent un instant, à l'écoute du chien. Mais l'animal ne donnait plus.

Les Poirier et le bossu se jaugèrent au fond des yeux. Leurs regards étaient neutres. Mais un éclair allumait leurs prunelles. Le chien jappait, à peine audible, loin, bien au-delà de l'étable et des barges de fagots.

11

Au Grip, le cabinet de travail du vicomte occupait l'étage supérieur de la tourelle de droite. Le châtelain y accédait en début d'après-midi, gravissant lentement, sans aide, les marches de l'escalier. A partir de ce moment, déranger l'octogénaire dans sa méditation eût été sacrilège. Le regard portait sur l'immensité moutonnante des bois et forêts où le soleil étalait des flaques de lumière crue. Souvent il y dînait là seul et ne descendait que tard, les étoiles allumées, les ramures vivantes du cri des chats-huants.

Chaque jour il envoyait Auguste aux nouvelles à la gendarmerie. Ni Javelle, ni Pennegat n'étaient mortellement atteints, mais selon le brigadier la population devait croire au crime de manière à rejeter l'assassin tant que celui-ci serait en liberté. Gonzague était rentré de Paris le matin après une absence de huit jours. Il se décida à l'entretenir de cet épisode qui lui rappelait des faits vécus soixante ans plus tôt.

Lorsque Gonzague fut monté le châtelain remarqua en son fils la même arrogance qu'affichait Leblanc au début de la Restauration : la certitude de maîtriser tous les atouts d'une quelconque conjoncture. A la différence que la maturité de la quarantaine servait une prestance noble et un esprit sans faille.

— Père, je suis heureux et fier de vous voir toujours aussi alerte. Grimper chaque jour dans ce colombier — il souriait affectueusement — entretient assurément la santé.

— Mon fils j'ai à vous parler de faits graves. Vous savez que notre domaine déjà mutilé suscite la convoitise. Malgré la surveillance de nos gens, bûcherons, charbonniers et rouliers pillent nos forêts. Que ce soient terreau, bois ou châtaignes, chaque année un appréciable revenu nous est soutiré...

Gonzague allait et venait, la démarche souple.

— ... vous savez également que le gibier est traqué par des hommes sans loi...

Gonzague s'arrêta face à la fenêtre qui ouvrait sur le bois de Saint-Germain.

— ... or le gibier se raréfie depuis que nos métayers défrichent et repoussent les limites de la forêt. Un juste équilibre est déjà sensément difficile...

Le vicomte toussota, le temps de mieux saisir la pensée de son fils qui de nouveau martelait nerveusement le parquet.

— Pendant votre absence...

Gonzague se fit pensif.

— ... l'un des braconniers les plus cyniques de la région, un nommé Rouget, a tout simplement fusillé deux gendarmes dans le bois de l'Abbaye.

Le visage de Gonzague s'illumina.

— Et les gendarmes sont morts ? questionna le fils.

— Que non, heureusement.

— Le malfaiteur est-il arrêté ?

— Que non, hélas !

— Et que fait-on pour que ce Rouget ne reçoive l'aide de quiconque ?

Le vicomte ne répondit pas, la physionomie de son fils exprimait la rouerie, une intelligence insolente.

— Mais... Gonzague, hasarda-t-il, les gendarmes ont le devoir... de garantir le pouvoir en place.

— Triste réalité. Sous prétexte de démocratie Bonaparte s'attribue la mainmise des moyens électoraux et dupe jusqu'aux partisans du suffrage universel.

— La famille Bonaparte a régné sur l'Europe... et... ma foi... elle s'est montrée conciliante...

— Père, vous voulez dire ?

— Qu'ils eussent pu me fusiller.

Le vieillard soupira :

— Cela nous conduit plus loin que le problème à résoudre ; un criminel court les bois, nos bois.

Gonzague haussa les épaules.

— Criminel ou justicier ? En fait, père, les actes de ce Rouget s'assimilent à ceux des vaillants soldats de l'Armée catholique et royale...

— Oh !...

— Vous disiez que la population entière pourrait se solidariser avec Rouget... je garde le souvenir des soirées où vous me chantiez les prouesses du garde-chasse Stofflet... Que sépare un garde-chasse d'un braconnier ? Une barrière. Si l'on tourne la barrière à l'opposé, l'effet est le même, les hommes sont toujours face à face...

— Mon fils, gardez-vous de votre esprit subtil.

Un sourire affectueux éclaira le visage de Gonzague.

— Le Rouget en question n'est pas notre ennemi, il peut servir honnêtement notre cause, combattre à nos côtés l'Usurpateur...

— Mais sur nos terres il exerce une œuvre de destruction.

— Quelques dizaines de lapins. En regard des services que ces gens peuvent rendre...

— En sorte vous voyez en Rouget un libérateur ?

La marche de Gonzague se fit plus nerveuse, hachée de volte-face subites :

— Il serait judicieux de faire savoir à la population qu'il n'y a point eu crime puisqu'il n'y a pas de personnes assassinées.

Le vicomte écarta les documents qu'il avait à proximité sur sa table de travail. Les rayons de soleil transperçaient ses mains diaphanes.

— Gonzague, votre intelligence flatte ma vanité de père. Je ferai tout pour vous aider dans ce combat qui prolonge le mien.

— Demain je me rendrai à Freigné pour une visite de courtoisie à mon ami le comte de Bourmont.

— Vos relations sont de bon aloi. Fréquenter le fils du héros de la prise d'Alger et du plus fin manœuvrier pendant les Cent Jours me flatte encore plus.

Gonzague s'effaça, souriant dans une humble révérence.

12

Pendant la quinzaine qui suivit, Rouget ne manifesta pas sa présence. N'eussent été les patrouilles, les fouilles et les perquisitions, la tentative de meurtre du bois de l'Abbaye eût été oubliée au fin fond des mémoires. Pourtant il débordait d'activité. Il avait pris le parti de vivre dehors nuit et jour, et en Maine-et-Loire, car très vite il s'était aperçu que les méthodes de Savin tenaient de la routine en regard des équipées répressives du vieux Basile. Alors commença le temps des exploits physiques. Il croyait se bien connaître, mais sa vie de hors-la-loi allait en quelques semaines faire de lui un autre homme.

Un seul lien le maintenait au contact de la civilisation... le bossu. Le bûcheron des bois du Grip connaissait ses planques, le fournissait en pain, et surtout le renseignait sur l'état d'esprit à Daumeray. Vers la mi-août Gilbert eut connaissance des guérisons de Javelle et Pennegat et de la mutation des deux convalescents, Pennegat à Versailles, Javelle aux Ponts-de-Cé, à une lieue dans le sud d'Angers.

— Ils gardent Javelle à proximité, murmura Rouget, les yeux vagues, quand le bossu lui apprit la nouvelle.

— Ce doit être le hasard, car apparemment Savin et sa brigade ne te courent plus après. Si j'en crois Auguste, le cocher du Grip, Savin aurait écrit dans un rapport : « Le malfaiteur aura pris la fuite dans un autre département ». Tel que !

— Malfaiteur, répéta Rouget qui sembla examiner la pointe de ses pilons *.

L'automne déteignait déjà les atours de la forêt, leur

* Gros sabots de bois.

apposait de grandes plaques dont les couleurs trop riches laissaient présumer un vieillissement précoce.

— Je vais me rendre, dit Rouget, hochant la tête.

Gilbert soupira sans retenue :

— Surtout pas, j'ai une idée. Un jour prochain nous partirons vers Le Mans, à travers bois, ni vus ni connus. Alors là-bas, mine de rien tu te feras remarquer, juste le temps d'attirer les gendarmes... puis nous reviendrons tranquillement dans les bois du Grip.

— Et tu crois que je pourrai me réinstaller à la Démennerie ?

— A plein temps, non.

D'un seul coup Rouget découvrit en Gilbert mieux qu'un ami, un allié. Noueux à toutes les jointures, le réseau des veines saillant sur la peau des bras où les biceps roulaient comme deux forces tapies, Gilbert lui ressemblait autant qu'un frère. Seule une taille supérieure le différenciait de Rouget, et c'était peut-être cette anomalie qui lui donnait l'apparence d'un bossu. Rouget ne comprenait pas pourquoi on avait affublé d'un tel surnom ce travailleur dur à la tâche et à la douleur, souple et résistant à la course, le coup de fusil prompt.

— Je te suivrai, Gilbert.

13

Ils partirent comme prévu, dès trois heures du matin, une collation dans la musette. L'intention du bossu était que Rouget se montrât aux abords de Sablé, puis ils prendraient sur Le Mans, sous le couvert du bois de Pêcheseul, de manière à alerter les brigades de Malicorne et de La Flèche. Alors les gendarmeries de la Sarthe s'entretenant de la curée, eux redescendraient sur le Grip, avec peut-être quelques prises pour l'ami Buineau.

La nuit était mouillée. Sur le dévers des talus ils glissaient, s'agrippant aux racines, parfois à des houx qui leur déchiraient les mains. Ils marchèrent des heures sans hésitation, tantôt Rouget devant, tantôt Gilbert.

Au petit jour ils atteignirent les premières maisons de Courtillers, à tout juste une lieue de Sablé. Remarquant une souche à proximité d'un chemin, Gilbert décida :

— On casse une croûte ici.

— L'endroit est bien choisi, dit Rouget, on voit le chemin sans être vu.

— Tu en profiteras pour aborder celui ou celle qui racontera t'avoir vu. Tôt ou tard ça ira aux oreilles du vieux Basile...

Rouget mâchait lentement, son regard couvrant à la fois le chemin et les entrelacs du taillis. Depuis que les gendarmes le traquaient il avait la hantise des matins. C'était entre chien et loup qu'il se mouvait le mieux, quand s'éveille le monde de la nuit, des premiers vols de chauve-souris aux signes de ralliement des chats-huants. Alors il vivait ! Ses planques étaient sûres et des marchands de bois le sollicitaient afin qu'il travaillât pour eux dans des endroits désolés. Certains soirs il se reposait et imaginait Gonzague sur une tourelle du Grip, en habit de grand veneur soufflant dans le cuivre, tandis que le vicomte allait et venait sur la pelouse, s'arrêtant lorsque l'écho mesurait l'étendue de son domaine. Il était plus rusé qu'eux, son intelligence valait la leur, évidemment les bourgeois avaient été écolés, pas lui, et c'était ça qui le chagrinait...

Un bruit de pas sur le chemin les alerta. Une femme venait, sans hâte, comme si chacun de ses sabots pesait. Elle portait un cabas noir qu'elle changeait de bras fréquemment.

— C'est Angèle, murmura Rouget sur un ton qui troubla Gilbert.

— Tu veux dire la Milcent ?

— C'est ça, la Milcent.

— Montre-toi, elle ou une autre.

Rouget hésita. Il vrilla ses yeux roux dans ceux de Gilbert. Il éprouvait soudain un grand désarroi intérieur, sans qu'il pût se l'expliquer.

— Je vous suivrai sous le couvert du bois, ajouta le bossu.

Rouget fit courir sa main sur son visage. Il avait eu l'heureuse idée de se raser la veille au soir et présentait l'aspect d'un homme ordinaire, toujours propre, changé de linge une fois par semaine depuis qu'il rencontrait Marie grâce à la complicité d'Abaffour.

Sa tenue correcte le rassura. Alors il s'avança, souriant.

— Louis Rouget par ici ! Quelle surprise !

La joie de la Milcent sonnait fêlée à ses oreilles.

— Angèle ! Tu es toujours la même.

Elle roucoula :

— Quand on mène une vie sans histoire, la jeunesse dure longtemps.

Ses yeux malins s'étaient plantés dans ceux de Rouget. Elle cherchait la faille, l'interstice par lequel elle se glisserait en lui. Mais Rouget ne bronchait point, une soudaine distance le séparait de son ancienne amante. Il se vit prisonnier de la décision de Gilbert. Quelle idée ! Se faire remarquer par quelqu'un qui vous connaît trop bien. Il releva le défi.

— Je suis encore jeune.

— On me l'a dit. Beaucoup disent que tu cours vite, que tu sautes haut.

— C'est une question d'habitude, répondit-il.

— Et la Marie comment ça va ?

Elle souriait, ses dents luisaient, son regard le pourfendait, son corps tout entier reflétait une assurance subite. Comme il gardait le silence elle ajouta :

— Tu veux pas me le dire ? Mais toi... où vas-tu ?

A plusieurs reprises Rouget avait décelé la marche parallèle du bossu dans le bois. De se savoir protégé lui redonna son aplomb :

— Je vais dire bonjour au vieux Basile, à la gendarmerie de Précigné. Puis après je rentre sur Le Mans en passant par Malicorne.

— Ah ! monsieur Rouget habite la ville. Je comprends que personne ne t'ait vu ces temps derniers.

Elle paraissait à la fois déçue et intéressée.

— Ta Marie ne doit pas te voir souvent. Un de perdu...

Ils se regardèrent comme des étrangers, avec au fond des yeux des interrogations sur ce qui autrefois avait pu les unir. Après quelques pas sans rien dire, Rouget se décida :

— Faut que je te quitte Angèle, si je veux être au Mans dans l'après-midi. Tu diras le bonjour aux amis de Saint-Germain, à Lehay le forgeron.

— J'irai dire aussi un bonjour à la Marie.

La voix de la Milcent s'était durcie, abandonnant son ironie. Rouget gagna le talus en quelques enjambées, puis là se retourna et agita la main en au-revoir. Angèle le fixait tout en marchant, le visage sévère sous la coiffe. Elle consentit à un sourire, mais qui glaça Rouget. Alors il rompit en s'enfonçant dans le bois.

— Je l'ai observée, dit le bossu. Eh bien crois-moi, ton Angèle j'en voudrais pas pour cousine.

Rouget avala sa salive.

— L'important c'est qu'elle m'ait vu.

— Elle le dira à qui ? et où ?

— Dès ce soir elle en parlera à Saint-Germain, et à

Daumeray tout le monde le saura, de la vieille Syette au Savin. Personne ne tiendra sa langue. Pour eux ce sera une bonne nouvelle. Plus de Rouget, bon débarras, plus de bicornes et plus de perquisitions.

— Dis pas ça, Louis.

Rouget se déchaussa en souriant :

— Si tu veux on peut galoper... j'ai des fourmis dans les jambes.

Ils repartirent au pas de course, le pied frôlant à peine le feuillage soyeux qui couvrait les sentes. Gilbert fonçait au plus profond des taillis, s'efforçant de longer le chemin qui garantissait la direction du Mans.

Ils couraient depuis une dizaine de minutes, le souffle régulier et les muscles chauds, lorsqu'un bruit de galopade les alerta. Ils ralentirent, reprirent le pas, mais sans s'arrêter... guettant le passage des cavaliers sur le chemin...

Deux gendarmes conversaient, emportés par le galop de leurs montures. Ils devaient rentrer sur Précigné, leur tournée accomplie.

— Ils vont faire un brin de causette à la Milcent, rigola Gilbert.

Rouget prit le devant. Il ne voulait pas réfléchir, son corps le commandait, machinerie dont les rouages le mettaient en mouvement presque malgré lui. Il savait la mauvaise réputation d'Angèle à Daumeray, et le bossu évitait celle qu'on n'appelait plus que la Milcent avec du mépris dans la voix. Gilbert qui habitait la Bruère lui avait raconté les visites qu'elle rendait à Ulysse Leblanc. Et cela lui déplaisait sans qu'il n'osât se l'avouer, car il savait aussi, toujours par Gilbert, les rencontres fréquentes entre le riche rentier et le vieux Basile...

Approchant de Louailles par le sud, ils jugèrent bon, avant de traverser la grande allée qui joignait la Flèche à Sablé, de prendre leurs précautions. Ils s'arrêtèrent un instant, raclèrent sur l'écorce d'une souche les feuilles mortes collées sous leurs pieds, puis se rechaussèrent. Et alors, de la démarche de paysans qui font le tour de leurs terres, ils se préparèrent à franchir le carrefour. Cette fois ils étaient tendus, presque anxieux, il leur faudrait prendre à découvert sur quelques centaines de mètres, atteindre les Picaudières pour retrouver la complicité des taillis qui prolongeaient la forêt de Malpaire jusqu'au bois de Pêcheseul...

A nouveau un galop se rapprochait, venant de Précigné, mais cette fois le rythme des sabots ne trompait pas, il y avait de l'effervescence dans l'air.

Camouflés à fleur de talus ils reconnurent de loin les deux gendarmes, les mêmes que tout à l'heure, tête nue, le bicorne accroché à la selle. Et qui forçaient leurs montures, la cravache frétillante, comme soudain poursuivis par ce nuage de poussière grise que leur passage soulevait et que le vent d'automne lançait à leur trousse.

A proximité du carrefour les cavaliers ralentirent leurs chevaux. Puis sitôt à l'embranchement de la grande allée ils se séparèrent, l'un prit la direction de La Flèche, tandis que l'autre, à l'opposé, lançait sa monture vers Sablé. Et le grand silence de la forêt enveloppa les deux braconniers.

Maintenant ils marchaient sur une mousse fine dont la fraîcheur adoucissait la plante des pieds. De se savoir à quatre lieues de Daumeray emplissait Rouget d'une force qui débordait par le vieux refrain qu'il chantait à plein gosier. Tout en courant il chantait, lui, le hors-la-loi, le « malfaiteur ». La rengaine apprise de son père sonnait la joie des braconnes au clair de lune, des levées de collet dans la rosée du matin, ou des traques du gibier de la neige jusqu'aux genoux.

Il ne se tut que lorsque les premières habitations de

Malicorne, maisons basses aux portes surmontées d'une croix blanche peinte à la chaux, l'incitèrent à la prudence.

— Va falloir passer la Sarthe, trancha le bossu qui avait toujours l'idée de gagner les faubourgs du Mans.

Cette éventualité dégrisa Rouget :

— J'ai pas d'argent.

— Qui te dit que le pont est à péage.

— Et une fois sur le pont si des bicornes se présentent à chaque bout ?

Il lut dans les yeux de Gilbert que celui-ci n'avait pas envisagé ce traquenard.

— Ce qu'on fait c'est pour toi, dit le bossu.

Sur le chemin une malle venait dans leur direction. Le cocher sifflotait en caressant ses bêtes de la pointe de son fouet. Rouget porta une main en visière :

— L'attelage ressemble à celui de Lagneau le messager de Précigné.

— C'est lui, confirma le bossu.

Rouget s'engagea seul sur le chemin, puis avança à la rencontre du courrier. A hauteur des chevaux il leva son chapeau :

— Bonjour l'ami, savez-vous si le pont est à péage ?

Le cocher arrêta net son attelage et resta un instant cabré en arrière, les mains crispées sur les guides. Son regard soupçonneux détaillait le braconnier de la tête aux pieds. Rouget évita le regard indiscret, mais sans perdre de vue la main qui tenait le fouet dont la lanière se berçait à moins d'un mètre de son visage... Il se glisserait sous le ventre des chevaux avant que Lagneau l'eût ligoté...

— Je vais sur Le Mans, répéta-t-il, savez-vous s'il y a diligence à partir de Malicorne ?

L'autre étira ses jambes jusque sur la croupe des chevaux.

— Une diligence pour Le Mans ?

Il avait tourné sa réponse en question et rigolait dans une sorte de gloussement.

— En diligence, s'esclaffa-t-il.

— Oui, je me rends en Belgique, alors tant que je pourrai faire la route dans un courrier...

— En Belgique ?

— Oui, en Belgique.

Lagneau agita les guides qui frappèrent le dos des chevaux. La malle s'ébranla, cahotante.

— Eh bien, moi je rentre à Précigné. Bonne route monsieur Rouget, mais attention en traversant Malicorne, il arrive des gendarmes d'un peu partout...

Rouget rejoignit le bossu :

— T'as entendu, des gendarmes partout dans Malicorne.

En un éclair s'agencèrent dans son esprit les images de la contrée, haies, champs, taillis, arbres, fourrés, les musses, les chemins brancogniers *, les souches creuses, les passes à fleur d'eau sur les marais... Et, à mesure qu'il se remémorait le moindre détail de ce domaine, s'infiltrait en lui l'odeur particulière qui lui garantirait la virginité du lieu... Il était sûr de la vigile permanente de ses sens... D'un coup Rouget prit conscience que Gilbert encourait plus de dangers que lui, ne fût-ce que par sa compagnie.

— Séparons-nous, on se retrouvera demain soir à la Mare-au-Brecq.

Gilbert le fixa intensément :

— Mais... tu ne me crois peut-être pas capable de courir jusqu'à Daumeray.

Ils se serrèrent la main sans rien dire, et Rouget sentit se répandre en lui la chaleur de l'amitié, merveilleuse lampe intérieure qui chauffait le moindre de ses recoins. Gilbert, Abaffour, le père Poirier et ses fils :

* Fossé ou chemin creux recouvert de broussailles.

des hommes prêts à tous les risques pour le sortir d'une mauvaise passe. Mais défilaient aussi dans sa tête d'autres visages, d'autres silhouettes : Jean Riou, conseiller municipal de Daumeray, charge qui ne l'avait pas empêché de se compromettre en fournissant pain et beurre à Marie, et puis les Moreau, du Tertre, Ligeon le marchand de bois, Sophie la femme de Pierre Plaçais... Et tous qui se donnaient tant de peine pour lui, pour que les gendarmes ne l'emprisonnent pas...

... Leurs mains se desserrèrent, mais sans se lâcher. Un bruit approchait, révélateur, la marche d'un groupe d'hommes à travers les fourrés.

— Les bicornes, souffla Rouget.

— Les bicornes, murmura le bossu.

14

Instinctivement ils s'étaient accroupis et s'étaient déchaussés, prêts à la fuite. Ils estimèrent le groupe qui approchait à cinq ou six hommes tout au plus.

— On descendra sur Malpaire dès qu'on le pourra, chuchota Rouget. Auparavant faudrait leur laisser croire qu'on cherche la forêt de Courcelles.

La bandoulière du bissac nouée autour de la taille et chaque main gantée d'un sabot ils attendirent le moment propice pour déguerpir.

Les gendarmes approchaient. Les braconniers les entrevirent dans un tamis de soleil, le sabre scintillant et le bicorne autoritaire. Leurs bottes fraîchement cirées jetaient des reflets, froissaient les feuilles ou les repoussaient...

Ils bondirent lorsque les gendarmes écartèrent la touffe de houx qui les cachait. Deux diables vigoureux bousculèrent les uniformes, les mouchant d'un revers de bras... Rouget entrevit de la frayeur sur un visage...

Mais déjà ils couraient d'un rythme soutenu, le bossu traçant la voie au cœur des taillis, évitant des fourrés trop épineux d'un brusque dérapage qui soulevait une volée de feuilles mortes, tandis que, en arrière de quelques mètres, Rouget suivait d'une foulée facile, contrôlant instinctivement la poursuite dont lui parvenaient des bribes de commandements gueulés sur tous les tons.

Ils évitèrent le parc du château de Malicorne et atteignirent le chemin qui conduit à Villaines. Ils avaient le choix, donner l'impression de filer sur Courcelles, ou au contraire de chercher le couvert de la Garenne-des-Cerfs au nord de La Flèche.

Fascinés par la tranquillité et la douceur qui leur donnaient envie de se reposer un instant, ils s'arrêtèrent sur le chemin...

Le danger se révéla sans qu'ils ne l'eussent décelé. Un violent démarrage de chevaux les secoua brutalement. D'un coup foncèrent dans leur direction une masse de montures et de gendarmes sabre au clair, force monstrueuse auréolée de poudre de soleil.

— Droit sur le Grip, cria Rouget au bossu.

Il n'était plus question de laisser croire qu'on allait sur Courcelles. Vite il fallait rejoindre le couvert des bois, retrouver l'épaisseur des buissons et les entrelacs de haies vives. D'un même élan ils ressautèrent le talus qu'ils venaient de franchir. De savoir les cavaliers incapables de les poursuivre désormais, ne rassura Rouget qu'un instant. Il vit les bicornes à vingt mètres. D'une soudaine accélération il dépassa le bossu et percuta de plein fouet, bras ouverts et poings armés des sabots, la ligne vivante des uniformes. Le choc le freina à peine, répercutant dans ses épaules des cris injurieux... Il se retourna... Gilbert bondissait au-dessus de trois gendarmes affalés sur la mousse. Alors ils rugirent de joie et déboulèrent vers Arthezé.

Ils couraient depuis près d'une heure et les autres, harnachés, devaient s'essouffler. Ils parvinrent aux landes de Bailleul, vastes étendues où croissaient genêts, bruyères et ajoncs, avec plantés ici et là des bouleaux maigrichons. Le lichen qui se chiffonnait sous leurs pieds leur apportait une sensation d'adhérence au sol et les reposait de leur équipée. C'était une curieuse impression de retour à la vie normale, irrigués par un sang qui les émoustillait de haut en bas.

Ils marchèrent jusqu'aux abords de la route Sablé-La Flèche. Sur le point de traverser ils s'arrêtèrent... Des voix assourdies signifiaient un attroupement, chose inhabituelle un dimanche en plein bois.

Un rapide coup d'œil sur la route confirma leur intuition. Une dizaine de gendarmes devisaient, certains assis sur un tronc mort, au ras du fossé, les autres chahutaient comme des gamins...

— On nous a vendus, marmonna le bossu.

Rouget regarda son camarade au fond des yeux. Il y lut l'inquiétude et un subit manque de confiance.

— C'est une brigade de La Flèche, répondit-il, je reconnais le grand brun aux favoris blancs. Il n'a rien d'un gendarme, ce doit être un type de la police secrète. Toujours avec eux depuis un mois.

Les gendarmes causaient, à moins de cent mètres, paraissant attendre une directive... Les braconniers bondirent et coururent au coude à coude au travers de la route... Ils s'étaient fondus dans les touffes de genêts, quand sur leurs arrières ils perçurent le branle-bas de la nouvelle poursuite.

En peu de temps ils comprirent que cette fois la course serait pénible. La maréchaussée avait dû réserver ses meilleurs coureurs pour les chasses à découvert... Et, remarque plus grave, Rouget constata que le bossu faiblissait. Sa foulée devenait ahanante, parfois Gilbert ne pouvait éviter un caillou, une racine, et il trébuchait.

Derrière les voix se rapprochaient, encouragements gutturaux aux ordres brefs. Les bicornes semblaient se multiplier depuis que le bois de Vauguion renvoyait l'écho de leur approche. Rouget comprit que la région était cernée.

Depuis le matin ils avaient dû parcourir une quarantaine de kilomètres dont dans la dernière heure près de quinze à la course. Lui se sentait chaud, plein de forces qu'il avait envie de dépenser : il userait ses poursuivants à l'endurance.

Il prit le devant, imposant une cadence plus vive. Trois à quatre heures de jour restaient avant que la nuit se fît complice. Rouget évalua ses forces capables de plus, entraîné comme il l'était depuis qu'il hantait les bois.

Il jeta un regard en arrière... Gilbert était distancé d'une quinzaine de mètres. Alors il ralentit et attendit son camarade.

— Cache-toi dans le parc de Vauguion, je vais les orienter sur Malpaire.

Cette fois le bossu ne refusa pas :

— A demain à la Mare-au-Brecq, lâcha-t-il, à bout de souffle.

Rouget lui tapa sur l'épaule au passage et le regarda jusqu'à ce qu'il disparût. Alors il se dissimula au milieu des surgeons d'un châtaignier abattu et se mit à l'écoute.

Au craquement sec des bois morts il devina le saccage sous les bottes, l'avancée lourde des hommes de loi... Devant des ramures remuèrent et le premier gendarme apparut, puis un autre, puis un troisième... En Rouget ce fut un soudain déferlement d'orgueil et de haine.

— C'est moi Rouget !

Puis il se sauva, criant « c'est moi Rouget, c'est moi Rouget ». Il irait narguer le vieux Basile et sa brigade là où ils l'attendaient le moins, sur leur territoire, non pas en forêt de Malpaire, mais sur la place des bourgs.

Comme il distançait facilement ses poursuivants, parfois il ralentissait, attendait le premier bicorne, l'amusait autour de quelque touffe ou tronc d'arbre, le temps que se profile un autre bicorne, puis leur criait sous le nez « c'est moi Rouget » et repartait après une feinte qui plaçait les gendarmes à contre-pied.

Quand Rouget reconnut les premières maisons de La Chapelle-d'Aligné, son enthousiasme grandit encore. Les gens qui sortaient des vêpres ne prêtèrent guère attention à cet homme à la blouse bleue déchirée, avec une tige de ronce dans le dos. Il fallut qu'apparussent deux gendarmes, le bicorne à la main, trottant et suant à grosses gouttes, pour que soudain une clameur s'élevât.

— Rouget ! c'est Rouget !

En un rien de temps le bourg fut en émoi. Les enfants galopèrent derrière Rouget et l'effervescence gagna les plus placides lorsque les gendarmes se montrèrent si nombreux. Une sourde clameur d'où perçaient des « allez Rouget » se transforma en hymne aux oreilles du braconnier qui se permit le culot de s'arrêter pour serrer la main de Joseph Hérisson, le fermier de la Chênaie. L'intensité atteignit au triomphe quand Rouget en pleine course traversa un paquet de gendarmes en une série de feintes, et sans qu'un seul ne le touchât, puis d'un bond de chevreuil sauta par-dessus une charrette qui paraissait faire obstacle. Alors agitant la main en au-revoir, le braconnier disparut au détour d'une haie...

Dans le bois Rouget s'assit au pied d'un chêne et sentit les pulsions de son sang qui courait dans ses membres imprégnés d'une chaleur paisible. Mais il comprit vite qu'il risquait de briser son rythme, la soirée s'annonçant fraîche. Il devait profiter de l'occasion, trimbaler encore les gendarmes sur des kilomètres, jusqu'à la nuit si possible, afin que le doute s'ancrât solidement dans leur esprit.

Au moment de repartir le son d'une trompe le figea. Il l'écouta, subitement crispé. L'alerte ne venait pas de la Sarthe, mais du Maine-et-Loire. Rouget reconnut le rythme syncopé du biquard de la Touchardière. Un instant il ne regarda rien, sinon la corde de bois qui lui faisait face et se brouillait en un nuage gris où l'œil clair de chaque rondin semblait l'espionner. Machinalement il reprit ses sabots... Lachaux et sa brigade de Durtal le traquaient aussi... Il les ferait courir comme les autres...

Rouget repartit. Non seulement il traverserait Chênevert mais après il descendrait sur le Veau pour dire bonjour aux Poirier...

L'attaque fut soudaine.

Il esquiva la charge du premier gendarme par réflexe, feinta le second avant d'avoir pleinement réalisé, et se débarrassa du troisième d'une brusque détente sur le côté. Alors il vit cinq autres gendarmes qui approchaient. Il les reconnut, il LE reconnut... Le vieux Basile, le regard ironique, le jugeait, lissant sa moustache.

Cinq bicornes devant, trois sur sa gauche, à droite et derrière les entrelacs impénétrables d'un fourré... D'une détente Rouget s'envola, saisit la mince branche horizontale d'un châtaignier puis d'un coup de rein hargneux franchit le mur des gendarmes, perdant ses sabots au-dessus de leurs têtes.

Il entendit le vieux Basile qui tonnait :

— Il nous échappe.

De partout surgissaient des bicornes, des groupes de trois ou quatre médusés par sa brusquerie, mais il lui suffisait de deux feintes de corps successives pour qu'ils s'éparpillassent, sans qu'il eût à dévier sa course.

Quelques minutes lui suffirent pour atteindre Chênevert. Rouget vit à temps l'escouade que le vieux Basile avait placée à la sortie du village. Il franchit dans sa foulée le portillon du jardin de Madiot, évita d'un bond un carré de salades, monta sur le clapier, puis sur le poulailler, et alors là, s'arrêtant net, il embrassa d'un regard Chênevert en ébullition. Des gendarmes débouchaient de derrière des maisons et convergeaient vers lui. Il vit aussi des hommes, des femmes, des queniots qui agitaient leurs bras levés en de larges gestes d'encouragement. Mais surtout il entendit... l'effervescence de la volaille moins que les cornes des biquards. Ça sonnait de partout, sans qu'il pût reconnaître qui donnait l'alerte. Il eut une seconde de lassitude. Deux mots heurtaient son crâne : « Cayenne... l'échafaud »... Des gendarmes s'engageaient dans le jardin à la suite du vieux Basile. Le regard du brigadier semblait vouloir fasciner Rouget, mais, lui, au mieux physiquement, ne baissa pas les yeux.

— Rouget, rends-toi.

Plus prompt qu'un bicorne qui pensait le saisir par derrière, Rouget sauta à reculons. Les ronces plaquées le long du poulailler le griffèrent, mais il se ramassa en souplesse sur l'herbe du pré.

Longtemps il courut. Il mit un point d'honneur à passer par le Veau, la meute gueularde à ses trousses. Un moment il eut envie de se cacher dans le chemin brancognier qui menait à l'étable, mais aussitôt il pensa aux ennuis qu'il procurerait aux fermiers si les gendarmes perdaient sa trace.

Rouget ralentit en longeant le pailler. Le père Poirier rentrait ses vaches... Les cornes des biquards se répercutaient leurs échos... Son crâne s'emplissait d'images et de sons, et le tout se mélangeait... Il entendit le vieux fermier qui criait :

— Vas-y mon gars. Sur Malpaire.

Les paroles amies reflétaient le bon sens. Il aurait dû, sitôt le bossu éclipsé, foncer droit sur Malpaire, vers sa planque inexpugnable, rejeter son orgueil qui le poussait en direction contraire. Tandis que ses forces déclinaient il calcula qu'au mieux une heure serait nécessaire pour qu'il se réfugiât en forêt.

Il se retrouva en Maine-et-Loire, dans les parages du Grand-Montrieux. Il constata que les brigades sarthoises ne se souciaient pas de territorialité, elles continuaient la poursuite.

Rouget bifurqua sur la Touchardière, avec l'intention de poursuivre sur les Tailles dont le bois le garantirait maintenant que le crépuscule s'annonçait...

De suite il reconnut la brigade de Durtal, Lachaux et ses hommes, une dizaine de lascars, frais décidés, le teint rose, astiqués de la tête aux pieds...

— Rouget rends-toi !

Il n'avait plus le cœur à crâner. Face à tant d'adversaires il se sentait vraiment petit en comparaison de ces géants dont la pointe du bicorne rasait les branches.

Il s'effaça sur la droite, courbé en deux, vers une sente guère plus ouverte qu'une passe de sanglier et dans laquelle il s'engouffra de toute sa vitesse. C'était comme si la haie s'écartait, s'agrandissait devant lui. Cette sensation de puissance le réconforta, si les hommes le traquaient, la nature était pour lui.

Son réflexe lui valut quelques minutes de répit. Mais bien vite Rouget perçut derrière les bruits habituels, jurons, cliquetis de sabres, ordres et encouragements. Il ne sentait plus sa plante des pieds dont la chair morte paraissait gagner ses chevilles. Sur son visage la sueur séchait et il avait l'impression que sa peau craquelait. Il aurait voulu boire, ce qui le contraignait à saliver sans arrêt, tandis qu'au creux de son estomac une vrille se nouait... Tenir... Tenir une demi-heure. Alors il aurait gagné Malpaire, la butte de la Raterie et sa planque d'où il surveillerait loin alentour...

Quatre brigades le pourchassaient depuis midi. Il se dit que celles de Malicorne et de La Flèche n'étaient sûrement plus dans la course. A ses trousses couraient encore celles de Durtal et de Précigné, car il connaissait suffisamment le vieux Basile pour savoir que celui-ci ne renoncerait pas. Il devait donc éviter la Mégrèterie pour que ne s'ajoutât aux poursuivants la brigade de Daumeray, probablement en chasse elle aussi.

Il courut une dizaine de minutes à cadence régulière, dépassa la ferme en saluant le groupe d'enfants qui dansaient une ronde et chantaient. Les queniots le reconnurent et crièrent des « salut Rouget ».

Sur le point de réintégrer le département de la Sarthe il se dit que Lachaux, moins zélé que le vieux Basile, abandonnerait sans doute la poursuite, quand, traversant un chemin, il remarqua des empreintes sur la terre grasse. D'un coup l'inquiétude le regagna, des gendarmes étaient passés voici peu. La manœuvre ne lui échappa pas, la brigade de Précigné cherchait à l'isoler de Malpaire. Comptant sur les hommes de Lachaux à l'est, ceux de Savin à l'ouest, le vieux Basile espérait le rejeter au sud dans les marais des Rochelleries... Rouget les aperçut...

Ils avançaient à sa rencontre, le sabre à la main pour la curée. Rouget s'arrêta net, recula d'un pas, de deux, puis recula encore, quand soudain il pressentit un danger plus grand. Il se retourna brusquement... A l'arrière d'autres bicornes pointaient entre les arbres, se disposaient en rang eux aussi, traçant une lisière dont les couleurs brisaient la pénombre de l'orée du bois. Rouget se vit acculé au Rodiveau large en cet endroit de cinq à six mètres et profond d'autant. Il fixait intensément les gendarmes dont la ligne se resserrait à mesure qu'ils le forçaient vers le ruisseau. Et lui reculait toujours, à petits pas, tendu comme un ressort, avec derrière, à moins de dix mètres maintenant, le Rodiveau à l'eau épaisse et sournoise... Il ne savait pas nager et l'idée de périr dans des profondeurs glauques et froides l'épouvanta un instant. Il revit la Démennerie, Marie et les deux mioches.

... Un cri sauvage échappa à Rouget qui se retourna vivement. D'une foulée rageuse il prit son élan, puis s'envola au-dessus du Rodiveau, brassant l'espace et le piétinant.

Rouget atterrit sur l'autre rive, en terre sarthoise. Il détala en longues foulées devant un biquard qui, les yeux tout ronds, s'égosillait de « Rouget, Rouget » admiratifs.

Dès qu'il parvint au cœur de la forêt, sur la butte de la Raterie, il sut qu'aucune présence humaine ne rôdait dans les parages : des lapins gambadaient dans les charroyères ou les sentes. Il retrouvait son sanctuaire et ses odeurs sereines. Un subit apaisement désenclencha son corps de son esprit et peu à peu ses membres s'engourdirent tandis que dans sa tête chantait la victoire.

Tournant autour du grand chêne maintes fois centenaire Rouget goûta des instants de triomphe sur le parterre de mousse qui reposait ses pieds meurtris. Lorsque son cœur fut calmé et son souffle régularisé il se décida. Il grimpa à la pointe du petit châtaignier, accentua de plusieurs coups de rein le balancement naturel de la rame, puis saisit la basse branche du chêne. Un rétablissement, des tractions vigoureuses de ses bras de branche à branche, et enfin l'ascension le long du tronc, ses orteils incrustés à l'écorce rugueuse... Il disparut, se coulant entre les nœuds du lierre qui garnissait d'un énorme bouquet toujours vert le haut du tronc jadis amputé par la foudre. L'excavation creusée par le feu dans le bois dur et sain aurait pu recevoir plusieurs hommes. Rouget avait ajouté un lit de paille aux feuilles mortes qui tapissaient le fond. De courtes planches il avait fait un toit dissimulé par le lierre, puis il avait équipé sa demeure d'un minimum de subsistance : quelques bouteilles de cidre ainsi qu'un quartier de biche que le bossu lui avait grillé au foyer des charbonniers.

Rouget se restaura lentement, goûtant sa liberté. Un moment ses pensées rejoignirent la Démennerie. Il pensa à Gilbert qui n'avait peut-être pas encore regagné la Bruère. Il pensa aux gendarmes qui sur l'heure rejoignaient probablement leurs résidences, fourbus eux aussi, mais vaincus, humiliés par l'ironie silencieuse des gens qu'ils croisaient...

Une fatigue douillette l'envahissait, soulageait sa conscience, relâchait ses muscles... La nuit était profonde et sûre, la forêt veillait, pleine de sollicitude...

15

A partir de cette journée d'octobre 1854 la légende d'un Rouget surhomme, intouchable, se propagea dans la contrée. Au cours de ce dimanche il avait été aperçu, vu, reconnu, dans un carré de vingt kilomètres de côté, en des points aussi éloignés que Courtillers de Malicorne, ou Arthezé de Chênevert. On calcula que coursé par une soixantaine de bicornes, cinq brigades de gendarmerie, le braconnier avait dû parcourir près de soixante-dix kilomètres dans des terrains allant de la futaie à la lande, ou des taillis au marécage. Rouget avait été vu au milieu d'un paquet de gendarmes sans qu'un seul ne le touchât, vu sautant une charrette, s'envolant au-dessus d'un cours d'eau. Le biquard le dit à la bergère qui le dit au métayer et le métayer au régisseur. Le charbonnier le dit au bûcheron qui le dit au roulier et le roulier au charron. Puis des colporteurs passèrent, propagèrent l'information avec leurs talents de conteurs...

« Le Journal du Maine-et-Loire » pour l'Anjou, et « L'Union de l'Ouest » pour le Maine durent relater les prouesses physiques du « braconnier assassin ». Des rapports de gendarmerie succincts furent exigés par les autorités. A Durtal le juge de paix Dorion rechercha des témoins...

Au château du Grip, Gonzague passa aux actes dès qu'il apprit la nouvelle. Le jour même il se rendit à Durtal d'où il adressa un message télégraphique à Angers pour l'une de ses connaissances.

16

D'un doigt Marie écarta le rideau. Le break s'était arrêté dans le grincement de ses freins, venant de Roche-Péan. Elle vit Auguste descendre rapidement, déplier un marchepied, puis ouvrir doucement la portière. La demoiselle du château sauta, sans se servir du marchepied, riant aux éclats, resplendissante sous le pâle soleil de novembre. Elle agita sa bonbonnière à bout de bras, puis tourbillonna d'un pied léger sur le chemin. Le bas de sa robe voletait, découvrant une attache fine.

Deux dames inconnues sortirent du break, le pas précautionneux, le regard avide de découvertes. Pendant qu'Auguste aidait madame Hortense à descendre, elles fixaient tantôt les maisons, tantôt la ceinture farouche des bois.

Ces dames suivirent Auguste sur le chemin qui menait aux maisons. Quand Marie réalisa que ces joliesses venaient chez elle, elle se tourna vers ses petits :

— On ne sait pas où est papa. Il y a longtemps qu'on l'a vu.

Elle rangea à la hâte la bouteille de vin, les trois verres, les assiettes et fourchettes. D'un revers de main elle balaya des brins de tabac.

Un doigt frappa le vantail de la porte. Crispée, Marie alla ouvrir.

— Bonjour dame Rouget, vous me reconnaissez ?

— Bonjour madame Hortense, bonjour mesdames.

— Je vous amène deux dames d'Angers, de la paroisse Saint-Serge. Elles apportent vêtements et friandises pour vos enfants.

Marie fit entrer ces dames qui ne tendaient pas la main pour dire bonjour. Des voilettes mauves toutes les deux, des robes d'où s'en allait le parfum qui expliquait chacune, les odeurs fortes de la lavande pour celle au visage anguleux et aux gestes raides, les effluves subtils de l'œillet pour l'autre, arrondie, presque lourde au vu de ses appas trop remontés. Et tout à côté la demoiselle, l'air pincé de celle qui préférerait être ailleurs.

Marie, chaque bras tendu en arrière, s'assura de la présence de ses mioches.

— Ils ont grandi, reprit madame Hortense, ça pousse vite à cet âge.

La grassouillette se pencha vers Totor qui suçait son pouce, blotti dans le chaud sarrau de sa mère. Elle ouvrit un petit cabas en chèvrefeuille, dévoila une boîte aux alvéoles garnies de gros bonbons... Totor fixa intensément ces merveilles colorées, des vertes, des violettes, des jaunes, des roses, tandis que Marie caressait nerveusement les cheveux de son garçon.

— Eh bien, sers-toi, fit la dame.

Totor ne broncha pas. Il suçait son pouce avec conviction, l'index accroché sur le nez.

— Prends un bonbon, finit par dire Marie.

— C'est de la pâte de fruits, fabriquée chez le meilleur confiseur d'Angers.

Le bambin allongea le bras vers la boîte. Les ongles noirs saisirent une pâte rose, s'y plantèrent pour la décoller, le dos de la main sous le nez de la dame comme subjuguée par les traces de boue et de fiente à la naissance des doigts. La demoiselle recula d'un tout petit pas. La dame mince brisa le silence.

— Il est mignon ce garçon... Quel âge ?

Marie ne voyait que la manche déchirée du gilet de Totor :

— Quatre ans et demi, madame.

Elle se demanda quelle était l'intention réelle de ses visiteuses. A son tour l'autre dame s'intéressait à Totor, lui caressait doucement les cheveux. Jusqu'au moment où il toussa et qu'une grosse bulle claqua à ses narines. La dame retira sa main charitable et eut un bref regard pour voir si sa manche n'était pas souillée. La demoiselle eut une moue de dégoût.

— Et votre aîné, déjà si robuste, quel âge a-t-il ? demanda la gouvernante.

— Il va sur huit ans et demi.

— Et il vous aide, j'en suis sûre.

— Oui... bien que pour le jardin il remplace pas son père, dit Marie, baissant la tête.

Elle ne perdait pas de vue les souliers bien cirés de ces dames. A sa réponse tous avaient remué, s'étaient rapprochés ou écartés...

Dame Hortense tapota la joue de Loulou :

— Et tu vas à l'école ?

Fièrement Marie répondit :

— Il va à l'école, même qu'il sait lire.

— Vous vous rendez compte, il sait lire, reprit la gouvernante. Mais c'est un garçon avancé pour son âge !

Toutes trois parlaient en même temps, félicitaient Marie d'avoir poussé son fils à s'instruire, fait rare dans nos campagnes.

— Quand on pense qu'à la ville les ouvriers traînent leurs enfants avec eux dans les cabarets, ronronna la dame grassouillette.

— Loulou comprend ce qu'il lit. Même qu'il lit le « Notre Père » sur le missel de Monsieur le Curé.

— Oh, s'écrièrent-elles, toutes en joie.

— Mais votre fils est un prodige, ajouta dame Hortense. Si nous avions su, Isabelle, nous aurions pu faire don de certains de vos livres.

La demoiselle détourna l'attention en regardant les dames d'Angers, lesquelles avaient posé deux boîtes de confiseries sur la table, puis maintenant déballaient des vêtements, des chaussures, Marie se sentit étrangère dans sa maison, les parfums des visiteuses ne se mariaient pas à l'odeur fade de la Démennerie. Elle n'avait que trois chaises à offrir dont une au dessous dépaillé et une autre bancale. Elle n'imaginait pas le derrière soyeux de ces dames posé sur le banc où s'asseyait n'importe quel bûcheron ou roulier des bois du Grip... Les dames d'Angers avaient chaussé les queniots de souliers qui détonnaient avec les chaussettes tombées sur les chevilles, puis elles avaient revêtu les enfants d'un raglan.

— Comme ils sont charmants, comme ils sont charmants, répétait dame Hortense, se tapotant les pommettes de son mouchoir.

Les visiteuses paraissaient goûter le spectacle, face à des sujets exceptionnels.

— Quand je vous disais que cette famille est

digne d'intérêt, expliqua la gouvernante. Imaginez ce qu'apporterait la présence du père à ces petits chrétiens.

Marie lut sur les visages un subit apitoiement.

— Mais je ne suis délaissée ni par mon homme, ni par les voisins ou amis. Depuis l'affaire du gendarme je n'ai jamais acheté de nourriture. Tout le monde me fait la charité.

— Ainsi que je vous expliquais, enchaîna dame Hortense, toute la région a pris fait et cause pour ce pauvre homme...

... Voyant que ses accompagnatrices suivaient son raisonnement, elle se tourna vers Marie :

— Monsieur Gonzague est très soucieux de votre cas. Il est intervenu près du brigadier de Daumeray pour que cessent les persécutions contre votre mari.

— Oh mais, coupa Marie, c'est pas Savin qui prendra Louis, ni ses gendarmes, il court plus vite qu'eux, et il est plus malin.

A voir leurs visages soudain attentifs, Marie les devina prêtes à ouïr ses explications de témoin au cœur du drame. Un besoin de revanche sur les bourgeois la travailla en profondeur. Face à ces toilettes parfumées, à ces peaux blanches et bien nourries, esseulée dans son sarrau noir, mais confortée de la présence de ses gosses, Marie sentait naître en elle une force tranquille.

— Louis n'a même pas de fusil, mais tous les bicornes le craignent.

— Mais, dites-nous, avait-il l'intention de tuer ce gendarme Javelle, ou votre mari a-t-il eu un coup de sang ?

— Lui ou un autre, à Daumeray plus d'un s'était juré d'avoir la peau de cette carne.

— ... et il n'a pas de remords ? questionna, l'air sensible, celle à l'odeur de lavande.

— Non ! Il regrette rien. A notre mariage, parmi les

témoins se trouvait un gendarme. C'est vous dire que Louis n'est pas méchant envers ceux qui font leur métier sans chercher à nuire.

A part la mijaurée qui dansait d'un pied sur l'autre, en face on l'écoutait avec beaucoup d'attention.

La grassouillette qui sentait l'œillet intervint :

— Nous allons solliciter la grâce de votre mari près de l'Empereur.

Un nuage cacha le soleil, assombrissant brusquement la Démennerie.

— Il fait froid ici, lâcha la demoiselle.

D'un coup les dames semblèrent découvrir l'aspect maussade de l'habitation, l'odeur plate de la misère qu'exhalait chaque meuble ou objet. Dans la cheminée, une bûche éteinte, à moitié ensevelie sous les cendres, aggravait de sa masse noire le cadre mortuaire du foyer sans feu. Le plafond bas paraissait descendre encore depuis que le soleil était caché, écrasant de sa triste surface enfumée ce qui restait de vie dans la pièce. Les queniots, engoncés dans le raglan dont on venait de les vêtir, reniflaient l'étoffe, frottant leur nez humide sur la manche au ras de l'épaule, tandis que leur mère, attifée de son sarrau noir, profilait une silhouette de veuve avant l'heure.

Les dames d'Angers saisirent leurs cabas. La gouvernante parut ressaisir ses idées.

— Donc, ma brave femme, si vous aviez des soucis n'hésitez pas à venir au château, Monsieur le vicomte a donné des ordres pour que des repas chauds vous soient servis à tout moment, et Monsieur Gonzague...

Dame Hortense hésita, lorgna vers la porte entrebâillée du débarras, puis posa dans les yeux de Marie un regard bizarre.

— ... Monsieur Gonzague écouterait avec attention votre mari. Voilà.

Elle eut un large sourire. Mais Marie reprit du tac au tac :

— A propos de besoins, d'autres sont plus à plaindre que moi, à commencer par mon beau-père qu'on jette en prison une fois par an pour mendicité. Fin janvier, Javelle l'a verbalisé à la porte du logis Bellefontaine en Saint-Germain, et il a conduit le père Rouget à la prison de Baugé. A pied ! Oui Madame Hortense ! Un homme de soixante-deux ans ! Dix lieues à pied, tenu en laisse par Javelle qui était à cheval !

Les dames s'éloignaient après avoir murmuré un au-revoir.

Marie caressa nerveusement les cheveux de ses petits qui l'avaient suivie sur le pas de la porte. Pour monter dans le break les dames pinçaient leur robe et la soulevaient, montrant des dessous en dentelles blanches.

— Papa va aller au château ? demanda Loulou.

Marie fit non de la tête.

— Papa n'ira pas, dit-elle lentement... Car il faut toujours se méfier des gens qui sont bons. Ils se font plaisir. Donner à quelqu'un en le lui faisant comprendre, c'est le domestiquer. Les justes font le bien sans le montrer.

Elle s'accroupit sur le seuil d'ardoise :

— Les vêtements que les châtelaines vous ont donnés ne vous vont pas. Je vais les découdre, et avec l'étoffe je vous ferai de beaux habits sur mesure.

— Des habits qui seront à nous, chuchota Loulou.

— Oui mon fils, des habits qui ne seront qu'à vous.

17

L'heure était propice aux confidences dans le cabinet du procureur impérial. Une nuit douce effaçait une à une les maisons qu'on apercevait par la haute croisée derrière laquelle la ville d'Angers se diluait.

Le procureur Métivier saisit un petit marteau de bronze et frappa trois coups sur un gong à support en porcelaine. Un valet entra, tenant un lourd chandelier. Il le posa sur le bureau puis alluma les grosses bougies. Ulysse Leblanc en compta huit, mentalement. La pièce s'illumina et le valet se retira.

Le procureur compulsa rapidement les derniers feuillets du rapport que venait de lui remettre le rentier de Daumeray.

— Très bien monsieur Leblanc. Avec de tels renseignements ce gredin rendra bientôt des comptes à la justice...

Il fixa un instant Leblanc, avant d'ajouter, la voix traînante :

— ... si ces travaux vous occasionnaient des frais...

— Non, sûrement pas. Je ne suis qu'un humble citoyen dévoué à l'Empereur.

Le visage de Métivier se rembrunit le temps d'un regard et Leblanc regretta d'avoir laissé échapper le mot « citoyen ». Il esquissa un sourire contrit, mais Métivier reprenait la parole :

— Ce Rouget bénéficierait d'appuis, non seulement de la population, mais aussi des légitimistes.

— Exact, sous le couvert de la charité chrétienne.

— Une charité pour le moins excessive.

— Hélas ! soupira Leblanc.

Métivier se tapotait le dos de la main gauche avec le petit marteau de bronze.

— Il serait intéressant de savoir si Gonzague du

Grip a contacté récemment des voyageurs retour d'Angleterre.

— Il m'est difficile d'approcher qui que ce soit du château. Le peu que je sache me provient du brigadier Savin, bien en cour près du vieux vicomte, mais je doute que celui-ci soit au courant des intrigues nouées par son fils.

— A propos, ce brigadier Savin...

— Monsieur le Procureur, je dois vous dire que la compétence du brigadier de Daumeray est mise en cause par ses collègues des brigades de Précigné et Durtal. Il est vrai que le problème est difficile. La contrée tout en bois et en forêts ne se prête guère à des opérations d'envergure. A cela s'ajoute l'esprit chouan encore vif dans nos campagnes. S'ajoute encore l'embrouillamini des territorialités. Maine-et-Loire ou Sarthe ? D'autant plus que le département de la Mayenne est à cinq ou six kilomètres. N'importe quel gendarme doit faire preuve de tact et de qualités musculaires.

Le procureur impérial se tapotait toujours avec le petit marteau.

— ... quant au brigadier Savin, je pense que son maintien à la brigade de Daumeray est nécessaire le temps de définir les buts de Gonzague du Grip.

Leblanc hésita à s'ouvrir au procureur des services rendus par le vieux Basile dont le travail relevait de la juridiction mancelle. Quand brusquement le souvenir de cette confidence lui revint en mémoire.

— La longue chasse à l'homme de fin octobre fut sur le point de réussir quand le brigadier de Précigné prit l'affaire en main. Hélas, Savin n'avait pas compris la manœuvre...

— Ce brigadier sarthois se nomme ? coupa Métivier.

— Basile Houlbert.

Le procureur prit sa plume et la trempa dans un

encrier de verre où se reflétaient miniaturisées les flammes dansantes des bougies.

— H.O.U.L.B.E.R.T. épela Leblanc. Il n'a pas son pareil pour choisir ses indicateurs. Un exemple. La femme d'un sabotier de Sablé a des attaches familiales en Saint-Germain-sous-Daumeray où elle achète du bois pour son mari. Les renseignements qu'elle a fournis jusqu'à présent se sont toujours révélés exacts...

— Rassurez vos indicateurs, trancha Métivier, en ce qui concerne l'affaire Rouget ils n'ont pas à tenir compte des territorialités. S'il y avait des problèmes, faites-m'en part et je les règlerai.

Le visage du procureur ne trahissait aucun sentiment, seul le rythme des tapotements sur sa main s'accélérait.

— Et le gendarme Javelle, qu'est-il devenu ? J'avais satisfait à votre requête pour une mutation dans la banlieue d'Angers.

— Ce dont je vous remercie Monsieur le Procureur. Jean Javelle est muté à la brigade des Ponts-de-Cé.

Leblanc s'empressa d'ajouter :

— Le gendarme Javelle a placé des pions à la charnière de la secte républicaine et des brûlots socialistes. Ainsi que nous le pensions au club, c'est bien aux Ponts-de-Cé qu'elle se trouve.

Le procureur trempa sa plume dans l'encrier et demanda :

— D'ores et déjà pourriez-vous me citer des noms ?

Leblanc parut embarrassé :

— Si vous m'accordiez un délai de plusieurs mois avant que je vous remette un rapport détaillé, je vous en serais reconnaissant, car Javelle est mal remis de ses blessures. Les formes d'action de sa brigade diffèrent des tournées rurales auxquelles il était habitué. Et surtout, sa position subalterne lui interdit de s'exprimer sous forme administrative...

Leblanc se racla la gorge une fois, deux fois. Mais, comme ignorant sa présence, le procureur examinait la pointe de sa plume à la flamme d'une bougie...

— ... c'est donc verbalement que Javelle me transmet les renseignements obtenus.

— Je dois vous dire, coupa à nouveau Métivier, que pour satisfaire l'une de vos demandes, je me suis enquis près du préfet de Police de Paris de la signification du mot « Marianne ». Le nom de cette secte qui se développe en France serait d'origine méridionale. Dans ces régions « Marianne » est devenu le prénom d'une femme symbolisant la République. Mais comme le fait remarquer Monsieur le Préfet il se pourrait que dans l'argot révolutionnaire ce mot signifiât « guillotine ». L'essentiel est d'œuvrer de manière que ce foisonnement de sectes ne se donne, en France, un chef militaire qui les organiserait. Leur ralliement aux idées du proscrit Hugo les vitalise déjà par trop.

— Je ne pense pas que ces gredins trouveraient en Rouget un chef, car celui-ci ne possède en rien les qualités d'un porte-drapeau. Quant aux idées de Victor Hugo, il paraîtrait que l'écrivain diffuse régulièrement des lettres qui sont lues par des meneurs aux ouvriers des carrières.

— Qu'on m'apporte une de ces lettres et notre souverain obtiendra du gouvernement anglais l'expulsion de l'agitateur.

Ulysse Leblanc se gonfla de joie. Les services rendus se répercutaient jusqu'à Napoléon III.

Le procureur impérial se leva. Il posa le petit marteau sur le rapport que lui avait remis Leblanc, puis se dirigea vers la porte. Au moment où le rentier sortait, le magistrat se fit sentencieux :

— Rouget d'abord. Il nous faut un procès à large audience et qui rassure les propriétaires.

18

Tant que le feuillage arrêta le vent, Rouget ne souffrit pas du froid dans le creux de son arbre. Il fallut décembre et les premiers frimas pour qu'il se décidât à l'abandonner, se jurant d'y revenir dès le printemps. Les Poirier l'accueillirent.

— Et si on te creusait un abri, au milieu des bois, dit le père Poirier.

Sur le coup Rouget se rebiffa :

— Pourquoi pas creuser ma tombe ?

L'idée d'un trou sans lune, sans étoiles, sans même l'odeur des fougères ou des champignons, n'était jamais venue à son esprit. Son flair de braconnier réclamait les arômes subtils de la nuit, les essences légères des pousses respirant au soleil. Le feutre doux de la neige était préférable au contact râpeux d'une paroi de terre.

— A mon avis, dit Lexandre, il faudrait construire une vraie casemate où l'on se retrouverait pour boire un coup, taper une coinchée.

— Alors je connais par devers Saint-Germain un endroit où les gens ne se bousculent pas, remarqua Abaffour. La terre n'y est pas racineuse, ce sera vite fait.

Rouget garda le silence. Dans sa tête défilaient des images qui le remuaient au plus profond. Condamné à vivre seul alors que des soirées affectueuses étaient possibles à la Démennerie !

— Cette carne de Javelle, lâcha-t-il dans un sifflement.

— Pour sûr, notre corporation de braconniers est

plus utile que celle des gendarmes. C'est nous qui alimentons en viande pas chère les villotins, dit Abaffour.

— Braconnier ? rigola le bossu. Moi qui te croyais maçon !

Ils rirent et trinquèrent, sauf Rouget.

— Je vais me faire bûcheron, lança-t-il sur un ton décidé.

Tous restèrent en arrêt, le verre aux lèvres. Rouget vit la mère Poirier cesser de touiller dans un chaudron en cuivre, puis se retourner et le fixer droit dans les yeux. Abaffour posa son verre, regarda Rouget par en-dessous :

— Si je comprends tu vas manger le pain de Gilbert.

— Ça m'étonnerait, dit le bossu.

Ils n'osaient questionner davantage. L'air amusé Rouget les fit languir quelques instants. Ils avaient l'air de se demander quelle nouvelle importante il leur cachait.

— Rien de plus simple, finit-il par dire. Auguste Buisard, des Chevries, va me confier du travail aux alentours de Noël. Il veut défricher en lisière du bois des Tailles pour agrandir un de ses champs. J'arracherai plus souvent la bruyère que je ne déboiserai. Je me ferai un peu d'argent et ça me rappellera le temps où je vivais comme tout un chacun...

Loin, une corne sonnait le passage des gendarmes...

— Le biquard des Morinièrers, chuchota Rouget, en se redressant.

— Le vieux Basile, murmura Lexandre.

Comme en écho, une autre corne sonna, plus au sud, sur le Grip.

— Le biquard des Rochelleries, lâcha Rouget, soudain inquiet.

— Savin, dit Gilbert dans un souffle.

Tous affirmèrent d'un signe de tête. Déjà la mère Poirier venait prendre le verre de Rouget. Il le vida d'un trait et le lui remit, instinctivement, car dans sa tête la géographie se faisait nette : si le vieux Basile et Savin resserraient la tenaille cela voulait dire que, venant de Durtal, Lachaux et ses hommes approchaient derrière en butoir, bien qu'aucune trompe ne les eût signalés. Peut-être même avaient-ils le renfort d'une brigade de La Flèche ?

— Faut aller carrément au-devant de ceux de Daumeray, préconisa Lexandre. Tu joueras plus facilement Savin que le vieux Basile.

Rouget ne remuait pas, figé entre le banc et la table. Par la fenêtre une coulée blême accrochait son regard, comme s'il cherchait à y lire plus en détail le message sonore des biquards. Immobile et tendu comme un chat qui laisse venir sa proie il n'était déjà plus dans la salle de la ferme.

Le patriarche du Veau haussa les épaules.

— Louis n'est ici que depuis avant-hier soir et déjà sa présence est signalée. Que chacun se rappelle qui il a vu, quelles paroles ont pu lui échapper. Une chose est certaine : à Daumeray quelqu'un renseigne régulièrement les bicornes sur les allées et venues de Rouget.

Rouget qui marchait vers la porte se retourna pour dire :

— Si vous pouviez avoir l'œil sur Leblanc, ce gros pourceau est capable des pires saloperies.

— C'est vrai qu'il s'est absenté souvent pour Angers ces temps derniers, constata le bossu. Et le lendemain de chaque retour Savin et le vieux Basile viennent traîner leurs bottes à la Bruère.

— Ce type-là serait de la police secrète qu'il n'y aurait rien d'étonnant, dit le père Poirier.

Au loin une corne sonnait. Rouget porta deux doigts à son bonnet :

— A vous revoir la compagnie.

Sitôt dans le bois Rouget se sentit tout autre. Son

instinct l'avertissait de la proximité des gendarmes de Daumeray. Il lui faudrait passer à travers le filet tendu par Savin et ses bicornes entre le Grip et la Mare-au-Brecq.

Il ralentit son allure et devint plus circonspect. A la tension de son esprit s'ajouta celle de son corps, pelote de nerfs et de muscles prêts à la détente. Ils étaient là, tout près, sans qu'il les vît, mais sans que les bicornes ne se doutassent probablement de sa présence à cet endroit.

Déjà engoncé jusqu'aux oreilles sous son bonnet Rouget ferma le col de sa chemise, puis ôta ses sabots. Les feuilles mortes, froides et visqueuses, se plaquèrent sous ses pieds... Il se redressa, écouta... Il perçut la traînée de bottes sur l'humus, puis les traînées... Elles se rapprochaient, leurs bruits lugubres au diapason de la forêt souffreteuse. Alors, loin entre des rames de châtaigniers, il situa le premier bicorne, tâche sombre qui se mouvait sur le gris des bois. Puis il en vit un second, un troisième, et les autres qui barraient tout l'ouest, déployés en tirailleurs. Savin devait disposer du renfort de ceux de Morannes. Ils avançaient sans hâte, leurs mains nues écartant les branches qui entravaient leur marche. Bien qu'ils fussent séparés d'une vingtaine de mètres certains se parlaient, sans que Rouget comprît ce qu'ils disaient.

Il se camoufla, profitant au mieux d'un roncier, l'esprit lucide, les pieds glacés, mais le reste du corps empli d'un fluide chaud qui garantissait la souplesse de ses membres. Un gendarme venait droit sur lui. Il reconnut la silhouette courte et râblée de Hertz. Un soupir de soulagement lui échappa, celui-là ne le prendrait pas à la course ! Alors il se ramassa.

Hertz était à moins de trois mètres lorsque Rouget bondit, plié en deux, mettant entre eux une tallée d'ormeaux. Il entendit le « oh » stupéfait du gendarme de Daumeray, suivi d'un silence d'étonnement. Il avait couru déjà près de cinquante mètres lorsque parvinrent à ses oreilles des « Rouget, c'est Rouget ! ».

Pendant des minutes Rouget ne se soucia que de maintenir son rythme qu'il savait élevé et qu'aucun gendarme ne pourrait soutenir. Après avoir franchi le Rodiveau il entama de sa foulée régulière un champ de blé en herbe. D'être à découvert ne l'inquiéta nullement. Au milieu du champ il se retourna, trotta à reculons sur quelques mètres afin de juger la situation. Rien ! A l'orée du bois de Saint-Germain il s'arrêta, souffla longuement à plusieurs reprises, puis s'assit sur une bille de chêne.

A l'autre bout du champ un gendarme surgit des branchages, s'arrêta un instant, comme ébloui par la clarté verte de la germination, puis reprit son trot à la vue des traces de Rouget. Le braconnier se leva, agita son bras, ironique, en signe d'au-revoir. Un deuxième gendarme sortait du bois. Rouget estima opportun d'augmenter à nouveau l'écart qui le séparait de ses poursuivants. Il s'enfonça dans le bois et mit droit sur Saint-Germain.

Dès les premières maisons il se rechaussa puis marcha tranquillement, certain qu'il disposait d'au moins cinq minutes avant que les gendarmes ne survinssent. A son arrivée chez le forgeron il respirait normalement, sans une goutte de sueur sur le visage.

— Toi par ici, dit Lehay en l'apercevant. T'as donc pas entendu les biquards ?

— Encore heureux que je les aie entendus, répondit le braconnier. Si tu les voyais avant moi, faudrait les saluer de ma part.

Le regard perçant de Rouget distingua Foucher, le fermier de Gendelaye, à demi effacé par la pénombre et qui, les deux mains tenant le manche du marteau à devant, semblait attendre les ordres de Lehay qui, lui, de la main droite tenait une tranche, alors que la gauche serrait une tenaille sur une barre de fer rouge sombre.

De voir les deux hommes statufiés d'étonnement le rendait joyeux.

— Mais... t'as pas vu les bicornes ? demanda Lehay. Le Savin a vidé sa gendarmerie, celle de Morannes, et en plus a obtenu du renfort de celle de Châteauneuf.

— Une vraie mobilisation, lâcha Foucher en remuant la tête.

Rouget émit un rire nerveux et pensa aux gendarmes qui ne tarderaient plus maintenant. Alors pour vaincre son appréhension il crâna :

— Moi qui me croyais oublié depuis deux mois...

Le forgeron et son client restaient interdits.

— ... j'avais même trouvé du travail, de la brande à couper aux Chevries, sitôt Noël.

A ce moment, un biquard sonna, tout près, dans le haut de Saint-Germain.

— Au revoir, dit Rouget en s'éloignant. Ma présence pourrait vous attirer des ennuis.

Et il partit, droit sur Daumeray sous l'immense forêt de chênes. En moins de dix minutes il y fut et dès la ferme de l'Abbaye traîna ses sabots sans se presser.

Il examina bien les alentours, concentré, toutes ses forces et son énergie en alerte. Alors, sans hésitation, il marcha vers la gendarmerie.

Seul un chien pissait contre un poteau de clôture. La porte était entrebâillée... Il ne se sentit pas un culot suffisant pour grimper les trois marches et la pousser. Une voix intérieure lui murmurait : « fais pas l'idiot, fais pas l'idiot »... Il appela : « Oh, oh », et attendit, sur ses gardes, prêt à détaler. Mais rien ne vint. Rouget renouvela son appel, criant plus fort. Cette fois un bruit de pas résonna dans la salle, puis la porte s'ouvrit en grand. Le gendarme Béziau parut, occupé à agencer son bicorne.

L'homme de loi, à la vue de Rouget, se figea, les deux mains comme rivées à sa coiffure.

— Salut, dit le braconnier, le ton cynique.

Ce fut tout. Un mur mystérieux, fait de défiance, de prudence, de provocation et de peur s'interposa entre eux. Rouget plissait les paupières, son regard de chat sauvage dardé sur l'adversaire, tandis que Béziau, immobile, cherchait visiblement comment s'emparer du braconnier sans encourir le moindre dégât.

Rouget se fit attentif au plus faible écho parvenant d'ailleurs que de son champ de vision... Un vol de pigeons passa... De l'intérieur de la gendarmerie un nouveau pas se fit entendre, lourd, hésitant... Puis une silhouette dodue se profila dans la pénombre, derrière Béziau, enfin se planta à la droite du gendarme.

Sublimé de haine Rouget fusilla du regard le visage rougeaud d'Ulysse Leblanc :

— Bonjour patron, lâcha-t-il d'une voix doucereuse.

Il avait « en main » son tyran, l'homme qui le faisait travailler quinze heures par jour et l'en payait dix. Ce salaud valait bien autant de coups de fusil que Javelle.

— Je viens pas me rendre, s'esclaffa Rouget. Je suis là pour te prouver que malgré la mobilisation des brigades de la contrée je suis capable de prendre la gendarmerie de Daumeray seul et sans arme.

Rouget écarta ses bras, mains ouvertes, et avança d'un pas.

Le gendarme se raidit tandis que Leblanc reculait légèrement. Mais Rouget, de nouveau immobile et aux aguets, se fit moins menaçant.

— Rouget vous devriez vous rendre, dit Béziau. Les mois prochains, au fort de l'hiver, votre situation sera intenable.

— Qu'est-ce que t'en sais ? ironisa Rouget.

— Vous terrorisez la population pour qu'elle vous aide, intervint Leblanc. De cela aussi vous devrez répondre devant la justice ! Surtout que vous continuez de voler les propriétés en braconnant...

— Les lapins se foutent bien des propriétés. Ils vont partout et appartiennent à qui sait les prendre.

Rouget n'en put dire davantage. Une rumeur imprécise éveillait le bourg. Les bicornes questionnaient les personnes qu'ils rencontraient, se regroupaient, se concertaient.

Comme si la scène avait duré assez, Rouget s'écarta d'un pas sur sa gauche, puis de deux, lentement, jusqu'à hauteur de l'église. Ainsi il gagna le carrefour sans que Béziau ne quittât son poste de factionnaire, tandis que Leblanc se hasardait, lui, sur la route.

La seule route de Morannes lui était ouverte. Il se sentait bien, dispos, prêt à une course harassante. Une nouvelle fois il userait ses poursuivants à la distance, de cela il ne doutait pas. Mais sur Morannes il connaissait peu de gens, et d'un coup il réalisa qu'il allait se lancer dans une course sans but, sans savoir quelle maison l'accueillerait pour la nuit.

Les premiers gendarmes apparurent à l'autre bout du bourg, route de Durtal. Ils étaient une dizaine, qui marchaient plus qu'ils ne couraient. Et ils l'avaient vu ! Alors Rouget se dilua dans la grisaille du bois.

Quand, aux approches de Morannes, il atteignit le bois de l'Évêque il se rassura. Des fourrés touffus tachetaient le sous-bois de vert sombre. De loin il en remarqua un, accolé à une haie qui semblait délimiter une culture. Sciemment il lui tourna le dos, brisa des brindilles sur son passage, froissa des fougères rouillées, pila de la mousse sous ses sabots, puis quelques centaines de mètres plus loin avisant des basses branches, il en agrippa une, se détacha du sol...

Alors de branche à branche, traction par traction, il

se rabattit vers le fourré qu'il avait repéré, les orteils crispés coinçant les pieds dans ses sabots, puis se laissa choir.

Il se retrouva accroupi parmi les ronces clairsemées mais dont les entrelacs formaient alentour une muraille qui le dissimulait du reste du bois. Rouget se décontracta le temps d'un soupir prolongé... Ce fut tout, sa respiration se bloqua... Il aurait voulu aspirer de longues bouffées afin de reprendre des forces. Mais il en était incapable, fait comme un rat dans son trou...

A trois mètres, encore mieux fondu que lui au cœur du fourré, l'inconnu montait lentement la crosse de son fusil à son épaule. Un regard métallique, bleu et froid, clouait Rouget sur place... alignait le canon du fusil dans sa direction...

Les éclats de voix des gendarmes parvinrent à ses oreilles...

19

L'homme le tenait en joue, et Rouget ne voyait que l'œil sur lequel se dessinait le grain d'orge du fusil, avec au-dessous le rond noir du canon. Son angoisse ne dura qu'un instant. Sans que son regard ne quittât le visage de l'inconnu il discerna le lapin mort, étendu entre les genoux, le fouillis de collets qui pendaient à la ceinture...

Plus les voix des gendarmes se rapprochaient et moins Rouget se sentait menacé. Un accord muet le liait à l'autre qui, lentement, abaissa son arme. Ses lèvres s'étirèrent en un mince sourire. Rouget lui répondit de la même manière. Alors, mutuellement confiants, ils se tapirent au cœur du fourré.

Il entendait maintenant le pas des gendarmes, le bruit des sabres heurtant un tronc, une rame. Les bicornes ne prenaient aucune précaution, parlaient entre eux, sans retenue.

— ... coffrer sa Marie ! tu veux rire, y a pas un gendarme de Daumeray qu'en a envie, on la dit plus mauvaise que son Rouget !

De plus loin une exclamation troubla la forêt :

— Par ici, il y a des traces !

Rouget reconnut la voix du vieux Basile. Les gendarmes s'éloignèrent et leur pas s'amoindrit.

Alors Rouget reporta son attention sur le braconnier de rencontre. L'homme riait silencieusement, avec au fond des yeux des étincelles qui papillotaient.

— C'est toi Rouget ? demanda-t-il à voix basse.

Rouget fit oui de la tête.

— Je m'appelle Dorgigné, reprit l'homme quand les gendarmes ne se firent plus entendre. Si tu veux passer la nuit à l'abri, viens chez moi, j'habite dans la plaine, en bordure de la route de Châteauneuf.

L'assurance d'un gîte décida Rouget. Dans le comportement de Dorgigné il découvrait une sympathie bizarre, mélange de tendresse et de dureté.

— Merci de m'inviter, répondit-il.

L'autre lui tendit la main. Rouget la prit, une poigne vigoureuse qui contrastait avec la mine maladive. Dorgigné fourra dans son sac le lapin qui gisait à ses genoux. En connaisseur Rouget apprécia le poids de la chasse :

— La journée a été bonne.

— Ça peut aller. Mais il est temps de rentrer, ma maison est à une trotte.

Ils ne quittèrent le fourré que pour se faufiler dans la haie que Rouget avait remarquée. Ainsi qu'il s'en doutait elle cachait un fossé. D'abord ils allèrent vite, mais bientôt Dorgigné ralentit. Rouget perçut alors la respiration sifflante de son nouvel ami qui paraissait se fatiguer, rejetant fréquemment d'un coup d'épaule le sac sur son dos, rajustant sans cesse son fusil en bandoulière.

— Veux-tu que je porte le sac ? proposa-t-il.

Dorgigné ne se fit pas prier :

— Sacré Rouget. Merci. Jamais je n'aurais pensé te rencontrer.

Maintenant qu'il était tout près, que leurs souffles se mêlaient, Rouget distinguait le visage de son compagnon. Vraiment non, ce ne pouvait être la figure d'un campagnard. C'était comme si Dorgigné se fût fait tatouer. Chaque ride dessinait un sillon bleu et mouvant. De nombreux pores se dilataient à chaque mimique, révélant les points bleus qui de loin donnaient à la peau son aspect grisâtre.

Ils marchaient depuis une bonne heure lorsque Dorgigné arrêta Rouget d'un signe de main.

— On arrive, chuchota-t-il. Ça roule sur la route de Châteauneuf à Durtal, mais ça ne m'inquiète pas.

Il émit un rire nerveux, avança de quelques pas, posa son sac de gibiers, puis mine de rien appuya sur un tronc de houx guère plus gros que le poignet. La haie pivota, laissant entrer un flot de clarté laiteuse... découvrant un jardin aux allées droites, bordées de buis.

— Mon jardin, dit simplement Dorgigné.

Rouget sortit du fossé à son tour et aida son hôte à replacer la haie qui s'articulait sur les lianes entrelacées d'un chèvrefeuille. Puis ils traversèrent le jardin, longeant des plates-bandes de mâche, de choux-pommes, de poireaux, se dirigeant vers une maisonnette sans étage, au toit neuf, aux encadrements de portes et fenêtres peints à la chaux. Des poules caquetaient sur un pâtis entouré de grillage et qui jouxtait le jardin.

Ils entrèrent dans un cagibi fait de roseaux ligaturés, murs et toit. Là, Dorgigné vida son sac, aligna les lapins sur une maie démantibulée.

— Douze, dit-il, après les avoir comptés du doigt, de trois en trois.

Par une porte attenante ils entrèrent dans une salle basse. C'est alors que Rouget aperçut la femme, assise au coin du feu. Dorgigné la présenta d'un geste tendre.

— Ma compagne... Un ami de rencontre, le célèbre Rouget le braconnier, acheva-t-il à l'intention de la femme.

Elle eut un sourire aimable.

— Au plaisir de vous recevoir. Désirez-vous un vin chaud !

Dorgigné acquiesça pour eux deux. La femme se leva, fit un pas en arrière et posa sur une commode un livre que Rouget n'avait pas discerné tant le gris de sa couverture se confondait avec le tablier. Alors Rouget vit les livres rangés sur le meuble, presque tout au long, maintenus à chaque extrémité par deux statuettes souriantes, garçon et fille, qui se tendaient les bras, comme si les livres formaient le trait d'union qui les avaient rapprochés.

De se savoir chez des gens qui lisaient impressionna Rouget un bref instant. Que des gens de sa condition sussent lire, Rouget l'admettait, mais non au point de lire des livres épais. Les deux mots de Dorgigné « ma compagne » sonnèrent à nouveau dans sa tête. Le mot compagne signifiait une sorte d'égalité, ramenait Dorgigné à la fonction de complément.

— Assieds-toi, dit Dorgigné en avançant une chaise vers le foyer.

— J'apprécie une flambée, enchaîna Rouget en s'asseyant, surtout que depuis quelque temps je n'en profite guère.

— Tu resteras ici le temps que tu voudras.

— Encore une fois merci. Je resterai un jour ou deux

si vous voulez, mais pas plus car j'ai un coin de bois à défricher et qu'il faut que je finisse avant le premier de l'an... Et puis... je vais essayer de passer Noël en famille.

— Oh ! Oh !... dangereux.

La femme s'était approchée, tenant une casserole pleine de vin. Dorgigné saisit le tisonnier, fragmenta de la braise qu'il attira et nivela, puis avec les pincettes il disposa au-dessus un trépied sur lequel la femme posa la casserole.

Tous les trois assis, ils regardèrent, silencieux, les flammèches danser sur la bûche qui garnissait le fond de l'âtre. Petit à petit un fumet sucré montait du vin qui chauffait. De temps à autre la cheminée ronflait tandis que des tâches sombres couraient sur la braise.

— L'amour de la liberté n'est pas souvent compatible avec les épanchements familiaux, reprit Dorgigné.

Rouget ne répondit pas. Il demeura les yeux perdus sur le foyer.

— Vous avez des enfants ? questionna la femme.

— Oui, deux garçons.

Cette fois ce furent les Dorgigné qui gardèrent le silence. Lui, saisit le soufflet, activa les braises sous le trépied, puis il dit :

— Moi aussi je braconne.

Rouget hésita :

— Vous n'avez que ça pour vivre ?

Dorgigné soupira et un long sifflement sortit de ses bronches. Il se frappa la poitrine à petits coups :

— Je suis là pour me refaire une santé. Il suffit de quelques années au fond et la caisse devient malade.

— Au fond ?...

— Oui, au fond. Mon métier c'est perreyeur.

Extraire l'ardoise aux carrières de Trélazé, voilà mon vrai gagne-pain.

A la périphérie de la casserole le vin grésillait, formant un liseré de mousse rougeâtre.

— Mon ami se repose dans cette petite maison héritée de mes grands-parents maternels, intervint la femme. Mais habituellement nous habitons Trélazé.

— Voilà comment je suis devenu braconnier, compléta Dorgigné. Évidemment, par rapport à toi, je suis moins qu'un galibot. Sans mon fusil je serais toujours bredouille. Je ne parviens pas à tendre un collet comme il faudrait...

— C'est parce que tu ne sais pas effacer ton odeur. Pour pièges et collets c'est la même chose, faut les frotter avec du houx écorcé, les enduire de sève forte.

Pensif, Dorgigné s'en alla quérir trois bols au vaisselier qui surmontait le buffet.

— Notre braconnage c'est vraiment une futilité. Si nous avions un gouvernement généreux, des lois justes, une population instruite, les richesses du sol et du sous-sol équitablement réparties, nous n'aurions nul besoin de traquer le gibier pour vivre.

— C'est vrai, dit Rouget, c'est toujours le petit monde qui souffre tandis que les gros se goinfrent, des « Monsieur de ceci », « Monsieur de cela », ça ne travaille pas et ça vit sur le dos des autres.

— Si tout le monde pensait comme toi, reprit Dorgigné, ce serait la levée en masse, on chasserait les tyrans.

— A Daumeray tout le monde pense comme moi. Partout où je passe je trouve un pain, un pot de rillettes, une bonne bouteille, un grenier douillet.

— Vraiment ? dit la femme, étonnée. Vous n'avez jamais été trahi ?

— Jamais. Je me méfie de certaines gens, sans plus.

Les Dorgigné se consultèrent d'un rapide coup d'œil,

puis la femme se baissa, empoigna la queue de la casserole où le vin chantonnait et remplit les bols. Pour peu Rouget se serait endormi au coin de ce feu, certain de l'amitié des Dorgigné. C'est alors qu'il s'aperçut que l'homme se frottait la première jointure du majeur de la main droite, ostensiblement, comme s'il importait que Rouget vît ce geste.

Tous soufflèrent sur le vin avant de boire. Dorgigné ne relança la conversation qu'une fois son bol vide. D'une drôle de voix il demanda à Rouget :

— Connais-tu Marianne ?

Rouget tarda à répondre :

— Non !... c'est une femme ?

Il entrevit dans les yeux de Dorgigné un éclair de déception, mais le perreyeur se maîtrisa tout aussi vite.

— Ce serait plutôt une jolie fille.

20

Le vent avait forci à la tombée de la nuit, annonciateur de neige, et le craquement des glaces qui s'entrechoquaient au milieu du fleuve achevait de refroidir Javelle. Avec l'hiver ses blessures s'étaient ravivées. Une douleur tenace dans le haut du dos et remontant jusqu'à la nuque à chaque mouvement trop brusque, l'empêchait de tourner la tête.

Ils marchaient vite, Salmon devant, Javelle une trentaine de mètres à l'arrière. Javelle se demanda si Salmon connaissait son histoire. Apparemment son arrivée à la brigade des Ponts-de-Cé n'avait pas fait de bruit et d'emblée Salmon n'avait paru douter de rien. L'autre l'avait accosté un soir, alors que vêtu en civil il se promenait dans les ruelles. Ils avaient lié conversation... Ensuite ils s'étaient revus régulièrement et

Javelle avait compris que sa façon de travailler ici ne serait plus celle de Daumeray. A la brigade aucun collègue n'avait fait allusion aux coups de fusil de Rouget, mais à plusieurs reprises Javelle avait senti que Maujais, son nouveau brigadier, y était pour quelque chose, comme s'il plaçait en lui une confiance réservée...

Ils s'éloignaient de la Loire. Sitôt franchi le pont de bois de Saint-Aubin, Javelle hâta le pas et rejoignit Salmon qui avait délaissé le chemin et pris à droite, par les pâtures.

— C'est encore loin ? demanda Javelle.

— Trois quarts de lieue au plus.

L'herbe haute s'enlaçait à leurs souliers, et parfois Javelle butait dans une touffe de joncs. Des nappes de brouillard stagnaient par endroits, ajoutant à la clarté laiteuse de la nuit l'aspect irréel et sinistre de la plaine humide.

— Suivez-moi, mettez vos pas dans les miens et vous ne vous perdrez pas, dit Salmon presque impératif.

— J'ai l'habitude de marcher de nuit en campagne.

Il demeura au côté de son guide. Parfois ils se heurtaient de l'épaule et alors l'haleine de l'ouvrier puait l'eau-de-vie, avec aussi des relents de café. Javelle se demanda quelle raison incitait le chauffeur de la machine hydraulique des Ponts-de-Cé à renseigner la gendarmerie ?

— Où allons-nous exactement ? questionna-t-il.

L'autre ne cacha pas un bref ricanement :

— Où je vous conduirai. C'est pour ça que je vous ai conseillé de vous mettre en civil. Vous n'avez rien à craindre. En principe c'est à la Pyramide qu'aura lieu la réunion. Ils doivent se rencontrer au café tenu par Jean Sarrazin, membre de la Marianne...

Salmon parlait fort, sans précaution, ce qui intriguait Javelle.

— ... cette réunion a été décidée promptement... à une lieue et demie d'Angers. D'habitude ils se concertent, soit chez le bonnetier François Frouin, soit chez Guérin le filassier... ou chez Desportes qui habite Angers depuis peu... Celui-là c'est un enragé de la Marianne...

L'instinct de l'enquêteur poussa Javelle à questionner :

— Avant, où habitait ce Desportes ?

— Aux Ponts-de-Cé, pardi. Jardinier-pépiniériste sur les bords de Loire. Mais dans les jours qui ont suivi le 2 décembre il en a tant dit et tant fait qu'il a failli tuer le sieur Leroy, un huissier bonapartiste. Alors ils l'ont emprisonné. Gracié, et de retour aux Ponts-de-Cé, vous savez ce qu'il a fait ?...

Javelle hâta le pas, feignant de ne pas écouter le monologue de l'autre...

— ... eh bien, il a engrossé une gamine de dix-huit ans. Un homme marié. Ah le salaud ! et il l'a abandonnée.

A la respiration rauque et brève de Salmon, le gendarme comprit que le chauffeur libérait sa haine.

— Desportes assistera à la réunion ?

— Probablement, il n'en manque pas une. Et puis il est vraiment dangereux, il sait lire et écrire. Paraîtrait qu'il serait aussi le responsable de la Marianne à Chalonnes.

Javelle ne douta plus. On attendait de lui le devoir jusqu'au bout. Dieu lui réservait la vie pour qu'elle soit utile, qu'on purge le pays des mécréants et des révolutionnaires. Et c'est à lui, le miraculé, qu'on confiait cette mission pour l'Anjou. Il ne verbaliserait que rarement, dorénavant il renseignerait. Même plus besoin de revêtir l'uniforme puisqu'on l'encourageait tacitement à patrouiller en civil. Cela le gênait. Son habit de gendarme intimidait les gueux et l'embellissait aux yeux des femmes. Clarisse était fière de son mari, maintenant elle l'appelait « mon héros »...

— On arrive à La Pyramide, chuchota Salmon, le café tenu par Sarrazin se trouve à l'amorce de la route de Trélazé. Nous nous cacherons en face, dans la mansarde d'une petite maison abandonnée, j'ai une clef. De là nous verrons tout.

Un grondement troublait le silence au loin.

— Les carrières ? demanda Javelle.

— Oui, ils ont installé un chemin de fer sur le carreau.

Ils ne se parlèrent plus jusqu'à la route de La Daguenière. Ils la traversèrent en courant. Des jardins émanait une odeur de choux pourris et de bois scié. Un chien aboya quelques maisons au-delà. Le chauffeur s'arrêta au pied d'un mur sombre. Il y eut le grincement prolongé de la clef, puis un appel d'air lorsque la porte s'ouvrit. Javelle entra sur les talons de Salmon.

— Chut, dit celui-ci, ils sont en face.

Salmon referma la porte et les ténèbres les engloutirent. Instinctivement Javelle s'écarta d'un pas... Il entendit la clef grincer à nouveau dans la serrure, puis l'haleine empestée du chauffeur courut sur son visage... Javelle recula d'un tout petit pas... Comprenant que Salmon cherchait dans sa poche, il s'écarta encore un peu. Puis il y eut deux frottements... un point rouge troua les ténèbres, s'aviva. Salmon avait allumé son briquet d'amadou. Allongeant sa respiration, Javelle réprima un soupir.

— Il y a une échelle à monter, murmura le chauffeur.

Javelle entendit un froissement de papier, puis le souffle de Salmon sur la mèche d'amadou. Le papier s'enflamma.

— Regardez vite, j'éteins pour ne pas qu'on soit repérés.

Le gendarme eut juste le temps de distinguer l'échelle, le plafond à grosses solives et l'ouverture d'accès à la mansarde. Salmon avait étouffé la flamme dans sa main.

— On monte, commanda Salmon dans un souffle.

Les barreaux de l'échelle craquaient sous le poids des hommes et dans les ténèbres leur bruit se prolongeait en lamentations. Javelle n'était pas trop rassuré, sans pourtant avoir peur, car le fait d'être à portée de voix de l'antre des mariannistes l'incitait à la bravoure.

Ils prirent pied sur un plancher geignard. Salmon ouvrit vers l'intérieur les deux volets et Javelle se trouva aux premières loges. Une lueur blafarde éclairait la rue.

En face, l'estaminet se révélait à ses deux fenêtres mal camouflées par des rideaux.

— Nous sommes un peu en avance, bougonna Salmon. Ils rentreront par la petite porte, là à gauche.

Le gendarme découvrit la silhouette du veilleur tapi dans l'encoignure plus sombre que la porte.

— Ils sont attendus, dit le chauffeur. Je reconnais Sarrazin.

De la route d'Angers l'équipage apparut. Le cavalier sauta prestement à terre. L'homme qui l'attendait ouvrit la porte en grand.

— Frouin le bonnetier, lâcha Salmon.

Sarrazin, qui leur faisait face en pleine clarté, serrait la première jointure du majeur de sa main droite. Le gendarme comprit que les deux hommes marmonnaient quelque chose.

— Le signe de reconnaissance des mariannistes. Et le mot de passe de ce soir c'est : « Connaissez-vous Marianne ? — Marianne jeune et haute montagne ?

— Oui, elle est ici et elle a du bon vin, entrez donc ».

Venant d'Angers une silhouette rasait les murs, rapidement. Sarrazin l'accueillit de la même façon, serrant son majeur de la main droite.

— Nom de Dieu, Desportes ! Ah le fumier !

Desportes était à peine entré qu'un autre homme apparut, route de Trélazé. Le nouvel arrivant attendit de Sarrazin le même signe de reconnaissance, tout en échangeant apparemment les mêmes paroles...

— Dorgigné ! Que vient foutre ici ce poitrinaire. Je le croyais en train de vieillir du côté de Châteauneuf-sur-Sarthe.

Le ton de la réflexion suffit à Javelle. Ce Dorgigné était un comparse qui habituellement ne fréquentait pas ce genre d'assemblées.

Venant de Trélazé, deux autres hommes arrivèrent. Ils se dirigèrent vers la porte où la lumière les mit en évidence.

— Ah ben ça alors ! Les socialistes !

Sans aucun souci de protection les trois hommes discutaient paisiblement.

— Celui qui cause c'est Secrétain, présenta Salmon. Il est le patron des socialistes angevins, ne travaille pas et vit plus souvent à Paris qu'à Angers. Il a des relations révolutionnaires et s'occupe de politique, tandis que l'autre, le costaud, le barbu, c'est Attibert. Celui-là c'est un dur, le meneur des perreyeux. C'est Attibert qui discute des salaires, c'est lui qui fait des discours aux ouvriers dans les fonds de carrières. Il répond à tout, sans qu'on puisse le rembarrer. Je vous préviens qu'il sait lire et écrire...

Sarrazin referma la porte et de nouveau la rue devint obscure.

— Rentrons, dit Salmon, nous n'apprendrons rien de plus. Cette assemblée de mariannistes et de socialistes me fait bizarre impression. D'habitude ces gens-là s'évitent, et voilà que ce soir ils se font des politesses.

— Troublant, répondit Javelle.

Le gendarme se remémorait les noms.

— Vous avez dit que Dorgigné habitait Châteauneuf-sur-Sarthe ? demanda-t-il au chauffeur.

— Oui, par là-bas à ce qu'on dit.

D'un coup la nuit glacée pénétra Javelle jusqu'à la moelle.

21

— ... J'ai vu Rouget comme je vous vois, dit Dorgigné, même que je l'ai hébergé deux jours, il n'est parti qu'hier matin... eh bien, il n'a rien de l'assassin sanguinaire que nous décrivent les bourgeois.

— Je te crois, lâcha Secrétain, leurs calomnies sont à la mesure de la politique bonapartiste.

Frouin s'empressa :

— Dès que Dorgigné m'eût appris ce qu'il savait sur Rouget, j'ai cru bon de vous le faire savoir. L'affaire Rouget c'est autre chose qu'un grand jeu des gendarmes et du voleur. J'ajouterais qu'il ne faut pas croire en un Rouget porte-drapeau, mais ce qui est incontestable, c'est que cet homme a mis la population de son côté.

— En si peu de temps, lâcha doucement Attibert.

— Je pense, reprit Frouin, que c'est un aspect non négligeable pour nous mariannistes qui combattons l'empereur et ses tristes sires.

— Nous aussi, socialistes, sommes intéressés par cette information, répondit poliment Secrétain. Nous œuvrons pour une République démocratique et sociale, et si nous parvenons à nos fins nous n'assumerons pas le pouvoir seuls.

— Vous ne gouverneriez tout de même pas avec n'importe qui, cria presque Desportes.

Frouin tapota sur la main du jardinier des Ponts-de-Cé.

— Allons, allons, dit-il, ne nous emballons pas, l'heure est à l'entente.

— Il nous faudra gouverner avec des gens qui ne pensent pas forcément comme nous, intervint Attibert d'une voix claire et sûre.

Les mariannistes, surpris, fouillèrent Attibert au plus profond. Sa réputation de meneur d'hommes, de tribun, de révolutionnaire qui avait tâté de la prison, s'alliait à son physique bien balancé, à l'intelligence vive qui miroitait dans ses yeux bleus.

— Pas question d'inviter noblesse et clergé à notre table ce jour-là, relança Desportes. Il y a soixante ans on leur a laissé la tête sur les épaules et maintenant les voilà revenus au pouvoir ou presque. Non, non et non, plus de cadeaux aux vampires. Si nous reprenons le pouvoir c'est pour couper en deux prêtres et marquis !

— Je t'ai demandé de venir pour que tu nous parles de la lettre que Victor Hugo t'a destinée, dit calmement Frouin.

Attibert intervint :

— Dorgigné s'est déplacé de loin, nous l'écouterons d'abord car il faut accorder une grande importance à l'affaire Rouget. Les journaux en parlent peu, probablement sur ordre d'en-haut.

— C'est quasiment sûr, enchaîna Dorgigné. A Daumeray un nommé Leblanc, rentier aisé, propriétaire d'un logis et de la gendarmerie, suscite le mouchardage et supervise la police.

Dorgigné marqua une pause, il sortit de sa poche une tabatière en corne, disposa une pincée de tabac à priser sur son poing, puis renifla, tantôt d'une narine, tantôt de l'autre.

— Je disais donc, reprit-il, que les gendarmes n'y suffisant pas, des moyens de police secrète sont mis en œuvre. Pourtant je vous assure que Rouget n'a rien d'un hercule. C'est un petit bonhomme, tout en nerfs, et qui apparemment n'a qu'un souci : nourrir sa femme et ses gosses. C'est probablement ce qui incite les gens à le soutenir. Jusqu'à des personnes aisées qui le soutiennent. En fait Rouget symbolise la résistance au pouvoir bonapartiste.

— Ça veut dire ? interrompit Secrétain.

— Ça veut dire, reprit Dorgigné, ça veut dire que, à sa façon, Rouget est en train de mobiliser la région.

— Pour le compte de qui ?

Cette nouvelle question de Secrétain installa un silence gênant. Les mariannistes, interrogateurs, fixaient tour à tour les socialistes. Attibert eut un petit rire :

— Nous avons pour habitude de toujours chercher à qui profite l'acte le plus insignifiant.

Secrétain gomma la répartie de son camarade en s'adressant à Dorgigné :

— Tu disais que des gens aisés soutiennent Rouget.

— Oui, lui-même m'a dit que la châtelaine du Grip et des dames patronnesses d'Angers avaient fait une visite à sa femme.

— Je m'en doutais, s'écria Desportes, je sentais qu'il y avait du curé derrière Rouget.

— Disons plutôt, reprit Secrétain, que le menu peuple se reconnaît dans cette rébellion. Mais cela ne signifie pas pour autant que ceux qui aident Rouget se rangeraient à nos côtés afin de réinstaurer la République.

— Si je comprends bien, l'interrompit Frouin, vous socialistes, ne luttez pas pour le pouvoir. Et le bourreau de la République aurait encore des années de dictature à exercer.

— Nous sommes partisans d'une République sociale

et démocratique, cela ne doit pas être une fin en soi pour chacun d'entre nous, mais un élan du pays tout entier.

— La Marianne est implantée dans tout le pays, reprit Frouin. Ce soir je suis mandaté pour vous faire part de l'importance de ses structures. Le cas Rouget ferait office de détonateur.

Secrétain consulta Attibert du regard. La volonté durcissait les yeux bleus du perreyeur :

— Il faut bien préparer notre coup, dit Attibert, le dernier soulèvement nous a coûté une saignée, et depuis nous avons à soulager la misère des veuves et des orphelins.

Desportes but une gorgée, puis, se voulant sans passion, intervint :

— Dans sa lettre, Victor Hugo insiste sur le travail en profondeur indispensable avant toute insurrection. Il dit aussi qu'il faut imprégner la police, l'armée, de nos idées, que Napoléon III symbolise le pouvoir de l'argent...

— A propos, l'interrompit Attibert, moi aussi je reçois des lettres, et dernièrement un carbonaro m'a fait part de son projet d'attenter à la vie de l'empereur. Selon lui, le dernier maillon des Bonaparte supprimé, nous revoilà en République. C'est vous dire que le cas Rouget ne servirait notre cause qu'à partir du moment où il deviendrait une affaire d'État, qu'il symboliserait vraiment notre objectif.

— Ma pensée rejoint celle du camarade Attibert, enchaîna Secrétain. Nous ne pouvons pas hasarder la vie de centaines d'ouvriers sans l'assurance d'un combat coordonné à l'échelon du pays tout entier. Les brûlots de révolte s'éteignent d'eux-mêmes si autour le terrain n'est pas inflammable.

— Je vous assure, dit Dorgigné en prenant à témoin ses amis mariannistes, que la renommée de Rouget s'étend de jour en jour, qu'il est de plus en plus soutenu, et que pas une seule fois il n'a été trahi.

Secrétain ne parut pas convaincu. Un instant il sembla chercher ses mots.

— Si l'occasion se présentait, nous agirions. Mais... il faut peu de chose pour faire un traître.

22

L'homme marchait rapidement, l'allure d'un laboureur qui sort du sillon. La nuit glacée avait vidé les rues de Précigné, seulement animées parfois d'un falot dansant à la porte d'une écurie. Parvenu à proximité de la gendarmerie, il se dissimula dans une encoignure. Certain que personne ne le suivait il repartit et sans hésitation ouvrit la porte de la gendarmerie.

Le vieux Basile discutait avec le gros Drouard... Ils cessèrent net de parler quand entra l'inconnu. Le temps que celui-ci baissât le col de son manteau et se découvrît, passant aussitôt son chapeau d'une main à l'autre, et le brigadier l'avait catalogué.

L'homme était courtaud, la tête grosse au visage glabre, rasé de près. Pas de lèvres, un trait serré constamment déformé ; de petits yeux porcins qui louchaient...

— Je voudrais parler au brigadier Houlbert, dit-il en guise de salut.

Le vieux Basile passa un doigt sur sa moustache, à gauche, puis à droite.

— C'est moi, finit-il par dire.

L'homme eut un regard vers le gendarme Drouard.

— Venez dans mon cabinet, ajouta le vieux Basile.

Le brigadier s'assit à son bureau mais ne proposa pas de chaise à l'inconnu.

— Qui êtes-vous ?

— Louis Foucher, métayer en Daumeray.

C'était suffisant. Le vieux Basile devina la suite. Il dit, amusé :

— Les affaires de Daumeray ne sont pas de mon ressort. C'est un autre département.

— Pourtant, les jours derniers, vous avez été vu sur Daumeray à la tête de vos gendarmes.

Il avait deviné juste ! Doublement ! D'abord le Foucher s'affirmait coriace, ensuite son motif se rapportait à Daumeray. C'était tout dire ! Jusqu'à présent la gendarmerie avait collecté les renseignements sur le terrain, tandis qu'aujourd'hui pour la première fois on venait.

— Eh bien, dit le brigadier de Précigné, expliquez-vous que je voie ce que je puis faire.

— C'est simple, je suis un paysan pas riche, me faudrait une vache de plus.

— Écoutez Monsieur, mes fonctions m'interdisent les marchandages, quels qu'ils soient.

Depuis l'automne le vieux Basile craignait chaque matin au réveil qu'on ne lui apprît l'arrestation du braconnier. L'affaire Rouget était devenue son affaire, et ce paysan l'avait compris.

Comme Foucher demeurait sur place, le regard sournois, mais qui se voulait finaud, il précisa :

— Sachez tout de même que je dispose d'un pécule pour rétribuer les honnêtes gens qui facilitent les investigations de ma brigade.

— En fait je viens me mettre à votre disposition, brigadier.

— A la bonne heure. Entre hommes de raison, on s'entend toujours.

— Je voulais dire que ce que j'ai à vous apprendre vaut certainement le prix d'une vache.

— Je vous écoute.

— Donnant donnant, évidemment.

Houlbert se ramassa en boule, les coudes posés sur son bureau.

— Vous m'amenez Rouget dans votre carriole ?

Le paysan fit non de la tête.

— Mais je sais où il se cache, susurra-t-il.

— Je veux savoir où il est visible.

— Faudrait que je sache si vous payez. J'ai besoin d'une vache de plus pour ma borderie.

Le brigadier plissa les yeux.

— Vous savez, lâcha-t-il, depuis quelques mois les renseignements ne nous ont pas manqué. Et Rouget court toujours. Alors, vous comprenez, s'il fallait offrir une vache à chaque indicateur !...

Foucher arrêta le manège de son chapeau, ses gros doigts crispés sur le feutre. Sans regarder le brigadier il murmura, la voix sourde :

— Si je vous dis où se trouvera Rouget le lendemain de Noël, c'est combien ?

Le vieux Basile bascula en arrière et se balança à petits coups, sa chaise sur deux pieds. C'était la première fois qu'on lui parlait de Rouget, non pas au présent, mais au futur. D'habitude la cache était vide, tandis que maintenant, devant lui, un paysan radin jouait le gros jeu, sûr de ce qu'il savait.

Le vieux Basile ouvrit un tiroir de son bureau, prit une bourse et compta vingt francs. Foucher avança la main pour les prendre... Plus prompt Houlbert posa la sienne dessus avant.

— Causez d'abord. Dites-moi seulement de qui vous tenez votre information.

— De qui !... De Rouget lui-même.

— Et quand ?

— Il y a tout juste une semaine. Le jour où vous l'avez coursé depuis le Veau jusqu'à Morannes. Pas essoufflé pour deux sous il s'est arrêté en Saint-Germain à la forge d'Henry Lehay, et là il nous a dit...

— Quoi ?

Foucher revint vers le bureau du brigadier. Le vieux Basile retira sa main et laissa le paysan compter les pièces, les déplaçant une à une sur la table. Houlbert ne disait rien, surveillant le moindre geste, la plus insigne expression de son visiteur. Foucher sortit une bourse en toile de sa poche. Elle était plate. Il défit le lacet de cuir, prit une à une les pièces, les compta à nouveau. Puis il ligatura nerveusement la bourse et la rempocha gardant sa main dessus. Alors il dit, se voulant innocent :

— Comme convenu ce sera vingt francs encore si ce que je vais vous dire concernant Rouget s'avère exact.

Le brigadier se fit mielleux :

— De toute façon on n'outrage pas impunément les hommes de loi...

Foucher sortit la main de sa poche et se remit à tripoter son chapeau.

— Alors voilà. Rouget m'a dit que, pour Buisard, il défricherait un champ entre Noël et le premier de l'an. Probable qu'il se mettra à l'œuvre dès le lendemain de Noël, et au petit jour. A cette heure-là il ne se trouvera personne pour le contrarier...

— Et ce sera où ?

— Sur Durtal, dans le bas du bois des Tailles. Il ne doit pas vous échapper. A l'ouest et au nord le bois, à l'est et au sud un ravin à pic et couvert d'un épais roncier où n'entrerait pas un chien...

Foucher se coiffa, enfonça son chapeau, puis il releva le col de son manteau et recula jusqu'à la porte.

— Bonne chasse, brigadier Houlbert.

— On se reverra, dit le vieux Basile.

23

Le jour se levait difficilement, lissant un ciel bas et cotonneux. Rouget utilisait tantôt la pelle, tantôt la pioche. Les bruyères cassaient facilement au ras du sol, d'un seul mouvement de pelle, alors il dégageait l'espace d'une table, entassait les bouquets à l'orée du bois, puis piochait afin d'extirper les racines. L'humus était noir et friable, il respirait à longues goulées son odeur franche, l'esprit dégagé, le corps déjà chaud et souple.

Rouget travaillait depuis une demi-heure, seul, Buisard ne devant le rejoindre avec une charrette pour évacuer les végétaux, qu'après avoir soigné les bêtes. Il se redressa et s'appuya le menton sur le manche de sa pelle. Il resta ainsi quelques minutes, statufié dans sa position de repos passager, abandonné à sa seule prescience, à l'infime sensation qui réveillerait son corps et aiguiserait son esprit à l'approche d'un danger.

Rouget pensa à Marie et ses mioches. La Démennerie était toute proche, dix minutes de course tout au plus, pourtant il ne s'y était pas rendu depuis novembre. Le bossu et les frères Poirier l'avaient renseigné. A l'annonce des fêtes, du Noël, trop de colporteurs, de vendeurs d'almanachs fréquentaient les parages. De ces gens aux mains fines, aux ongles transparents, aux gestes liés et à la parole facile. Parfois il en épiait un, reconnaissant d'emblée le vrai chemineau, mais suivant des heures durant les vagabonds mal attifés. Ceux-là faisaient toujours un détour par la Bruère où ils proposaient une marchandise au logis d'Ulysse Leblanc. Ils entraient et ressortaient presque aussitôt, s'essuyant maladroitement la bouche d'un revers de main...

Rouget sursauta. Avait-il entendu quelque chose ? Il distinguait bien l'égouttis des ramures sur les feuilles mortes, c'était tout, avec au loin l'aboiement d'un chien. Un instant il trouva suspect le retard de Buisard... Non, il n'avait pas à s'en méfier... Qui aurait pu retarder le fermier ? Pourtant de faibles bruits choquaient la douceur du matin, sans qu'il pût discerner leur origine, ni même leur direction. Aucun signe de vie. Des entrelacs rouillés, des toiles d'insectes tendues à mi-hauteur, parées de verroterie, mais pas une vibration, pas un frémissement...

Un tressaillement le mit sur ses gardes... Il douta de son réflexe. Non ! La menace se précisait. Et toujours rien, pas un vrai bruit, seulement une suite de sensations qui éclairaient son cerveau puis se diffusaient comme un courant sur son épiderme...

Rouget jaugea d'un seul coup d'œil sa position. A l'orée du bois, la lande qu'il avait à défricher, des bruyères, quelques ajoncs, se répandait inégalement jusqu'au champ ensemencé que Buisard voulait agrandir, une belle pièce d'une centaine de mètres de côté, soyeuse avec son duvet vert tendre en regard de la friche qui l'entourait. En contrebas c'était un à-pic d'une dizaine de mètres, bordures arrondies de ronces, et dont le fond était à la chaude saison un nid de vipères et de couleuvres...

Par prudence le braconnier s'écarta du bois d'où on pouvait lui sauter sur le râble pendant qu'il travaillait. Tant que Buisard ne lui tiendrait pas compagnie il œuvrerait à proximité du champ...

24

Le vieux Basile emmenait quatre hommes : Drouard, Bouteloup, Voisin et Crêtot. De Drouard, obèse, il attendait peu, sinon un signalement précis du braconnier au cas où celui-ci leur échapperait. Bouteloup et Voisin, entraînés à la lutte, maîtriseraient Rouget une fois saisi. Car il ne doutait pas que son jeune gendarme Crêtot prendrait de vitesse le hors-la-loi presque quadragénaire. La stratégie du brigadier de Précigné était simple. D'abord il ne tenait pas à partager le mérite de l'arrestation avec un autre brigadier, et pour ce, n'avait informé ses hommes qu'au moment du départ. Ensuite la disposition des lieux le permettant, Rouget n'ayant comme issue que le bois, il espacerait ses hommes à la lisière, lesquels ne montreraient que leurs bicornes pour donner l'impression d'un encerclement serré, tandis que Crêtot acculerait le braconnier à la course sur le champ de blé.

En moins d'un quart d'heure, à la clarté qui peu à peu égayait le bois, ils devinèrent la lisière. Ils se firent plus prudents encore. Enfin la plaine s'ouvrit devant...

Ils étaient à cinq ou six pas du champ où travaillait Rouget que déjà le vieux Basile savourait sa réussite : la proie vaquait toute proche, sans méfiance. Alors il se redressa, puis, conquérant, caressa d'un doigt sa moustache, un coup à gauche, un coup à droite, préparant sa voix pour le « Rouget rends-toi » qu'il lancerait. Il fallait qu'elle signifiât la mâle autorité de la loi. Deux pas, un pas... Le vieux Basile s'arrêta net... Derrière lui, à vingt mètres tout au plus le cri de la chouette se prolongeait, tellement faux que d'instinct le brigadier se retourna. Il reconnut un paysan dans la silhouette de l'homme qui s'enfuyait. Comprenant que l'alerte était donnée il sortit du bois et cria avant même d'avoir saisi la situation :

— Rouget rends-toi !

Ce qu'il vit le gonfla de joie. Rouget, tentant l'échappée par le bois, venait de buter sur le gros Drouard et cherchait d'évidence à le contourner quelques mètres plus haut, tandis qu'en diagonale Crêtot accourait sans que le braconnier s'en aperçût. A son tour le gendarme Voisin s'avança vers Rouget. A la vue de ce nouvel obstacle le braconnier fit quelques pas à reculons dans le champ. Au même moment Crêtot arrivait.

Au bruit des pas du gendarme Rouget s'écarta d'un bond et fit volte-face. Crêtot agrippa le bras du braconnier. D'une série de moulinets Rouget fit lâcher prise à Crêtot, et comme en conclusion logique tous deux engagèrent la course.

... Le vieux Basile, confiant dans la vitesse de course de son jeune gendarme, se figea devant le spectacle. A mi-champ, soit sur une cinquantaine de mètres, Rouget en avait gagné au moins dix à Crêtot dont le bicorne avait chu. Le braconnier planait au-dessus de la glèbe, ses pieds effleurant le blé en herbe, tandis que derrière, le jeune gendarme, coudes au corps et sabre brinquebalant, trottinait comme un gosse à la poursuite de son père. Le braconnier fonçait droit sur la haie qui masquait le ravin... Le brigadier resta pantois. En pleine course Rouget avait troué la haie comme un caillou et disparu dans les épines, tandis que Crêtot, tel un chien qui a perdu la trace de son gibier, cherchait de droite à gauche un passage décent pour continuer la chasse.

Lorsque Houlbert rejoignit ses hommes au bord du ravin, la trouée faite par Rouget se refermait lentement, les ronces, souples, élastiques, reprenaient une à une leur position initiale dans un pétillis régulier. Au fond du ravin, les broussailles étaient agitées et le remuement se déplaçait, travail patient d'un sanglier qui agrandit sa bauge. Puis plus rien ne tressaillit.

Grave dans sa raideur le vieux Basile sortit carnet et crayon de sa poche, puis d'un regard embrassa le champ et l'orée du bois. Il plissa les yeux afin de voir plus distinctement au loin. Il remarqua l'homme, à peine dissimulé derrière un tronc d'arbre... Avant la fin de la semaine toute la contrée saurait de quelle manière Rouget avait échappé aux gendarmes.

Songeur, le brigadier laissa divaguer son regard sur la surface du champ. Le duvet tendre du blé ne présentait plus sa palette virginale. Le sol meuble conservait les empreintes de la course, pointillés rectilignes dessinés par les pieds de Crêtot et Rouget. Et ces dernières traces expliquaient la différence entre les deux coureurs. La foulée de Crêtot, en comparaison de celle de Rouget, paraissait vraiment celle d'un enfant à côté d'une foulée d'adulte.

— Drouard, votre mètre, dit le vieux Basile.

L'obèse déploya lentement le mètre en bois et le tendit à son chef. Le brigadier se dirigea alors vers le milieu du champ.

— Attention, que personne ne saccage les empreintes de Rouget. Ce sont les plus espacées, dit-il, fixant tour à tour chacun de ses gendarmes, sauf Crêtot.

Il tendit une extrémité du mètre à Drouard :

— Vous le posez à l'extérieur du talon.

A l'autre extrémité du mètre le vieux Basile planta une brindille dans la terre meuble, puis se redressa et se rendit à l'autre trace de pas. De prime abord il recula. Mais non !... Le mètre développé mesurait tout juste la moitié de la foulée.

— Attention de ne pas casser la brindille, compléta-t-il rudement pour Drouard.

Ils développèrent le mètre sur l'autre partie de la foulée.

— Un mètre quatre-vingt-quinze de talon à talon, égrena le vieux Basile d'une voix sentencieuse.

Il demeura un instant immobile.

— Ce Rouget c'est un fameux coureur, lâcha le gros Drouard.

Le brigadier ne répondit pas, son regard s'était porté sur la foulée parallèle et régulière de Crêtot... Le jeune homme, considéré comme l'un des gendarmes les plus rapides du département de la Sarthe, alignait quatre foulées quand Rouget en marquait trois...

— Un mètre quatre-vingt-quinze de talon à talon, répéta-t-il comme si sa mémoire refusait cette évidence... Pour un homme de quarante ans !

— Trente-sept ans, précisa Drouard.

— Et pour une taille de... ?

— Un mètre soixante, d'après le signalement qui date de son incarcération à Baugé en 1852.

Sur un ton las, Drouard ajouta :

— Nous ne prendrons jamais Rouget.

— Je vous interdis de tels propos !

25

Au Grip, le vieux vicomte s'était installé au grand salon pour recevoir les vœux du nouvel an. A l'aise dans son fauteuil de rotin, le corps calé dans la tiédeur des oreillers qui lui moulaient la nuque et les reins, les jambes fondues sous le plaid qui le recouvrait jusqu'à la taille, il observait d'un œil tendre et amusé sa petite cour. S'immisçant de temps à autre dans le papotage des dames qui l'entouraient il n'en suivait pas moins le conciliabule qui se tenait à l'écart. Il devinait le sujet de la conversation qu'animait Gonzague près de la porte-fenêtre.

Face à son fils, les trois maires concernés par l'affaire écoutaient. Monsieur de la Bonninière, vicomte de Beaumont, maire de Daumeray, paraissait le plus réceptif, approuvant d'un signe de tête ou d'un sourcillement prolongé. Le comte de Rougé, conseiller d'État, maire de Précigné, semblait avant tout désireux de se faire une opinion, comme si les explications de l'héritier du Grip lui fournissaient des éléments dont le vieux Basile, qui logiquement devait l'informer, n'avait pu discerner la portée. Quant au comte de Vauguion, maire de La Chapelle-d'Aligné, ses habituelles manières guindées trahissaient son esprit peu habile dans le labyrinthe politique où les entraînait Gonzague...

— ... Rouget ! s'exclama tout près la comtesse de Vauguion. Je vous avoue qu'en venant, pendant la traversée des bois du Veau et du Grip, j'avais mes sels à portée de la main. Monsieur le comte avait sorti son pistolet et le tenait d'une poigne solide. Un bandit qui fait des enjambées de plus de deux mètres ! Nous nous attendions à être agressés d'un instant à l'autre, la calèche retournée d'un coup d'épaule, les chevaux emballés... Ah, mon Dieu !...

— Mais Rouget n'est pas un bandit, dit en souriant dame Hortense. C'est un pauvre être au destin cruel. Imaginez la détresse de sa famille, des gens humbles et bons chrétiens, assidus aux offices.

Abusant de sa démarche de félin, Gonzague se rapprocha, galant, imité par les autres hommes.

— Les prouesses de Rouget n'appartiennent pas à la légende... Pas encore. Pour qu'elles deviennent légendaires il faut qu'elles soient accomplies pour une cause. Autrement dit qu'elles écrivent une page d'histoire, au service de Dieu.

Il souriait, ses dents blanches et luisantes serties dans l'écrin rose des lèvres. La coupe sévère de l'habit, la raideur du plastron, faisaient ressortir la tête intelligente et créatrice, alors que dans le fauteuil les mêmes traits barrés de rides, la bouche molle, les membres tremblotants, les yeux troubles, le vieux vicomte paraissait hors de la scène.

— Le peu que je connaisse de ces Rouget, répondit

monsieur de la Bonninière, n'incite guère aux dévotions. De père en fils ils mendient, braconnent. Que nous accordions à ces gens et à leurs consorts la charité, cela va de soi... Quant à en faire des martyrs !...

Les paroles du maire de Daumeray cassèrent l'ambiance jusque-là débonnaire. Le comte de Rougé intervint :

— Rien de simple, sous prétexte que les églises ne connaissent plus la foule le dimanche, le clergé voudrait aussi une loi qui imposât le repos dominical aux ouvriers des fabriques. La charité chrétienne devrait avoir des limites.

— C'est dire le cas de conscience des hommes politiques, renchérit Gonzague.

Dame Hortense prit une clochette sur la nappe de dentelle du guéridon, puis sonna deux coups et la reposa. Un valet parut :

— Le petit salon est-il chauffé ?

— Bien sûr madame.

— Alors, allons y.

Le vieux vicomte hocha la tête :

— Croyez mesdames que vous ne m'importunez pas. Le babil féminin me repose, me rajeunit.

Dès que les hommes furent seuls, Gonzague proposa un fauteuil à ses hôtes.

— Ainsi donc vous auriez l'intention de lever une armée ? commença le comte de Rougé.

Gonzague afficha d'instinct un sourire poli :

— En d'autres temps cela s'est fait, alors même que beaucoup le croyaient impossible. Père peut en témoigner.

— Sachez mon respect à l'égard de ceux qui ont chouanné, fit le maire de Précigné en s'inclinant vers le vieillard.

De la Bonninière s'inclina également, tandis que le comte de Vauguion approuvait d'un signe de tête empreint de déférence. Gonzague posa ses mains sur ses genoux :

— La situation se prête au mouvement. Un usurpateur, un peuple opprimé, une foi religieuse contenue afin de satisfaire le culte bonapartiste. Quoi de plus ? Il suffit de trouver les hommes qui relèveront le drapeau à fleur de lys. Or en Rouget nous avons l'homme qui sensibilise l'idée d'oppression à cinq lieues à la ronde. De là pourraient se multiplier ailleurs des cas semblables. A nous de les susciter.

— Rien ne prouve que l'histoire se répétera, fit de la Bonninière, un Jean Chouan ne suffit pas, il faut aussi des Cathelineau, Stofflet, Cadoudal. Et encore un La Rochejacquelein, un Charette...

— De ce côté soyez tranquille, l'interrompit Gonzague, mes voyages en Angleterre ne sont pas que promenades. Là-bas des émigrés ont fait souche. Leurs descendants rêvent d'un patrimoine à récupérer, de faits d'armes qui satisferaient leurs idées généreuses...

Sur le périmètre du salon les immenses portraits parurent soudain s'intéresser à la conversation. Dans leurs cadres vernis les ancêtres souriaient, attendris...

Gonzague poursuivit :

— A la rigueur nous pourrions favoriser la fuite du braconnier vers la Bretagne ou la Vendée, sa présence, ses astuces de hors-la-loi, son sens de guerre des taillis, encourageraient les populations à se rebeller.

Le comte de Rougé eut un hochement de tête :

— Vos conclusions me semblent hâtives mon cher Gonzague, beaucoup de choses ont changé en soixante ans et l'état d'esprit s'en ressent. Vous oubliez que le suffrage universel est une arme redoutable, à notre disposition. Je serais plutôt partisan d'une action politique à long terme...

Le maire de Précigné fixait à la dérobée le vieux vicomte :

— ... un roi de droit divin n'a plus de chance d'être accepté par les Français. Par contre, une monarchie constitutionnelle avec des populations qui croiraient au droit du roi et qui, parce qu'elles l'éliraient, attendraient beaucoup de sa justice...

— Mais c'est renier des siècles de civilisation, explosa Gonzague. Et pourquoi pas partager nous-mêmes nos domaines avec la populace. Non, mon cher comte, trop d'imposteurs, de roturiers se mêleraient à l'élite, mus par un seul souci : s'enrichir et jouir. Foin des cultures et du raffinement, le stupre et la jouissance, voilà ce que serait le lit d'une bourgeoisie méprisable. Croyez-moi, ce qu'il faudrait c'est une armée dont nous serions les chefs.

Gonzague prit son visage le plus mystérieux.

— Imaginez qu'en Angleterre un exilé allemand, soi-disant philosophe, écrit et tient école sur une prétendue égalité scientifique... Il est écouté, très écouté... Eh oui !

— Cela signifie quoi au juste ? demanda le conseiller d'État, les sourcils froncés.

— Cela veut dire que si l'usurpateur assoit encore plus son pouvoir en réprimant, les socialistes durciront leurs positions et adopteront les thèses radicales de l'exilé allemand dont je vous ai parlé.

Gonzague avança le menton, comme l'air de dire « maintenant vous comprenez ? ».

Le silence s'abattit, même le foyer se tut, pas un crépitement ou un ronflement de cheminée, un calme total dans ce salon soudain trop grand, trop chamarré de tentures aux franges d'or. C'était comme si d'un coup toute vie s'était éteinte et toute pensée éclipsée.

Il fallut que des rires féminins parvinssent du petit salon pour que le maire de Daumeray se ressaisît :

— Deux de mes conseillers municipaux approchent parfois Rouget, les nommés Riou et Fleury...

Loin, du fin fond des bois du Grip la corne d'un biquard sonnait.

26

— D'après toi, dit Rouget, ceux qui vivent dans les châteaux voudraient notre bien-être ?

— C'est pas parce qu'ils ont les terres et le droit de chasse qu'ils nous laisseront crever de faim, répondit Jean Riou.

— C'est vrai, ces messieurs prennent soin de leurs pauvres comme leurs fermiers de leurs cochons.

Riou ne répondit pas. Le conseiller municipal de Daumeray vit que Rouget biglait à travers la fenêtre le gros Ulysse Leblanc en train de tuteurer un rosier près de sa porte.

Le braconnier réfléchissait. Il connaissait Riou depuis toujours et savait son penchant pour les royalistes. Ce qui l'amusait c'était de voir, de connaître toutes ces passions opposées réunies dans ce petit village de la Bruère. Des fermiers qui aimaient leur terre et leurs bêtes plutôt que leurs familles. Ce gros bourgeois de Leblanc qui ne vivait que pour l'empereur. Jean Riou dont le grand-père autrefois avait emmanché sa faux à l'envers puis s'était joint aux chouans pour combattre les Bleus et leurs prêtres jureurs, Jean Riou nostalgique de cette époque trouble. Et surtout l'ami Gilbert, bûcheron et vagabond des nuits de braconne...

— En sorte, reprit Riou, si demain une levée en masse était décrétée, tu ne prendrais parti pour aucun.

Rouget sonda le regard du conseiller municipal.

— Tu m'as demandé de venir pour quoi au juste ?

Riou remua sur son banc comme s'il était mal assis, puis ferma les yeux, le visage incertain.

— C'est délicat...

— Toi aussi, tu veux peut-être que je me rende ?

— Surtout pas !

— Alors ?

Riou se voulait persuasif mais il ne paraissait pas croire à ce qu'il avait à dire.

— Si prochainement un roi revenait, tes coups de fusil sur Javelle seraient peut-être absous. Ils le seraient même certainement si tu agissais en conséquence.

Rouget se contracta, méfiant. Le braconnier imagina une nouvelle adversité, d'autres soucis, un risque couru de plein gré...

Un sourire transfigura Riou.

— T'as de bons amis dans la région. Maintenant t'es connu et reconnu comme une victime. T'as donc le soutien de ceux qui veulent débarrasser la France de ce Napoléon III de malheur.

L'odeur de suint qui s'infiltrait sous la porte donnant sur la cour saoula de plaisir le braconnier. C'était bien la première fois qu'on reconnaissait l'utilité d'un Rouget. Et subitement tout lui parut naturel, même les coups de fusil tirés sur Javelle...

— Connais-tu monsieur Gonzague ?

— L'Anglais ?

— Allons, allons, il a longtemps vécu en Angleterre, il y va souventes fois, mais c'est un bon Français dévoué à son pays. Lui, a des idées qui méritent d'être suivies. C'est un homme généreux qui mérite vraiment qu'on le serve.

— Qu'on le serve !

— Ça t'étonne ?

Rouget fit non de la tête.

— Écoute Jean, je connais tes opinions et ne veux pas te vexer, mais quant à servir ces gens-là faut pas compter sur moi. C'est nous les pauvres qui faisons notre malheur. Si au lieu de chercher à leur plaire on s'entendait.

— Mais c'est ce que je voulais te proposer. Tu serais le chef...

— Le chef ?... Le chef de qui ?

— De tes amis. Tous les braconniers que tu pourrais rassembler, les traîne-sabots, les domestiques, les journaliers. Autrement dit, tous les petits.

— Et on ferait quoi ?

Le conseiller municipal se troubla :

— Ben... Vous feriez la justice.

Rouget ne savait plus s'il devait rire ou engueuler Riou.

— La justice ! T'as quelquefois vu la justice sur terre ? Que veux-tu qu'on fasse contre des gens qui savent lire et écrire. On sait davantage qu'eux, pourtant on ne peut même pas le dire. Puisqu'on est les plus nombreux on pourrait être les plus forts. Mais qu'un châtelain ait connaissance d'un braconnier de métier et il en fait son garde. Alors c'est fini. Avec une plaque sur sa poitrine le gars cesse d'aboyer. Il est prêt à lécher les bottes du maître qui lui a jeté un os.

Rouget se sentit résigné, sa révolte n'irait pas plus loin que les coups de fusil sur Javelle. En face Riou paraissait contrarié mais pas fâché pour autant. Il proposa une boule de pain et un pot de rillettes au braconnier, s'excusant d'avoir parlé sans trop avoir réfléchi.

Rouget serra le pain sous son bras.

— Merci, Jean. Si tu rencontres un ou une de ceux qui causent ou jacassent sur Rouget, dis-leur de ménager leur salive.

27

Lassé d'attendre, le vieux Basile eut un moment l'idée de rentrer à la gendarmerie. La dernière nuit de février s'annonçait tumultueuse et froide. Les flaques d'eau bouillonnaient tant l'averse était dense. Le brigadier pensa au printemps, au beau temps espéré par tout le monde... sauf lui. La chance de saisir Rouget au gîte diminuait, dès les premières nuits douces le braconnier reprendrait sa vie errante dans les bois, il l'aurait juré, il le sentait. Pourtant il espérait encore l'occasion de cueillir Rouget dans une grange ou un grenier. Il était certain que le braconnier s'abritait dans une ferme aux confins des communes de Durtal, La Chapelle-d'Aligné et Notre-Dame-du-Pé.

Ce soir il avait fait appel à son agent secret le plus subtil et il suffisait de patienter malgré le vent qui envoyait des gifles glacées.

Le chemin conservait un semblant de clarté, le vieux Basile reconnut la Milcent. Elle avançait vite, une main soulevant de très peu sa robe, l'autre tenant un parapluie. La femme du sabotier de Sablé l'intriguait, elle ne lui avait jamais réclamé d'argent, à l'inverse des autres indicateurs, et à voir sa hâte il eut l'intuition qu'une fois encore elle lui préciserait une information d'importance.

Le brigadier quitta l'angle du pont où il s'abritait et s'avança. Ils se croisèrent sans s'arrêter, se saluant d'un mouvement de tête comme deux passants qui échangeraient des politesses.

— Cette nuit chez Buisard aux Chevries ou chez Moreau au Tertre.

— Bonne nuit madame, répondit le vieux Basile.

Sitôt rentré à la gendarmerie il dépêcha un messager monté au brigadier Lachaux, de Durtal, pour un rendez-vous aux Chevries, expliquant qu'il aurait peut-être besoin de renfort s'ils devaient opérer ensuite dans une ferme sarthoise. Puis il rassembla quatre gendarmes, leur expliqua son plan et prit la direction des Chevries.

Dès qu'ils eurent dépassé la dernière maison du bourg l'obscurité qui saisissait tout les contraignit à papilloter des yeux pour retrouver le sens de l'orientation. Bouteloup et Crêtot tenaient chacun un falot, le vieux Basile commanda à Bouteloup de se placer en tête et à Crêtot de fermer la marche.

Le vent criait dans les arbres, fort et brutal, bousculant les hommes qui avançaient les bras en croix pour s'équilibrer sur le chemin boueux. Le brigadier suivait à toucher son éclaireur, prenant garde aux fondrières, empruntant parfois le talus. La lumière jaune et faible des falots dansait irrégulièrement, tantôt dilatée dans une vaste ronde où remuaient des ombres menaçantes, tantôt amoindrie et réduite à un cercle qui n'éclairait que les pas des porteurs. Ce qui ne troublait pas le raisonnement du vieux Basile. Pour la deuxième fois le nommé Buisard se trouvait mêlé à l'affaire Rouget, et maintenant aucun doute possible : l'homme qui avait alerté le braconnier au bois des Tailles n'était autre que le fermier des Chevries. Il lui rendrait la monnaie de sa pièce peut-être même dès cette nuit. Ensuite il devrait élucider le comportement de la Milcent et par quelle magie cette habitante de Sablé, à vingt kilomètres de Daumeray, approchait si facilement Rouget. Il se rendait compte de la ruse des campagnards, des difficultés que l'armée républicaine avait dû rencontrer pour vaincre la chouannerie. Rien à voir avec le bouillonnement révolutionnaire de 1848 à Paris où les enjeux étaient clairs.

Au carrefour de la Planche, ils s'arrêtèrent et s'abritèrent sous la hutte du bûcheron. Les branches des arbres retenaient la pluie jusqu'à ce que le vent dans une soudaine poussée les secouât, libérant une averse de grosses gouttes froides. Un gendarme éternua...

— Silence, vous allez nous faire repérer !

Ils n'attendirent pas longtemps. Sur leur droite une flamme dansait à travers les arbres comme un feu-follet. Le vieux Basile prit le falot aux mains de Bouteloup et balança la lanterne à bout de bras. L'autre lumière ne zigzagua plus entre les troncs, elle approcha droit sur eux. Dans la nuit venteuse, les gendarmes de Durtal ne faisaient rien pour atténuer le craquement des bois sous leurs pas. Le vieux Basile grommela :

— Crêtot ! levez votre falot à hauteur des têtes.

Tous se reconnurent dans l'îlot de lumière jaune. Ils ne présentaient pas beau les gendarmes du vieux Basile, trempés de la tête aux pieds, mais les gendarmes angevins n'avaient pas plus belle allure.

— Monsieur Chauvin, commissaire de police du canton de Durtal, dit Lachaux en présentant son compagnon au vieux Basile.

— Brigadier Houlbert, de Précigné.

Lachaux présenta aussi le garde-champêtre de Durtal, puis ses quatre gendarmes. Le vieux Basile compta mentalement : ils étaient onze. C'était suffisant pour une conduite d'opération dans les ténèbres.

— Rouget couche aux Chevries, mon renseignement est sûr.

Le commissaire toussota et le brigadier Lachaux se décida :

— Nous sommes en Maine-et-Loire, je commanderai donc l'opération des Chevries.

— Comme de bien entendu, répondit logiquement le vieux Basile.

En moins de cinq minutes ils furent sur place, et visitèrent l'écurie, l'étable, sondant le foin des mangeoires avec leurs sabres. Ils furetèrent sous le hangar, inspectèrent la carriole. Ce ne fut que lorsqu'ils pénétrèrent dans le poulailler, les volailles caquetant et voletant, que le chien aboya. L'alerte donnée, Lachaux se précipita vers les habitations. Le vieux Basile l'agrippa à l'épaule :

— Ne vous affolez pas, mes hommes sont à l'affût. Pensez plutôt qu'il faut réussir, vos galons en dépendent.

— Les vôtres aussi, lâcha le brigadier de Durtal en se dégageant.

Le vieux Basile émit un rire nerveux.

— Mes campagnes sont derrière moi, j'en suis à me battre pour des idées.

— Moi je fais mon devoir, je protège les populations.

— Non Lachaux, c'est votre orgueil qui vous guide.

Ce fut au tour de Lachaux de rire :

— Ce qui vous gêne Houlbert, c'est que Rouget va être pris sur mes terres.

— Nenni jeune homme, ne vous pressez pas, Rouget n'est pas ici, croyez l'intuition d'un homme de métier.

— D'un vieux renard ! Alors pourquoi m'avoir dérangé ?

— Parce que je croyais Rouget ici. Mais il m'a suffi d'approcher cette ferme pour sentir que l'oiseau n'est pas au nid.

— Eh bien, nous allons nous en assurer.

Le chien aboyait furieusement et tirait sur sa laisse, empêchant l'accès à la porte principale.

— Faut-il l'embrocher ? dit un gendarme.

— Pas de bêtises, commanda Lachaux.

Ils se rabattirent vers une porte secondaire qui devait être celle d'une buanderie. Une gargouille crachait depuis le toit un jet d'eau qu'on entendait s'amortir dans un récipient sonore.

— Au nom de la loi, ouvrez, cria Lachaux.

A l'intérieur rien ne bougeait. Ils attendirent quelques minutes, Lachaux cognant à intervalles réguliers sur la porte.

— C'est louche, dit le commissaire Chauvin. Un fermier se lève dès que son chien aboie.

— Il n'y a rien de louche, ironisa le vieux Basile, ils ont peur, tout simplement.

— Au nom de la loi, ouvrez, reprit Lachaux.

Une lueur vacilla, dessinant le carré d'une minuscule fenêtre protégée de deux barreaux de fer.

Un verrou fut tiré et la porte entrebâillée. D'un coup d'épaule Lachaux l'ouvrit en grand.

Buisard était en chemise de nuit, le bonnet de coton de guingois sur la tête, une bougie à la main. Il avait néanmoins enfilé un pantalon déchiré aux genoux et qui sentait la bouse. Trois gendarmes entrèrent à la suite du commissaire et des brigadiers.

— Rouget se cache ici, dit le commissaire, nous allons perquisitionner.

— Je ne cache personne, vous ne trouverez rien.

— Calmez votre chien et faites lever les habitants, commanda Lachaux à Buisard.

Une femme échevelée, les seins flasques sous la chemise qui descendait jusqu'aux sabots, vint les rejoindre. Puis un vieil homme tout rabougri, au regard niais, s'amena à son tour.

Le commissaire Lachaux et ses hommes se répandirent dans différentes pièces et le vieux Basile les entendit déplacer des meubles, ouvrir des tiroirs. Sur le visage du fermier Houlbert interprétait le lieu de la perquisition. A la cuisine de l'inquiétude, aux chambres de l'humiliation, au grenier de la révolte. Le brigadier jouissait de sa revanche. Sans ce cul-terreux Rouget eût été pris au bois des Tailles. Il regarda Buisard de haut, frisa sa moustache puis toussota pour capter l'attention de l'autre. Alors, ironique, il commanda :

— Imitez le cri de la chouette.

Le fermier parut interloqué.

— Le cri de la chouette ?

Houlbert fit oui de la tête. Son pied droit battait une mesure saccadée pendant que de la main gauche il caressait la poignée de son sabre.

— Mais... je ne sais pas, dit le fermier.

Le vieux Basile eut une mimique qui semblait dire : « c'est bien ce que je pensais ». Au dernier moment il se retint de crier sous le nez de Buisard : « je le sais bien que tu chantes faux, je te ferai chanter juste une autre fois ».

Le brigadier n'insista pas, son collègue Lachaux et le commissaire revenaient.

Le vieux Basile tira sa montre de son gousset :

— La nuit est bien entamée, il est temps de partir. Ces braves gens ont du rangement à faire, dit-il ironiquement.

Ils sortirent. Sitôt éloigné de la cour de la ferme, leurs hommes regroupés, le vieux Basile se fit péremptoire.

— Et maintenant droit sur le Tertre, chez Moreau. Nous n'aurons qu'à cueillir Rouget. C'est moi qui commande.

28

Dans le grenier à foin du Tertre Rouget se reposait : l'esprit clair et le corps détendu il respirait au rythme du long souffle de la forêt. Pas un bruit dans la ferme. Il devait être trois heures du matin, Rouget le sentait à cette paix solennelle, à cette emprise de la nature sur les êtres et leur habitation.

Un instant il eut envie de partir, de regagner son souterrain dans le bois de Saint-Germain. Mais il se dit qu'il serait trempé jusqu'à la moelle avant de l'atteindre par ce temps à ne pas mettre un gendarme dehors. Pourtant l'idée qu'il pourrait provoquer des ennuis à la famille Moreau le tabuta * quelques minutes. Que ce soit ici ou chez Andouard à la Turpinière, il prévenait le fermier avant de monter au grenier.

La veille au soir, en accord avec le père Moreau, il avait tiré l'échelle à lui, puis refermé la trappe qui desservait l'écurie. Il avait vérifié l'accès au grenier à grains dont il n'était séparé que par un mur ouvert d'une haute chatière par laquelle un homme se glissait facilement. Dans ce grenier les Moreau avaient entassé des sacs d'avoine pour masquer l'ouverture, laissant juste un passage par où Rouget pourrait se couler. Ce grenier-là, au-dessus des chambres, était accessible de l'extérieur par un escalier de pierre...

Il avait le dessin de la ferme dans sa tête, et tous ses alentours... Chaque soir avant de s'endormir il passait une inspection mentale de son refuge. Alors pendant son sommeil veillait une sentinelle intime dont jamais il n'avait discerné les limites de surveillance. Dans ses rêves il distinguait le moindre détail de sa planque, visionnait de l'intérieur les abords immédiats de son gîte. Le monde de la nuit grouillait de vie, tenu à distance par ce vigile inconscient qui le dédoublait en permanence, amplifiait les mille sensations antérieurement ressenties et appréhendées. Qu'un gros gibier se hasardât près de la ferme qui l'hébergeait et une épouvante atavique l'éveillait, qu'un renard musardât autour du poulailler et son sommeil devenait plus léger, Rouget percevant dans un brouillard blanc le caquetage effarouché des volailles...

* L'inquiéta, le contraria.

Rouget prêta l'oreille... le chien remuait dans sa niche. Il entendit les sabots de Pierre Moreau, le fils, puis plus rien, sinon la chanson monocorde de la pluie sur les ardoises. Il se couvrit de foin, les narines aspirant des effluves de menthe et d'absinthe... D'un coup il prit conscience que sa nuit était finie, qu'il ne se rendormirait pas, soudain nerveux, sans qu'il comprît pourquoi. Un moment il pensa à partir pour la tournée de ses collets, mais il se dit que c'était trop tôt, qu'il valait mieux rester jusqu'au lever de tous pour aider à sortir le fumier et donner les soins aux bêtes. Après ce serait une assiettée de soupe bien chaude, une large tartine avec une tranche de lard, et surtout l'ambiance familiale des Moreau. Il pensa à Marie. Il aurait voulu l'avoir près de lui, là, dans le foin, sentir l'odeur reposante de sa peau...

Le chien gronda... Un léger bruit métallique vint de la cour... Rouget s'assit, les talons touchant les fesses et les mains à plat sur sa couche. Il écouta le souffle puissant et lugubre des arbres dans les bourrasques... Un ennemi rôdait, se rapprochait, bernait le chien.

Il se souvint avoir aperçu le vieux Basile caresser l'animal un jour que les gendarmes patrouillaient et que lui épiait la scène en bordure du bois...

La violence des coups qui ébranlèrent la porte de la cuisine ne le surprit pas.

Rouget se coula entre les sacs d'avoine. Le grenier à grains était chichement éclairé par trois lucarnes qui laissaient passer le peu de lune que les nuages filtraient. A pas de loup il se dirigea vers la porte donnant sur l'escalier de pierre. Il entendit le père Moreau qui disait, criant presque :

— Cassez rien, on arrive.

— Au nom de la loi ouvrez ou j'emploie la force.

Rouget tira la porte lentement, comme si elle s'ouvrait sous la poussée du vent... Les silhouettes de deux gendarmes se profilaient au pied de l'escalier.

Il entendit la ruée des bicornes dans la cuisine, les meubles qu'on vidait, le choc mat des linges propres qu'on jetait par les places, les vaisselles qu'on ne ménageait pas... Et le père Moreau qui criait :

— Allez donc fouiner dans la soue aux cochons !

Il entendit déplacer les armoires et les lits, agiter la touille dans le four puis dans la cheminée. Il reconnut la voix du gros Drouard qui rentrait : « brigadier nous avons fouillé tous les bâtiments et fait le tour de la ferme, Rouget n'est pas là ». Et le vieux Basile de répondre :

— Personne n'a inspecté le grenier, vous, Moreau, prenez un falot et montez avec moi.

Rouget ne s'affola pas, il regagna le grenier à foin, s'assura que les sacs d'avoine colmataient la brèche dans le mur, puis, à la hâte, bourra l'ouverture de deux brassées de foin pour mieux donner le change d'une issue condamnée. L'odeur sèche et râpante du fourrage lui redonna confiance. Il se souvint avoir posé près de lui sa casquette et son bâton avant de s'endormir. Il les chercha à tâtons...

Il reconnut le pas traînant et volontairement bruyant du père Moreau sur le plancher du grenier à grains. Rien qu'à l'éboulis murmurant des céréales il imagina le vieux Basile sondant les tas avec son sabre. A chaque pénétration de la lame un chuintement de quelques secondes « traversait » Rouget et le glaçait d'effroi.

— Éclairez plus haut, commanda le brigadier.

Ils étaient maintenant à moins d'un mètre, juste de l'autre côté du mur, au ras des sacs d'avoine...

— Mais dites donc Moreau, avec quoi nourrissez-vous le bétail l'hiver ?

— Le grenier à foin est au-dessus des écuries.

— Ah ! s'exclama narquois le vieux Basile, et par où y accède-t-on ?

Rouget bloqua sa respiration.

— On y entre par l'abat-foin qui se trouve dans l'écurie. Il y a une échelle.

— Eh bien ! fit goguenard le vieux Basile, vous allez m'y conduire.

— Je ne réponds de rien, c'est comme ici où la porte n'est pas crouillée*, n'importe qui peut s'installer pour une nuit sans que je le sache.

Les pas s'estompèrent et la porte du grenier fut refermée sans ménagement. Mais Rouget patienta quelques instants, se méfiant du vieux Basile qui pouvait feinter une sortie et revenir aussitôt. Ce ne fut que lorsqu'il perçut des martèlements de bottes aux abords de l'écurie que Rouget se décida. Il avait bien fait de remonter l'échelle derrière lui. Le temps que les bicornes en trouvent une de longueur appropriée et il serait loin.

Il débarrassa la brèche du foin qui l'obstruait puis se coula entre le mur et les sacs d'avoine. Il huma les relents mouillés qu'avait laissés le brigadier dans le grenier à grains. Ces effluves profanaient l'odeur paisible des céréales. Rouget les renifla longuement, et à mesure qu'il se dirigeait vers la porte s'en imprégna comme d'un contre-poison nécessaire à l'acuité de ses sens.

Il ouvrit doucement puis risqua un œil au-dehors. Les deux sentinelles barraient toujours le pied de l'escalier. Alors, avec autant de précautions il referma la porte puis se dirigea vers la lucarne du milieu, celle qui donnait derrière, sur le jardin, face à un carré de choux. Rouget sortit son couteau de sa poche et

* Verrouillée.

calmement déploya la lame. Le silence était total, les gendarmes devaient chercher une échelle et les Moreau tout faire pour qu'ils n'en trouvent une.

Il travailla d'abord la lucarne et la démantibula patiemment. En moins de cinq minutes elle fut démontée mais l'ouverture s'avérait trop étroite pour qu'il s'y faufilât. Alors il s'attaqua aux lattes du toit, entaillant nerveusement, un coup à droite, un coup à gauche. De fins copeaux lui tombaient sur la figure l'obligeant à garder les yeux mi-clos. Rouget coupa ainsi deux lattes sans plus de bruit qu'un rat grignotant sa cage. Il estima qu'il lui en restait deux autres à sectionner lorsqu'il perçut un bruit sourd et des éclats de voix.

Dans l'écurie ce paraissait être le branle-bas. Rouget entendit comme un roulement de brouette. L'échelle trouvée devait être trop courte et ces messieurs bricolaient un échafaudage à leur convenance.

Cette fois il s'affaira vraiment. Tout aussi vite ses pensées furent autres, moins pratiques, terriblement vitales. Les deux mots des moments d'effroi reprirent leur course dans sa tête, « Cayenne, l'échafaud ».

A force de sonder l'obscurité ses yeux fatigués ne voyaient qu'une tâche rouge et sinistre là où le couteau travaillait. La troisième latte fut dégagée à l'instant où se rabattit la trappe du grenier à foin. Il reconnut la voix du vieux Basile :

— Montez le premier Moreau, je vous suis.

Rouget suait à grosses gouttes malgré les rafales que le vent engouffrait par la lucarne. Ses lèvres étaient sèches et son esprit rogné par les deux mots redoutés... Maintenant les bicornes étaient à côté...

— Votre lampe n'éclaire rien, râlait le brigadier.

Rouget ne se souvenait plus s'il avait rebrassé le foin en partant pour effacer ses traces...

— L'échelle, cria Houlbert, l'échelle a été remontée de l'intérieur. Il est ici.

Puis aussitôt d'une voix menaçante :

— Rouget rends-toi !

Le braconnier perçut le cliquetis d'un sabre qu'on dégaine, puis le froutement du fer qui pénètre le fourrage...

La quatrième latte était coriace. Il comprit qu'il l'avait entamée à proximité d'un nœud. L'idée lui vint qu'en tirant dessus elle casserait, mais la crainte du bruit le retint...

— Une casquette ! s'exclama une voix.

Rouget se dit que cette trouvaille retarderait les gendarmes quelques minutes de plus, les encouragerait à remuer tout le foin du grenier...

— Un bâton ferré !

C'était encore un peu de temps de gagné. Fébrile, Rouget tailladait la quatrième latte qui lui ouvrirait grand le ciel. Par le trou béant il voyait les nuages courir, tamisant la lune...

— Là, une ouverture !

Une lueur auréola la masse des sacs d'avoine. D'un geste sec Rouget cassa la latte, puis sans souci du bruit poussa les ardoises vers l'extérieur. La passe lui parut suffisante... Un sac d'avoine tomba et fit couiner le plancher. Le grenier s'éclaira.

— Il est là !

Rouget bondit et agrippa la toiture. D'une traction où fusèrent toutes ses forces il se hissa sur le toit. Il perçut vaguement la course sourde des bottes et la voix du vieux Basile qui criait :

— Rouget rends-toi !

L'air froid et humide se plaqua sur sa figure comme un linge mouillé. Au-dessus de grandes tâches de clarté frileuse remuaient dans le ciel. Au-dessous, droit devant, un immense précipice où le vent puisait l'odeur fade de la boue, frissonnait de mystère, terrible d'incertitude, d'adversités cachées. Rouget n'avait pas le choix. En deux foulées il décolla du toit.

Bras levés, jambes légèrement repliées il attendit le choc... Il se reçut accroupi, écrasant les légumes, étonné que personne ne lui sautât sur le dos. L'odeur putride des choux gelés le réconforta, il retrouvait la froidure et les émanations secrètes de la nature endormie.

29

Quinze jours plus tard le procureur Métivier eut connaissance des rapports de gendarmerie grâce à Ulysse Leblanc. Rouget insaisissable, la Marianne dont les surgeons se développaient, et personne sur qui compter vraiment, personne capable d'appréhender en un seul panorama tous ces ferments qui tôt ou tard contaminent une opinion. Donner sa confiance à Leblanc ? Voilà qui convenait mal à sa distinction de haut fonctionnaire cultivé.

Il intervint près du préfet, souhaitant coordonner lui-même les brigades du Maine-et-Loire et de la Sarthe. Il fallait donc l'agrément du préfet manceau, la charge d'obtenir l'autorisation du ministre de l'Intérieur incomberait au préfet angevin, tandis que lui, Métivier, interviendrait près du ministre de la Justice afin de légaliser une réunion interdépartementale sur l'affaire Rouget. Ce qu'il désirait c'était extraire des profondeurs de chacun quelque secret dont son esprit de synthèse tirerait des conclusions.

Il insista pour que cette réunion fût tenue dans un salon sans apparat de façon à ne pas intimider des participants habitués à la patrouille des cours de ferme ou aux fondrières qui mènent aux closeries.

30

Le sous-préfet de Baugé présenta d'abord le juge Dorion, de Durtal, puis arrivèrent le commissaire Chauvin et le brigadier Lachaux. Suivirent Ulysse Leblanc et le brigadier Savin, de Daumeray. Le procureur remarqua d'emblée l'aspect anodin du sous-officier, ce qui corroborait la description qu'on lui en avait faite. Quelques minutes plus tard étaient introduits le commissaire Simon, de Sablé-sur-Sarthe, accompagné du brigadier Houlbert, de Précigné. Le commissaire excusa le sous-préfet de La Flèche, retenu à la préfecture mancelle. Cette absence parut à Métivier une dérobade qui le contraria, mais sans qu'il le laissât paraître.

Lorsque tous furent assis, qui sur un canapé, qui dans des bergères, qui dans des fauteuils, Métivier prit la parole :

— Messieurs je vous ai réunis pour que soient prises au plan interdépartemental les mesures nécessaires à l'arrestation du braconnier assassin Rouget. Son Excellence le ministre de l'Intérieur s'inquiète des suites que cette affaire risque de susciter à défaut d'une répression rapide et exemplaire. Je sais les difficultés que vous rencontrez dans l'accomplissement de votre devoir. Je sais que vos tournées sont périlleuses, mais vous êtes des soldats au service de l'Empereur...

Métivier remarqua parmi l'auditoire des jambes qui se repliaient ou s'allongeaient, des corps qui se redressaient...

— ... il est donc important que vous fassiez part des inconvénients qui perturbent votre tâche et compromettent son efficacité.

Le sous-préfet se leva pour dire :

— Nous donnerons la parole en premier à ces messieurs de la Sarthe.

Le commissaire Simon se leva à son tour. En un clin d'œil Métivier le jugea, fonctionnaire honnête et courageux, quelque peu naïf.

— Je vous remercie d'avoir sollicité notre concours, dit le commissaire sarthois. Les compétences ne sont jamais de trop...

Le procureur Métivier entrevit du coin de l'œil le bref sourire du sous-préfet de Baugé.

— ... Si le nommé Rouget a commis un crime qui relève de la juridiction angevine, c'est en terre sarthoise que depuis il trouve le plus souvent aide et refuge près de la population. Voilà huit mois qu'il vit en forêt et chaque jour nous apporte confirmation de nouvelles complicités, quand ce ne sont des preuves de soutien total.

— A vrai dire, coupa le vieux Basile, Rouget maintient sa renommée par la terreur. Sa famille menace ouvertement de représailles ceux qui se montrent réticents à son égard.

— C'est exact, dit Savin, des femmes de gendarmes rencontrent la femme Rouget chez les commerçants, leurs enfants vont à l'école avec l'un des fils de l'assassin. Cela crée un climat malsain.

— Et légalement nous sommes désarmés, au propre et au figuré, dit le juge Dorion. Il faudrait... que sais-je ?...

L'allusion n'échappa pas au procureur impérial. On sollicitait des mesures répressives exceptionnelles, un état d'urgence, l'intervention des troupes, bref, le contraire de l'action occulte qu'il fallait mener pour ne pas exacerber les populations. Métivier prit un air bienveillant pour dire :

— Nom d'un chien, ce criminel n'est pas un surhomme, il suffit d'une coordination permanente entre les polices des deux départements et le braconnier rendra compte à la justice.

— Mes respects, Monsieur le Procureur, intervint le commissaire Chauvin, cet individu nous a échappé récemment en sautant d'un toit. Il court comme une gazelle...

— Sa foulée est de un mètre quatre-vingt-quinze de talon à talon, affirma le vieux Basile. Il se faufile dans des ronciers où aucun chien n'entrerait.

— Et à l'endurance, harnachés comme nous sommes, il nous bat tous, ajouta Lachaux.

— C'est vraiment un être exceptionnel, dit Savin un brin admiratif. Rouget est capable de courir des jours et des nuits sans s'arrêter.

Le procureur impérial le fusilla du regard. Non seulement ce propre-à-rien ne pouvait organiser une répression, mais encore fallait-il qu'il influençât négativement ses collègues. Métivier envisagea soudainement la mise en disponibilité ou la mutation du brigadier de Daumeray.

— Écoutez, brigadier Savin, reprit le sous-préfet, ce n'est pas en vantant les exploits du coupable que vous mettrez les populations de votre côté.

— Mes respects, Monsieur le sous-préfet, dit vivement le vieux Basile, si nous voulons capturer Rouget il nous faut regarder les choses en face. Cet homme possède des qualités physiques exceptionnelles. Nul doute que Rouget aurait couru plus vite que le soldat de Marathon et qu'il ne serait pas mort d'un tel effort. Il est probable que dans l'Antiquité Rouget eût été l'un de ces héros sacrés à l'occasion des Olympiades. Car, ma foi, il faut le dire, cet homme est intelligent, bien qu'il ne sache ni lire ni écrire.

Ni le sous-préfet, ni Métivier ne répondirent. Un silence d'acquiescement général acheva d'impressionner le procureur. Les chasseurs habituels de Rouget semblaient admettre Houlbert comme porte-parole. L'énergie du brigadier, son zèle maintes fois vanté par Ulysse Leblanc pesèrent fortement sur la conviction que Métivier était en train de se faire : le brigadier Basile Houlbert de la résidence de Précigné était l'homme le plus apte à mettre fin aux méfaits du braconnier assassin. Le dilemme était de confier à un sous-officier de la gendarmerie sarthoise la répression d'un crime commis en Maine-et-Loire, au risque de déplaire à la police angevine.

Métivier fixa le commissaire Simon qui apparemment hésitait à parler. Le procureur l'encouragea d'un mouvement du menton.

— Tôt ou tard, dit le commissaire, il faudra envisager les répercussions politiques de cette affaire qui traîne en longueur. D'ores et déjà, à Sablé, la classe ouvrière a pris parti pour Rouget. Nous en connaissons les chefs, les nommés Droisneau et Maugé...

Un embrasement subit transcenda Métivier. A lui de profiter de l'affaire Rouget pour éteindre les derniers feux de la chouannerie, affaiblir les socialistes en étêtant leurs cellules, et surtout démanteler la Marianne par le grand coup qu'il préparait. Les circonstances s'y prêtaient, alors s'ouvriraient toutes grandes les portes du ministère...

— ... ces socialistes encouragent de braves gens au meurtre. Ils disent que si chaque homme qui chasse pour nourrir sa famille se débarrassait d'un gendarme comme l'a fait Rouget, les possédants disparaîtraient. Droisneau a d'ailleurs dit qu'un soir prochain il espérait marcher dans le sang...

— Votre interprétation est peut-être abusive, coupa le juge Dorion. Dans le canton de Durtal il est notoire que Rouget est assuré du soutien des légitimistes. C'est une version complètement opposée à la vôtre...

— Non, non, non et non, trancha Savin. L'opinion

de mes gendarmes et de moi-même est que Rouget est un pauvre bougre qui jamais ne s'est mêlé de politique.

Le sang de Métivier ne fit qu'un tour.

— Brigadier Savin, comment osez-vous défendre un brigand qui fusilla deux de vos gendarmes.

— Mes respects, Monsieur le Procureur, intervint le commissaire Chauvin, selon les renseignements que j'ai obtenus Rouget n'a rien d'un brigand. En plus de la nourriture de sa petite famille il subvenait aux besoins de ses vieux parents.

— Qu'entends-je ! s'écria Leblanc, Rouget est un rapinier de la pire espèce, des dizaines de témoignages l'attestent.

Une rage gagna Métivier. Il lui faudrait décharger de l'affaire Rouget, et le brigadier Savin et le commissaire Chauvin. Par contre deux hommes l'impressionnaient favorablement : le commissaire Simon, de Sablé, et le brigadier Basile Houlbert, de Précigné. De savoir que la capture de Rouget pourrait être attribuée à son confrère manceau le chagrina un instant.

— Mais, s'exclama d'un coup le vieux Basile, qui connaît Rouget ? qui le reconnaîtrait ? Allez donc reconnaître un braconnier parmi d'autres braconniers.

L'agacement fit taire l'assemblée, sauf Savin qui eut un petit rire :

— Deux de mes gendarmes et moi devons être les seuls représentants de l'ordre à pouvoir l'identifier.

La réflexion de Savin gêna le procureur. Il faudrait maintenir le brigadier quelques mois encore à son poste.

— Je connais Rouget mieux que vous, rétorqua Ulysse Leblanc soudain hargneux.

Savin eut envie de répondre : « Vous n'êtes pas de la police », mais il se retint, ne sachant au juste le rôle que jouait Leblanc près des autorités.

— Pour ma part, reprit le vieux Basile, je n'ai fait

qu'entrevoir Rouget. Je ne serai formel que sur sa silhouette. Et encore !...

— Nous espérons qu'un jour prochain la photographie sera au service de la police, glissa le sous-préfet avec un sourire.

— Elle serait alors plus utile que de servir à fixer la tronche des hobereaux, dit Chauvin ironique.

Outré, le procureur fut sur le point d'envoyer au diable le commissaire, mais là encore il pensa qu'il serait prudent de différer la disgrâce de Chauvin, dans l'affaire Rouget trop de points restaient obscurs.

— Et puis, intervint le commissaire Simon soucieux de rester au niveau des réalités, il y a le problème des communications.

— En somme il faudrait inventer le télégraphe portatif, dit en riant le juge Dorion.

On convint en souriant que le travail serait simplifié, qu'il n'y aurait plus de chevauchées sur des sentes impossibles, de retours de missions avec reins meurtris ou jambes de coton alors que le rapport de la journée est à rédiger et que le sommeil gagne.

Le procureur impérial se fit paternel :

— Eh bien, nous n'avons pas perdu notre temps. Dès ce soir j'aurai l'accord télégraphique des ministères concernés pour que désormais vous opériez en commun, sarthois et angevins, et sur le territoire de quelque commune que ce soit. Ainsi...

Métivier s'interrompit puis prolongea d'un sourire encourageant...

... dans les oreilles du vieux Basile une corne de biquard ameutait déjà le Haut-Anjou.

31

Savin s'arrêta et d'un geste de la main fit signe aux gendarmes qui le suivaient d'écouter. Une voix mêlée au gazouillis des oiseaux se rapprochait... D'un rapide coup d'œil il inspecta ses hommes. Tous les quatre avaient la main droite sur le pommeau du sabre pendant que la gauche tenait le fourreau, et, figés, attendaient ses ordres.

— Deux de chaque côté du chemin, à vingt mètres d'intervalle en lisière.

Ses gendarmes en position, Savin se plaça dans le fossé où il s'accroupit au ras d'une touffe de saule. Le brigadier se rendit compte que l'homme braillait plus qu'il ne chantait, la voix fausse, avec des silences que les oiseaux garnissaient de leurs pépiements.

Une silhouette se précisa au détour de la sente, elle marchait droit par moments, puis dérivait brusquement à frôler les broussailles. Le brigadier laissa venir l'homme à quelques pas et vivement se débusqua :

— Salut Renou, vous avez l'air bien gai.

Le jeune homme s'arrêta net et branla du chef. Le brigadier fit signe à ses hommes d'apparaître. Se voyant encadré de gendarmes, Renou eut un éclair de lucidité :

— J'suis pas Rouget !

Savin rigola à l'adresse de ses hommes :

— Ivresse sur la voie publique.

L'autre se rebiffa :

— Un domestique n'a pas le droit de boire, mais vous, vous êtes toujours fourrés au Grip pour de bonnes bouteilles.

Deux gendarmes empoignèrent le jeune valet aux épaules. Sous cette force Renou tituba et tomba à genoux :

— Vous êtes trop fainéants pour mettre la main sur Rouget.

Savin le saisit au menton et lui redressa la tête, le regard furieux :

— Répète un peu.

— Je dis que vous avez peur de Rouget. Celui-là vous n'allez pas vous y frotter.

Renou s'affaissa, maintenu par la seule poigne des gendarmes. Savin s'approcha et le gifla d'un revers de main.

— Où est Rouget ?

Un sourire goguenard donna un semblant de vie à la face livide dont les paupières étaient closes. Savin appliqua deux nouvelles gifles, à toute volée. Le domestique se réveilla plus ou moins, éructa plusieurs fois et dit :

— Moi j'ai pas peur de Rouget, j'ai bu mon dernier verre en sa compagnie.

— Quand ?

— Y'a pas une demi-heure.

— Où ?

Renou à nouveau inconscient, les gendarmes le brinqueballèrent comme un sac dont on veut faire sortir quelque chose. Savin agrippa le domestique au collet et lui hurla à l'oreille :

— Complicité avec malfaiteur. Tu cuveras ton vin à la gendarmerie.

— Je veux dormir, lâcha Renou.

— Dis où est Rouget et nous te laissons tranquille.

Savin comprit que le poivrot faisait travailler le peu de conscience qui lui restait. Il patienta et se fit doux :

— Nous ne dirons rien de ta cuite à tes parents.

L'autre rota bruyamment, comme s'il était sur le point de vomir.

— Nous ne dirons rien de ce que tu nous diras, reprit doucement le brigadier.

Savin était sûr de son ton empreint de camaraderie. Par le passé il avait réglé ainsi des vols de poules ou des pillages de clapiers, et à Daumeray personne ne s'était plaint de sa justice, le rapinier rendant la marchandise ou dédommageant la victime.

— Allons Renou, fit Savin presque câlin. J'ai envie de trinquer avec Rouget moi aussi.

Le jeune valet eut un sursaut, puis hocha la tête comme s'il voulait qu'on le laissât dormir.

— Chez Portais, au Houssay, murmura-t-il dans un souffle.

Savin fit signe à ses hommes de lâcher Renou qui s'affala sur l'herbe.

— Vous Béziau, commanda-t-il, foncez sur Précigné et prévenez le brigadier Houlbert de la situation. Le Houssay dépend de sa juridiction.

Béziau s'éloigna en courant.

— Pour cette fois, dit le brigadier, ce ne sera pas une partie de pêche dans la douve du Houssay.

Il voyait en pensée la ferme aux bâtiments en équerre, avec, quelques dizaines de mètres en arrière, la douve au tracé identique, enserrant même les habitations sur un troisième côté le long du chemin d'accès, là où se situait l'abreuvoir. Les eaux dormantes formaient une nasse naturelle tant la douve était large et profonde.

— Sans vantardise, dit Savin, je crois que cette fois...

Il n'acheva pas sa phrase, ses gendarmes pensaient comme lui.

32

Lorsque Renou reprit ses esprits il fut étonné de l'absence des gendarmes. Sa tête lui faisait mal, prête à éclater, pleine de bourdonnements. Il eut l'impression d'avoir dormi une éternité bien qu'il lui semblât que les bicornes l'eussent quitté depuis peu.

Il se releva. Ses jambes étaient molles. Sa gorge le brûlait, il voulut saliver mais ne put. Il chercha dans sa conscience la part de rêve et de réalité. Il se souvint très bien avoir trinqué avec Rouget chez Portais. Quant à cette image floue d'un attroupement de gendarmes autour de lui, il douta l'avoir vécue réellement.

Apercevant un filet d'eau au creux d'un fossé il voulut s'y baigner la tête. Alors il chancela, terrifié... entre lui et le fossé le terrain était piétiné. De multiples traces de bottes ne laissaient aucun doute...

Au brusque souvenir d'avoir parlé à ces bicornes qui l'entouraient, il chercha au plus profond de sa mémoire les paroles qu'il aurait pu prononcer. Il se rappela qu'on lui criait des questions auxquelles il répondait en s'en foutant, qu'il avait nargué les gendarmes en leur parlant de Rouget...

Une grande tristesse le dessoûla complètement : dans son inconscience il avait livré le repaire de Rouget. Lucidement il examina les empreintes et grogna de joie. Les gendarmes avaient pris à travers bois ce qu'ils croyaient un raccourci, mais lui connaissait plus court.

Il partit en courant, lentement au début, car parfois des embardées le déviaient de la piste des braconniers. L'idée de se racheter, d'évacuer l'épouvante d'avoir commis un crime, renouvelait ses forces par courtes périodes. Il courait à fond une minute ou deux puis devait ralentir, pris de vertige, le souffle court.

Quand Renou vit la bergère près de la barrière du pré, il eut envie de crier, mais se retint, craignant d'effrayer la gamine qui tricotait paisiblement, assise au ras de la haie, son chien couché à sa droite. Il reconnut Perrette Patay, la bergère du Houssay.

Il sortit du bois. Voyant que le chien s'était levé, il

agita la main d'un geste amical. La bergère posa son tricot puis se redressa.

— C'est moi, Maurice Renou, n'aie pas peur !

Il se remit à courir alors qu'elle venait à sa rencontre, retenant son chien qui grondait. Lorsqu'il fut tout près l'angoisse le terrassa, sa tête tournait et il fit effort pour ne pas vomir.

— Rentre vite chez ton patron et dis à Rouget de se sauver, Savin et ses gendarmes savent qu'il se cache au Houssay. Je ne peux plus courir, je vais garder tes bêtes.

La bergère le regarda, incrédule.

— Les gendarmes de Daumeray n'ont pas à venir au Houssay, dit la gamine.

— Si, Perrette, va vite dire à Rouget de se sauver.

— Bon, eh ben j'y vais.

Renou distingua un court moment la coiffe blanche qui voletait, puis tout se brouilla et il s'allongea sur l'herbe.

33

Dans la grande cuisine du Houssay les hommes collationnaient, attablés face à face. Songeur, Rouget mangeait lentement, dégustant les petits carrés de lard et les bouchées de pain qu'il portait à sa bouche à l'aide de son couteau.

— La saison du bois s'achève, dit-il, je ne vois pas qui pourrait me confier de l'ouvrage. Abattre les arbres, scier, tailler, fagoter, c'est idéal pour un homme seul... et loin du monde.

Portais observait le braconnier, sans pitié excessive.

— T'auras fini ce soir ? demanda-t-il.

— Il restera quelques fagots pour un jour prochain, mais le rondin est scié et les culées fendues.

Le fermier ne perdait pas un geste ou une mimique de l'homme traqué. Il devina les périls de l'homme affamé, sans gîte, soucieux de sa femme et de ses enfants. Détesté par les propriétaires, sa Marie rejetée par les commerçants chez qui elle n'avait pas d'argent à dépenser, son aîné traité de « fils d'assassin » par les enfants des gendarmes, son vieux père en butte aux tracasseries de la maréchaussée, seuls les travailleurs de la terre ou du bois le soutenaient. Et la closerie de l'hospice de Durtal que des messieurs bien intentionnés avaient refusée à Rouget sous prétexte qu'il braconnait, cela avant l'affaire Javelle.

— C'est à croire que ceux qui travaillent n'auront jamais le droit de profiter de la vie, lâcha Rouget.

Portais parut réfléchir, il but une gorgée :

— Si, répondit-il, il suffit de trouver son plaisir dans son travail.

Rouget fixa le fermier un instant, puis il trancha un petit carré de lard, le piqua de la pointe de son couteau. Quand il l'eut mâché, sans pain, il eut un petit rire :

— Trouver son plaisir dans le travail ? Évidemment, à condition de travailler pour soi.

Portais ne répondant pas, Rouget crut l'avoir vexé. Il se reprit :

— En fait c'est pas ce que j'ai voulu dire. Je veux dire que ce sont toujours les mêmes qui profitent de la vie et toujours les mêmes qui travaillent.

— Mais non, dit Portais, ces gens qui profitent de la vie comme tu dis, eux aussi disent qu'ils travaillent Depuis le préfet et le banquier jusqu'au curé de campagne et au gendarme. Pose-leur la question, ils te répondront qu'ils travaillent.

— J'irai pas la poser à un bicorne, reprit Rouget en rigolant.

— Je te comprends.

Rouget sourit tristement :

— J'en ai marre de cette vie. Si je me rends crois-tu qu'ils me couperont la tête ?...

— Parlons d'autre chose... on disait quoi ?... ah oui, nous autres qui gagnons notre vie avec nos bras, on ne sait pas les mots qui expliquent les choses simples. Tout ça parce qu'on ne sait ni lire ni écrire et qu'on n'a pas le temps d'apprendre, autrement on saurait nous aussi.

— T'as raison, dit Rouget. C'est pour ça que j'envoie mon Loulou à l'école. Je rêve du jour où il lira ce qu'écrivent les gens qui nous gouvernent. Dernièrement le juge de paix de Durtal est venu clouer une affiche sur la porte de la Démennerie. Comme Marie ne comprenait pas ce que ça voulait dire, elle a attendu une journée pour voir ce qui allait se passer. Il ne s'est rien passé, alors elle l'a foutue au feu et personne ne le lui a reproché... Va donc comprendre !

— C'est vrai, les gens aisés ont des façons auxquelles on ne comprend rien, alors, en douce, faut agir suivant sa tête.

Rouget parut ne pas avoir entendu et la conversation s'arrêta. Le braconnier mâchait lentement, ses coudes appuyés sur la table. Portais remplit les verres et toujours sans rien dire ils trinquèrent. La femme de Portais vint s'asseoir à côté de son mari.

— Le vent ne se réchauffe pas, reprit soudain le fermier. J'espère que tu coucheras au chaud.

Rouget ne broncha pas, mais la femme se redressa subitement et regarda au-dehors. Un point blanc se déplaçait assez loin au-dessus d'une haie.

— C'est Perrette qui revient en courant, dit la fermière. Que veut-elle ? Elle n'a pourtant pas oublié sa collation.

— Et puis d'où vient-elle ? répliqua Portais, c'est

pas de ce côté qu'on lui a dit de mettre les vaches en pâture.

La bergère sauta un talus et fit irruption sur l'aire en courant. Rouget mit deux bouchées coup sur coup dans sa bouche et les mastiqua nerveusement. La gamine s'arrêta net devant le bas de porte qu'elle n'ouvrit pas. Elle avait du mal à reprendre son souffle, toute rouge sous sa coiffe blanche.

— Qu'est-ce qu'il t'arrive ? gronda Portais.

— Les bicornes, lâcha-t-elle à la recherche de son souffle.

— Où ? demanda Rouget en jaillissant de son banc.

La bergère parut atterrée.

— Partout, ils viennent ici. C'est Maurice Renou qui m'envoie dire qu'il a vu Savin et ceux de Daumeray en marche vers le Houssay. J'ai pris à traverse pour arriver avant eux. En coupant le chemin du Pé j'ai aperçu le vieux Basile et ceux de Précigné. Ils viennent par ici eux aussi.

— T'affole pas, dit Rouget. Deux brigades de gendarmerie ça fait quinze hommes tout au plus. Un jour, du côté de Malicorne, j'en ai eu une soixantaine à mes trousses... et je suis ici.

Rouget crânait, mais Portais le sentait fébrile.

— Je monte au grenier, compléta le braconnier, de là je verrai la situation de plus haut.

Il regarda ses hôtes, gêné :

— Je vous attire des ennuis.

Portais fit un geste rassurant de la main :

— Tu t'es installé dans le grenier à mon insu. Monte, je vais les retarder quelques minutes.

Dans le grenier c'était le silence, un calme serein et l'odeur apaisante des grains. Rouget se sentit ridicule avec sa peur alors que tout incitait à la nonchalance. Il se porta aux lucarnes. A l'ouest, en direction du Pé, il vit le vieux Basile qui disposait ses hommes. Aucun n'était armé, sinon du sabre. Alors Rouget changea de lucarne et examina l'arrière de la ferme. La douve tirait une large bande moirée de jade sur le vert criard de la prairie en bordure du bois, tandis qu'à la verticale du toit les pousses tendres du jardin accentuaient cette brisure dans le panorama. Le braconnier aperçut les deux bicornes postés à l'angle que faisait le mur des habitations et celui des étables. Dos à dos ils surveillaient chacun un côté, Rouget reconnut les hommes de Savin. Rouget ne voyait pas l'angle sud de la ferme, mais il pensa que le brigadier de Daumeray devait s'y cacher, accompagné de gendarmes... Le piège était fermé alors qu'à moins de cent mètres, au-delà de la douve, le bois offrait son refuge sûr sous les frondaisons naissantes...

Rouget revint à la lucarne qui donnait sur la cour... Le vieux Basile, suivi de trois hommes le sabre à la main, venait vers la cuisine... Rouget vit les gendarmes disséminés en face.

Rouget changea encore de lucarne... La douve franchie, c'était la liberté. Il remarqua au bord de l'eau, dans le jardin, un monticule fait de grosses mottes entassées en vue d'obtenir du terreau. Avec de l'élan et s'aidant de ce tremplin, il lui manquerait un mètre ou deux pour atterrir sur l'autre rive. Il ne savait pas nager, mais il se dit qu'en pataugeant... Mieux valait mourir libre que d'être conduit à Cayenne ou aux bois de justice.

Une petite porte condamnée, par où autrefois les fermiers devaient rentrer le foin, donnait sur le jardin. Rouget l'ouvrit lentement, précautionneusement, la levant au maximum pour ne pas qu'elle raclât le plancher.

Il osa un œil à gauche... Son regard croisa celui du bicorne en faction au pignon nord...

L'instinct le jeta dans le vide. Il se reçut accroupi

quatre mètres plus bas sur la terre nouvellement travaillée. Il entendit le gendarme crier « Rouget s'échappe ». Mais déjà il avait pris sa course de sa longue foulée. Lancé à toute vitesse il se retrouva au faîte du monticule d'où de la plaine puissance de ses jarrets il décolla... Il vit sous lui le plan d'eau puis l'autre rive encore loin. Brassant l'air il donna un violent coup de rein qui le propulsa jambes en avant, en même temps qu'un cri rauque libérait la totalité de ses forces...

Il se figea une fraction de seconde sur la terre ferme, étonné d'avoir franchi l'obstacle si aisément. L'herbe sentait bon...

— Arrêtez-le...

Rouget entendit la course lourde des deux gendarmes sur le chemin parallèle. Il comprit qu'ils voulaient lui couper la direction de Malpaire. Alors, sûr de sa souplesse et de sa rapidité il plana au-dessus des guérets, les effleurant à peine, puis disparut dans la forêt avant même que les gendarmes eussent atteint le coude du chemin qui remontait sur Malpaire.

Tout à sa joie de la liberté certaine dans le fouillis des entrelacs, Rouget se rabattit le long du chemin. Lorsque les deux premiers bicornes se profilèrent il se tapit dans les broussailles et les regarda passer, inquiets et indécis. Toujours à l'intérieur du bois et en longeant le chemin, Rouget se rapprocha du Houssay... Un gendarme passa seul en courant, l'air soucieux de rejoindre ses compagnons. Le temps pour Rouget de se rapprocher encore un peu de la ferme et Savin apparut sur le chemin... Sur le visage du brigadier il lut tous les ennuis du monde dans une sorte de bonté rentrée.

Rouget était arrivé au coude du chemin. Dissimulé dans un roncier il vit venir le vieux Basile avec l'héroïsme d'un officier qui va au sacrifice suprême. La fureur donnait au brigadier un air encore plus martial.

Rouget attendit que les bruits de bottes se fussent estompés, puis, quand les oiseaux chantèrent de nouveau et que la forêt eût repris sa respiration tranquille, il sortit de sa cachette et longea le chemin à l'intérieur du bois. Lorsqu'il fut à hauteur de l'abreuvoir il risqua un œil sur le chemin. Rien ! En plus son odorat ne pouvait le tromper, la profanation des effluves subtils du printemps par les hommes de loi était déjà effacée.

Rouget franchit le chemin d'un bond et se fondit dans la haie qui délimitait la ferme. De là son champ de vision appréhendait la cour et les façades des bâtiments, étables et habitations... Perrette était sur le seuil de la cuisine.

Au moment où il se décidait à imiter le gloussement du dindon pour attirer l'attention des fermiers, la bergère vint vers le chemin en trottinant. Au passage il l'attrapa par un bras.

— Ah !

Rouget sourit, penché sur elle :

— Merci ma fille, dit-il simplement.

— Mais... les bicornes vous ont pas pris ?

Il fit non de la tête :

— A l'heure qu'il est ils sont dans Malpaire.

La gamine ne dit rien, mais son regard montrait tout l'émerveillement qu'elle ressentait.

— Sais-tu si des bicornes sont encore dans la ferme ?

— Ils sont tous partis, dit-elle en le dévorant des yeux.

Il lui fit un petit geste d'amitié qui voulait dire « au revoir, on est de bons amis ». Rouget la regarda s'éloigner. Un peu avant l'échalier elle s'arrêta et se retourna. A son tour elle fit un geste amical auquel le braconnier répondit de la même manière, et cette fois Perrette se mit à courir avec des pas de danse, comme si elle avait une histoire à raconter.

Plié en deux Rouget gagna les murs de la ferme en quelques enjambées. Il se planta sur le seuil.

Portais mangeait lentement, soucieux, et près de lui sa femme semblait encore plus accablée. Sans façon Rouget entra et alla s'asseoir en face de Portais. Les fermiers le dévisagèrent, incrédules, leurs regards fixant tantôt la porte, tantôt lui.

— Si vous le permettez je vais finir ma collation.

— Mais...

— Ils m'ont fait digérer, reprit-il, ouvrant son couteau.

Les Portais regardèrent encore la porte, comme s'ils attendaient que s'y présentât un gendarme. La femme se leva de son banc, scruta au fin fond de l'aire et de la cour, puis se rassit et fixa la figure de son homme jusqu'à ce qu'il la regardât. Entre eux il y eut un échange muet, une interrogation commune.

— Mais, reprit Portais, la douve ?

— La douve ? Eh bien j'ai sauté par-dessus.

Les traits de l'homme et de la femme se détendirent en même temps. Puis Portais abattit violemment ses poings sur la table :

— Sacré bon Dieu ! c'est le vieux Basile qui va être fumace.

Ils se mirent à rire tous les deux, lui avec le bruit d'un bourdon qui bute contre une vitre, elle avec la fragilité de verroteries qu'on heurte. Quand ils furent un peu calmés, la fermière se pencha et examina les jambes de Rouget sous la table.

— Le coquin n'a même pas mouillé ses chausses.

Rouget ne savait pas quoi dire pour être cru :

— J'ai pas touché l'eau, hasarda-t-il.

— A quel endroit as-tu sauté ?

— Là, en face, je me suis retrouvé au milieu du clos d'en bas.

Portais agita la tête, dubitatif.

— En largeur ça doit approcher les six mètres.

Le braconnier, craignant qu'on ne le flatte, crut utile de préciser :

— De ce côté-ci il y a un monticule qui m'a permis de m'enlever, c'est appréciable.

Portais saisit la cruche et remplit de vin le verre de Rouget :

— Monticule ou pas, faut sauter, et les bicornes n'en sont pas capables... Moi non plus, ajouta-t-il humblement et avec un semblant de sourire.

Le fermier se remit à manger, le regard perdu par-delà le Pé. Rouget reprit :

— J'espère qu'à la fin ils ne vous dérangeront plus.

Portais hocha la tête :

— Les petits seront toujours à la merci des gros.

— Non, dit Rouget, viendra un jour où pour nourrir sa famille tout homme pourra tuer un lapin sans ennui.

— Ne parle pas de justice, les bicornes diraient que t'es socialiste et ça aggraverait ton cas.

Rouget se tut. Ses conversations étaient maintenant différentes de celles des gens qui vivent une vie normale. Lui-même se trouvait différent, prisonnier d'un monde qui aurait été fait pour lui. Rien ne correspondait plus à ses obligations vitales. Il devinait que son cas n'était accepté qu'en partie par les autres. On le soutenait parce qu'il symbolisait une révolte contenue et qu'il était la meilleure affiche pour l'exprimer, mais il sentait aussi chez les fermiers une lassitude devant les brimades répétées des gendarmes.

Rouget s'était taillé un morceau de pain et mangeait délicatement, à petites bouchées. Jusqu'au moment où... Il ne se trompait pas. Le frémissement intérieur qui réveillait sa volonté et affûtait ses réflexes lui était trop coutumier pour qu'il ne l'interprétât pas aussitôt...

Le braconnier vit la femme blêmir :

— Ils reviennent.

Rouget se dressa, le couteau à la main.

— Le vieux Basile, chuchota la Portais qui de sa place voyait une partie du chemin.

D'un revers de bras Rouget balaya les miettes sur la table. Il entendit le bruit des pas dans la cour et des bribes de conversation. Atterré il chercha une issue. Impossible de renouveler la fuite par le grenier, la douve devait être surveillée. Il aperçut le lit, bas et trapu dans un coin de la salle.

Les Portais n'avaient pas encore compris ce qu'il voulait faire, qu'il était déjà sous le lit, calé tout au fond dans l'encoignure...

La porte s'ouvrit bruyamment. Rouget ne vit que le bas des bottes, mais il reconnut tout de suite celles qui s'étaient plantées un pas à l'intérieur de la cuisine. Et d'autres bottes grouillaient derrière les pieds panards du brigadier de Précigné.

Rouget retint sa respiration. Il imagina le vieux Basile narquois, les bras croisés, toisant en silence les Portais rapetissés par la peur et tenaillés par le désir de regarder en arrière afin de s'assurer que lui était totalement invisible, qu'il n'avait rien laissé traîner qui pût le trahir, les trahir.

— Vous n'auriez pas vu l'assassin Rouget ? demanda ironiquement le vieux Basile.

Rouget remarqua sous la table le pied de Portais. Le fermier pressait le pied de sa femme comme pour lui faire comprendre qu'il se chargeait de l'initiative. Le brigadier s'avança au bout de la table et se pencha sur le fermier.

— Allez-vous me répondre ?

Rouget reconnut les bottes de Savin qui se plaçait à

la droite du brigadier de Précigné. Un silence pesa. Rouget ne lâchait pas des yeux les quatre paires de pieds. Si les brigadiers paraissaient plantés, les pieds des Portais remuaient constamment. Jambe contre jambe l'homme et la femme semblaient solidaires dans leur nervosité. Rouget aurait donné cher pour fouiller le regard des Portais. Les fermiers pouvaient le trahir d'un simple regard et avant même de se remettre debout, il serait saisi, extirpé de sa cachette et ligoté...

— Quand donc ça finira ? gémit la voix de Portais.

— Ça finira quand les gens comme vous ne cacheront plus Rouget, hurla Savin qui semblait vouloir faire preuve d'autorité.

— L'assassin était caché dans votre grenier, enchaîna le vieux Basile. Expliquez-vous !

Un instant de silence troubla Rouget qui se ramassa encore plus sous le lit. Aux abords de la table aucune jambe ne bougeait. Seules les bottes de gendarmes restés sur le seuil remuaient. L'odeur du crin qui lui chatouillait la figure imprégnait le braconnier d'une force sauvage. Rouget se sentit capable de se dresser avec le lit sur les épaules et de jeter le meuble à la tête des bicornes...

— J'en savais rien qu'il était là-haut, lâcha Portais, au bout d'un moment.

— Et là, en face, qui mangeait ? tonna Savin.

— Un ancien domestique de passage, il est reparti.

Rouget entendit la fermière prendre le verre, elle se leva puis le porta près de l'écrémeuse là où d'habitude elle faisait sa vaisselle. Près de la table les bottes encadrèrent Portais toujours assis.

— Debout, hurla le vieux Basile. Tu vas accompagner mes hommes dans les dépendances de la ferme. Toi la femme tu seras avec les gendarmes qui remueront les chambres.

Les gendarmes se dispersèrent, emmenant les Portais, mais les brigadiers restèrent. Rouget se tassa davantage, n'osant même plus respirer maintenant que le silence était total.

Le vieux Basile s'assit le premier, là où était la fermière tout à l'heure. Savin contourna la table et en fit de même en face de son collègue.

— C'est vous qui rédigerez le rapport de cette mission, dit fermement le vieux Basile.

— Nous opérons dans le département de la Sarthe, les formalités administratives vous incombent donc, rétorqua Savin entre deux tons.

— Que non ! C'est vous qui avez déclenché l'opération. Vous avez eu l'initiative et n'avez même pas été capable de boucler la ferme.

— Je vous en prie !

— Je dis ce que je pense. C'est à désespérer de collaborer avec votre brigade. Par la faute de votre naïveté, c'est toute la gendarmerie qui sera ridiculisée. Je vous défie de mettre un jour la main sur l'assassin.

Rouget contrôlait mal sa respiration. Son cœur cognait si fort qu'il avait l'impression que le lit en vibrait. Un instant il eut envie de fuir. Probablement aurait-il le temps de sortir avant que les brigadiers ne réalisassent. Mais il se retint, par crainte d'accuser les Portais et dans l'ignorance de l'emplacement des gendarmes qui dehors furetaient partout.

34

Ils avaient fait un grand détour par les Justices où ils s'étaient rencontrés comme par hasard... Maintenant ils revenaient vers la Pyramide en causant, Javelle en civil. Salmon l'avait persuadé de venir reconnaître le cabaret tenu par Sarrazin, histoire de s'imprégner du décor et de juger l'ambiance, et le gendarme n'avait pas hésité, il lui fallait saisir la physionomie de quelques Rouges dont le chauffeur de la machine hydraulique lui dirait les noms.

Quand ils arrivèrent sur la petite place de La Pyramide, des perreyeux s'en venaient par la route de Trélazé, une musette au côté. Les hommes marchaient un par un, deux par deux, jamais plus. Le début d'après-midi avait une tout autre animation qu'aux Ponts-de-Cé ou à Daumeray. Ici les maisons étaient grises, alignées aux bords de la longue route droite sans qu'un jardin n'égayât de ses fleurs cette uniformité. Les perreyeux, hâves, le teint bleuté, se mouvaient avec des gestes mécaniques...

— C'est là, dit Salmon.

Ils entrèrent par une porte étroite dans une salle sombre au plafond bas. Un brouhaha nivelait les conversations. Salmon s'arrêta au milieu de la pièce, chercha une table libre, puis entraîna Javelle vers le fond.

Le gendarme se sentit isolé avec ses habits trop propres parmi ces hardes dont l'odeur râpait les narines. De leur table pourtant effacée dans la pénombre Javelle devina sur lui un regard. Un homme guettait leurs gestes tout en rangeant des verres sur le comptoir.

Salmon fit un signe de la main et l'homme quitta sa place, s'essuyant les mains à son tablier. Il se faufila entre les tables, claudicant, et s'approcha sans lâcher des yeux Javelle.

— Sarrazin, murmura Salmon.

Le cabaretier serra les mains, puis il demanda d'un ton froid :

— Je vous sers quoi ?

— Une chopine de Layon.

Sarrazin était petit, son regard d'épervier fouilla Javelle et Salmon.

— Bien, fit le cabaretier en se retournant.

Sous la table Javelle essuya à son pantalon la main qu'avait serrée Sarrazin. C'était son premier contact physique avec un Rouge.

— C'est un franc-maçon, chuchota Salmon. Un jour socialiste, un jour marianniste, il racole ce triste monde et mine de rien il a fait de son café la tribune des idées avancées...

Sarrazin posa la chopine et les deux verres. Son regard affûté scruta encore ses clients le temps que Salmon réglât la consommation. Puis il regagna son comptoir au moment où deux hommes entraient. Salmon donna un coup de coude à Javelle :

— Attibert et Dorgigné.

D'emblée le gendarme reconnut Dorgigné. Maintenant il se remettait cette figure souvent entrevue dans les environs de Daumeray.

Les nouveaux arrivants serraient des mains et le regard d'Attibert se faisait tantôt bienveillant, tantôt fraternel, parfois complice. Le brouhaha baissa d'un ton. Dorgigné, cherchant une place, lorgna vers le fond de la salle. De crainte d'être dévisagé Javelle se gratta le front.

Attibert et Dorgigné s'assirent une table en avant, Dorgigné de dos, au grand soulagement de Javelle, et Attibert de face.

— Où j'en étais dans mon histoire ? dit Dorgigné. Ah oui ! Donc Rouget saute la douve, pas loin de six mètres, puis il s'enfonce en forêt, deux brigades à ses trousses. Sitôt qu'il les a semées il revient à la ferme où il achève sa collation. Mais au moment de partir... Les deux brigades revenaient pour interroger le fermier et chercher des indices. Qu'est-ce qu'il fait ? Il se cache sous un lit, dans la cuisine. Et voilà les brigadiers qui s'installent à table pendant que leurs hommes fouillent partout ailleurs. Puis les voilà qui s'engueulent, ni l'un ni l'autre ne voulant faire de rapport. Rouget m'a raconté son aventure en rigolant...

Sarrazin arrivait, un pichet d'une main, deux verres de l'autre.

— Je connais les goûts de mes clients, dit le cafetier. Quand mon Mayennais apparaît je tire le cidre.

— Oh ! fit Attibert, pour un peu tu dirais que je suis normand. Non, j'ai des origines dans le Haut-Anjou, pays de Rouget.

Le cabaretier remplit les verres.

— Dans les campagnes ça bouge...

Il baissa la voix :

— ... La nuit dernière, à Brion, des paysans ont pris la gendarmerie et pillé le magasin à grains. Cent cinquante qu'ils étaient, une partie a continué sur Fontaine-Guérin, une autre sur Beaufort-en-Vallée et une autre sur Saumur. La troupe est intervenue. Ceux qu'ils ont arrêtés criaient : « Mort aux voleurs, mort aux marchands de grains qui font la famine. »

— Le peuple est exaspéré, dit Attibert. Au Longeron une affiche manuscrite a été placée sur la porte de l'église : « Vive la République rouge, et qu'on coupe le cou aux salauds qui nous font mourir de faim. »

— Alors qu'attendons-nous ? fit Sarrazin.

— Méfions-nous des brûlots dans les campagnes. Il faut un levain puissant pour que s'organisent des gens qui sont individualistes de par leur mode de vie.

— Ce pourrait être la prochaine moisson, avança Dorgigné. En ce moment les marchands de grains achètent le blé sur pied et font monter les prix dans les assemblées et les frairies. A Tigné ils ont offert deux cents francs pour deux boisselées de blé en herbe.

... Javelle ne perdait pas une parole ou un geste...

— Le blé ne manque pas, reprit Attibert. La cherté du pain est due au monopole de certains capitalistes. Les boulangers ne font plus crédit et le peuple gémit.

Sarrazin prit un air coléreux :

— Le peuple gémit mais il n'y a personne pour dégommer Louis'Poléon !

— Pianori a essayé, dit Attibert. Il a été guillotiné. Pour nous, perreyeux, l'adversaire c'est la Compagnie des Grands-Carreaux. Les carrières de la Gravelle et de l'Hermitage tuent les hommes à petit feu. A chacun de conquérir son bastion et le château s'effondrera. Je l'ai dit ici à nos amis de la Marianne : nous ne nous soulèverons qu'avec l'assurance que les campagnes nous sont acquises.

— Mais aujourd'hui tout le monde suivrait, s'exclama Sarrazin. Qui nous empêcherait de prendre le pouvoir ? L'armée est en Crimée et le prince ne pense qu'à la conquête de Sébastopol. Il se fout qu'on crève de faim !

— L'affaire Rouget peut être le détonateur, dit Dorgigné. Il suffirait par exemple que le braconnier soit condamné sévèrement. L'indignation embraserait tout le département.

Dehors le soleil dardait par les étroites fenêtres des faisceaux où la fumée de tabac s'activait en de soudaines spirales qui s'évanouissaient dans la pénombre du plafond. L'odeur rèche des vêtements de travail usés par le schiste ne dominait plus. Attibert, les yeux fixes, contemplait les coulées de soleil comme le feu de l'humanité dont il rêvait. De se savoir capable de rassembler ses camarades, de les éclairer et de les éveiller à une pensée politique le torturait face au besoin de temporiser, de refréner.

— Il ne faut rien tenter sans l'assentiment de Secrétain, dit-il enfin. Lui seul a des contacts à Paris et une vue d'ensemble de la situation.

— Il correspond avec Victor Hugo ? questionna Sarrazin.

— Non, intervint Dorgigné, les lettres de l'écrivain

sont destinées à Desportes. Mais elles ne viennent pas directement aux Ponts-de-Cé. C'est un soldat qui les ramène de Sébastopol dans la doublure de sa veste. Et là-bas c'est un soldat anglais qui les transmet à la troupe française.

Attibert sortit d'un songe :

— La vie est trop dure pour les miséreux. A la première occasion on y va. Mais auparavant il faut mûrir notre coup. Faut que Rouget coure les bois le plus longtemps possible.

35

Métivier se leva, contourna son bureau et passa derrière Ulysse Leblanc. Le rentier de Daumeray avait le regard perdu sur le gong à support en porcelaine :

— Je suis sûr de mes informations, Monsieur le Procureur, dit-il sur le ton de quelqu'un qui ne se veut pas fautif.

Métivier appuya nerveusement ses pas sur le parquet. Leblanc se ramassa davantage dans son fauteuil, les yeux sur le point brillant que le soleil plantait sur le petit marteau de bronze.

— Ils ont dit qu'une condamnation de Rouget mettrait la population de leur côté.

— Inutile de me le répéter, dit enfin Métivier. Quant à condamner Rouget ! Encore faudrait-il que l'instruction soit close. Or le juge Dorion enquête toujours, il lui faut savoir le rôle du bossu le jour du crime. Pouvez-vous me le dire ?

Ulysse Leblanc eut un mouvement d'épaules, puis baissa les yeux. Une bouffée de chaleur lui donna le vertige :

— Monsieur le Procureur, les socialistes préparent une insurrection.

Métivier parut arpenter son cabinet. Leblanc se résolut à attendre une réponse avant d'insister sur l'urgence de la situation. Cette passivité le contrariait. Incarcérer tout de suite Attibert et Dorgigné, fermer le cabaret Sarrazin, ainsi les germes socialistes seraient détruits pour longtemps... Leblanc se maîtrisa.

— Les socialistes sont décapités, répondit enfin Métivier, songeur. Ils voudraient faire de Hugo un symbole, mais le proscrit distille son venin à sa façon et le crache sur l'empereur seulement. Le 2 décembre l'écrivain a essayé de soulever le peuple, puis il s'est enfui lâchement, abandonnant ceux qui lui accordaient leur confiance.

Le procureur se replaça derrière son bureau, ajusta sa redingote d'un geste brusque, puis se rassit. Le rentier de Daumeray ne broncha pas, il savait que Métivier ferait semblant de n'accorder aucune importance à ses propos. Ce ne serait qu'avec le temps, par recoupements, qu'il s'apercevrait que le procureur avait tenu compte de ses informations.

— Eh bien, reprit Métivier, si ces chenapans veulent agir, qu'ils agissent.

Leblanc allongea ses jambes et hocha la tête, comme s'il était fatigué.

— Ne croyez pas monsieur Leblanc que je me désintéresse de vos renseignements. Non ! mais il faut laisser faire le temps. Rouget court les bois depuis bientôt un an, alors... quelques mois de plus... le temps de clore l'instruction, qu'ensuite la Chambre des mises en accusation transmette le dossier à la Cour d'Assises, que je rédige l'acte d'accusation, et cela nous conduit à la mi-août, à la Saint-Napoléon.

Leblanc replia ses jambes et fit tourner son chapeau d'une main à l'autre :

— Monsieur le Procureur, des maires qui n'ont

aucune sympathie pour les Rouges se sont plaints à Monsieur le Préfet que le peuple criait famine.

— Vous savez bien monsieur Leblanc que l'essentiel est de faire la différence entre ceux qui gagnent peu par fainéantise et ceux qui travaillent beaucoup pour vivre honnêtement. Vous connaissez la maxime de l'Empereur : « Que les méchants tremblent et que les bons se rassurent. »

Leblanc était déconcerté. Il ne comprenait pas les subtilités du procureur, avide semblait-il de mater les socialistes, mais qui paraissait peu pressé de le faire et encore moins d'embastiller Rouget.

36

Les flonflons en l'honneur de Napoléon III tout juste dissipés, Frouin avait donné rendez-vous à Secrétain et Attibert chez Sarrazin. A La Pyramide les festivités n'avaient pas changé le train de vie. L'humeur de la révolte se devinait rien qu'à cette sorte de retenue dans le comportement des perreyeux. Frouin gardait sa main droite dans sa poche, serrant la bourse que les mariannistes lui avaient confiée. Priou, le chocolatier, avait été le plus généreux à l'annonce de la nouvelle, car la Marianne ne pourrait rien sans les socialistes, qui, eux, ne disposaient pas de moyens financiers.

A hauteur de La Maraichère Frouin mit son cheval au pas et prit à gauche. Il savait qu'Attibert demeurait dans la cité et en bon commerçant jugeait nécessaire de mieux connaître celui dont il ferait son associé pour le grand soir. Les rues étaient sales, leurs caniveaux encombrés et puants, tandis que par les fenêtres ouvertes des maisons arrivaient des bouffées d'odeurs rances. Le commerçant supputa les regards qu'il aurait à soutenir, Attibert et Secrétain le fouilleraient à la jointure de l'âme avant de se décider. Peut-être même lui demanderaient-ils un délai de réflexion ? Pourtant la nouvelle les toucherait comme elle remuerait le département dans les jours qui suivraient sa propagation, car pour l'heure la signature du procureur impérial était séchée à peine.

Dans la cour Frouin glissa de son cheval, caressa l'animal, puis noua le licol à un anneau scellé dans le mur. Il s'étira, palpa la bourse dans sa poche, caressa à nouveau sa monture. Alors, sûr de s'être composé un visage empreint de fermeté il pénétra dans le cabaret.

De son comptoir Sarrazin le salua de la main, puis d'un mouvement de tête lui désigna une table du fond où les deux socialistes devisaient.

Frouin serra les mains puis s'assit sur le banc à côté de Secrétain, face à Attibert. Quand il eut compris que les socialistes ne parleraient pas les premiers, il engagea la conversation.

— Cette fois ça y est, la Cour d'Assises a jugé Rouget.

Secrétain fronça les sourcils :

— Ils l'ont pris ?

Frouin fit non de la tête et sourit :

— Métivier avait dressé l'acte d'accusation fin juin. Il a fait condamner Rouget avant-hier, juste avant la Saint-Napoléon.

— Quelle est la sentence ? posa froidement Secrétain.

Frouin hésita. Il lui parut soudain qu'il allait lui-même rendre le verdict. Les socialistes le détaillaient de leurs yeux intelligents et sans passion, et d'un coup il craignit que la condamnation de Rouget provoquât l'inverse de ce qu'il espérait. Alors il se pencha par-dessus la table. Secrétain et Attibert en firent autant, l'oreille tendue.

— ...

Frouin avait parlé si bas que les perreyeux se

regardèrent, comme si chacun cherchait à savoir ce que l'autre avait compris.

— Répète, dit Attibert.

A nouveau ils se penchèrent sur la table, tête contre tête :

— ...

Secrétain et Attibert se regardèrent un moment en silence, une étrange lueur à la prunelle, puis ils fixèrent Frouin qui confirmait par de lents mouvements de tête :

— Et en plus Rouget est condamné aux frais, quatre-vingt-dix francs. Ses biens seront saisis...

Les socialistes détaillaient le bonnetier ainsi que celui-ci l'avait prévu. Attibert, le regard plus percutant, s'efforçait de comprendre pourquoi ce commerçant se compliquait la vie en épousant la cause de la classe ouvrière.

— Nous sommes républicains, dit Frouin comme pour se disculper. La Marianne veut le bonheur du peuple.

Secrétain eut un geste apaisant et Attibert un sourire bienveillant. Ils transposaient la condamnation de Rouget sur le site ardoisier. La nouvelle sitôt connue, des Justices à Malaquais et de La Maraichère à l'Hermitage, un seul cri monterait : « dégommer Louis'Poléon », avec en toile de fond une féroce répression en cas d'échec. Les perreyeux décimés, la patiente organisation qu'ils tissaient déchirée à coups de sabre, puis à nouveau la mainmise oppressive du pouvoir impérial sur les actes les plus quotidiens... Il fallait que la révolte s'inscrivît dans un contexte national.

— Êtes-vous nombreux, demanda Secrétain à Frouin.

Le bonnetier cilla quelque peu.

— Deux à trois cents mariannistes sur la place

d'Angers mais nous avons des adhérents dans tout le département.

— Combien ?

— Autant à peu près.

— C'est pas suffisant, trancha Attibert.

Une moue en mi-sourire donna un air arrangeant au visage du bonnetier :

— N'oubliez pas que la Marianne détient quasiment le pouvoir à Vendôme et à Montpellier. Cela veut dire que nous sommes prêts à l'insurrection dans toute la France. Frouin pianotait doucement sur la table les notes de « La Mère Godichon ». Attibert se décida :

— Les camarades font un travail épuisant, ils ont besoin de nourriture, et en ces temps de cherté...

Le regard de Secrétain se voila de reproche et Attibert se tut.

— Nous autres petits commerçants, avons, c'est vrai, une vie plus facile. Nous ne faisons pas la charité, mais nous avons pensé que toute organisation qui va dans le sens de notre cause mérite d'être aidée. Par conséquent si vous deviez faire des frais...

Il sortit la bourse de sa poche et la posa sur la table, cachée entre ses mains jointes.

Secrétain et Attibert se consultèrent du regard. Leur muet consentement n'échappa pas au bonnetier.

— Si ce n'était pas suffisant... quelquefois que vous auriez de longs voyages nécessaires...

Il écarta légèrement ses mains, découvrant la bourse doduc.

— Mes amis mariannistes sont prêts à tous les sacrifices.

— Avant d'entreprendre quoi que ce soit, dit Secrétain, il faut que la condamnation de Rouget soit confirmée.

— Demain elle sera affichée à l'intérieur du Palais

de Justice, répondit Frouin. Vous pourrez vous en assurer.

Les socialistes se regardèrent à nouveau.

— Dans ce cas, reprit Secrétain, je partirai pour Paris après-demain par le chemin de fer. Dans une semaine je serai de retour avec une réponse.

Frouin remit la bourse au socialiste et celui-ci l'empocha aussitôt.

... A la table voisine Salmon vida sa chopine.

37

La nuit s'était annoncée si belle que Rouget n'avait pas eu le courage de grimper à son arbre pour dormir dans sa cachette. Il s'était allongé sur un lit de mousse et de feuilles mortes puis avait rêvassé en fixant l'unique étoile que la forêt ne cachait pas.

Et voilà qu'en s'éveillant...

Un mal persistant le rongeait depuis deux jours, vrillant l'obsession d'une menace imminente, à tel point qu'il ne s'était pas hasardé à la Démennerie le 15 août de crainte d'un traquenard.

Rouget se leva, empoigna une basse branche et s'étira comme un chat qui se fait les griffes. Puis il se débarrassa des mousses qui collaient à sa blouse et son pantalon... Il ne comprenait pas, sinon, et là son instinct était sûr, qu'un événement grave se préparait à son encontre.

Rouget partit au rendez-vous pris avec Gilbert. Il trouva le bossu entre la Mare-au-Brecq et la Turpinière, là où le Rodiveau réempruntait un cours normal après s'être étalé dans l'étang d'Indret.

— Salut Louis, dit le bossu en l'apercevant. Savin et ses bicornes ont présenté les armes hier à Durtal, ils n'avaient pas l'air de se souvenir de toi.

Rouget ne put retenir son pressentiment.

— Je traîne des idées noires. Ma tête mûrit des choses pas drôles.

Gilbert hocha la tête :

— T'as raison, finit-il par dire, on ne se sent pas en sécurité. Je suis aussi inquiet que toi, Louis.

Les paroles du père Poirier résonnèrent dans la tête du braconnier : « Pas de fusil, Rouget, sinon tu feras des bêtises. » Mais maintenant ces paroles n'avaient plus la même résonance. Une soudaine nécessité lui commandait une sauvegarde moins aléatoire que sa force et sa souplesse.

Rouget se cabra, son visage se durcit :

— Me faut un fusil !

Le bossu lui tendit son arme.

— Non, dit Rouget, j'ai besoin d'un fusil qui soit vraiment le mien.

— Le fusil d'un garde-chasse ferait l'affaire.

Un vol de pigeons passa, se dirigeant vers les chaumes de la Turpinière. Ils le suivirent des yeux jusqu'à ce qu'il disparût. Alors Rouget interrogea le bossu :

— Que penses-tu de Diot, le garde du comte de la Bouillerie ?

— Un pauvre type qui fait la justice à sa façon, dit Gilbert en riant.

Puis se décidant brusquement :

— On y va tout de suite, son fusil est accroché à une pointe derrière la porte.

— Je sais, dit Rouget, tu l'attireras dehors et...

Ils partirent d'un bon pas et en moins d'une heure furent sur Cranne où logeait le garde. Ils s'arrêtèrent à la lisière du bois de la Bouillerie et de là observèrent le hameau, niché dans les vignes. Il n'y avait que deux maisons, leurs cours séparées par un haut mur qui cernait, moins élevé ailleurs, la cour du garde Diot, enchâssant la maison basse et triste en regard de l'autre demeure, l'ancienne maison noble de la veuve Crosnier.

— La vieille radine vit à Paris dix mois par an, expliqua Rouget, c'est Diot qui garde son logis. De ce côté c'est désert, rien à craindre.

Ils entendaient les cris d'enfants qui devaient jouer dans la cour que fermait une porte aux planches disjointes.

Rouget détailla le bossu et eut un rire :

— Avec ta longue blouse de charbonnier t'as l'air d'un curé. On dirait une soutane.

Le soleil montait et chauffait déjà fort. Entre les rangs de vigne la terre récemment nettoyée à la houe exhalait un nuage invisible et qui donnait aux ceps une apparence de frémissement. Les yeux félins de Rouget embrassaient le hameau :

— Me faut un fusil, mais aussi de la poudre et du plomb.

— En fouillant les meubles..., avança le bossu.

— Je ne voudrais pas d'une trop grosse volerie.

— Prendre le fusil d'un garde c'est pas volerie.

Rouget sourit et s'engagea dans un rang de vigne. Vers le milieu de la plantée, Rouget s'arrêta, puis, se retournant, il montra leurs empreintes sur la terre meuble :

— On ne se cache même pas.

— Sans doute parce qu'il n'y a rien à craindre. A l'heure qu'il est Diot fait son rapport au comte. Il suffit d'attirer sa femme dehors.

Le bossu rabattit son chapeau sur son visage :

— C'est pas une raison pour se faire connaître.

Rouget tira son chapeau sur le devant, machinalement, tout pensif.

— Je vais entrer par la maison Crosnier et je passerai le mur en sautant d'une barge à l'autre.

Il montrait les deux barges de foin qui se confondaient au-dessus du mur mitoyen. Ils se comprirent et sans se presser s'approchèrent du hameau.

En entrant dans la cour de la maison Crosnier Rouget vit le bossu qui lui faisait signe que tout allait bien. La cour était déserte, mangée par les mauvaises herbes. De l'autre côté du mur les jacasseries des enfants du garde entretenaient un semblant de vie.

D'un coup les enfants se turent. Rouget saisit l'échelle posée à plat le long du mur, la dressa, puis monta sur la barge de foin. Les enfants, un garçon et une fille, se tenaient par la main et ne quittaient pas des yeux la porte de la cour. A travers les planches disjointes une inquiétante silhouette noire et lugubre se dessinait...

... La porte s'ouvrit, un grand diable noir, sans visage sous le chapeau rabattu, accourut à grandes enjambées.

— Maman ! crièrent les queniots angoissés.

Au milieu de la cour il y avait un poirier, dessous un panier rempli de poires. Le bossu, ignorant les mioches, saisit le panier et fit demi-tour.

— Maman ! hurlèrent les gosses atterrés.

— Au voleur, cria la femme en sortant de sa maison.

Rouget vit Gilbert qui s'enfuyait le panier à la main, poursuivi par la femme qui trottinait dans ses gros sabots, essuyant ses mains à son devantiau * en une suite de gestes nerveux. Le bossu avait atteint la vigne, l'épouse du garde à ses trousses et qui criait d'une voix rauque « saligaud, saligaud ». Les gosses étaient sortis de la cour...

Rouget sauta de la barge sur le mur, puis du mur dans la cour. Une course brève et il atteignit la maison du garde. Derrière la porte le fusil était pendu à une

* Tablier.

poutre. Il l'empoigna. Rouget pensa au plomb et à la poudre. En face le tiroir d'une commode en noyer était entrouvert. Le braconnier s'y précipita, l'ouvrit à grand... En un éclair il réalisa l'aubaine et fourra dans les poches de sa blouse une poire à poudre en carton noir et liée par un cordon, puis un sac à plomb en basane jaune, enfin une boîte en fer blanc dans laquelle devaient se trouver des capsules.

Tout aussi vite il sortit. Son intrusion chez le garde Diot n'avait pas dépassé une minute.

Dehors sa première image fut celle du bossu affalé dans un rang de vigne, feignant de ne pouvoir se relever alors que la femme était sur le point de le rejoindre. Rouget regagna la barge de foin, mit le fusil en bandoulière et sauta le mur. En prenant pied à nouveau dans la cour de la veuve Crosnier il avisa une fenêtre ouverte. Son instinct de chapardeur l'attira vers ce rectangle mystérieux dont la clarté du jour dévoilait tout juste les abords. Avant d'entrer il inspecta les environs d'un bref coup d'œil. Rien !

Rouget entra et d'emblée se plaça dans la pénombre d'où il ne bougea plus... A plusieurs reprises il huma l'air qui venait des profondeurs obscures. Pas de subtils effluves, mais le parfum tenace et indicible des demeures cossues. Rouget aperçut un bougeoir sur un buffet et tout près des allumettes.

La bougie à la main il avança. Sur les murs les ombres s'enfuyaient, revenaient grossies et chaque fois déformées. Partout des bibelots en porcelaine, des cuivres, des étoffes soyeuses, et toujours cette odeur rassise de la richesse. De se savoir maître de ce logis bourgeois lui donnait l'envie de s'y installer, de s'y vautrer dans un faste saccageur, un grand rut de possession qui le vengerait des nuits humides et glacées de la forêt.

Au fond de la pièce où il se trouvait il distingua une

commode avec dessus de la bimbeloterie gracile, des verres travaillés aux couleurs vives. Il se remémora les livres sur la commode de Dorgigné, là-bas dans la petite maison grise sur la route de Châteauneuf, et il lui sembla d'un coup qu'il y avait deux façons d'être riche.

Rouget se baissa et ouvrit la commode. Elle était pleine de bouteilles, certaines debout, d'autres couchées, des vins, des liqueurs, des eaux-de-vie. Près de la cheminée il y avait un panier en osier, il le prit et revint à la commode. Là il choisit trois bouteilles de vin et trois bouteilles d'eau-de-vie... Sa chandelle diminuait. Rouget se rapprocha de la fenêtre et souffla la bougie qu'il posa sur un guéridon. La clarté blanche de la cour l'éblouit un instant, il cligna des yeux, hasarda un regard à droite, puis à gauche. Il monta sur le rebord de la croisée et là, bien en vue, imita le rossignol. La réponse parvint aussitôt. Alors Rouget sauta dans la cour.

Un peu avant qu'il n'arrive au bois, le bossu vint à sa rencontre. En voyant le fusil, le panier et les bouteilles, Gilbert eut un geste enthousiaste.

— Grâce à toi, dit Rouget simplement.

— Peu de mérite, répondit le bossu, la furie m'a poursuivi et injurié jusqu'à temps qu'elle reprenne son panier de poires... La veuve Crosnier nous traite mieux.

— Oui, dit Rouget. Je vais mettre ça au frais dans ma cache de l'étang d'Indret, et à la première occasion, avec quelques autres, nous ferons une bonne bringue aux frais de la veuve.

Ils rirent et s'engagèrent sous bois. Le bossu avait saisi le panier, alors Rouget prit le fusil à bout de bras et l'examina.

— Nom de Dieu, s'exclama-t-il soudain en s'arrêtant.

De chaque côté de la crosse une plaque d'argent était rivée, masquant une fêlure.

— Les deux plaques valent plus cher que le fusil, constata-t-il ironique.

— Peut-être, rétorqua le bossu. Fusil double à percussion, crosse en noyer, bretelle en cuir noir fixée par un bouton en os, ça doit approcher les trente francs.

— Pourvu que l'engin tire juste, plaisanta Rouget.

38

Un peu avant minuit Rouget s'arrêta à l'orée de son jardin. Le souffle tiède de la forêt dorlotait la forme ramassée de la Démennerie sertie dans l'univers des bois.

Rouget fut formel : Marie et les queniots se reposaient, et aucun autre humain ne hantait les parages. Il traversa le jardin, puis, fondu dans les touffes du lilas, au ras de la muraille, de son index replié il frappa une vitre de la fenêtre de deux fois trois coups. Rien ne troubla le murmure de la nuit d'été. Rouget devina Marie soudain assise dans le lit, aux aguets. De nouveau il frappa la vitre, un peu plus fort cette fois. Son ouïe fine perçut le froissement des draps, puis les pas furtifs, la porte intérieure que l'on pousse avec précaution, et alors il distingua la forme claire de la femme aimée, nuage irréel sur le sombre décor.

Rouget se planta face à la croisée de manière que sa silhouette se dessinât sur la pâleur du jardin :

— C'est ton époux, dit-il à mi-voix.

La fenêtre s'ouvrit en grinçant légèrement et une bouffée porteuse de tous les bonheurs du monde lui caressa le visage. Il sauta à l'intérieur de la buanderie et se retrouva tout contre son épouse. Il posa le fusil et sans qu'il pût se retenir ses mains montèrent aux épaules de Marie. A ses paumes adhéra l'étoffe rugueuse de la chemise qu'il fit glisser sur la peau lisse.

Puis ses mains descendirent et s'alluma en lui un feu qu'il sentit se propager en son épouse. La bouche mouillée et chaude de Marie... Rouget eut du mal à contrôler sa respiration. Ses mains s'infiltrèrent et coururent sous la chemise tandis que celles de Marie lui titillaient la nuque, créant autant de frissons qui le remplissaient de désir. Collés l'un contre l'autre, l'inconscience d'un instant les fondit dans l'obscurité. Puis ils se caressèrent longtemps. Le souffle court, peu à peu ils recouvrèrent la réalité environnante.

— Ne restons pas là, chuchota Marie, la nuit fraîchit.

Rouget retrouva d'un coup les effluves de la buanderie. L'odeur du crin rèche près du matelas qu'il n'avait pas eu le temps de rembourrer, celle plus douce de la farine dans la maie au-dessus de laquelle pendaient les bottes d'oignons. L'odeur âcre, aussi, de son ancien métier à tisser qui rouillait dans un coin.

Marie lui susurrait à l'oreille des cachotteries dont la musique l'imprégnait de bonheur. Elle l'attira dans la maison et d'un coup il s'emplit de toutes les senteurs de la pièce, qu'elles fussent de cuisine ou de chambrée, mélange ineffable de douceurs, souvenirs de beaux jours, parfum de fricot ou de literie reposante, Rouget ne savait plus. Sa demeure respirait la vie sans qu'il y participât, mais elle gardait des traces de son passage. Rien n'était changé, n'avait été changé. Sa main serra les doigts brûlants de Marie.

— Les queniots, murmura Rouget, je veux voir les queniots.

La nuit était totale. Il entendit Marie prendre l'oribus, une allumette, puis la résine grésilla. La petite flamme éclaira chichement le grand lit du coin où Rouget discerna les deux têtes brunes sur le gris des draps. Ils s'approchèrent sans rien dire, Marie serrant sa main à nouveau. Loulou dormait la bouche ouverte.

— Maintenant il sait lire, murmura-t-elle.

Puis Marie leva la chandelle de manière que son époux distinguât Totor qui occupait la venelle, blotti comme un petit chat, la tête à moitié enfouie sous le traversin. Il suçait son pouce, l'index comme accroché sur le nez tandis que ses lèvres remuaient en saccades...

Marie souffla la bougie et aussitôt la pression de ses doigts se fit plus ferme...

Ils s'abattirent sur leur couche plus qu'ils ne s'y allongèrent. De la tendresse qui sourdait en eux jaillit un flot de chuchotis et de caresses, puis une frénésie les sublima jusqu'à les fondre en une inconscience divine... Longtemps après Rouget avait encore mal à croire à son bonheur. Il effleurait de sa joue la poitrine de Marie en une ample caresse tandis qu'une main aimante lui pétrissait la nuque... récompense qui valait une éternité.

Pourtant l'idée d'un danger sournois persistait. Plus d'une semaine déjà que ce soupçon s'était vrillé en lui ! Depuis la veille de la mi-août exactement, il s'en souvenait très bien.

Marie se colla de nouveau à lui :

— Tu restes avec nous, dit-elle, câline, les bicornes ne sont pas venus à la Démennerie depuis des mois. Il faut vivre comme tout le monde. Deux fois déjà l'huissier de Durtal est venu clouer une affiche sur la porte...

— Et alors ? il ne s'est rien passé !

— Justement, tu restes avec nous.

Marie reniflait à petits coups et Rouget entendait les larmes qui tombaient sur le traversin. Deux fois elle lui avait raconté la scène de l'affiche et à chaque fois elle avait pleuré, disant avoir guetté dans les yeux des voisins ou des passants leur interprétation des écrits, tourmentée par les nuances différentes sur les visages, dans l'allure même...

Il lui caressa l'épaule, silencieux, les yeux ouverts dans le noir. Régulièrement un éclair dessinait le carré de la fenêtre. Cela avait été une pâle lueur, mais maintenant la lumière était plus crue et, loin, le tonnerre grondait.

A nouveau Rouget pensa à l'affiche du mois dernier. Avant de la clouer sur la porte l'huissier l'avait lue à la sortie de la messe, à son de caisse et de trompe. On sommait le braconnier d'avoir à se présenter dans les dix jours... Rouget s'étira. La couche était tiède et l'haleine de Marie chatouillait sa figure. Non ! il ne se rendrait jamais ! La paille humide d'une prison et quatre murs suintant de folie équivaudraient à une guillotine sans couperet.

A la manière dont sa femme soupirait nerveusement, il devina qu'elle avait un secret, qu'elle cachait une nouvelle qui risquait de lui faire de la peine. Il se fit enjôleur :

— Raconte-moi.

Marie tarda encore, soupira, et enfin se libéra.

— Il y a une autre affiche sur la porte.

D'un coup Rouget se sentit surmultiplié.

— Depuis quand ?

— Depuis ce matin. J'ai emmené les queniots aux Gâts pour qu'ils passent la journée chez tes parents, et quand je suis revenue il y avait l'affiche.

— Nom de Dieu !

Marie pleurnichait, blottie contre lui.

— Qu'y a-t-il d'écrit ?

Les épaules de sa femme remontèrent en un geste impuissant.

— Je sais pas, lâcha-t-elle dans un souffle.

— Personne ne l'a lue ?

— Non, Virginie a tourné la tête quand elle a vu que je cherchais à lire dans ses yeux.

— Ça ne prouve rien.

— Si, il y a des grosses lettres, et Virginie sait ce qu'elles veulent dire.

— Des grosses lettres ? questionna Rouget soudain craintif.

— Oui, des grosses lettres, elles occupent la moitié de l'affiche.

Un coup de tonnerre plus violent fit trembler la maison et Marie se recroquevilla davantage.

— Marie, dit-il doucement en lui mordillant l'oreille, Marie, je veux savoir ce qui est écrit sur l'affiche.

— Des grosses lettres, et toutes noires.

— Le noir ne me fait pas peur, j'ai l'habitude des ténèbres, surtout en dedans.

D'un bond il se leva. Marie en fit autant puis saisit l'oribus qu'elle ralluma. Au même moment, dehors, la foudre éclata dans un fracas qui pétrit la maisonnée. Rouget approcha prudemment de la porte. Le cœur battant il l'entrebâilla...

C'était une affiche jaune et qui couvrait tout le haut de la porte. D'instinct Rouget hasarda un œil à droite et à gauche : les lueurs de l'orage illuminaient des scènes fugitives où les masses sombres des buissons s'estompaient aussitôt.

Les grosses lettres noires occupaient la majeure partie du papier. Il y avait, mais pas sur la même ligne, deux O, les seules lettres que Rouget comprît, et qui semblaient le fixer comme deux gros yeux qui loucheraient.

— Approche la lumière, dit-il à Marie.

Sa femme s'approcha, une main en coupe-vent autour de la flamme.

— Éclaire nom de Dieu, jura-t-il soudain fébrile.

Marie leva l'oribus à hauteur des visages. Alors, effaré, Rouget détailla l'embrouillamini des signes, plus touffu en haut qu'en bas où seulement trois lignes suivaient les énormes lettres. C'étaient celles-ci qui le subjuguaient, vivantes et mystérieuses, hostiles et glacées, plantées face à lui comme un adversaire qui dissimule sa force.

— Loulou, s'exclama-t-il, Loulou sait lire, on va comprendre ce qui est écrit.

— J'ai tout fait pour qu'en revenant des Gâts les queniots ne voient pas l'affiche.

Les queniots dormaient, insensibles à l'orage.

Rouget se pencha au-dessus de Loulou et lui caressa la joue. Il perçut sous son doigt la sève de cette jeune pousse. Une vie à remplir, droite et belle si aucune vicissitude ne l'altérait.

— Loulou, murmura-t-il, mon petit Loulou.

Il serait resté une éternité à caresser les queniots, Marie à ses côtés. Il serra doucement le menton de Loulou. Le queniot entrouvrit les yeux, puis cilla sous la lumière tremblotante. Pendant quelques secondes il donna l'impression de ne pas savoir s'il rêvait ou s'il était éveillé...

Il se redressa et enlaça Rouget au cou :

— Papa ! Papa !

Rouget embrassa son aîné et le prit dans ses bras :

— Mais t'es lourd, t'as forci, dit-il, se voulant joyeux.

Pourtant il ne se sentait pas la force de demander à son fils de décrypter l'affiche, encore moins d'avoir l'hypocrisie de lui demander s'il savait lire. La porte était grande ouverte. Alors Rouget s'écarta lentement de la couche des queniots.

— Oh ! un journal, s'écria Loulou en découvrant le placard jaune sur la porte grise.

Les regards de Rouget et de Marie se croisèrent. Les époux eurent un même soupir.

— Je voudrais savoir lire, laissa échapper le braconnier.

— Papa, je sais lire.

Ils s'approchèrent de la porte, Marie tenant la chandelle, Rouget serrant son garçon dans ses bras...

— Louis Rouget, dit Loulou, en posant son doigt au milieu d'une ligne d'en haut.

Le braconnier reconnut vaguement que ces lettres ressemblaient à celles que le père Poirier lui montrait quand le paysan du Veau avait voulu lui faire lire et écrire son nom.

— Louis Rouget, mon petit papa, répéta le gosse.

— Les grosses lettres, que veulent-elles dire ? demanda vivement le braconnier.

Le queniot eut un mouvement de tête en arrière, comme s'il prenait de la distance pour mieux comprendre ce que portait le papier. Alors il épela :

— CON... DAM'... NÉ... ... A... ... MORT...

... Marie tomba à genoux, la tête enfouie entre les jambes de son homme, serrant la bougie comme une pénitente.

... L'orage ébranlait la Démennerie tandis que de grosses gouttes de pluie commençaient à tomber...

... Hagard, Rouget se sentait de pierre, durci dans son tréfonds. Maintenant il savait. Ce ne serait pas Cayenne...

... Le petit Totor apparut, tenant sa chemise retroussée, pieds nus et fesses à l'air...

... Un nouveau coup de tonnerre secoua la maisonnée et une brusque rafale de vent souffla la bougie...

Tout doucement Rouget posa son fils à terre. Le feu du ciel zébrait la forêt, incendiait la cour et violait la maison.

Rouget desserra tendrement l'étreinte de Marie,

écarta Loulou d'une caresse ferme, embrassa fougueusement le petit Totor sur les deux joues, puis, à petits pas, il se dirigea vers la buanderie où il prit son fusil. Il le mit posément en bandoulière et revint vers la porte. Il arracha l'affiche et la déchira froidement, sans hâte. Alors, enveloppant sa petite famille d'un regard affectueux, il se voulut rassurant :

— N'ayez pas peur, je ne suis pas mort, je reviendrai... Ils ne me prendront jamais !

Puis sous les trombes d'eau il s'enfuit.

39

Des voitures arrivaient au galop de leurs chevaux, omnibus qui venaient du centre ville quérir les voyageurs du chemin de fer pour les reconduire vers le Mail ou le Ralliement *, tandis que calèches et fiacres, moins pressés, apparaissaient sur la rue de la Doutre, ou sur la route des Baumettes, leurs chevaux trottinant.

Métivier goûtait cette scène inhabituelle. D'année en année le chemin de fer conquérait de nouveaux adeptes, et le voyage de Paris devenait un passe-temps que s'offraient de plus en plus de privilégiés.

Ce samedi soir Ulysse Leblanc avait arrangé le guet avec tant d'astuce qu'il s'était décidé, émoustillé par l'aspect insolite du spectacle qu'on lui proposait. Et puis Javelle serait là. Le procureur s'avouait un plaisir morbide à rencontrer enfin le gendarme qui avait survécu aux cinq coups de feu à bout portant de Rouget.

— Secrétain aura donc été absent une semaine exactement, marmonna Ulysse Leblanc.

Le train avait du retard et le rentier de Daumeray

* La place du Ralliement est la place principale de la ville d'Angers.

s'énervait. Javelle n'avait reconnu encore aucun des conspirateurs qu'il avait mission de désigner au magistrat. Diverses voitures s'alignaient avec ordre sur la place Saint-Laud, les cochers devisaient tandis que les maîtres se faisaient des politesses, mais parmi eux aucun marianniste ou socialiste.

De la fenêtre qu'ils occupaient dans cette chambre louée pour la circonstance, ils jouissaient du panorama de la place. Comme un fait exprès, sur le mur du bâtiment du chemin de fer avait été écrit récemment un « Vive Rouget, vive la liberté » qui laissait une gêne entre les trois hommes.

Le procureur avait ôté le gant de sa main droite et s'en servait comme d'un éventail. Il pensait à Rouget dont la condamnation à mort n'avait été divulguée par voie de presse que mercredi, huit jours après la sentence. Il jubilait intimement de son avantage. Il avait convoqué la presse au dernier moment, officialisant d'abord la condamnation à l'intérieur du Palais de Justice, de manière que se propageât une rumeur, juste ce qu'il fallait pour exciter les esprits. Ensuite il n'avait eu qu'à faire signe à son ami Louis Tavernier, éditorialiste au « Journal du Maine-et-Loire », pour aiguillonner l'opinion.

— Êtes-vous sûr que Secrétain n'a pas dépassé la capitale ? demanda-t-il aimable, à Leblanc.

— Je ne pense pas, Monsieur le Procureur. Ces révolutionnaires vous savez comment ils sont, faut qu'ils se réunissent, qu'ils délibèrent, et personne ne décide, sinon une majorité qui souvent est longue à se dessiner.

Métivier n'insista pas. Secrétain s'était fondu dans les dédales de Paris dès son arrivée et nul ne l'avait revu. Le plus efficace limier était encore Javelle qui avait pu déterminer le retour du socialiste avec exactitude.

— J'espère que mon information n'aura pas failli, dit Javelle humblement.

— Je ne serais pas venu si je n'avais confiance, répondit Métivier en inclinant la tête légèrement.

— Monsieur Javelle a recruté un second indicateur, renchérit le rentier.

— Dans le milieu même des mariannistes ? s'enquit poliment le magistrat.

— Un nommé Bouchet, dit Javelle. Pour tout vous dire, c'est Salmon, mon premier informateur, qui a recruté cet homme.

— Ce qui fait que désormais nous sommes bien implantés parmi les socialistes perreyeux.

Métivier prit un air distant, supérieur, puis, après quelques secondes de malaise, parut revenir à leur niveau, un peu au-dessus tout de même.

— Sachez qu'il n'y a qu'une société secrète à démanteler, dit-il sèchement.

Puis le procureur se composa un autre visage :

— Voyez donc, reprit-il soudain aimable, prochainement Angers deviendra la capitale de tout l'Ouest grâce à sa ligne de chemin de fer.

Il désignait de la tête la place Saint-Laud encombrée de voitures, leurs chevaux piaffant. Des rires sortaient de ce grouillement bon enfant. La soirée était belle et conviait à la nonchalance...

— La carriole qui descend par le haras, dit Javelle à voix presque basse.

Avec déférence il montrait un véhicule dont les retards d'essieu troublaient l'harmonie des abords du chemin de fer. C'était une guimbarde de maraîcher, toute noire, mais dont les rayons des roues agitaient des filets jaunes. Un seul cheval la tirait et la carne avait une robe bâtarde qui la différenciait de ses congénères.

— Desportes tient les rênes, dit Javelle machinalement.

Le procureur sortit d'une poche de sa redingote une petite jumelle de théâtre et la porta à ses yeux. Il y eut un silence. La lèvre supérieure du magistrat frémissait.

— Sur le banc arrière se trouvent Attibert et Frouin, compléta Javelle.

— Il s'agit de Frouin le bonnetier, précisa Leblanc avec vivacité. Quant à Attibert c'est le meneur des perreyeux.

— Je sais, répondit négligemment Métivier sans baisser ses jumelles.

Au même moment un nuage s'éleva avec force sur la gauche et la foule émit une rumeur plus forte. Le grondement de la machine étouffa tout. Le grincement de ses roues et surtout le sifflement puissant des jets de vapeur qui fusaient sur les côtés emplirent la ville entière. Sur la place tous avaient les yeux fixés sur le train de voitures d'où des têtes apparaissaient aux fenêtres. La beauté monstrueuse de l'attelage mécanique émerveilla la foule qui alla joyeusement s'agglutiner près de la voie. La machine s'arrêta après un long cri strident, puis des voyageurs descendirent des voitures du chemin de fer.

— J'ai aperçu Secrétain, dit Javelle... Ah, le revoilà... C'est bien lui... Desportes charge ses bagages... Frouin et Attibert s'empressent...

Le magistrat paraissait transporté sur la place, mêlé aux gens qu'il épiait, silencieux comme un renard qui prend les marques de sa proie.

— Leur carriole va partir, dit Javelle inquiet... Il faudrait que je commence la filature...

— Mais, allez. Faites votre devoir mon brave, s'écria gaiement le procureur en abaissant ses jumelles.

Le gendarme disparut dans l'escalier. Alors Métivier regarda Leblanc droit dans les yeux :

— Eh bien ! qu'en pensez-vous ? dit-il en remettant son gant de la main droite.

— Je pense que les socialistes préparent une insurrection.

D'un geste agacé le procureur impérial lissa son gant autour du poignet.

— C'est la Marianne que nous devons détruire !

40

La carriole de Desportes tressautait sur les pavés et le trot pesant du cheval cassait la douceur du soir. Assis près du jardinier, Secrétain se retournait fréquemment pour converser avec Attibert et Frouin. Tous avaient le visage grave et résolu, il fallait sortir de la ville avant de parler des choses sérieuses.

Ce ne fut qu'aux approches de la Madeleine que Secrétain se décida. Jusque-là les seules inscriptions sur les murs étaient des « Vive Rouget » ou « Vive la liberté », mais à mesure que la banlieue se précisait apparaissaient des « Vive Ledru-Rollin » ou « Vive la République Rouge ».

— Se seraient-ils quand même décidés à faire connaître la sentence, demanda Secrétain en montrant de la tête un « Vive Rouget ».

— Oui, répondit Frouin. La sentence date du 14 août, mais les journaux n'ont publié des extraits de la condamnation que le 22. C'est la preuve que ces gens n'ont pas la conscience tranquille.

— Et le résultat ?

— Le résultat, intervint Attibert, c'est que cette condamnation à mort du braconnier révolte pour de bon les perreyeux.

— D'autant plus que les gens ignorent ce que veut dire « par contumace », renchérit Frouin. Beaucoup imaginent un instrument de supplice moyenâgeux.

Desportes prit son fouet et le fit claquer au-dessus du cheval.

— Le Métivier finira coupé en deux, c'est moi qui vous l'assure.

— T'as l'air plus morose que d'habitude ! remarqua Secrétain, comme pour le calmer.

— J'ai des raisons, mon père agonise. Pour lui qui a connu 89 et les sans-culottes j'espère qu'avant qu'il n'expire nous aurons foutu par terre le gouvernement. Je ne voudrais pas que mon vieux s'en aille sans savoir que la République a triomphé.

Secrétain eut un sourire attendri :

— Tout est prêt, dit-il en se retournant vers Attibert et Frouin. Dans une semaine la France entière sera en armes et dans tout le pays ce sera la levée en masse...

— Une semaine ? s'écria Frouin.

— Pas question d'attendre une semaine, reprit Attibert. Les perreyeux sont affamés, ils veulent agir...

— Du sang, tonna Desportes en faisant claquer son fouet. Le peuple veut boire le sang des tyrans, il faut que les voleurs rendent gorge, que les biens de la noblesse et du clergé soient saisis et distribués aux nécessiteux.

Secrétain parut surpris.

— Pourtant, fit-il conciliant, il faut bien une semaine de préparatifs, nous ne sommes même pas armés.

— Les armes nous les trouverons, trancha Attibert, les maisons bourgeoises en recèlent, suffira d'enfoncer les portes. Et les barils de poudre ne manquent pas, ils sont entassés par dizaines dans les magasins des carrières.

Le cheval, excité par le fouet, avait adopté le galop et la carriole vrombissait sur les pavés, avec parfois des craquements, comme si elle allait se déglinguer.

— Il nous faut agir le plus vite possible, dit Frouin. La situation est favorable et la condamnation de Rouget nous assure du soutien des campagnes, d'autant plus que la majeure partie de la noblesse se tiendra coi, trop heureuse à l'idée que tombe l'usurpateur.

— Non, rétorqua Secrétain, la noblesse choisira ses intérêts qui sont plus proches de ceux de l'Empereur que des nôtres. Un soulèvement mal préparé risque de nous isoler et de laisser les perreyeux seuls face à l'armée.

— Aurais-tu peur ? questionna Desportes.

Secrétain parut ne pas avoir entendu, il cala son sac de voyage entre ses jambes puis regarda droit devant lui. Il pensa à la confiance qu'avaient en lui ses camarades, aux paroles d'espoir et de lutte qu'ils attendaient, à la bourse que lui avaient remise les mariannistes pour son séjour à Paris. Il se retourna et jaugea les mines décidées de Frouin, d'Attibert, de Desportes. Alors, d'une voix grave il se décida :

— Puisque vous êtes tous enclins à l'action, seriez-vous prêts demain soir ?

Desportes redressa son fouet, puis, après une série d'arabesques sifflantes, le fit claquer très haut.

41

Comme c'était dimanche le cabaret de Sarrazin ne désemplissait pas et la chaleur aidant on servait dans la rue. Cent fois répétées les nouvelles ramenées de Paris par Secrétain attisaient une violence contenue. Qu'on s'y mît tous ensemble et l'on jetterait bas le Louis'Poléon dont l'armée guerroyait en Crimée. A mesure qu'avançait la journée l'idée en était propagée par Pasquier, par Fauveau, par Riotteau, par les Teneu, le père plus enragé que le fils, et dans les courées de La Gravelle, les ruelles de Malaquais, ou les chemins des Plaines des attroupements grossissaient.

Attibert et Secrétain étaient invisibles. Certains disaient les avoir vus au cours de la nuit. D'autres ajoutaient que les socialistes avaient regroupé les meilleurs d'entre eux et leur avaient confié une mission.

— C'est vrai, lança quelqu'un, Gaignard est parti par la route de Rennes. Il doit ramener en voitures les mariannistes de Candé, les carriers d'Angrie et les perreyeux de La Pouèze.

— Pour quoi faire ?

Il y eut un rire moqueur, suivi d'une huée haineuse.

— Ceux de Sainte-Gemmes viendront aussi, relança un autre, avec ceux des Ponts-de-Cé et ceux de Saint-Bar'*.

— Et ceux de Chalonnes avec ceux de Rochefort...

Alors une soudaine poussée de fièvre vida les cabarets et les maisons.

— Et à Angers ceux du « Grand Bâtiment » s'empareront du château et de la Préfecture. Ils sont des milliers !

L'enthousiasme monta d'un cran. Sur les gueules bleuies des perreyeux la volonté irradiait. Il n'était plus question de plier l'échine, de redescendre au fond ou de fendre l'ardoise des journées durant. On voulait agir au grand air et droit debout, à la manière de ce Rouget qu'on multiplierait par cent et par mille jusqu'à temps que l'un d'eux dégommât Louis'Poléon.

En soirée Attibert et Secrétain se montrèrent. Une quinzaine de camarades avaient été envoyés à travers le département avec pour mission de ramener un maximum d'insurgés. Ceux du sud se regrouperaient ici au crépuscule et se joindraient à la force vive des perreyeux, tandis que ceux du nord, sous la conduite de Gaignard se regrouperaient sur les quais de la

* Saint-Barthélemy-d'Anjou.

Maine d'où ils remonteraient vers la place du Ralliement. Frouin était resté en ville, chargé de contacter et d'armer tous les mariannistes d'Angers qu'il rassemblerait sur le Mail...

— Il nous faut le pain de six kilos à un franc cinquante, répondait Attibert dans les groupes qu'il approchait.

— Et que nos enfants soient nos apprentis aux Ardoisières.

— Du pain pour nourrir nos familles, relançait Attibert.

— Faut couper le cou des marchands de grains.

— Et redistribuer les biens des prêtres et de la noblesse.

— Comme en 89...

Bientôt ils furent quelques centaines dans la douce nuit qui s'étendait, violentée par des clameurs féroces. Attibert temporisait, exhortant les perreyeux tout en les contenant de sa présence. Sa mission consistait à rassembler le plus possible d'ouvriers. On marcherait sur Angers vers deux heures du matin, mais auparavant il fallait armer la bande. Secrétain était parti aux Fresnais accompagné d'une dizaine de carriers qui savaient où trouver de la poudre, puis leur escouade augmentée des affamés de rencontre s'infiltrerait dans Angers plus au nord, par le faubourg Saint-Michel, après un détour par Saint-Bar' où la fête locale avait dû faire quelques excités.

Partis de La Pyramide Attibert et les siens avaient traversé Malaquais, puis La Maraîchère, d'où ils avaient bifurqué vers Trélazé pour temporiser. Ils approchaient du bourg lorsqu'un perreyeur vint à leur rencontre en courant :

— Les bicornes ont coffré le père Teneu.

Cette fois Attibert ne put circonscrire la colère :

— Les bicornes à la lanterne !

La bande partit en courant, les jeunes hurlant à l'avant et les anciens clopinant à la recherche de leur souffle. En moins de cinq minutes ils atteignirent la gendarmerie de Trélazé. Quelques dizaines de personnes piétinaient devant les portes où deux gendarmes veillaient. A la vue de ce brusque afflux suant et braillant, les fonctionnaires se replièrent aussitôt dans l'immeuble.

Des émeutiers ébranlaient les portes quand Attibert parvint en première ligne.

— Ils ont libéré mon père, cria le fils Teneu.

Attibert se retourna et distingua une silhouette lourdaude que des hommes hissaient sur leurs épaules. Les cris baissèrent d'un ton et le bonhomme parla :

— Les bicornes m'ont relâché par une porte de derrière. Ils ne sont que huit et ils ont peur.

— Les tyrans au cercueil ! clama une voix.

Une poussée furieuse agita les émeutiers.

— Des armes !

Le chant des Marseillais s'éleva :

Aux armes citoyens

Formez vos bataillons...

Une porte fut enfoncée et la bande se précipita poings serrés dans un couloir, Attibert en tête. L'idée qu'une salve pouvait les coucher ne retint personne, les émeutiers se répandirent dans les pièces. Pas de gendarmes ni même leurs familles ! Ils cherchèrent au grenier, dans les débarras et jusque dans les armoires. Alors Attibert distingua le portillon ouvert du jardin, à l'arrière des bâtiments.

— Nous sommes les maîtres, prenez les armes !

Ce fut à qui se munit d'un fusil, d'un pistolet ou d'un sabre. Les râteliers furent dégarnis en un tournemain et sur le pas de la porte un perreyeur tira en l'air. La détonation arracha une clameur victorieuse à la masse insurrectionnelle. Certains s'étaient assis devant les bureaux et gribouillaient ironiquement sur du papier, d'autres s'étaient coiffés de bicornes et mimaient l'air sévère d'un gendarme dans l'exercice de ses fonctions, d'autres qui avaient renversé sur une table d'énormes tabatières bourraient des pipes ou prisaient à bruyantes reniflées. Et bientôt à l'odeur fauve de la sueur se mêla celle enivrante du tabac, dans le tumulte des vociférations vengeresses. Un lumignon éclairait chichement la scène du peuple vainqueur, du peuple s'armant et décidé à la justice.

Salmon ne lâchait pas des yeux Attibert, le suivant insidieusement d'une pièce à l'autre, écoutant les paroles du socialiste dont le regard de feu allumait en chaque homme un éclair patriotique. Maintenant il ne doutait plus. Les perreyeux étaient armés, certains ivres, d'autres excités, mais tous imbus de leur pouvoir soudain. Alors Salmon amorça son repli, simulant l'effervescence. Bientôt il fut dehors et se faufila entre des groupes qui chantaient « La Marseillaise ». La nuit était tombée.

Dès qu'il fut seul il se mit à courir, droit sur La Pyramide. A hauteur des fosses de l'Hermitage il se remit à marcher, l'œil aux aguets. Dans l'encoignure d'un portail il aperçut la silhouette et s'approcha.

— Bouchet ?

— Oui.

— Alors ? questionna Salmon.

— Secrétain et son escorte marchent sur Angers. Ils ont pris deux cents kilos de poudre aux Fresnais et ont chargé une charrette, avec en plus fusils et mitraille qu'ils ont pillés dans les maisons bourgeoises.

Salmon se fit impératif :

— Rendez-vous tout à l'heure aux Plaines où Attibert va grossir sa troupe.

Puis il repartit vers La Pyramide où Javelle en civil attendait les nouvelles.

42

Lorsque Métivier parvint à la Préfecture, il éprouva un soulagement total. Déjà, sur le boulevard, un mouvement de troupes l'avait rassuré, mais il lui manquait la preuve que les forces seraient efficacement coordonnées. Cette fois il l'avait, le préfet Vallon n'avait pas lésiné sur les moyens.

Les fenêtres de la Préfecture étaient éclairées, bien que minuit approchât, et sur les ailes, des profondeurs ténébreuses de la cour, une rumeur sourdait. Métivier ne distinguait rien mais il devinait les masses compactes d'hommes attendant les ordres. Parfois le piaffement d'un cheval sur le pavé trahissait la tension.

Alors il entra. De suite il remarqua la fébrilité des ordonnances, leur pâleur dans la clarté des salons qu'il traversait. En montant l'escalier qui conduisait au bureau du préfet il se composa un masque hautain. Sur le palier il s'arrêta un instant, et, d'un geste anodin, chaussa son nez d'un binocle. Puis il s'avança vers la porte du bureau préfectoral, sur les talons du factionnaire qui annonçait : « Monsieur le Procureur Impérial ».

Le préfet Vallon vint à sa rencontre :

— Heureux de vous accueillir en cette nuit si importante pour l'Empire, cher procureur.

Métivier eut un sourire modeste et d'un pincement de nez laissa choir son binocle dans sa main gauche.

— Votre message m'a surpris, ajouta le préfet. Il semblerait que les gredins agissent plus tôt que prévu.

— En effet, leur chef n'est rentré de Paris qu'hier soir avec l'ordre d'insurrection. Mais dans les carrières les lettres du proscrit Hugo avaient ravagé les esprits. Ainsi le brûlot s'est-il enflammé de lui-même... et... ma foi... nos dispositions étant prises depuis quelque temps...

— Bien sûr, dit en souriant le préfet. Sitôt reçu votre message j'ai donné l'ordre au général commandant le département et au chef d'escadron de gendarmerie de mettre en œuvre avec célérité les mesures exceptionnelles de sûreté. Après quoi ils doivent venir me rendre compte. Je les attends d'un instant à l'autre.

— Mon cher préfet, votre esprit de décision est réputé, vous le prouvez encore ce soir, puisque les émeutiers à une lieue d'Angers, le dispositif de défense est déjà en place.

— L'entreprise de ces gredins me paraissait inexécutable. Pourtant, leur folie et leur audace...

— Et leur naïveté, glissa Métivier.

— J'étais prêt à faire face à toute éventualité. D'autant plus que le braconnier-assassin contamine toujours les esprits dans le nord du département.

— A propos, dit le procureur, les insurgés ne recevront aucun renfort du Haut-Anjou, l'un de nos indicateurs a su dissuader les mariannistes d'aller recruter là-bas.

A ce moment le planton ouvrit la porte et annonça :

— Monsieur le Général Commandant le Département.

Le général d'Angell de Kleinfeld s'avança la coiffure sous le bras, digne et empreint d'autorité. Arrivé devant Vallon et Métivier il eut un léger claquement de talons, puis s'inclina :

— Pour vous servir.

— Allons, dit le préfet, si l'heure n'était si grave je croirais que vous plaisantez.

Le général conservait une attitude solennelle :

— J'ai fait consigner les officiers à la caserne. Des cartouches ont été distribuées et les soldats ont reçu l'ordre de s'habiller puis de se recoucher afin d'être prêts au premier signal. Par ailleurs j'ai pris contact avec le commissariat central et j'ai envoyé des escouades dans les différents quartiers afin de renforcer la police. Les ponts sur la Maine sont gardés.

Le procureur Métivier jubilait, tous les mécanismes s'enclenchaient à la perfection. Il ne restait qu'à attendre le choc frontal que préparait Attibert. Depuis La Pyramide Javelle suivait la bande insurgée à laquelle s'étaient mêlés Salmon et Bouchet, tandis qu'Ulysse Leblanc avait installé son poste d'observation à la patte d'oie de La Madeleine, aux portes de la ville. Le gendarme avait réussi à placer Salmon au cœur même de l'insurrection, puisque c'était le chauffeur de la machine hydraulique qui accompagnait le nommé Gaignard pour le recrutement au nord du département en fin d'après-midi... Et Salmon avait su convaincre Gaignard du manque de temps et du petit nombre de mariannistes qu'ils pourraient ramener du canton de Candé. Ils avaient fait demi-tour bien avant Bécon-les-Granits.

Donc la Maine formait frontière, l'insurrection ne se nourrissant qu'au sud. Ce qui inquiétait Métivier c'était la manœuvre de Secrétain, fort d'une quinzaine d'hommes et d'une charrette bourrée de poudre. De même Frouin qui s'était fondu dans les ruelles du faubourg Saint-Michel et avait dépisté son suiveur dès le matin...

— Monsieur le Chef d'Escadron de la Gendarmerie Impériale, annonça le planton.

Le capitaine Cosquer entra d'un pas nerveux, tout excité, sans convenances, la tenue négligée du soldat sur le champ de bataille. Son regard brillait de la témérité des hommes d'action. D'emblée il parla :

— Messieurs vous excuserez mon retard. J'arrive du Mail où mes hommes viennent de disperser un attroupement d'une quarantaine d'individus. Nous avons procédé à sept arrestations. Le reste des gredins a pris la fuite. Ce fut une débandade. Pas un coup de feu n'a été tiré, pas un coup de baïonnette donné. Et le coup de filet est bon, pensez que nous avons mis la main sur les plus connus des chefs mariannistes d'Angers : Frouin, Guérin et Chauvin, tous imbus de doctrines détestables et constamment en lutte contre l'autorité. Ces hommes étaient armés, nous avons trouvé sur eux de la poudre et des balles, certains avaient hache, pique ou bâton.

Au nom de Frouin le procureur se concentra. Il laissa le capitaine évoquer le courage de ses hommes et la pleutrerie des insurgés. Mais quand une sorte de surenchère s'engagea entre d'Angell de Kleinfeld et Cosquer sur les mérites et les capacités de leurs troupes, il intervint :

— Messieurs, dit-il placidement, le chef politique de l'insurrection n'est pas Frouin, ni ses consorts mariannistes arrêtés. Le chef politique est un nommé Secrétain, en contact direct, à Paris, avec les ennemis de l'Empereur, peut-être même en contact avec le Comité Révolutionnaire de Londres. Cet individu est actuellement en Anjou, et d'après mes informations il marche sur Angers, à l'instant même, avec une escorte conduisant une charrette pleine de poudre. Ils sont armés de barres de fer, de rossignols, de tarières, de cartouches à mine et de mèches pour les allumer, avec pour but de propager l'incendie, le pillage et le meurtre dans une ville de cinquante mille âmes abandonnées au repos de la nuit...

Sur le bureau du préfet le carillon sonna deux heures. Parmi la dizaine d'ordonnances qui s'étaient alignées à proximité de la porte, prêtes à porter un message, quelques-unes bâillèrent, le visage défait.

— ... le nommé Secrétain cherchera probablement à s'introduire dans Angers par le faubourg Saint-Michel.

Métivier appuyait la certitude de son ton. Le préfet le regardait, sa figure aimable agrémentée d'un sourire poli. Le général gardait son air distant et pincé, mais ses yeux reflétaient des interrogations où Métivier devinait la faiblesse. Le plus coriace paraissait Cosquer, farouche dans sa détermination de guerrier.

— De toute façon, toute approche du centre de la ville est impossible, tels que mes hommes sont disposés.

Métivier sourit poliment, l'agressivité de Cosquer révélait des insuffisances. Le préfet eut alors un raclement de gorge, comme s'il cherchait un ton qui lui permît de se réintégrer dans la conversation.

— Le responsable de tous ces maux est Victor Hugo, fondateur, lui et ses séides, de cette « Marianne » composée de malfaiteurs. La gravité du moment que nous vivons lui est imputable, et j'en référerai au Gouvernement...

Vallon claqua un talon autoritaire sur le parquet...

— ... j'espère qu'après un tel crime la France obtiendra de l'Angleterre l'expulsion du proscrit de Jersey. D'autant mieux qu'il est prouvé que l'écrivain contamine de sa prose l'armée de Crimée. Il soudoie indifféremment les officiers, anglais ou français...

Un messager fut introduit, il salua réglementairement, remit une enveloppe à Métivier, puis sortit après un nouveau salut.

Vallon prit sur son bureau un coupe-papier et le tendit au procureur. D'un geste vif Métivier ouvrit la lettre. Un silence se fit le temps qu'il lût le message. Métivier avait reconnu l'écriture d'Ulysse Leblanc, lequel avait obtenu que les renseignements de Javelle lui parvinssent en premier. A la fin de sa lecture, l'air grave, Métivier dit :

— Les scélérats pillent les maisons et enrôlent de force ceux qu'ils rencontrent. La plupart sont ivres et braillent des chants anarchistes. Actuellement ils se dirigent vers les Plaines où, paraît-il, ils nommeront leurs chefs.

— Attention, reprit le procureur, certains de nos informateurs seront parmi eux, un linge blanc les distinguera des autres, mouchoir ou foulard.

Un nouveau messager entra, les yeux hallucinés, à court de souffle. La lettre était pour Cosquer. Le chef d'escadron l'ouvrit d'un doigt nerveux... Son visage se transforma en un masque de triomphe et son regard s'illumina, conquérant.

— Messieurs, j'ai la joie de vous annoncer que la charrette d'armes, de munitions et de poudre, a été saisie place du Ralliement par l'officier de police Picherit. L'escorte de misérables et d'ivrognes a été dispersée ou cernée...

Alors, fier de lui, Cosquer se tourna vers Métivier pour conclure :

— Le nommé Secrétain est arrêté.

Le procureur parut hésiter une seconde, le regard méfiant. Pourtant il se décida :

Mes félicitations, dit-il enfin, en tendant la main au chef d'escadron.

— Si je comprends bien, s'exclama le général, il ne reste plus à l'armée qu'à pourchasser la bande qui s'amasse dans les Plaines de Trélazé.

Sur le bureau du préfet le carillon sonna quatre heures. Le rectangle des fenêtres se découpait moins sombre.

— Eh bien, dit Vallon en s'étirant dans son uniforme chamarré, la nuit aura été fructueuse. Si nous allions respirer l'air pur du matin ? Qu'en pensez vous ? Autant nous rendre faubourg Bressigny puisque c'est là-bas que les scélérats attaqueront. Ainsi assisterons-nous de la part de notre ami d'Angell de Kleinfeld à une démonstration de science militaire.

— Mes hommes sont prêts pour une lutte acharnée et sanglante. Je leur ordonnerai un feu bien nourri par deux charges successives, et leur enjoindrai de ne cesser l'action que lorsque toute résistance aura cessé.

La figure du préfet égalait celle du général en mâle patriotisme à mesure que celui-ci parlait.

— Il est bien entendu, compléta le préfet, que nous vous assisterons et qu'aucun d'entre nous ne craindra de succomber, ayant pour soi la loi, le droit, la justice et l'honnêteté.

Un sourire tout juste perceptible détendit une fraction de seconde la face austère du procureur.

43

Dans la nuit les flambeaux grésillaient et allumaient des lueurs fauves sur le tranchant des haches. De brusques éclats de querelles perçaient parfois le grondement sourd de la foule qui marchait.

Dès la gendarmerie de Trélazé Attibert avait dû gueuler. Il avait encouragé la saisie des armes et des munitions. Il avait toléré le pillage des victuailles dans la caserne même. Il avait laissé faire les enragés qui brisaient ou démolissaient tout ce qui pouvait servir à un gendarme. Mais il avait interdit qu'on touchât aux biens personnels de la maréchaussée. Et surtout il avait interdit que quiconque se revêtît d'un uniforme ou emportât un bicorne.

Sitôt la gendarmerie délabrée comme par un cyclone, Attibert n'avait pu retenir la meute pour la guider vers les Plaines où Desportes et les mariannistes des Ponts-de-Cé devaient se joindre à eux. La bande, qui grossissait de minute en minute en même temps qu'augmentait le tumulte, s'était dirigée vers la maison de David, le maire, ennemi juré des Rouges, élu par les propriétaires, un gros bourgeois confit dans sa graisse et qui renseignait la Direction des Ardoisières sur la conduite et les idées des perreyeux.

En un rien de temps la demeure cossue avait été encerclée. Attibert s'était hâté, juste pour entrevoir le gros David fermer sa fenêtre après qu'un coup de feu l'eut dissuadé de parler. Le saccage avait suivi très vite. Attibert avait remarqué dans le couloir d'entrée des tableaux et des tentures piétinés, ainsi que des femmes du peuple en train de vider un panier de nousilles *qu'elles fourraient dans leurs poches. Sans son arrivée impromptue David eût été fusillé au pied de son lit. Humilié dans sa tenue de nuit, le bourgeois adipeux avait tremblé face à ceux qui réclamaient le pain à trente sous. Et le socialiste avait lu la demande de grâce dans les yeux mouillés du maire.

— Qu'as-tu fait pour les ouvriers de ta ville ? avait tonné Attibert.

L'autre s'était mis à trembler, ses orteils crispés sur la descente de lit.

— Maintenant c'est le peuple qui commande, avait repris le socialiste. Dans toute la France c'est le soulèvement. La République démocratique et sociale est proclamée. Les biens seront redistribués.

— Vous me laisserez ce que j'avais avant, avait balbutié David.

Attibert s'était détourné puis il avait commandé aux perreyeux :

— Prenez et emportez tout ce qui peut servir d'arme.

... Après leur victoire sur le premier magistrat, les insurgés avaient pris d'assaut la maison de Baudoin, le régisseur des carrières de l'Hermitage. Là encore ils

* Noisettes.

avaient vu le suppôt du capitalisme trembler devant eux, Attibert avait interdit qu'on le maltraitât. Les ouvriers s'étaient vengés dans un vaste salon où ils avaient dégarni quatre panoplies d'armes du Premier Empire...

Tout près un « Vive Rouget, vive la liberté » lui rappela combien sa bande était disparate. Les admirateurs du braconnier étaient de ceux qui courbent l'échine naturellement, sauf si comme cette nuit un soubresaut les jette griffes en avant. « Vive la sociale », ceux-là vouaient de l'admiration à Victor Hugo, ils avaient besoin d'un symbole, d'un vengeur dont l'intelligence surclassât les exploiteurs. « Vive la République », ceux-là entretenaient une conscience collective, c'étaient les purs et les durs, ceux qui balaieraient le vieux monde pourri et bâtiraient un monde fraternel sur la verte prairie par un matin radieux...

... Attibert distingua dans les ténèbres la masse de la calèche immobilisée parmi les perreyeux. Les cris de « Vive Rouget, Vive la République » se répétèrent. Attibert s'approcha et aux éclats d'une torche reconnut le passager. Les rumeurs cessèrent.

— Bonsoir Monsieur le Député, dit calmement Attibert.

Guyard-Delalain, député au Corps Législatif, inclina la tête avec un sourire :

— Bonsoir Monsieur, vous me semblez être en gaie compagnie.

Autour d'Attibert les têtes dévisageaient curieusement le député.

— Si le pain était moins cher, si nous travaillions et étions mieux payés, nous serions encore plus gais, répondit le socialiste.

Dans les yeux du député miroitèrent des questions intelligentes. D'un mouvement de tête circulaire Guyard-Delalain parcourut la foule des silhouettes imprécises sous le flamboiement changeant des torches. A de brusques sourcillements Attibert comprit qu'il avait remarqué des fusils mais feignait n'avoir rien vu.

— Eh oui, je ferai part de vos doléances au Corps Législatif.

Le député eut un sourire plus prononcé :

— Voulez-vous me laisser passer que je regagne mon domicile.

Le socialiste resta un moment indécis, puis il recula, repoussant de ses bras ouverts les plus proches de ses camarades.

— Qu'on laisse circuler Monsieur le Député. Il n'a jamais parlé contre le peuple.

Un sourd murmure enfla, mais la foule s'écarta de la calèche. Les rênes frappèrent le dos du cheval et la calèche disparut.

La bande retraversa Malaquais puis La Maraîchère où elle grossit encore. La lune s'était couchée. Dans les ténèbres fermentait une force mystique.

La victoire en chantant
Nous ouvre la barrière
La liberté guide nos pas...

— Aux Plaines le plus vite possible, cria Attibert.

— Aux Plaines, répéta en écho une voix à l'avant de la bande, ceux des Ponts-de-Cé nous attendent.

Tout près, Salmon entraînait les perreyeux avec fougue. Jamais Attibert n'eût cru le chauffeur de la machine hydraulique si passionné. Il est vrai qu'en cette nuit qui contrebalançait des années de servitude toute la population devait s'être jetée à la rue. A certains endroits, dans le resserrement maussade des rues de la cité, la nuit paraissait immobile dans l'espacement des torches, et les clameurs qui en sortaient rehaussaient la tension dramatique en regard de la joie qui fusait sous les lumignons.

Ceux qui s'étaient procuré une arme avançaient en tête. De temps en temps quelques-uns s'écartaient, entraînant un groupe aux mains nues vers une maison bourgeoise. Et la scène se renouvelait. On sommait l'occupant d'ouvrir, de remettre ses armes. S'il le fallait on enfonçait la porte ou forçait un volet. Alors on savourait sa puissance face au riche, blême et tremblant, on résistait à l'envie de l'étriper, de jeter sa masse graisseuse en pâture à ceux qui défilaient dans la rue. On disait au capitaliste qu'en cette nuit d'août l'abandon des privilèges était définitif, on lui jetait à la face un « Vive la République Rouge », puis on repartait en distribuant les armes confisquées. Ainsi furent prises d'assaut les maisons de Bouillé, de Pion, de Hamon, de Gautier, de Defaye, de Gasnier, de Houdin, de Lebreton, de Minot et surtout celle d'Auzanne qui fit semblant de résister, le fusil à la main, mais sans oser tirer, avant de se laisser désarmer devant l'évidence du changement de pouvoir.

Il était près de trois heures lorsque Attibert atteignit les Plaines à la tête de sa petite armée. Ceux des Ponts-de-Cé les attendaient, organisés par sections qu'à la lueur des torches Desportes inspectait, son autorité reconnue depuis qu'on lui savait une correspondance avec Victor Hugo. Attibert remarqua d'emblée la discipline des ruraux en comparaison de la marche tumultueuse des perreyeux.

Fauveau avait devancé Attibert et s'était approché de Desportes :

— Comment va ton père ? demanda-t-il au jardinier.

Le marianniste eut un haussement d'épaules puis fit semblant de penser à autre chose.

— Le père Desportes ne verra probablement pas le jour se lever. Il agonise, dit Dorgigné qui se trouvait parmi ceux des Ponts-de-Cé.

Desportes parut ne pas avoir entendu, mais Attibert qui avait vite compris accosta le jardinier.

— Salut camarade, les perreyeux te remercient du renfort que tu nous amènes.

La lueur dansante d'une torche étira le faible sourire de Desportes en un rictus sinistre.

— Je m'efforce de vivre pour deux cette nuit inoubliable, répondit le jardinier.

— Je sais, dit Attibert, et je te comprends, mais que tu sois parmi nous ou pas, cela ne changera rien. Le peuple est en armes et nul ne l'arrêtera. Ta place est auprès de ton père, pour lui procurer une dernière joie. Tu lui raconteras comment nous avons pris le Château, la Préfecture, la ville d'Angers tout entière.

— Tu lui diras, ajouta Fauveau, que la garnison s'est jointe à nous, que la République Rouge est instaurée, tous les biens redistribués, les marchands de grains pourfendus et le pain à portée de toutes les bourses.

Desportes écoutait sans montrer aucun sentiment, les torches grésillaient et la foule grondait.

— Tu lui diras, reprit Attibert, que les perreyeux tiennent de lui et de ceux de sa génération leur foi révolutionnaire, qu'il a bien mérité de la République, qu'il peut être fier de sa vie et d'avoir un fils qui continuera son œuvre.

Dorgigné se rapprocha et passa un bras sur les épaules de Desportes :

— Viens, dit-il, je t'accompagne aux Ponts-de-Cé, et après je rejoindrai les camarades dans Angers.

Quand Desportes et Dorgigné se furent évanouis dans les ténèbres Attibert regroupa ses partisans les plus fidèles, Fauveau, Riotteau, les Teneu. A eux s'adjoignirent Salmon qui prétendit représenter les mariannistes des Ponts-de-Cé maintenant que Desportes était parti, et un nommé Bouchet que le chauffeur présenta comme un ami sûr.

Riotteau regarda un instant l'homme qu'on lui avait désigné. Bouchet était grand et maigre, le regard fuyant. Un mouchoir blanc noué à son cou parachevait sa silhouette d'homme égaré dans un monde soudain différent du sien. Il tenait un fusil et portait deux cartouchières fixées au ceinturon.

— Que sais-tu faire ? demanda Riotteau.

— Tout.

— Alors tu commandes les perreyeux de l'Hermitage. Je m'occupe de ceux des Grands-Carreaux.

— Vite, portons-nous devant, cria Attibert. Ceux d'Angers viennent à notre rencontre jusqu'à la Madeleine.

Dans la longue ligne droite, obscure et qui filait jusqu'au cœur du chef-lieu, le martèlement ferme des pas sur le pavé rythma bientôt des chants et des cris. L'humeur était joyeuse et batailleuse, les « Vive Rouget », « Vive la liberté », « Vive la République » couraient plus vite que les insurgés et faisaient entrouvrir des fenêtres au passage de la foule. Certains enfilaient un pantalon, un veston et rejoignaient dans la rue la coulée généreuse des socialistes et des mariannistes. La subite et facile maîtrise de la voie publique ajoutée à l'espérance d'une libération définitive obtenue par sa seule force, donnait au peuple sa plénitude. Une gaieté vengeresse jaillissait des gorges et emplissait le matin naissant.

Ah ça ira, ça ira, ça ira,
Tous les bourgeois à la lanterne
Ah ça ira, ça ira, ça ira,
Tous les bourgeois, on les pendra...

Le ciel blanchissait, annonciateur de l'aube. Et plus les perreyeux avançaient, plus l'inquiétude gagnait Attibert. Il se sentait responsable, terriblement seul à la tête de ce millier d'hommes armés à la diable. Peu avaient fusils ou couteaux, le reste tenait gourdin, quand ce n'était barre à mine ou fourche.

Attibert reconnut un rémouleur qui venait à eux, roulant paisiblement sa meule.

— Tu viens de La Madeleine ? demanda le perreyeur.

— Oui, dit l'inconnu.

— As-tu vu du monde là-bas ?

— Non, il n'y a personne... mais qu'est-ce que ça veut dire ?...

Les hommes avaient repris leur marche. Le ciel rosissait et dans les jardins des silhouettes s'animaient parfois. Il fallait à tout prix parvenir au centre d'Angers avant que la ville ne s'éveillât complètement. Attibert activa l'allure...

En arrivant à la patte d'oie de La Madeleine le socialiste se fit circonspect. Bientôt son inquiétude se transforma en un froid désappointement. Personne ! Ni Secrétain, ni Frouin. Pas même un messager. Il prêta l'oreille du côté de la ville, guettant un bruit de bataille, mais le tumulte des chants et des cris de sa bande emplissait à lui seul tout le ciel d'Anjou.

— Où sont les autres ? demanda sèchement Fauveau.

— Si tu peux me le dire.

Le jour était pâle, mais on voyait à plus de cent mètres.

Obliquant légèrement à gauche la rue qui menait au château ne tentait plus Attibert. Droit devant, la rue de la Madeleine menait plus rapidement à la place du Ralliement où Secrétain attendait peut-être du renfort, confronté à l'imprévu.

— Faudrait savoir ce qu'on fait, reprit Fauveau. Si les camarades ne sont pas au rendez-vous, c'est peut-être qu'ils ont fait demi-tour, alors on en fait autant.

— Reculer ! s'exclama Riotteau. Après ce que nous

avons fait cette nuit ce serait trahir la confiance des perreyeux.

— T'as raison, dit Attibert, nous n'avons pas le droit de faire demi-tour sous prétexte que nous sommes sans nouvelles de Secrétain et des marianistes de Frouin. La question est de savoir si comme prévu on marche sur le château, ou si on rejoint nos camarades au centre d'Angers...

— Mon choix est fait, l'interrompit Salmon. On coupe par le faubourg Bressigny et la rue Hanneloup pour porter secours à Secrétain.

Le chauffeur avait noué un mouchoir blanc à son bras gauche, ce qui augmentait son autorité.

— Alors allons-y, ordonna Attibert rassuré que quelqu'un pensât comme lui.

Barrant toute la rue la bande se mit en marche vers le faubourg Bressigny. Mais les chants ne reflétèrent plus l'enthousiasme de la nuit. Dans le matin rose la tension des esprits diminua, des bâillements alourdirent des visages fatigués où se lisait l'incertitude, tandis que par moments un silence relatif s'installait.

Les perreyeux regardaient loin devant, cherchant une quelconque forme humaine qui les eût réconfortés. Mais la ville semblait leur avoir abandonné ses rues pour cette folle équipée.

Ils atteignaient le pont du chemin de fer lorsqu'un galop ébranla le calme du matin... Tous ralentirent, stupéfaits. Un gendarme approchait au galop de sa monture.

Parvenu au pont l'homme de loi arrêta son cheval :

— Qui êtes-vous ? demanda-t-il d'une voix forte, une main ajustant son bicorne.

Dans la foule des insurgés le silence s'aplanit. Alors Attibert s'avança de quelques pas à la rencontre du gendarme. Il tenait fermement son fusil mais ne se voulait pas menaçant. Pourtant le gendarme mit sa monture au travers de la rue, prêt à repartir vers le centre ville.

Ce que voyant Attibert pointa le canon de son arme vers le sol, puis il répondit.

— Nous sommes les ouvriers des carrières de Trélazé. Nous nous rendons à Angers.

— Que voulez-vous ?

— Nous voulons le pain de six kilos à trente sous pour que tout le monde mange à sa faim. Et nous voulons du travail pour tous.

— Il n'y a pas lieu de se rendre à Angers de si bonne heure pour réclamer l'impossible. Retournez là d'où vous venez.

— Non, s'exclama Attibert, nous allons nous réunir sur le Champ de Mars et attendre une réponse de l'autorité. De grands malheurs arriveront si on ne fait pas droit à notre demande.

Le regard du gendarme délaissa Attibert et parcourut la foule en armes comme s'il évaluait la force qu'elle représentait. Un instant il n'y eut que les piaffements du cheval pour troubler le matin rose, puis de l'arrière des insurgés une rumeur enfla, roula...

Ça ira, ça ira, ça ira

Tous les bourgeois à la lanterne...

Le cheval se cabra sous la traction des rênes tandis que de l'autre main le gendarme enfonçait son bicorne. Au galop de sa monture l'homme de loi repartit vers Angers.

— On continue, dit Fauveau, c'est pas les bicornes qui me font peur.

— D'accord, reprit Riotteau, mais on se sépare en deux. J'ai envie de prendre par la place du Collège et la rue Hanneloup.

Riotteau montrait la rue à droite. Elle était déserte, avec tout au bout les platanes du collège Saint-Joseph.

— C'est une bonne idée, remarqua Salmon. Nous, nous pourrions continuer par la rue Bressigny.

Attibert dévisagea le chauffeur quelques secondes avant de répondre :

— En effet, la rue n'est pas assez large pour qu'on se déploie. Nous occuperons davantage de terrain en deux groupes et en cas de mauvaise rencontre c'est bien le diable si aucun ne parvient au Ralliement.

Riotteau, Bouchet et quelques centaines d'insurgés partirent en direction du collège, tandis que le gros des émeutiers se mettaient en marche derrière Attibert. A nouveau Salmon se porta quelques pas en avant, bientôt rejoint par Fauveau. Le boulevard n'était plus qu'à trois cents mètres et la proximité du but relança un brin l'enthousiasme. L'air entraînant de « La Carmagnole » se propagea, mais sans qu'Attibert entonnât le refrain. Sur la gauche, au fond d'une ruelle, il avait cru voir deux silhouettes en uniforme se cacher promptement derrière la margelle d'un puits. Par crainte d'alarmer ses hommes il n'en dit rien. A hauteur de la rue Saint-Joseph il aperçut à l'autre extrémité Riotteau et sa bande qui avaient atteint la place du collège. Espacés d'une centaine de mètres les deux groupes se dirigeaient parallèlement vers le boulevard. Il ne leur restait qu'à traverser la rue Desjardins. Riotteau et les siens s'engageraient dans la rue Hanneloup pendant qu'Attibert continuerait par la rue Bressigny...

Ils arrivèrent à la rue Desjardins... la traversèrent. Attibert vit sur la droite le groupe Riotteau en faire autant.

... Ils étaient dans Angers, en pleine ville. Les hautes maisons grises de la rue Bressigny ternissaient le clair matin et leur resserrement sur l'étroite rue avait quelque chose de sinistre. Bizarrement la rue qui eût dû s'animer à cette heure était déserte. Même pas une vitrine dégarnie de ses volets ! Les chants avaient cessé, seule persistait la rumeur sourde du peuple battant le pavé. Salmon toujours devant, avec Fauveau, se retournait fréquemment et croisait le regard d'Attibert. Ils avaient tout juste parcouru une cinquantaine de mètres lorsqu'ils s'arrêtèrent net. Une suite de hennissements et de piaffements signalait un troupeau de chevaux...

Attibert eut un vague sentiment de danger. Salmon fixait sur lui un regard étrange tandis que le visage de Fauveau variait de l'intrépidité à la peur. Les perreyeux se pressèrent autour du socialiste...

Soudain ce fut la cavalcade...

Surgissant de la place des Arènes une cohorte de cavaliers sabre au clair déboucha dans la rue à grand fracas. A gauche, de la rue Château-Gontier jaillit une nuée de fantassins baïonnette au canon...

— Nous sommes trahis, cria Salmon. Sauve qui peut !

Un remous de panique perturba les insurgés qui d'instinct reculèrent, cherchant un abri.

— Arrêtez, commanda Attibert. Tirez sur les chevaux.

De l'arrière fusèrent de longs cris de terreur. Se retournant, Attibert aperçut un escadron chargeant les traînards qui, eux, n'étaient pas armés.

Attaqués sur trois côtés les perreyeux étaient pris dans la nasse de l'étroite rue Bressigny.

— Trahison, sauve qui peut, répétait Salmon qui avait dénoué son brassard et l'agitait au-dessus de sa tête comme un drapeau blanc.

Attibert vit des camarades qui vidaient leurs poches, jetant balles et poudre sur le pavé, puis le fusil, avant de s'enfuir par des portes cochères. Il vit Fauveau seul à l'avant, statufié au milieu de la rue et offrant sa poitrine aux baïonnettes. Fauveau assommé d'un coup de crosse puis emmené par l'armée...

— Replions-nous par la rue Desjardins, hurla Attibert.

Déjà les soldats empoignaient les insurgés des premiers rangs, sans même que fût esquissé un geste de défense. Tous semblaient paralysés, hypnotisés par cette force qui les enveloppait, soudaine et organisée.

Attibert se retrouva dans une courette, Salmon toujours à proximité, criant encore des « on est trahis » que des hommes affolés répétaient dans leur terreur. Les murs gris éclairés d'une lumière rose répercutaient mille hurlements, cliquetis ou sourds jurons.

Ils sautèrent le muret d'un jardinet, coururent sur les plates-bandes jusqu'à ce qu'ils aperçussent un autre porche dans l'étroite lunette duquel se déplaçaient des silhouettes affolées. Une odeur appétissante de pain frais les imprégna un instant, le temps pour Attibert de constater qu'il avait faim. Alors la révolte le gagna de nouveau. Quelques enjambées furieuses et il déboucha dans la rue Desjardins. Il regarda à droite. Les arrières de ceux qui l'accompagnaient étaient chargés par les gendarmes. Attibert distingua des groupes qu'on emmenait. Il regarda à gauche... Ce qu'il vit l'anéantit complètement... A l'autre bout de la rue la cavalerie bousculait et piétinait les hommes de Riotteau. Là encore des perreyeux couraient en tous sens, se débarrassant de leurs armes et projectiles. L'ampleur de la panique augmentait d'autant qu'aucun coup de feu ne parachevait la brusquerie de l'attaque. La mêlée des hommes et des chevaux, monstrueuse et sacrilège dans le clair matin, semblait vouloir respecter le sommeil de la ville encore endormie.

L'évidence assomma Attibert. Maintenant il ne doutait plus que Secrétain et Frouin fussent tombés eux aussi dans un traquenard. Par une petite ruelle Bouchet arrivait en courant, suivi de Riotteau et de quelques autres.

— On est trahis, répétait Bouchet en brandissant son mouchoir.

— Je m'en rends compte, on s'est fait manœuvrer, répondit le socialiste.

Les insurgés fuyaient de tous côtés. Des armes, des outils, jonchaient le pavé. Au constat de cette débandade, de cette versatilité des camarades perreyeux si enthousiastes tout à l'heure, Attibert se découragea...

Des dragons chargeaient dans leur direction au grand galop de leurs chevaux.

— Par ici, cria de nouveau Salmon qui conservait sa maîtrise.

Il désignait une ruelle guère plus large que le caniveau qui courait en son milieu. Par là au moins la cavalerie ne pourrait les poursuivre.

Ils partirent en courant, Salmon et Bouchet en tête, Attibert et Riotteau immédiatement derrière. Une cinquantaine d'émeutiers les suivirent, certains encore porteurs d'une arme. A un moment ils empruntèrent la rue Saint-Léonard, large et déjà animée. Personne ne semblait remarquer les gueules blêmes et inquiètes de ces hommes en fuite.

Salmon et Bouchet toujours devant, ils se faufilèrent dans un labyrinthe de ruelles et de venelles. Attibert constata qu'ils se dirigeaient vers La Madeleine. Il pensa à sa femme et à leurs enfants, aux journées de crainte qu'ils auraient à vivre tandis que lui, traqué, se cacherait...

Salmon s'était arrêté net, retenant Bouchet de son bras gauche tendu. Il parut chercher son chemin, opta pour une ruelle à droite, puis s'y engagea. Parvenus à une sorte de cour ceinte de portes cochères, ils s'arrêtèrent encore. Salmon regarda bizarrement Attibert, puis Riotteau.

— Attendez, dit-il je me suis peut-être fourvoyé.

Il fit demi-tour, entraînant Bouchet, et se mêla aux perreyeux. Sans bouger, Attibert et Riotteau les virent hésiter comme s'ils cherchaient une autre voie...

A ce moment Attibert entendit un piétinement derrière lui. Il se retourna...

Le frais de la lame lui râpa la barbe et lui redressa le menton. Le sabre tendu à bout de bras Javelle le tenait à sa merci. Trois gendarmes avaient jeté Riotteau à terre et le ligotaient. A quelques mètres de Javelle le gros Ulysse Leblanc approchait en se dandinant alors que de sous les portes cochères d'autres gendarmes surgissaient.

Derrière, Attibert entendit les camarades qui s'ensauvaient... Un gendarme lui arracha son fusil.

44

Dans le fin fond des bois du Grip une corne de biquard sonnait sa plainte mélancolique. Le vieux vicomte se ranima. Face à lui, le comte de Vauguion qui caressait négligemment les accoudoirs de son fauteuil, feignit d'admirer le soleil tout rouge sur le moutonnement lumineux des arbres.

Gonzague remua et ce fut suffisant pour que le vieillard réintégrât le présent.

— Eh bien, dit-il d'une voix faiblarde, les biquards alertent toujours le fameux Rouget.

— Le brigadier Houlbert doit reprendre la chasse, répondit le comte de Vauguion.

— Il serait donc vrai que la gendarmerie avait ordre de laisser courir Rouget depuis quelque temps ? insinua Gonzague.

De Vauguion eut un petit rire :

— Il est notoire que les gendarmeries avaient été dégarnies.

Gonzague regarda fixement de Vauguion :

— La justice impériale condamne à mort un individu, mais ne cherche pas à s'en saisir. En sorte tout se tient.

— Oui, les féaux de l'usurpateur voulaient crever l'abcès. Et de prime abord ils ont réussi.

— Vous parlez des émeutes d'Angers ? questionna le vieux vicomte. Ne dit-on pas que les insurgés criaient « Vive Rouget » et « Mort aux riches ».

— Pour ma part, reprit Gonzague, je vois cette insurrection sous un autre angle. Tout se tient ! J'arrive d'Angleterre et je puis affirmer que les proscrits de Jersey troublent la politique de Sa Majesté la Reine Victoria. Depuis l'arrivée de Victor Hugo aux îles anglo-normandes le Parti français Ultra-Rouge gagne chaque jour en virulence. L'écrivain crache sa haine envers l'usurpateur dans un pamphlet intitulé « Napoléon le Petit » et ses complices traduisent en un « Napoléon the Little », un « Napoléon el Pequeño ». Des centaines de milliers d'exemplaires de cet ouvrage sont lus dans le monde. L'ouvrage entre en France par cahiers imprimés sur papier pelure, dans des cachettes improvisées. L'usurpateur a fait honneur au proscrit en triplant les douaniers, les gendarmes et les mouchards à Saint-Malo. Cet imbécile hérisse les baïonnettes contre le débarquement d'un livre...

De Vauguion intervint :

— Il est maintenant patent que Victor Hugo manipule les sociétés secrètes comme il le ferait de marionnettes.

Gonzague acquiesça et reprit aussitôt :

— L'écrivain inonde la France de lettres appelant à la révolte, et ces lettres sont recopiées, distribuées par les colporteurs, lues dans les villages et les fabriques. Le proscrit nargue même l'autorité de Victoria. Ainsi lors de la visite officielle de Napoléon III pour fêter la prise de Sébastopol, une lettre a été affichée sur les murs de Douvres : « Victor Hugo à Louis Bonaparte : Qu'est-ce que vous venez faire ici ? A qui en voulez-vous ? Qui venez-vous insulter ? L'Angleterre dans son peuple ou la France dans ses proscrits ? Laissez la liberté en paix. Laissez l'exil tranquille. »

Gonzague s'était levé et arpentait souplement le bureau de son père.

— Ainsi donc, dit le vieillard en s'adressant à de Vauguion, vous affirmiez que les émeutiers d'Angers criaient « Vive Rouget ». Or si mes yeux ne m'ont pas trahi j'ai lu dans les journaux que les ouvriers clamaient aussi « Vive la République Rouge ».

— C'est exact. Les émeutiers seront jugés aux Assises dans la première quinzaine d'octobre, et il est probable que des révélations seront faites.

Gonzague continuait son va-et-vient, la tête rayonnante d'intelligence au travail.

— Voyez-vous, dit-il alors sans vraiment s'adresser à quiconque, il est admis qu'un général puisse changer son plan de bataille au cœur même de la bataille...

— A condition qu'il fasse le bon choix, l'interrompit de Vauguion.

Gonzague fixa le maire de La Chapelle-d'Aligné, un sourire à la fois courtois et méprisant sur les lèvres.

— Père qu'en pensez-vous ? demanda-t-il affectueusement.

Le vieillard hésita un instant :

— Il faut avoir le courage de ses choix, répondit-il enfin.

— Mon cher Gonzague, reprit de Vauguion, ainsi que le dit Monsieur votre Père, il faut savoir choisir. A vrai dire le Bonaparte ne nous lèse guère. Tandis que si les Rouges s'emparaient du pouvoir... eh bien ne promettent-ils pas de nous « couper en deux ».

Oui, c'est leur expression, ils veulent nous « couper en deux ».

Le comte de Vauguion serra fortement les accoudoirs de son fauteuil, et le vieux vicomte, le souffle court et les paupières closes, blêmit.

Gonzague vrilla son regard sur le tapis. Un moment de silence amplifia l'intimité du cabinet du vieux vicomte. L'odeur pénétrante du bouquet de roses posé sur le guéridon imprégna les trois hommes un instant. Lorsqu'une corne de biquard sonna à nouveau, loin au fond des bois, Gonzague redressa le buste. Son visage était serein, il dit lentement, avec douceur :

— Il ne nous appartient pas d'aider les services de l'usurpateur. Ceci dit il faut néanmoins que le braconnier ne symbolise plus les idées socialistes...

De Vauguion eut un fin sourire :

— Depuis un an tous les châtelains des environs vous soutiennent que Rouget ne peut être des nôtres.

— Exact. Dans l'immédiat Rouget libre nous est préjudiciable. Le mieux serait que subrepticement nous l'aidions sur le plan juridique après qu'il se sera rendu aux autorités. L'homme resterait populaire et sa décision de se livrer à la justice impériale contraindrait celle-ci à la clémence.

— A la clémence ! s'écria de Vauguion, mais n'auriez-vous jamais entendu parler du procureur Métivier ? Et puis, quant à décider Rouget à se rendre...

Le vieux vicomte déplaça un encrier sur son bureau. Ses mains diaphanes tapotèrent faiblement le sous-main de cuir fauve :

— Décider Rouget à se rendre, finit-il par dire d'une voix cassée... Je connais l'homme qui le décidera.

45

L'abbé Chevalier, curé de Daumeray, gros homme joufflu et débonnaire, aimait ses ouailles qui le lui rendaient bien. La Saint-Maimbeuf serait dans quinze jours et il était courtois qu'au préalable il rendît visite aux fidèles qui amoncelleraient des offrandes au pied de la statue du saint ce dimanche-là. C'était une sorte de denier du culte en produits de la ferme et cela l'entretiendrait jusqu'au printemps.

Les souliers et le bas de la soutane gris de poussière il allait vers la Bruère. Au carrefour de la route de Durtal l'abbé s'arrêta, déboutonna le haut de sa soutane puis passa un doigt sous le col empesé. L'été de la Saint-Michel brûlait la campagne et l'occasion de cheminer sous les ombrages jusqu'à La Démennerie était plus tentante que de continuer entre des labours surchauffés.

Sur la cour à l'herbe roussie les enfants jouaient. Ils galopaient en rond, comme s'ils faisaient la course, tirant chacun une sorte de char fait d'une fine branche de saule à usage de limon sur lequel étaient liés par des joncs verts deux arceaux figurant les roues. Le prêtre distingua non seulement la fraîcheur des joncs mais aussi le blanc tendre des coupes du saule. Du travail d'homme.

L'abbé Chevalier sortit de sa poche son bréviaire qu'il ouvrit. Puis, marmonnant, il avança.

Marie parut sur le pas de la porte, sa robe noire rapiécée sur tout le devant. Elle était bien coiffée, cheveux bien tirés vers le chignon et mèches brossées sur les tempes. Le prêtre remarqua aussi les traits reposés, le visage radieux. Il referma son bréviaire, le rempocha, puis sa face ronde s'éclaira d'un long sourire.

— Bonjour Monsieur le Curé, entrez donc jusque-là, on vous voit pas souvent chez nous.

Loulou s'était approché du prêtre, traînant son jouet, tandis que le petit Totor s'était arrêté, le regard en dessous et suçant son pouce.

— On se reverra bientôt au catéchisme, dit l'abbé en posant un baiser sur le front de Loulou.

Marie apprécia la délicatesse envers son aîné, la reconnaissance et l'encouragement du savoir naissant par un homme instruit.

— Oh, Monsieur le Curé, vous nous faites grand honneur.

Elle s'inclina, la main gauche à plat sur la poitrine pendant que l'autre serrait celle que tendait le prêtre.

— Ma chère enfant, que cela est tranquille chez vous.

Marie fit entrer le prêtre qui, sans façon, écarta le banc et s'assit à table.

— Ouf ! fit-il en assurant sa position, encore heureux qu'il y ait des chemins creux pour venir ici. Au soleil ça brûle...

Des sensations indéfinissables où se mêlaient odeurs et couleurs renforcèrent la certitude de l'abbé.

— ... j'avais l'intention d'aller à La Bruère, mais j'ai préféré passer par ici. Je vais continuer vers La Mare-au-Brecq et peut-être même jusqu'à La Turpinière, histoire de trinquer avec mon ami Pierre Andouard...

— Mais Monsieur le Curé je vais vous servir un verre avec plaisir. J'ai du bon vin de Huillé, plein une bonbonne. Vingt litres.

— Une bonbonne ! C'est lourd à porter pour une femme. Et depuis Huillé.

— Depuis Huillé, oui, mais dans une brouette.

— Ah bon ! je vous savais robuste. Quant à porter une bonbonne pleine !

Marie tira vivement sa robe par en bas. La nervosité

du geste n'échappa pas à l'abbé. Le prêtre remarqua la porte de la buanderie grande ouverte. Dans le clair-obscur pendaient deux peaux de lapin tendues sur des brins d'osier. Elles brillaient et balançaient faiblement. Un chat noir dont les yeux verts luisaient, reniflait les dépouilles. Le chat miaula, la tête tournée vers le fond de la buanderie.

Marie sourit encore plus en versant le vin.

— Louis, viens donc. C'est Monsieur le Curé... il est tout seul.

Un bruit d'outil que l'on pose donna vie à l'obscurité de la buanderie. Puis le chat s'écarta d'un bond enjoué... Rouget apparut.

L'abbé Chevalier resta coi devant tant de présence subite. Rouget ne semblait pas posé sur le sol. Mieux qu'un feu follet au gré du courant d'air, le braconnier paraissait pouvoir se déplacer instantanément, dans n'importe quelle direction. Sur le visage émacié la tension contenue animait les yeux roux. L'instinct, l'intelligence, la souplesse, la puissance, la promptitude, la sûreté du geste, rayonnaient en ondes. Comment pouvait-on condamner au châtiment suprême cet homme en qui convergeaient tant de saines hérédités ? Un être qui refusait de geindre sur son sort, mais qu'au contraire la colère gagnait lorsqu'il fallait se battre pour la progéniture.

Le prêtre posa ses coudes sur la table et engonça chaque main dans la manche opposée de sa soutane.

— Mes enfants, dit-il, vous savez que Dieu pardonne à ceux qui ont péché et que ceux-là n'ont qu'à se louer de sa miséricorde.

Rouget soupira :

— Je n'ai tué personne.

Le visage du braconnier s'assombrit. D'un coup Rouget réalisa l'insolite de la venue du prêtre. Il y aurait des minutes de franchise pendant lesquelles il s'épancherait, ou plutôt pendant lesquelles il se confesserait. C'était ça, il se confesserait, sans confessionnal, là, à voix haute devant sa femme... Il redressa la tête :

— Si Javelle avait été moins méchant envers le pauvre monde, je n'aurais pas tiré. Mais j'avais plus ma tête à moi.

Les queniots étaient arrivés en silence sur le pas de la porte d'où ils écoutaient, immobiles, la frimousse interrogative.

— Et voilà mon meilleur élève au catéchisme, s'exclama le prêtre en désignant Loulou d'un signe du menton.

L'abbé avait gardé ses mains dans les manches de sa soutane et ne dépassait de la table qu'une silhouette tronquée, rebondie et noire, avec, comme posée dessus, la tête joufflue et rose. Rouget se jugea tout menu en comparaison. Il prit conscience qu'un homme le frustrait de ses enfants, les accaparait de la même façon que les bourgeois se réservaient le gibier. Une sourde jalousie le gagna lentement. Les mêmes goûtaient tous les bonheurs, toutes les facilités, sans jamais connaître la faim, le froid ou le travail, alors que d'autres ne pouvaient seulement dire ce qu'ils avaient sur le cœur. Rouget resta figé devant le spectacle du prêtre qui avait attiré Loulou et le serrait contre sa poitrine. Le braconnier eut l'impression qu'il était à la place de son fils, que soufflait sur lui l'haleine chaude aux relents de repas copieux, qu'il respirait l'odeur de bon drap de la soutane tandis que les lèvres papelardes chuchotaient...

Marie était revenue près de la table sur laquelle elle s'appuyait de ses mains.

— Faut lui apprendre beaucoup de choses, dit-elle au prêtre, notre petit Loulou a une grande envie de savoir.

— Non! coupa Rouget. Je ne veux pas qu'on lui apprenne n'importe quoi!

Son cri cassa net le tissu onctueux et cachottier du prêtre. Marie regarda son homme et soudain elle eut peur. Elle retira son fils des bras de l'abbé, le serra un instant contre elle, puis, comme le silence devenait gênant, elle conduisit Loulou vers la porte.

— Allez jouer dans le jardin les enfants. Allez jouer. On vous rappellera tout à l'heure.

Puis elle revint vers la table. L'abbé buvait à petites gorgées, avec délicatesse. La main qui tenait le verre paraissait encore plus blanche et potelée sur le fond vif et rosé du vin. Rouget et le prêtre ne se lâchaient pas des yeux.

— Je ne veux pas qu'on apprenne n'importe quoi à mes enfants, reprit-il. Je ne veux pas qu'on leur parle de justice, car ça n'existe pas.

L'abbé Chevalier posa son verre.

— Mon fils, n'oubliez pas que par-dessus la justice des hommes il y a la justice divine.

Ils restèrent un moment sans se parler. Le curé de Daumeray s'était refait une figure bonhomme et souriante, avec juste ce qu'il fallait d'intelligence dans le regard pour que ses paroles aient valeur d'homélie.

— Pourtant la justice des hommes est le reflet de notre société, reprit-il. Nous devons obéir aux autorités constituées de notre pays, et prier Dieu pour elles. Les magistrats font respecter les lois ou les appliquent. Il faut se soumettre à leur sentence...

— Mais ils m'ont condamné à mort, ils veulent que je finisse sur l'échafaud...

— N'oubliez pas mon fils que ce n'est qu'une condamnation par contumace...

— A mort, rugit le braconnier, ils m'ont condamné à mort moi qui ne tirerais pas sur une volée de péchelettes *. Je chasse pour nourrir ma famille. Je n'ai tué

* Moineaux.

personne, vous m'entendez Monsieur le Curé, je n'ai tué personne.

— Justement, poursuivit l'abbé, cela incitera vos juges à la mansuétude.

— Non, dit Rouget sur un ton las, ces gens-là sont cruels à plaisir. Ils peuvent dire que c'est pour défendre la loi, je ne les crois pas.

— Ce n'est qu'une condamnation par contumace. Si vous vous rendez il y aura un vrai jugement.

Rouget recula d'un pas, il jeta un bref regard en arrière, tendit l'oreille...

— Me rendre ! Un vrai jugement ! Mais pourquoi me juger puisque Javelle a repris du service et que depuis je n'ai fait de mal à personne. Je ne suis pas dangereux...

— Justement, coupa l'abbé souriant et aux joues roses, ils vous libéreront peut-être sitôt le procès fini. Mais il faut un procès, la loi le veut.

— Un procès, s'exclama Rouget, et qui le paiera !

Le visage du prêtre prit un air de commisération. Apparemment l'abbé n'avait pas pensé au souci d'argent.

— Et puis non et non ! Je ne me rendrai jamais. Ça leur ferait trop de plaisir, au vieux Basile, à ce gros pourceau de Leblanc, à tous ces bourgeois qui rêvent de mon arrestation.

— Mais vous pourriez vous rendre au brigadier Savin qui est un brave homme.

— C'est vrai, dit Rouget, Savin n'embête pas le pauvre monde.

— Et moi, sanglota Marie, qu'est-ce que je deviendrais toute seule avec les queniots.

— Vous savez ma chère enfant que vous pouvez compter sur la charité de tous. Je suis sûr qu'au château du Grip l'on compatirait à votre désarroi.

— Non, rugit à nouveau le braconnier. Je ne veux

pas de charité, je ne veux pas voir mes gosses avec un bissac sur les chemins. Je ne veux rien de ce qui fait plaisir à des tas de bourgeois qui jouissent devant la misère parce que ça leur montre leurs richesses. Et ils s'en gavent, ils s'en soûlent comme si dans la tombe ils profiteraient encore de leur magot. Ils ont la pensée froide de leur vivant et ne font rien pour comprendre celle, chaleureuse, des autres.

Les bras du prêtre décollèrent de la table.

— Si vous préférez continuer votre vie de bête traquée...

Rouget émit un long soupir :

— Dans les bois je ne me suis jamais senti seul. Je peux compter sur tous les braves gens, sur tous ceux qui connaissent la valeur d'un quignon de pain.

Il s'interrompit soudain. Dans les yeux de l'abbé Chevalier avait scintillé un éclair. Une lueur vraiment passagère, mais elle le chavira du tout au tout. Ainsi donc, même le prêtre ne le secourrait pas ? Alors il prit conscience qu'on le jouait.

— Nom de Dieu, je ne me rendrai jamais !

— Ne blasphémez pas, mon fils.

Le prêtre s'était dressé, livide, tandis que le braconnier reculait vers la buanderie. Rouget tendit un bras derrière la porte et le ramena, brandissant un fusil.

— Mon vrai Dieu le voilà, lui seul me soutient et m'aide à vivre. Dans ce monde il n'y a que la force qui compte. Quant à l'autre...

Le prêtre s'approchait à petits pas. Le braconnier eut un moment d'hésitation. Et si c'était vrai qu'en se rendant il n'encourait qu'une courte peine de prison ?... La grosse silhouette noire était maintenant tout près de lui. D'instinct Rouget fit un bond en arrière et se plaqua le dos au mur, le fusil menaçant. Il vit le prêtre enfoncer une main dans une poche de sa soutane... le prêtre tenait un chapelet et le lui tendait. Rouget hocha la tête un moment en signe de refus.

— Prenez et priez Dieu pour sauver votre âme.

Le braconnier faisait toujours non de la tête. Alors Marie prit le chapelet et le posa sur la poigne qui tenait l'arme. D'un geste vif Rouget se secoua et le chapelet tomba à ses pieds.

— Non, gémit Marie.

Rouget vit les larmes qui coulaient sur la peau déjà ridée... Il se baissa, ramassa le chapelet et le fourra dans une poche de son pantalon. Puis il regarda le prêtre. Il n'y avait rien à lire sur le visage de l'abbé Chevalier. La face rubiconde et bonasse s'était masquée d'une indifférence qui ne lui convenait pas.

D'un bond Rouget fut sur le seuil.

— Dites à ceux qui vous ont envoyé que je ne me rendrai jamais. Vous m'entendez l'abbé, et dites-le à tout le monde.

Au moment de s'enfuir Rouget eut pour sa femme un regard affectueux. Puis le braconnier alla embrasser ses queniots et leur tapota la joue.

— Faut pas faire de peine à maman.

46

Compulsant son dossier le procureur Métivier écoutait distraitement les interrogatoires d'identité. Les débats commençaient rondement. D'ailleurs les apparences montraient un public dompté, les perreyeux transis aux bancs des accusés, matés par l'austérité de la salle, reclus en une volonté farouche et silencieuse. Il avait fallu leur imposer un avocat.

Maître Émile Affichard officiait depuis peu au barreau d'Angers. Talent oratoire certain, plaidoiries naïves et qui dévoilaient le fervent chrétien sous l'apparat de la robe, le jeune avocat aurait à défendre des Rouges mécréants...

Le procureur impérial resta la main en suspens, tenant le double de l'information transmise au ministre de l'Intérieur le surlendemain de l'insurrection. Il avait souligné deux phrases, espérant qu'elles marqueraient l'esprit du ministre : « ... Malheureusement la population ne paraît pas apprécier la gravité de l'affaire. Les ouvriers sympathisent avec leurs camarades et dans la classe intermédiaire on parle de misère et de faim... ».

Il porta un regard sur la salle. Pas une houle, pas un murmure. Questions claires du président Valleton, réponses timides et enrouées des prévenus, tandis que lui, représentant du pouvoir, affûtait les outils du réquisitoire.

Métivier changea de feuillet pour relire la lettre de félicitations du ministre de l'Intérieur au préfet de Maine-et-Loire : « ... Il est hors de doute que le mouvement avait un caractère socialiste. Il est essentiel que ce caractère lui soit conservé et je vous recommande de veiller à ce que la presse locale le présente sous ce point de vue... ».

Puis Métivier palpa et repalpa le papier rugueux d'une coupure de presse. « ... Ouvriers, depuis la semaine dernière il y a dans les cachots du château des ouvriers qui versent des larmes sincères au cours de leur interrogatoire, et qui implorent la miséricorde de leurs juges au nom de leurs familles. En même temps, à la porte de la prison, il y a des femmes, des filles en proie aux convulsions de la douleur, dont les sanglots sont déchirants. Faut-il attendre ce moment suprême pour sentir les affections de la famille ? N'oubliez jamais ces saintes joies du foyer domestique qui sont la consolation du cœur après le pénible labeur de la journée. Là, bien mieux qu'au cabaret, vous retrempez vos forces, vous puisez le courage de suivre le chemin de l'honneur et du devoir.

Croyez-nous, ouvriers, par votre sagesse, par votre prudence, par votre amour du travail, par votre union contre les fauteurs de désordre, vous contribuerez plus à votre bien-être qu'en prêtant l'oreille aux mauvais conseils, qu'en imitant les mauvais exemples, car le mot de notre Empereur est toujours VRAI : que les bons se rassurent et que les méchants tremblent. »

C'était signé Louis Tavernier, le journaliste le plus influent du Maine-et-Loire.

Le procureur retourna le feuillet et le lissa de sa main gauche. Son dossier était on ne peut mieux rempli, bien que l'instruction n'eût pas musardé. Nous étions le 8 octobre, soit exactement quarante-deux jours après l'insurrection avortée. Lui seul savait qu'en réalité le dossier des socialistes, républicains et mariannistes avait été ouvert dès le 2 décembre. Il avait sorti la carte Rouget juste à temps. Sa seule prescience l'avait avantagé. Ainsi le soulèvement national prévu début septembre par Victor Hugo et ses affidés avait-il été anticipé, éclaté puis annihilé. Métivier lorgna vers le banc des accusés. Secrétain se réfugiait dans une sorte d'indifférence hautaine tandis qu'Attibert roulait des yeux brûlants de fièvre haineuse sur son visage hirsute et révolté...

Le procureur avait épinglé ensemble deux messages télégraphiques dont, dessus, celui du ministre de l'Intérieur. Il le relut : « ... Il me paraît indispensable qu'on relève à la charge des inculpés le chef d'affiliation à une société secrète, afin qu'après condamnation le gouvernement fasse transporter les coupables à la Guyane... ».

Métivier relut la feuille suivante, sa réponse au ministre, et qu'il avait élaborée mot à mot. Il se délecta de sa surenchère : « ... Je ne négligerai rien pour obtenir une répression suffisante. J'ai décidé que dix à douze inculpés tomberont sous le coup de l'article 9 du Code Pénal, pillage et massacre, et pour qui je demanderai la mort. Pour quinze à vingt inculpés ce seront les articles 6 et 7, enlèvement d'armes, de la loi du 24 mai 1854, et les travaux forcés à perpétuité. Pour huit ou dix autres la détention... ».

Il avait fallu diviser en deux lots les émeutiers, un jugement simultané d'une centaine d'hommes n'étant pas envisageable. On jugerait d'abord ceux connus de la police pour leurs activités ou leurs condamnations antérieures, puis plus tard, fin du mois ou début novembre, ce serait le tour des ouvriers embrigadés sous l'effet de la boisson ou l'emprise nocive des agitateurs. Il fallait différencier, savoir remuer le sens dramatique des populations, puis l'amoindrir progressivement jusqu'à un retour à la normale. Le procureur impérial promena un regard sur les jurés. Tous étaient imprégnés du devoir de leur charge, de la solennité du moment qu'ils vivaient. De braves gens de la campagne que le préfet avait fait venir de Montfaucon-sur-Maine ou de Chenehutte-les-Tuffeaux... On en était à la lecture de l'acte d'accusation :

— ... tandis que sous la protection d'un gouvernement puissant et populaire, une ville de cinquante mille âmes se livrait au repos de la nuit, une horde tumultueuse de bandits altérés de sang et de pillage...

Métivier remarqua le silence hostile du prétoire, les têtes provocantes des inculpés...

— ... dans les plaines de Trélazé le chef Attibert prononce une harangue devant six à sept cents hommes : « La République démocratique et sociale est proclamée. La France entière est en révolution. Nous pouvons à présent piller et voler à notre aise. En avant ! celui qui reculera sera fusillé !... ».

— C'est faux, hurla Attibert, je n'ai jamais dit ça.

— Vous parlerez lorsque je vous poserai des questions, répondit fermement le président Valleton.

— ... on s'emparait du château, on surprenait la caserne, on envahissait la préfecture, la banque et la recette générale...

Attibert maîtrisait mal sa respiration. Ses poumons s'enflaient à chaque ignominie du président. Près de lui Secrétain paraissait ailleurs, le front nuageux et le visage mat. Par Maître Affichard, Attibert savait que Secrétain n'avait pas parlé malgré des menaces au cours de l'instruction. C'en était fini pour le mouvement insurrectionnel des perreyeux, bien que le hasard eût sauvé Desportes de l'arrestation. Desportes et aussi Dorgigné, car lors des premiers jours dans les cachots on l'avait confondu, lui, Attibert, avec Dorgigné, jusqu'à temps que cette carne de Javelle vînt identifier quelques perreyeux et le dénonçât... Mais Dorgigné bien implanté au pays de Rouget courait toujours...

... le président Valleton pérorait :

— La Marianne avait la prétention d'abolir la monarchie constitutionnelle, de supprimer le chapître des cultes, ainsi que d'exproprier tout individu possédant plus de cinquante francs. Elle voulait aussi l'abolition de l'Église, de l'héritage, puis une purge sociale dont on devine les moyens de terreur. La Marianne voulait que la nation fût l'unique propriétaire du sol et de tout ce qu'il renfermât, produisît ou rapportât. Cette société secrète prétendait garantir l'existence, l'éducation et le travail à chaque citoyen. Elle voulait aussi l'émancipation des femmes, etc., etc., etc.

Le jour tombant obscurcissait la salle. Le président referma ses dossiers et il leva la séance.

Au second jour du procès, Valleton s'immobilisa un

moment sous le grand crucifix et sembla se recueillir. Puis il s'assit.

D'emblée il commença par Attibert.

— Quand on vous a arrêté vous étiez armé. Que vouliez-vous faire ?

— Nous voulions renverser le gouvernement existant pour mettre à sa place un gouvernement démocratique et social, et non pour piller et voler comme le dit l'acte d'accusation...

— Ainsi donc vous reconnaissez votre appartenance à la Marianne.

— Non ! Je n'ai jamais connu cette société.

— Pourtant vous avez été vu en compagnie de Secrétain le jour où celui-ci reçut une bourse des mariannistes afin de financer son voyage à Paris. Cela se passait au cabaret Sarrazin à La Pyramide. Le niez-vous ?

Attibert serra nerveusement le rebord de la stalle. Déjà, les semaines précédentes, il avait dû se rendre à l'évidence : leur mouvement avait été trahi.

— Je ne me souviens plus, répondit-il, masquant au mieux son accablement. Ma vie est vouée à une cause juste et les petits faits quotidiens échappent à ma mémoire.

— Cette pirouette est trop facile. Vous êtes allé chercher Secrétain à sa descente du train de Paris une semaine plus tard. C'est encore vous qui étiez à la tête des insurgés au pont du chemin de fer, peu avant que la troupe ne charge votre bande de criminels. Et vous voudriez nous faire croire que vous n'êtes pas le chef, ou l'un des chefs de cette tentative aux buts sanguinaires.

— Nous n'avons pas de chefs, nous sommes amis.

Puis, farouchement énergique :

— Nous sommes camarades.

Un murmure roula sur le banc des accusés et déborda parmi le public.

Le président dévia aussitôt ses questions.
— Secrétain, demanda-t-il, cauteleux, pourriez-vous nous dire ce que vous fîtes à Paris du 18 au 25 août ?
Secrétain se leva. Bien qu'il fût de deux ans l'aîné, c'était Attibert qui paraissait le plus âgé malgré sa trentaine tout juste sonnée.
— Je suis allé voir des amis.
Le président eut un petit rire :
— Même que, dit-on, vous seriez allé voir des amis à Londres. Vous y auriez rencontré l'émissaire d'un certain Victor Hugo.
— Il faudrait prouver de telles assertions.
— Alors expliquez-nous chez qui, et où, vous avez été hébergé pendant votre semaine parisienne.
— Il y a une police secrète. Elle doit le savoir.
Le prétoire s'enfla d'une rumeur ironique... Secrétain enchaîna :
— Il est vrai que les élans qui nous sont chers étaient ranimés par les encouragements du grand homme.
— Je vous interdis toute expression emphatique lorsque nous évoquons les traîtres à la patrie.
Riotteau se dressa :
— Alors moi je crie « Vive Vitorigo ».
En divers endroits de la salle un écho répéta « Vive Vitorigo ».
... L'interrogatoire des accusés dura trois jours. Métivier fulminait intérieurement contre le président Valleton incapable d'obtenir ne fût-ce qu'un sous-entendu de Secrétain qui était, à n'en plus douter, le seul instigateur politique.
Au cinquième jour du procès commença l'audition des témoins à charge. Ils étaient soixante-dix-sept. En sous-main Métivier avait fait une sélection. Près de cinq cents personnes s'étaient, soit présentées au juge,

soit plaintes par lettre d'exactions incontrôlables. Il avait laissé aux régisseurs des carrières le soin de dresser une liste des gens maltraités en raison de leur position sociale. Savamment Métivier avait agencé l'ordre de comparution. D'abord les habitants des maisons cossues, des gens qui n'avaient à conter que leur peur d'une nuit, les menaces de l'aube et les incertitudes d'un changement politique. Ils défilèrent une quinzaine, empruntés, la main sur l'estomac en signe de bonne foi, mais sans les trémolos qui remuent une foule ou ancrent un besoin de justice au tréfonds des jurés.

Les témoignages prirent tournure lorsque Béchet, meunier à La Pyramide, vint à la barre.

— La nuit tombait et je goûtais la fraîcheur du soir sur le banc de pierre devant ma porte. Subitement les voilà des dizaines autour de moi, avec des têtes à faire peur, et qui sentaient la vinasse...

— Nous n'en doutons pas, continuez.

— Ils me disent comme ça : « Tu viens avec nous. » Où ? que je leur pose. « A Angers, qu'y me disent, Louis'Poléon est dégommé, on est les maîtres dans toute la France. » Vous pensez, Monsieur le Président, que j'avais guère envie de passer la nuit dehors. Alors...

— Ils vous ont menacé ?

— ... oui ! quand j'ai vu les haches, les barres à mine.

— Avaient-ils des fusils ?

— Certains en avaient, mais pas tous. Moi qui ne veux d'histoires avec personne, je leur ai demandé poliment pourquoi ils faisaient ça, il y en a un qui m'a répondu : « Nous voulons le pain à trente sous et le blé à cinq francs. » Quand j'ai vu que ça tournait mal, je leur ai dit que de toute façon, avec mes rhumatismes, je pouvais pas marcher jusqu'à Angers et en revenir. Il y en a un qui m'a dit : « T'auras pas à revenir, là-bas tu te reposeras dans le fauteuil du préfet. »

Quelques rires s'émiettèrent.

— Faites entrer le témoin suivant, commanda le président.

David, le maire de Trélazé, s'avança vers la barre d'un pas volontairement nonchalant, la tête rejetée en arrière, ce qui accentuait son obésité, comme s'il eût tenu à narguer au maximum les crève-de-faim.

— Monsieur le Maire, commença le président, pourriez-vous décrire l'état d'esprit de la population de Trélazé dans les jours qui précédèrent l'émeute.

David se rengorgea :

— Nous vivions heureux. Des familles paisibles et laborieuses contribuaient à la renommée de l'Anjou et de ses ardoises fines...

Le ton emphatique gêna Métivier qui eut un mouvement de manches.

— A Trélazé nous vivions honnêtement, surtout les ouvriers des carrières, les mieux rétribués de la région. Au fond les mineurs gagnaient trois francs cinquante-cinq par jour. En haut, aux Grands-Carreaux, ils gagnaient plus de trois francs. Ceux-ci ne voulaient d'apprentis que leurs enfants. Le nouveau règlement supprime cette prétention. En bas le guêtrage est supprimé également.

— Ce n'est donc pas une question de salaire qui leur a fait prendre les armes ?

— Ceux qui criaient le plus faisaient le plus de dépenses au cabaret.

— Les administrateurs de carrières n'ont-ils pas quelques reproches de surveillance à se faire ?

— Ils manquaient de moyens de répression. Aujourd'hui ils les ont. Dans les jours qui ont suivi l'insurrection la Société Générale des Ardoisières a voté un crédit annuel de cinq mille francs pour le traitement d'un commissaire de police et d'un agent chargés de surveiller les ouvriers...

— La voilà la cause de notre révolte, s'écria Attibert, les Ardoisières paient quatre fois plus cher les mouchards que les ouvriers...

Métivier jaugea cette tête orgueilleuse qu'il avait le devoir de faire trancher.

— ... Il n'y a pire humiliation que d'être dominé à hauteur de l'estomac par des individus qui rampent pour se gaver, clamait Attibert.

— Taisez-vous, hurla le président, la parole est au témoin. Monsieur le Maire, continuez votre déposition.

— Ce soir-là je prenais le frais, accoudé à la fenêtre de ma chambre. Quand soudain j'ai entendu des chants anarchiques, des voix avinées.

David se cramponna à la barre, le visage défait par une peur rétrospective :

— ... ils m'ont tiré dessus.

— Un coup de feu ?

— Un coup de feu, Monsieur le Président. J'ai eu juste le temps de fermer les volets.

La salle émit un faible bruissement.

— Ils voulaient vous tuer, vous l'élu...

— L'élu des propriétaires, l'interrompit Secrétain.

— Ils ont enfoncé la porte d'entrée, envahi ma demeure. Des femmes en furie ont arraché les rideaux, vidé les armoires, piétiné les tentures, déchiré les fauteuils, dévalisé le garde-manger, des œufs, un jambon, des fruits, un ananas, les noisettes de mon jardin. Un vrai saccage.

Le gros David arrêta un instant son discours, laissant deviner qu'il avait des choses autrement importantes à dire.

— Après ils sont montés dans ma chambre. Et là... ils ont voulu me fusiller. Ils m'ont mis en joue. Ils m'auraient abattu si ma femme n'avait poussé un grand cri et ne s'était évanouie. Ils ont regardé sa gorge dévoilée avec des yeux de fauves en rut. Alors j'ai pensé au pistolet caché sous l'oreiller, je l'ai saisi et j'ai crié : « Bandits ! Sauvez-vous où je tire »...

Le gros homme suait à grosses gouttes, le visage rubicond, bras et jambes agités.

— ... Ils se sont enfuis, Monsieur le Président. Ils se sont enfuis comme des lâches, acheva-t-il sur un ton héroïque et rigolard.

Puis, pointant un doigt vengeur vers Attibert :

— Et voici le scélérat qui commandait ces brigands.

Bien vite il baissa la tête sous le regard foudroyant du perreyeur. Un sourire méprisant aux lèvres Attibert parla lentement :

— Tu oublies, David, que je t'ai demandé ce que tu avais fait pour les ouvriers de ta ville.

— Vous avouez votre participation au pillage, s'écria le président.

Attibert eut un mouvement de menton :

— Nous cherchions des armes. Notre intention n'était ni le pillage ni le meurtre comme vous l'insinuez.

— Des armes pour quoi faire ?

— Nous ne venions pas faire à Angers ce que vous êtes allés faire à Sébastopol.

— Rasseyez-vous misérable !

Après David d'autres témoins s'exprimèrent, sans qu'à renfort d'allusions le président leur arrachât une image qui eût marqué sinistrement les esprits.

Il restait à entendre les témoins à décharge. A vrai dire il n'y en avait qu'un, et encore parce que Métivier n'avait pu l'écarter.

Le sieur Guyard-Delalain, député au Corps Législatif, fut introduit. Il était grand et ses favoris grisonnants parachevaient une figure bienveillante, toute de sagesse et d'intelligence.

— Monsieur le Député, les insurgés vous ont arrêté sur la voie publique.

— C'est exact Monsieur le Président.

— Ces gens ont donc entouré votre calèche...

Le député opina du menton.

— ... ils étaient ivres...

— Tout au moins certains le paraissaient.

Métivier remua et se tourna vers le président Valleton. Celui-ci ne parut pas s'en apercevoir.

— Vous avez été menacé...

— Pas à vrai dire.

— Mais enfin, ces bandits étaient armés.

Au mot « bandits », le député redressa sa haute taille mais ne broncha pas. Le président répéta :

— Ils étaient armés puisque auparavant ils avaient saccagé la gendarmerie de Trélazé.

— Je ne puis l'affirmer, car il faisait nuit noire.

— Ces hommes avaient des torches.

— C'est exact.

— Vous auriez donc pu en reconnaître quelques-uns.

Le député ne répondit pas, on le sentait gêné. Le président se râcla la gorge pour attirer l'attention, puis alors dévisagea rapidement les jurés.

— Que vous ont-ils dit ? questionna à nouveau Valleton.

— Rien ! Ils criaient « Vive Rouget » et « Vive la liberté ».

— C'est tout ?

— Non ! Ils criaient aussi « Vive la République », répliqua calmement et un brin ironique le député.

Le prétoire flamba de joie instantanée puis tout aussi vite se replongea dans un silence recueilli, force tapie dont Métivier devrait tenir compte.

— Nous voudrions savoir si vous reconnaissez vos agresseurs parmi les accusés, relança insidieusement le président.

Guyard-Delalain se tourna lentement vers les

insurgés. Son regard accrocha spontanément celui d'Attibert. Pendant quelques secondes les deux hommes communiquèrent par leur seule intelligence. Métivier se pencha en avant, comme pour mieux briser cette onde dont le pouvoir lui échappait.

— Reconnaîtriez-vous quelqu'un ? insista Valleton.

— Effectivement. Je suis persuadé que cet homme fut mon interlocuteur ce soir-là.

Le député montrait Attibert du menton. Un fin sourire aux lèvres le perreyeur approuva :

— J'ai parlé à Monsieur le Député.

— L'accusé a-t-il manqué d'égards ? reprit courtoisement Valleton.

Le député sourit :

— A vrai dire je n'ai pas éprouvé une impression de menace. Disons que ces gens étaient gais.

— Gais ?

— Oui, gais. Ils se libéraient.

Le député se tourna vers les jurés :

— Je vous assure Messieurs que la scène n'était pas méchante, il peut y avoir de la bonté dans des regards farouches.

Alignés en rangs d'oignons mûris au soleil de la réussite, les jurés ne s'émurent point.

— Attibert a fait preuve d'humanité, continua Guyard-Delalain, il m'a dit que... le pain moins cher, du travail mieux payé pour tous... les perreyeux...

Valleton s'interposa aussitôt :

— Les rapports de police témoignent d'une évidente collusion avec le Parti Ultra-Rouge que dirige Victor Hugo depuis Jersey.

— Ce sont des rapports fallacieux, clama Secrétain.

— Quel beau langage, ironisa le président. Il vous situe... se prétendre le défenseur des ouvriers avec de tels mots.

Métivier eut un doux frisson. La tête de Secrétain

était promise au châtiment. Ce socialiste n'était pas un vrai perreyeur et sa défense serait difficile.

47

Le lendemain matin le procureur entreprit son réquisitoire. Métivier parla toute la matinée. Il imagina les suites sanglantes qu'eût connues la paisible cité angevine en cas de victoire des insurgés.

— ... Messieurs les jurés savez-vous ce que la vigilance policière et la promptitude des hommes de loi ont épargné à la France ? Oui, au pays tout entier...

Le procureur saisit une feuille dans son dossier et lut :

— Notre soulèvement est fixé, il aura lieu le jour de la lettre R, connu dans notre conspiration. Ce même jour et à la même heure les quatre parties de la France crieront : « A bas les tyrans ! le feu dans tous les quartiers ! le pillage ! le sang de tous ceux qui veulent nous faire mourir de faim ! Voilà notre seule devise. Et vive la République Rouge, vive Marianne. »

Métivier reposa le feuillet et agita nerveusement les manches de sa robe.

— Et où la Marianne recrutait-elle ? Parmi les ouvriers des carrières, là où travail est synonyme de bonheur. Là où une besogne régulière et assurée en toutes saisons peut permettre de goûter les saines joies familiales dans la ferveur chrétienne. Mais hélas, les scélérats que vous avez à juger invoquaient des maux imaginaires pour exciter les esprits et propager leur haine de l'humanité.

Métivier s'appuya sur sa chaire, penché en avant vers le prétoire avec qui il cherchait la communion intime.

— Il ne s'agissait pas de difficultés de salaires car les

ouvriers des Ardoisières sont les mieux rétribués, les plus entourés de soins. Il n'y a pas dans nos pays de profession plus lucrative, conduisant plus facilement à l'aisance et à la propriété. Rien ne peut être invoqué pour ces hommes sans foi, j'insiste, sans foi, sans conviction, et que rien ne distingue si ce n'est leur perversité et leur audace. Leur seule notoriété était celle que leur valaient la paresse, l'inconduite, l'ivrognerie...

Une rumeur confuse et faite de clapots assourdis roula un instant.

— ... ce qui amenait les bandes de la Marianne à Angers c'était une tentative de guerre sociale. C'était la lutte de la fainéantise et de la débauche contre l'ordre et le travail, véritable jacquerie qui n'eût réussi un instant que pour faire des malheurs irréparables avant de périr noyée dans le sang.

Métivier se tut et se concentra, se composant un visage résolu :

— Il est évident que sans des meneurs l'émeute ne se fût pas développée. Je ne citerai Victor Hugo que pour imager combien peut être criminelle la déliquescence d'un esprit. Mais les hommes que vous avez à juger, Messieurs les Jurés, qui sont-ils ? Secrétain est l'organisateur de la Marianne. Il est l'agent de liaison entre Paris, Londres et Angers. C'est un homme médiocre, peu énergique, au langage sentencieux, et qui revêt de mots retentissants et de formules sonores les vulgarités de sa pensée et les nullités de son esprit. Il proclame fastueusement dans ses interrogatoires qu'il s'est dévoué pour le bonheur du peuple et qu'il ne regrette pas de succomber à ce dévouement... ... ... Attibert ! C'est le chef militaire de l'abominable expédition. Homme d'action, violent, implacable, pilier de cabaret, il offre le pillage à ceux qui le suivent, la mort à ceux qui reculent... ... ...

Le procureur impérial observa un nouveau silence.

Aucun chuchotement n'atténuait la soudaine tension. Le décor quasi sépulcral anéantissait les êtres en une même angoisse.

— Contre ces deux individus solidaires dans le crime je requiers la peine de mort.

Un instant le temps se bloqua, puis brusquement toute la salle suffoqua. Comme subitement fou furieux Riotteau se dressa et cria :

— Ah justice humaine, comment es-tu rendue ! Vous êtes tous des scélérats, vous jugez, vous tuez !

La salle se retint encore un bref moment puis ce fut l'explosion. Des bicornes occupèrent la salle, continrent le public du fond dont des blouses s'étaient avancées et se mêlaient aux redingotes. Les gendarmes maîtrisèrent physiquement tous ces gens englués mais ne purent étouffer la clameur qui exprimait la rage du désespoir et la soif d'une vraie justice.

Dignes et patients, Attibert et Secrétain s'entretenaient avec leur défenseur, qui, apparemment sûr des arguments qu'il allait développer, confortait rien que de sa présence. Puis Maître Affichard fit signe au public de reprendre contenance.

Métivier reprit alors l'énoncé des peines qu'il demandait. En tout dix-huit condamnations à mort, pour les autres accusés un total de centaines d'années de déportation en enceinte fortifiée, de détention ou de prison. Il énonçait avec une rapidité qui montrait son désir d'en finir, des noms que seul l'accusé concerné saisissait dans l'envol d'une phrase qui évoquait la brusquerie des lendemains.

Dès la reprise de l'audience d'après-midi, Maître Affichard entreprit son plaidoyer. Le jeune avocat montrait un visage serein, rayonnant d'humanisme, alors que chacun s'attendait à le voir fébrile, ligoté par la responsabilité de sa première grande cause. Les perreyeux, quant à eux, semblaient ailleurs, attendant la chute du couperet ou imaginant les sévices de la déportation.

D'emblée Maître Affichard mit l'accent sur la condition des ouvriers des carrières. Douze heures au fond chaque jour, la moitié du temps claustrés dans la galerie, l'autre moitié dans un sommeil de brute.

— Ils trouvent le temps d'aller au cabaret, coupa Métivier.

L'avocat ne se laissa pas démonter :

— Vous voudriez peut-être qu'ils aillent à l'église ? Comment pouvez-vous prétendre juger au nom du Christ...

Il montrait le grand crucifix cloué derrière le président.

— ... comment pouvez-vous prétendre juger en chrétien si vous refusez à ces hommes le droit à une vie normale sous prétexte qu'ils sont athées, c'est-à-dire Rouges...

Le silence s'était fait, total et pur.

— ... oui, Rouges, insista l'avocat. Qu'ils disent s'appeler les égaux, les partageux, les socialistes ou peut-être demain d'un autre nom, pour vous ils ne sont que des Rouges, ils ne seraient que bétail humain.

Le bruissement qui s'ensuivit pesa plus qu'un silence. Comme si une multitude se recueillait.

— Avant de se révolter ces hommes ont connu des jours et des années difficiles. Ils furent d'abord enfants. Et que réserve encore la France d'aujourd'hui à ses enfants ?

Le jeune avocat ne se répondit point de suite. Il se raidit, cligna des paupières :

— La France d'aujourd'hui se conduit envers la plupart de ses enfants comme une marâtre, si ce n'est comme une ogresse ! Au nom des grands principes, de pseudo vertus religieuses, on enseigne quoi ?... La mise au travail ! Des enfants de huit ans travaillent aux

Ardoisières, et à douze ans ils descendent au fond. Les parents de ces enfants manqueraient-ils de cœur ? Non ! Ces malheureux n'ont qu'un choix possible pour leur progéniture : l'ouvrage ou la mendicité afin de grossir les ressources du foyer...

Parmi les jurés il y eut des hochements de tête, des hochements de haut en bas, des hochements de droite à gauche...

— ... Pire encore ! Des enfants ouvriers n'ont pas de parents. Ils ont survécu à l'hécatombe des enfants abandonnés, fruits du plaisir des pauvres, mais aussi fruits d'amours inavouables. Ils ont survécu, loués par l'hôpital pour des tâches ignobles avant d'être cédés à des employeurs. Et d'où viennent-ils ?... Maintenant nous savons que le nombre des enfants abandonnés croît en même temps que le prix des céréales, en même temps que le prix du pain, unique nourriture des nécessiteux.

Maître Affichard reprit son souffle. Il ne se pressait pas, malgré les remuements incessants de Métivier.

— ... Messieurs les jurés, vous savez que cette année des marchands de grains ont acheté le blé sur pied à des prix sans concurrence. Les capitalistes se sont ainsi approprié les récoltes et monopolisent la nourriture du peuple à seule fin de profit... Nous avons entendu ces jours derniers des témoins qui inconsciemment faisaient étalage de leur suffisance, de leur luxe... Et que reproche-t-on aux émeutiers ? D'avoir malmené ces gens ? Certaines leçons ont parfois besoin de rudesses. Il faut admettre que les perreyeux n'ont rien commis d'irréparable... Monsieur le Procureur impérial je ne vous suivrai pas sur le chemin de la bassesse...

Un tonnerre éclata dans la salle. L'effervescence fut si brusque que magistrats et jurés demeurèrent cois, à part Métivier qui se leva, blême et outré. D'un mouvement de manches Maître Affichard fit cesser le tumulte.

— ... Monsieur le procureur, reprit-il, vous avez employé les mots fainéantise, débauche, ivrognerie, pour décrire les accusés et la cause qu'ils exprimaient. Un tel vocabulaire est indigne d'un magistrat. C'est insulter la classe ouvrière, traîner dans la boue les miséreux...

Le tonnerre éclata à nouveau. « Vive la République », « A bas le tyran »...

— ... du calme amis travailleurs, clama Maître Affichard... Nous ne sommes pas seuls. Du fin fond de l'exil des échos nous parviennent avec la pureté du cristal.

Maître Émile Affichard parla des heures durant, sans fioritures, sans ménagements pour le pouvoir en place, mais avec l'habileté de rompre ou de dévier lorsque ses paroles risquaient de franchir la limite acceptable. Il démonta tous les arguments de Métivier, récusa l'acte d'accusation, et pour finir brossa les scènes quotidiennes vécues par le monde des perreyeux. Son réalisme et sa sensibilité émurent l'auditoire, remuèrent les jurés fascinés par tant de brio. La salle entière communiait avec l'avocat.

Maître Affichard évoqua le braconnier insaisissable, Rouget, symbole d'une vie qui refuse toute contrainte. Il expliqua l'absurdité de la peine de mort, son regard croisant l'un après l'autre ceux des jurés, la nécessité d'épargner et de promouvoir les classes laborieuses. L'après-midi s'obscurcissait lorsque le jeune avocat termina sa plaidoirie...

— ... et pour finir je rappelle le geste de Victor Hugo qui chaque 14 juillet plante un arbre de la Liberté. Je rappelle les paroles du grand poète républicain : « Proscrits, semons notre souffrance et notre espérance dans le champ de l'exil ! Semons ! Semons le gland et qu'il soit chêne ! Semons l'homme et qu'il soit peuple ! Semons la France et qu'elle soit humanité ! »

Le temps parut suspendu quelques secondes. Puis des applaudissements secouèrent le prétoire.

La Cour Impériale se retira...

Il était tard le soir lorsqu'elle revint. La délibération avait duré sept heures. Le président annonça que les jurés avaient dû répondre à deux cent quatre-vingt-quatre questions... Les vingt premières concernaient Attibert.

— François Attibert, accusé, est-il coupable d'avoir, dans la nuit du 26 au 27 août 1855, commis un attentat ayant pour but de porter la dévastation, le massacre et le pillage dans la commune d'Angers ? A la majorité oui, l'accusé est coupable. Le dit François Attibert, accusé, est-il coupable d'avoir, lors de l'attentat exécuté ou simplement tenté par une bande armée, fait partie de cette bande et d'y avoir exercé une fonction, un emploi ou commandement quelconque ? A la majorité oui, l'accusé est coupable...

Impérial dans sa loge, Métivier oyait avec délectation les réponses positives des jurés.

— Le dit François Attibert avait-il, à Trélazé, envahi à l'aide de violences la maison habitée par la gendarmerie ? Oui à la majorité... avait-il porté dans un mouvement insurrectionnel des armes apparentes ou cachées ? Oui à la majorité... s'était-il cette nuit-là introduit au domicile de Monsieur David, maire, à l'aide de violences ou de menaces pour y dérober des armes ? Oui à la majorité...

Dans un silence total, la salle entière écoutait, les accusés l'air abasourdi, Attibert crânement, et les jurés comme curieux de la force qu'ils avaient générée.

Aux quinzième et seizième questions les réponses avaient toujours été « oui à la majorité, l'accusé est coupable ». Les questions suivantes furent perçues dans un état second, seuls s'ajoutaient les « oui à la majorité... », pilonnés au tréfonds de chacun par un appareil destructeur et inaccessible.

— Vingtième et dernière question. Le dit François Attibert, accusé, est-il coupable de s'être emparé d'armes ou de munitions afin de désarmer les agents de la force publique ?...

Le président Valleton redressa le chef, posa ses feuillets :

— ... Non, l'accusé n'est pas coupable.

Valleton enchaîna aussitôt :

— ... le dit François Attibert est condamné à la déportation à perpétuité en enceinte fortifiée hors de France.

C'était Cayenne !

Cayenne, le bagne équatorial ouvert trois ans plus tôt. Cayenne, la guillotine sèche, car les déportés y mouraient sans effusion de sang. Les moustiques, les maladies, des araignées monstrueuses, des serpents immondes vrillés dans les arbres pour y guetter leur proie humaine. Des alligators tapis dans les marigots...

L'assistance ne broncha pas. Attibert ne dit mot. Une frayeur collective paralysait chacun...

Comme imprégné de la peur qu'il avait créée, le président continuait sa lecture vénéneuse. Secrétain eut droit au même rituel qu'Attibert, de même pour Pasquier... Puis quinze perreyeux jugés de moindre envergure furent condamnés à la déportation simple. Ensuite Valleton lut une liste de vingt noms, chacun puni de dix à douze ans de détention, de centaines de francs d'amende et de la privation des droits civiques. Enfin seize inculpés s'en tiraient avec des peines variant de trois à cinq ans de prison.

Lorsque le président demanda aux condamnés s'ils avaient des griefs à formuler, Attibert et Secrétain entonnèrent « Le Chant du Départ ». Interdits devant tant d'audace les magistrats ne réagirent pas, et bientôt les condamnés chantèrent en chœur.

... Tyrans descendez au cercueil...

Alors une onde claire et frémissante submergea la salle :

... La République nous appelle
Sachons vaincre ou sachons périr
Un Français doit vivre pour elle
Pour elle un Français doit mourir...

Le président Valleton avait donné l'ordre de faire évacuer le prétoire. Des bicornes firent irruption par des portes insoupçonnées.

A la vue de Métivier qui disparaissait dans un dernier flottement de sa robe, la foule réalisa soudain que les condamnés avaient sauvé leur tête. Un cri spontané jaillit de dizaines de poitrines : « Vive Affichard ».

Alors une intense chaleur fraternelle fusionna les éclats de voix : « Vive Affichard, Vive Rouget, Vive la liberté, Vive Vitorigo, Vive la République. »

48

Métivier s'arrêta devant la fenêtre qui donnait sur la rue du cimetière. En ce jour de Toussaint les gens endimanchés étaient nombreux. Il regarda un instant, songeur, la chute des feuilles sur les passants, puis revint vers son bureau.

Jamais Ulysse Leblanc n'avait vu le procureur aussi jovial, ce qui s'accordait mal avec sa nervosité due à deux mois de chasse à l'insurgé, de filatures, d'enquêtes, de recoupements, afin de saisir tous les participants à l'émeute...

— Eh bien, dit Métivier, l'essentiel est fait. Avant-hier la dernière charrette est passée aux Assises. Des sous-fifres.

— Doit-on continuer la recherche des socialistes et des mariannistes ? questionna Leblanc.

D'un doigt léger le procureur balança le petit gong en cuivre.

— J'ai apprécié le travail du gendarme Javelle. Malheureusement, des raisons supérieures m'interdisent de l'honorer officiellement dans l'immédiat. J'espère qu'il comprendra. Par contre j'ai proposé son chef, le brigadier Maujais, des Ponts-de-Cé, pour une distinction qui ne devrait pas tarder.

Métivier semblait heureux de récompenser ceux qui l'avaient aidé la nuit au cours de laquelle l'Empire avait joué gros. Il parut cependant à Leblanc que le procureur avait une autre idée en tête.

— Et l'affaire Rouget, comment devons-nous la considérer ? hasarda le gros Ulysse.

Métivier regarda Leblanc avec des interrogations plein les yeux, comme s'il hésitait à confier l'idée qui lui trottait dans la tête.

— Eh bien, dit-il enfin sans conviction... si nous pouvions ferrer les légitimistes ?

Leblanc pensa aussitôt que l'affaire Rouget en elle-même n'occupait plus l'esprit du procureur.

— Je crois savoir que les légitimistes trouvent Rouget encombrant depuis que les insurgés lui ont manifesté de la sympathie.

Il guetta la réaction de Métivier. Le visage du procureur s'assombrit un bref instant, mais bien vite les traits se détendirent.

— Et comment proposent-ils de se débarrasser du braconnier ?

— Ils lui ont demandé de se rendre.

— A lui ?

— Non ! Ils ont chargé le curé de Daumeray de cette mission.

Le procureur éclata de rire :

— Décidément s'ils ont perdu leur trône, leur naïveté doit y être pour quelque chose.

A nouveau il rit :

— Jamais Rouget ne se rendra. Vous m'entendez Monsieur Leblanc : jamais. Il faudra le saisir ou... Prétendre le contraire c'est avouer son ignorance de la gent humaine.

Le procureur s'était levé une fois de plus et arpentait son bureau, les mains jointes derrière le dos.

— En somme, reprit-il, il suffit que l'affaire suive son train. Rouget n'a-t-il pas lassé la gendarmerie ?

— Quelque peu, répondit Leblanc. Sauf le brigadier Houlbert qui a cette affaire à cœur.

Métivier fit plusieurs pas, une brusque volte-face, puis revint vers le gros Ulysse respectueusement figé dans son fauteuil et se planta devant lui :

— Alors le cas est simple. Vous encouragez modérément le brigadier de Précigné mais sans lui accorder d'autres moyens que ceux dont il dispose.

Leblanc approuva d'un cillement obséquieux puis suivit d'un regard distrait le procureur qui de nouveau se dirigeait lentement vers la fenêtre. Soucieux de se composer un visage approprié avant que Métivier revienne vers lui, le gros Ulysse estima le nombre de pas qui séparait le procureur de la fenêtre où il ferait demi-tour. Trois pas... Deux pas... Un pas...

Au moment où le procureur allait se retourner une vitre de la fenêtre éclata à grand fracas, émiettant le verre dans le bureau. D'instinct Leblanc fixa Métivier. Celui-ci, debout et immobile, arrêté au cours de sa volte-face était blême et avait porté la main à sa poitrine. Leblanc se leva, mais déjà Métivier avait bougé, et, retrouvant son aplomb, se portait au milieu de la pièce.

Un caillou de la grosseur du poing, enveloppé d'un papier entrouvert, détonnait sur le parquet luisant.

Métivier s'en approcha prestement et le saisit. D'un geste froid il posa le caillou sur un guéridon comme s'il rangeait une pièce à conviction, puis il déploya le papier.

Citoyen Métivier,

J'étais dans la salle des Assises lorsque tu as prononcé les ignobles paroles sous prétexte de soutenir l'accusation. Si c'est par de telles paroles que tu prétends nous adoucir tu es dans la plus grande erreur. Souviens-toi bien que tu paieras cher les imprudentes paroles que j'ai entendues. Toi et ta bande vous n'aurez pas toujours le pouvoir.

Le Directeur de la Marianne en Maine-et-Loire.

La signature était illisible. Métivier avait lu rapidement, toujours silencieux il relut. L'écriture était malhabile, difficilement interprétable, pourtant aucune faute bien que l'expression fût maladroite dans sa spontanéité avec la répétition du mot « paroles ». Le procureur n'insista pas. Il regagna son fauteuil en haussant les épaules puis rangea le papier dans un tiroir.

— Des menaces, fit-il, se voulant ironique. Des menaces d'un marianniste. Rodomontades d'un individu aux abois. Rien à craindre. Attibert, Secrétain et leurs acolytes seront embarqués pour Cayenne dans le courant de ce mois... Et ce n'est pas de sitôt qu'ils en reviendront. D'autant plus...

Il eut un petit rire carnassier.

— Cher Monsieur Leblanc, reprit Métivier sur un ton amical, figurez-vous que ce matin m'est arrivée du ministère de l'Intérieur une dépêche télégraphique d'importance. Nous avons pris, vous autant que moi, une grande part dans l'événement qu'elle officialise. Au cours de l'instruction, puis du procès des socialistes et mariannistes, nous avons mis à jour les responsabilités de Victor Hugo, son acharnement à susciter l'émeute que nous avons matée. Ainsi que vous le savez le proscrit soudoyait des officiers anglais pour assurer la diffusion de ses lettres. Les preuves établies par nous ont permis à l'Empereur d'obtenir de Sa Majesté la Reine Victoria devinez quoi ?

Le procureur impérial, la figure avenante, les membres détendus, descendait volontairement de son piédestal. Comme Leblanc ne répondait pas il reprit, solennel :

— Hier, 31 octobre 1855, Victor Hugo a été expulsé de Jersey.

Le gros Ulysse resta de marbre.

— L'affaire n'a pas traîné. Quatorze jours après la condamnation de Secrétain, Attibert et consorts, le Connétable de Saint-Clément signifiait au proscrit un délai d'une semaine pour quitter Jersey. C'était le 27. Hugo est parti hier pour une île plus isolée : Guernesey *.

Ceci dit Métivier frappa son bureau du plat de ses mains puis se leva, signifiant à Leblanc la fin de l'entretien. Il riait aux éclats.

Sur le pas de la porte Métivier redevint sérieux :

— Que le gendarme Javelle continue ses investigations dans la faune socialiste. Autrement, inutile de

* Note de l'auteur : Après la prise de Sébastopol Napoléon III rendit visite à Victoria. Nous avons vu, page 232, qu'à cette occasion Victor Hugo publia une lettre dans laquelle il apostrophait décemment l'empereur. En même temps d'autres exilés français publièrent une lettre satirique faisant état de relations intimes entre l'empereur et la reine Victoria. Les auteurs de cette lettre furent retrouvés et condamnés à de longues peines d'emprisonnement. Après que V. Hugo se fut insurgé dans une nouvelle lettre publique contre la sévérité de ces peines, et bien qu'il affirmât son désaccord sur le texte diffamant, les gouvernements britannique et français officialisèrent l'expulsion en déclarant injurieuse cette nouvelle lettre. Rapports de police en main, et toutes les dates concordant, notre argumentation prouve que la réalité — politiquement inavouable — justifiait autrement l'urgence de cette expulsion.

courir les bois au fort de l'hiver qui arrive. Pour Rouget nous aviserons au printemps.

49

A la brune Rouget sortit de la haie et repéra les trois gendarmes. Il les avait espionnés tout l'après-midi, à quelques mètres d'eux, sous le couvert des chemins brancogniers déjà verts des corsets de bourgeons. Il avait entendu les remarques du vieux Basile sur les passées, les barges de fagots, les cordes de bois, l'épaisseur des fourrés, les terriers de blaireau et... les accès visibles des chemins secrets, saignées dans l'humus des fossés avec toits de ronces ou de branchages.

L'exploration détaillée de la contrée par le vieux Basile durait depuis plusieurs mois, la plupart du temps sous l'œil ironique de Rouget, de Gilbert le bossu, ou de l'un des Poirier quand ce n'était d'Abaffour. Les braconniers imaginaient clairement le but de ces relevés mais ne s'en émoyaient * pas. Ce n'était pas demain la veille que les bicornes accéderaient aux chemins brancogniers en se laissant tomber des arbres, ou qu'ils glisseraient sur les marécages, légers comme des libellules.

Rouget avait vécu un automne et un hiver tranquilles. Surtout l'hiver, son deuxième de hors-la-loi, au cours duquel rares avaient été les alertes. Jamais la chasse n'avait été aussi bonne. Non seulement Buineau faisait office de giboyeur, mais il pourvoyait en poudre, bourres, douilles et plombs.

Maintenant Rouget était certain que sa vraie vie, poursuivi ou pas, condamné ou pas, c'étaient les perceptions vivantes de la forêt, les galopades furtives et

* N'en éprouvaient aucune crainte, aucun émoi.

les froissements d'ailes. Que son caprice le conduisît en Malpaire où il prenait plaisir à lever du pied des nuages de feuilles sèches et cassantes afin de libérer l'odeur fade de la décomposition végétale, ou que ses pas fissent geindre le lichen rugueux et desséché de la lande de Bailleul, aussitôt Rouget oubliait les grosses lettres noires que Loulou avait lues un soir d'orage.

La semaine dernière Savin avait été évincé de la gendarmerie. Mise en retraite d'office ! Alors le braconnier avait compris que le filet se resserrait, surtout que les manigances du vieux Basile révélaient un souci supérieur de connaître mieux la région avant de sonner l'hallali. C'était un nommé Adam qui désormais officiait comme brigadier à Daumeray.

Parvenu à l'endroit où les gendarmes avaient bifurqué, un vague sentiment de danger alerta Rouget. Vague, vraiment vague. Pas à vrai dire une notion de danger, plutôt l'impression d'être surveillé, deviné... L'obscurité lissait les ramures, les rapprochait, rétrécissait le chemin... Rouget s'immobilisa, un avant-bras à l'horizontale à hauteur de la ceinture pour ne pas être saisi au poignet et désarmé, l'autre à hauteur du menton pour ne pas être pris à la gorge... Lentement son regard balaya devant lui. Rien ! Rouget fit une brusque volte-face !... Rien ! Statufié sur le chemin il prit le parti de ne plus bouger.

Il percevait une présence intelligente dans les parages. Le choc de son instinct contre cette force magnétique, irrepérable, exacerbait toutes ses facultés. Rouget entendit les voix inintelligibles des gendarmes qui s'éloignaient, et son ouïe interpréta que la totalité de cette menace était à négliger.

Tout son être bandé en une concentration suprême, le braconnier sentit peu à peu en lui une puissance ascensionnelle rivaliser avec celle de l'adversaire caché, puis bientôt la dominer... Soudain allégé Rouget ne réagit pas tout de suite au rire contraint qui cascada sur sa droite.

— N'aie pas peur Rouget, dit une voix traînante, c'est moi Milcent.

Une silhouette se différencia de la ligne sombre du talus et s'avança vers le braconnier. Rouget reconnut le mari d'Angèle.

— A quoi ça rime ? tonna le braconnier furieux.

— Te fâche pas Rouget.

— Que fais-tu ici à pareille heure ?

— Rien de mal ! Je m'en vais passer la nuit chez mon parent Buisard aux Chevries, et chemin faisant il y a eu ces bicornes qui se profilaient devant moi. Alors tu sais ce que c'est, il vaut mieux les éviter.

Le braconnier se soulagea dans un long rire.

— Écoute Milcent, suis ton chemin avant la nuit. Mais pour demain midi, rendez-vous à la Mare-au-Brecq, je te régalerai de vin fin et d'une bonne fricassée, entre amis. Que tu aies fui le vieux Basile, ça me fait plaisir.

50

Sorte de clairière sans clarté, le carrefour de la Mare-au-Brecq méritait sa réputation sinistre. Pendant la Révolution Bleus et Chouans s'étaient étripés sauvagement sous la voûte sombre et lugubre que composaient les ramures entrecroisées des chênes séculaires. Depuis, les braconniers s'y rencontraient fréquemment, là s'échangeait le gibier, se troquaient des marchandises, et les vendeurs d'almanachs y diffusaient leurs feuilles subversives.

A une centaine de mètres, vers la Turpinière, le Rodiveau étalait sournoisement ses eaux sous une plate étendue d'apparence herbageuse : l'étang d'Indret. Au sortir de la Mare-au-Brecq l'endroit paraissait accueillant. Ici le soleil perçait, épandait de larges flaques qui égayaient le vert cru du tapis végétal. Aspect trompeur, poésie facile pour romantique ignare. L'étang d'Indret méritait lui aussi sa réputation sinistre. On racontait qu'une chasse entière s'y était enlisée, le cerf et la meute qui l'entourait aspirés lentement par la vase immonde que masquait l'herbe drue. Pourtant c'était là que Rouget s'était installé en ce début de printemps. La vase avait pompé l'eau des crues et, imbibée comme une éponge, cachait sa traîtrise sous le vert tendre des joncs, prêles et autres nénuphars comme posés sur une nappe solide. Cela sur une vingtaine de mètres autour d'un îlot broussailleux au milieu duquel un chêne immense avait développé ses branches. Rouget avait taillé ronces et surgeons au pied de l'arbre et s'était créé un pied-à-terre bien à lui, là où queniot il planquait sa maraude.

Dissimulé en bordure de la route Rouget laissa venir Milcent. Il fit signe à Gilbert le bossu de rester sur les lieux, puis il sortit de la forêt et s'avança vers son hôte :

— Salut Milcent.

— Bonjour Rouget, j'étais pas sûr que tu te souviendrais du rendez-vous que tu m'avais donné. Malin comme il est, que je me disais, il est capable de me faire une blague.

Milcent riait comme s'il était content que son flair ne l'eût point trompé.

— Tu vois, poursuivit-il, je suis pas un ingrat.

Il extirpa une bouteille de sous sa blouse.

— De la gnole, s'exclama Rouget, ça manquait pour le festin qu'on va faire.

— Et c'est de l'eau-de-vie extra. Buisard m'a dit qu'il était resté devant le fourneau de l'alambic du bouilleur, que c'est lui qu'avait fait la chauffe avec du rondin de chêne, une chauffe douce, donc une gnole qui descend bien la pente. Pas de ces alcools brûlés obtenus par des flambées de fagots...

— Tu lui as dit qu'on devait se voir ?

— Juste ce qu'il fallait, dit le sabotier soudain fautif.

— T'inquiète pas, j'ai confiance en Buisard. C'est lui qui m'a alerté au bois des Tailles. Si j'avais su je l'aurais invité à notre gueuleton de famille.

— Je ne voudrais pas trop tarder, dit le sabotier. Je suis descendu sur Daumeray pour acheter mon bois, mais dès demain je rentre à Sablé.

— Alors dépêchons-nous.

Ils partirent, Rouget en tête.

— C'est à l'étang d'Indret que je t'emmène, compléta le braconnier.

— Je m'en doutais, Buisard m'en avait touché deux mots.

Rouget garda le silence. La bruyère râpait leurs pantalons et les rames de châtaigniers fouaillaient l'air sitôt libérées après leur passage. Ils avaient évité la Turpinière quand le bossu se manifesta, comme à l'improviste.

— Salut, dit le charbonnier en tendant ses mains aux deux hommes.

— Tu viens avec nous ? j'ai prévu un gueuleton à ma façon pour le copain Milcent.

Le bossu parut réfléchir une seconde avant d'acquiescer :

— J'ai tout l'après-midi devant moi, fit-il, l'air innocent. Non seulement on pourra gueuletonner tranquillement mais j'aurai le temps de digérer.

— Surtout que...

Rouget montra la bouteille que tenait Milcent.

— Moi j'ai les mains vides, s'excusa Gilbert en riant.

Parvenus à l'étang, Rouget arrêta ses hôtes et expliqua, farceur :

— C'est là qu'un jour ou l'autre j'inviterai le vieux Basile. Au pied du grand chêne.

Il montrait l'îlot broussailleux, énorme touffe bourgeonnante d'où sortait dret le fût du grand arbre.

— N'approchez pas trop près, conseilla-t-il. Sur une vingtaine de mètres on s'enlise complètement. Il faut prendre son élan et traverser en une quinzaine d'enjambées... en mettant les pieds où il faut.

Il prit la bouteille de gnole.

— Moi j'ai l'habitude. Mais vous, mettez-vous à l'aise, ôtez vos sabots et prenez-les dans chaque main.

Milcent écarquillait les yeux.

— Vous voyez les touffes de joncs vert foncé, reprit Rouget. C'est là qu'il faut poser les pieds et uniquement là. Les joncs vert clair sortent de la vase tandis que les plus foncés ont une motte ferme à la base. Compris ? Je passe le premier, yeutez-bien.

Il fourra la bouteille de gnole dans la poche dorsale de sa blouse, retira ses sabots, puis recula de sept ou huit pas. Le regard tendu mais la mine amusée il démarra à foulées lentes, puis brusquement accéléra, et au moment de quitter le sol ferme amplifia son enjambée...

L'envolée fut brève et souple. Rasant les herbes, léger comme une libellule dans son friselis d'ailes silencieux, Rouget atterrit en face après avoir effleuré quelques jonchères qui déjà se redressaient lentement.

— A toi Milcent, cria le braconnier.

Le sabotier n'hésita pas. Otant ses chaussures il s'arqua dans une concentration extrême, puis, les yeux rivés sur la première touffe de jonc, prit son élan. Un tantinet narquois le bossu ne perdait pas un geste, une pensée du mari d'Angèle. Le premier saut fut hargneux, le second aussi, le troisième volontaire, le suivant moins souple. L'esprit plus accaparé par la ligne zigzaguante que déterminaient les jonchères que par le souci physique de satisfaire une distance, Milcent eut soudain des enjambées pesantes. Leur raideur mécanique trahit un effort mal adapté. Sur le point d'atteindre l'autre bord le sabotier se désunit totalement. Il ne parut plus sûr de l'impact de ses retombées, s'il s'engluerait ou s'il rebondirait. Rouget vit le danger, le bossu également...

Le braconnier fit deux pas à la rencontre de Milcent qu'il agrippa d'une poigne nerveuse, et, aussi prompt à trouver un appui qu'à user de sa force, souleva autant qu'il ne tira son hôte vers l'îlot. Le bossu qui était parti aussi à la rescousse, en habitué du passage, arriva en même temps qu'eux. Le mari d'Angèle était blême et haletait.

— T'es bien gardé, dit-il à Rouget, ce marigot vaut toutes les brigades du département.

Rouget sourit :

— Maintenant on va prendre nos aises et se refaire une santé.

Il montrait le foyer creusé au pied de l'arbre et garni de pierres noircies. Rouget fit aussi visiter sa cahute invisible sous les broussailles. Des planches clouées à la va-vite mais calfatées de mousse et de glaise.

— Et ça ! c'est pour aujourd'hui.

Il désignait les bouteilles chipées à la veuve Crosnier, serein, en acquit avec sa conscience tandis que le bossu rigolait en douce à la vue du Milcent aux manières ingénues. Le mari d'Angèle aperçut le fusil posé sur une sorte de banc :

— T'es armé ?

— Oui, ironisa Rouget, parce que je suis con-damné-à-mort.

Il s'était planté devant le sabotier, insolent :

— Remarque la crosse fêlée. Les plaques d'argent qui la garnissaient je les ai remises à Foucher pour qu'il les rende à Diot. Je ne suis pas un voleur.

Milcent avait l'air contrit, il secouait la tête négativement.

— Foucher raconte à tout le monde que tu ne lui as rien confié.

Rouget eut un sourire vengeur puis se rengorgea d'orgueil aussitôt :

— De toute façon seule compte la paix en soi. L'opinion des autres...

Le braconnier eut un geste évasif, comme pour chasser des idées noires. Puis il se dirigea vers un recoin embelli de primevères jaunes, déplaça deux branches fraîchement coupées. Le capucin apparut, dépiauté, sa chair rose pâle étalée sur des pierres plates. Rouget avait embroché le lièvre auparavant sur une tige de frêne. Il découvrit un pot en grès, plongea sa main dedans et ressortit une pincée de sel qu'il épandit sur le gibier.

— Gilbert, allume le feu, dit le braconnier. On va s'offrir un bon moment.

51

Son homme parti gueuletonner avec Rouget, la Milcent demanda au Buisard de lui atteler une carriole, prétextant un message à envoyer de Précigné pour un client. Elle n'eut même pas à aller jusqu'au chef-lieu de canton. A la sortie du Pé elle croisa deux gendarmes à cheval et leur remit le billet qu'elle avait préparé.

Sitôt prévenu le vieux Basile dépêcha un gendarme sur Sablé puis ordonna au reste de sa brigade de le suivre. Le brigadier avait repéré l'étang d'Indret au cours de ses tournées de printemps et ne voyait pas bien où Rouget pouvait se terrer, le Rodiveau s'étalant en fines rigoles jusqu'aux approches de la Mare-au-

Brecq. Mais si la veille au soir Buisard avait juré aux Milcent que le braconnier s'y cachait...

Le vieux Basile et ses sept gendarmes atteignirent le carrefour en fin d'après-midi. Le brigadier commanda la vérification des pistolets et conseilla de viser les jambes, une capture étant autrement grisante que le charroi d'un cadavre. Il prévint aussi que Rouget n'était pas seul, que leur indicateur accompagnait le braconnier. Après quoi il répartit sa troupe. Deux gendarmes se dissimuleraient un peu plus loin, aux abords de La Turpinière. Deux, dont le gros Drouard, attendraient ici le renfort de Sablé. Il emmenait les autres avec lui, notamment Crêtot en qui il supputait un désir de revanche.

Ils partirent, silencieux, à la queue leu leu. Les goulées humides et fraîches qui annonçaient l'étang d'Indret les arrêtèrent... Des paroles inintelligibles se mêlaient aux soupirs des ramures. Ils approchèrent, le brigadier en tête, un bras allongé en signe de retenue à ses gendarmes qui le suivaient sur la pointe des pieds. Devant, les voix se multiplièrent. On chantait, et gaiement, oui gaiement. Le vieux Basile frisa sa moustache, le fin du fin serait que Milcent enivrât Rouget. Déjà le vieux renard en supputait le possible, quand d'un coup son être frémit : son ouïe venait de distinguer une troisième voix... et surtout, par-devers La Turpinière une corne de biquard sonnait. Notes brèves et complices dans cette douceur de fin d'après-midi.

Au-delà des zones boueuses les voix se turent. Et brusquement se tut aussi la corne du biquard. Le silence inonda le vif naturel et paralysa le brigadier au milieu de ses soldats pantois. Le vieux Basile se sentit deviné, épié par des êtres imprécis pour qui la sylve est un nuage. Peu à peu il retrouva son aplomb et, furieux, il dit avec humeur :

— Ça ne change rien, Rouget est toujours ici.

Il avait parlé à voix basse, espérant que les chants du braconnier et de ses acolytes reprendraient. En vain. Pendant près d'une heure la forêt parut vide, les gendarmes s'étaient assis au pied d'un arbre tandis que leur chef, à genoux derrière un buisson, observait l'îlot, attentif comme un chien à l'arrêt. Un mince filet de fumée s'élevait sous le grand chêne, et, humant délicatement, le vieux Basile discerna une odeur de grillade.

— Retournez à la Mare-au-Brecq, ordonna-t-il à Bouteloup, puis revenez avec le renfort de Sablé. A cette heure ils doivent être sur place.

Les chants avinés avaient repris. A vrai dire une seule personne chantait, les deux autres renchérissant par des rires...

En file indienne la brigade de Sablé au grand complet arriva, conduite par Bouteloup que suivait le commissaire Simon puis le brigadier sabolien. Avec les prudences de Hurons sur le sentier de la guerre, pas à pas et le souffle bloqué, l'effectif présent ceintura le marécage, ce qui espaçait les gendarmes d'une vingtaine de mètres entre eux, maille trop large, mais que le vieux Basile jugea efficace par l'effet de souricière.

Alors la maréchaussée attendit.

Le soleil écrêtait la cime des arbres quand Rouget et ses invités apparurent. Le brigadier Houlbert les dévora des yeux. Il remarqua un homme voûté, probablement le nommé Gilbert, surnommé le bossu. Entre les deux autres il hésita, la scène du bois des Tailles datait de seize mois et elle avait été trop fugace pour rester précise dans sa mémoire. Il remarqua alors le chapeau rougeâtre qui coiffait l'un.

Sur la rive de l'îlot les trois civils palabraient, apparemment sans méfiance, montrant l'autre bord. Le vieux Basile crut comprendre qu'ils allaient engager une course pour traverser le marécage...

L'un des hommes s'élança, les sabots d'une main, l'enjambée forcée. Sur le point d'atteindre la terre ferme son pied droit glissa, et l'autre pied dévié de sa trajectoire initiale disparut dans la vase. L'homme s'enfonça jusqu'à mi-jambe, mais agrippant les roseaux s'extirpa sans mal.

— Bravo Milcent, crièrent Rouget et le bossu.

La suite dura moins d'une minute. Le bossu passa d'abord, sans encombre, puis Rouget, preste et agile, aérien, sans que son chapeau ne remuât.

Le vieux Basile connaissait maintenant les trois hommes, lesquels discutaient près d'une flaque d'eau dans laquelle Milcent se lavait les pieds et le bas de son pantalon... à moins de dix mètres d'un gendarme caché. Le brigadier se rapprocha subrepticement, accompagné de Crêtot...

Rouget et ses amis s'engagèrent dans le bois. Le braconnier paraissait reconduire ses invités...

— Les bicornes !

L'exclamation avait jailli de la bouche de Milcent surprenant le gendarme à l'affût. Hurlant d'une terreur nerveuse le mari d'Angèle partit en courant sous le couvert des arbres.

D'un rapide regard Gilbert et Rouget se comprirent. A son tour le bossu s'enfuit derrière Milcent.

Décontenancé, semblant attendre un commandement, le gendarme ne fit rien pour saisir Rouget. D'autres bicornes surgissaient des fourrés, se rapprochaient, le vieux Basile, le gendarme Crêtot qui se lançait...

Un brusque demi-tour, des foulées assurées... Rouget parut s'envoler puis tâter le tapis spongieux à petites touches...

Le vieux Basile gueula des ordres. Des jurons, des cliquetis de sabres, puis soudain un cri de frayeur qui glaça les énergies policières. Crêtot, prisonnier de la vase à mi-cuisse, s'enfonçait lentement à mesure qu'il se débattait, ses mains engluées cherchant vainement un appui. Un autre gendarme s'aventura hardiment vers son collègue. Pas loin ! Dès qu'il se sentit saisi et sucé par en bas à hauteur des chevilles il s'affala en arrière, les bras rejetés par-delà la tête, vers la terre salvatrice.

— A moi, hurlait Crêtot.

Sur l'autre rive Rouget se montra, sûr de lui, un brin provocant :

— Voilà ce que c'est quand on veut imposer des lois à des gens qui vivent autrement.

Sa voix portait loin, aussitôt renvoyée en écho d'un lieu insondable de la forêt. Mais les gendarmes ne s'occupaient plus du braconnier. Ils avaient extirpé leur compagnon le plus proche et déjà s'efforçaient d'alpaguer Crêtot comme un vulgaire justiciable. Un gendarme jeta un branchage et se hasarda dessus. Des herbes se dressèrent soudain puis se lovèrent autour des rameaux qui disparurent un à un. L'homme se dégagea en sautant en arrière. Un autre arriva, porteur d'une longue perche de châtaignier. Crêtot agrippa l'extrémité de la rame. Il s'assura des prises à l'enflure des nœuds puis dans un souffle lâcha un « allez-y » de détresse. Ses collègues tirèrent avec précaution, distendirent la silhouette maintenant allongée sur la vase, les avant-bras sortis des manches et les doigts qui imperceptiblement se déliaient de la perche...

— Je ne peux plus, siffla Crêtot.

Il entreprit de se débarrasser de ses cuissardes. Le bas de son corps se démena et, insensiblement, il remonta. On devinait qu'il avait peine à dégager le cou-de-pied de chaque botte. Puis subitement il cria. Les gendarmes qui le hélaient partirent brutalement en arrière avant de tomber à la renverse, tandis que

Crêtot glissait sur la vase, ses pieds blancs ébouriffant les algues vert sombre.

— Eh bien voilà, ironisa Rouget. Rentrez donc chez vous et moi je reste ici. Chacun s'en trouvera bien.

Le brigadier regroupa quelques gendarmes et leur parla sans passion. Il fallait prévoir de passer la nuit ici. L'arrivée des autres brigades consoliderait les positions. Rouget était cerné. Pour une fois on l'avait localisé avec certitude.

Les brigades de Louailles et Bazouges débouchèrent de la forêt et en moins de cinq minutes le bouclage de l'étang d'Indret fut resserré.

Le jour s'endormait. Des lueurs glauques s'effilochaient entre les nénuphars l'instant d'un souffle d'air, dénonçant des fosses visqueuses. Çà et là des tallées de joncs s'assombrissaient, les reflets de leurs pointes s'éteignant en même temps que la clarté diurne. Entre les herbes de fines bulles naissaient du marais, scintillaient une seconde, puis éclataient. Alors une brise apporta d'autres senteurs. Puis d'autres bruissements s'échappèrent des échancrures de la forêt.

De temps à autre Rouget se montrait. Sa silhouette se détachait d'un tronc ou surgissait d'une touffe de saules quand ce n'était d'un roncier. La physionomie du braconnier s'estompait dans la buée légère que secrétait le marécage. On devinait l'inquiétude, l'angoisse, une crainte physique devant cette concentration policière. Rouget tenait ouvertement son fusil à la main. Il tournait et se retournait comme un fauve en cage, cherchait une issue, puis regagnait les frondaisons de l'îlot.

Le crépuscule alourdissait l'attente. Les mofettes qui sortaient de la vase s'épaississaient par endroits en tampons cotonneux qui stagnaient.

Il faisait presque nuit lorsque revinrent des gendarmes rapportant sept échelles, des planches et des voliges. Peu désireux de veiller dans la fraîcheur autour de cette marmite sinistre, le vieux Basile décida une première attaque avant l'obscurité totale. Un seul point de passage fut retenu, celui que Rouget et ses amis avaient pratiqué. Il s'agissait de tester la défense du braconnier.

Fort des quarante hommes dont il disposait, le brigadier ordonna la tentative. L'îlot n'était plus qu'une masse sombre posée sur la nappe irrégulière du brouillard et Rouget s'était fait invisible depuis un bon quart d'heure.

Deux échelles furent rapidement posées, des voliges placées dessus. Bouteloup, en revenant, chuchota au vieux Basile que la silhouette du braconnier remuait sur le rideau sombre de l'îlot. Puis il s'estompa, portant une troisième échelle...

Un hurlement explosa au milieu de l'étang.

— Au secours, cria Bouteloup.

Voisin se jeta à plat ventre, accéléra sa reptation. Des planches vibrèrent. Les claquements mous d'un corps qui s'agite sur la vase. Des paroles de réconfort, des halètements. Puis un rire qui court jusqu'au fin fond des ténèbres de la forêt avant de revenir clair et pur.

Voisin ramenait Bouteloup sur la berge.

— J'allongeais l'échelle quand j'ai vu l'autre qui fonçait sur moi, il me l'a arrachée des mains et est reparti en la tirant derrière lui.

N'y tenant plus, le brigadier saisit un fusil, épaula nerveusement, puis tira au jugé vers l'îlot. La détonation emplit une immensité oppressante. Des piaillements et des galopades réveillèrent le sous-bois...

Il fut décidé de remettre aux aurores une attaque mieux préparée. Il s'agissait de veiller, intelligemment, en supputant quels pourraient être les agissements de Rouget.

En moins d'un quart d'heure la nuit fut piquetée de points rougeâtres. Pas des brasiers, d'infimes brûlots que quelques triques entretiendraient. On se voyait à peine d'un poste à l'autre, mais ainsi il n'y avait pas de zones obscures sur le périmètre de garde.

On se fixa, adossé à un arbre, calé dans un creux moelleux sur des feuilles sèches. L'îlot où se terrait le braconnier n'était plus qu'une tache imprécise et qui ourlait un fond de ciel guère moins ténébreux alors que les foyers attiraient les regards. Ils jetaient de brusques lueurs qui parfois s'étalaient sur des herbes aux couleurs changeantes.

Et puis, doucement, insidieusement, la nuit s'installa, chape lourde et hostile. Un coassement monta du marais. Un loup hurla, par-delà le Grip. Du repaire de Rouget une poule d'eau criailla, tantôt fort, tantôt en un faible halètement. Des profondeurs des fourrés mille bruits se propagèrent, glissements furtifs, galopades mystérieuses, râles crispants. Un chat-huant se fit entendre à la verticale du poste des brigadiers au moment où le vieux Basile s'y trouvait :

— J'aime pas ces bestioles, maugréa le brigadier de Louailles, elles portent malheur.

Houlbert ne put s'empêcher de rire :

— Allons, allons, la matinée n'en sera que plus heureuse.

Le hibou hulula à nouveau, sinistre et funèbre. Puis la poule d'eau criailla.

— Moi qui croyais que les poules d'eau ne chantaient qu'avec le jour, dit le brigadier de Louailles.

— On apprend à tout âge, rigola le vieux Basile. Tenez, je vais vous raconter une nuit d'Afrique au campement du père Bugeaud...

Au-dessus le hibou chanta...

... Le brigadier Houlbert imita le ricanement des hyènes, le froissement de la vipère des sables. Il prenait un malin plaisir à renchérir dans l'angoisse...

A nouveau le hibou se fit entendre, mais il n'était plus au-dessus, le hululement venait de la forêt.

— Vous voyez, je lui ai fait peur, ironisa le vieux Basile en repartant pour une ronde.

Vers trois heures du matin, alors que le sommeil gagnait en chaque homme, le vent se leva. D'abord une brise fraîche et pénétrante, puis bientôt un souffle régulier qui troubla les ramures. Ce fut comme un signal. La nuit se peupla et l'oiseau de mort hulula, pas trop loin, comme s'il avait veillé les veilleurs. Tout autour la forêt remua mille fois et des vies mystérieuses se resserrèrent aux abords du campement.

Dans l'îlot la poule sauvage criaillait à n'en plus finir. Le hibou s'était à nouveau installé tout proche. Et puis d'un coup il y eut des battements répétés, comme un vol lourd de gros oiseau empêtré dans les branches.

Une multitude occulte encerclait le bivouac dont la forme distendue par les rives de l'étang achevait le caractère illusoire de la force censée exercer une loi. Alors au plus difficile de la nuit, dans la fumée de foyers qui par endroits s'éteignaient, dans le coton vaporeux qu'étendait finement le marais, les cerveaux s'embrumèrent.

Le vieux Basile patienta jusqu'au jour franc avant une ronde ultime. Le décor était blanc de rosée fine. Le brigadier inspecta le pourtour de l'étang, ordonnant à ses troupes de se préparer à l'assaut. Il vérifia qu'aucune trace ne partait du marais vers le bois. Puis, revenu à son point de départ, là où deux échelles étaient posées sur la vase, il donna l'ordre d'en déployer d'autres, sans élever la voix, le silence du matin imposant une sorte de respect.

Sur l'îlot rien ne bougeait, pas une ombre, pas un bruit. Dans la forêt pareillement. Le temps était en suspens, le peuple de la nuit camouflé et celui du jour pas éveillé.

Évitant de se parler les gendarmes étendirent les échelles, placèrent dessus les voliges. En moins d'un quart d'heure la passerelle toucha presque les abords de l'îlot, les montants des échelles soigneusement calés sur des mottes de joncs... Restait à placer le dernier trait d'union entre les deux rives.

S'attendant à une manœuvre désespérée de Rouget, le brigadier fit mettre un genou à terre à une demi-douzaine de ses hommes et leur commanda d'épauler, prêts à faire feu. Alors on abattit la dernière échelle, pont-levis capital avant l'abordage.

Houlbert recommanda silence et prudence à force de gestes. Puis il dégaina son sabre, le leva en guise du signal de l'assaut et s'engagea sur l'étroite passerelle, entraînant à sa suite une dizaine de gendarmes en file indienne, mousqueton à la main.

Au mépris d'une possible riposte de Rouget le vieux Basile se rua sur l'îlot, s'avança de quelques pas, puis s'arrêta, le temps que ses hommes se fussent regroupés sur le sol ferme. Alors, toujours silencieux, d'un arc de cercle avec son sabre il commanda qu'on s'égaillât à la recherche du braconnier. Quant à lui il se dirigea droit sur la cahute visible d'où il était.

Rien! Des bouteilles vides, un reste de fricot dans une casserole, une brassée de paille dans un coin, une couverture déchirée. Houlbert se faufila sur une sente à peine dessinée. Il parvint rapidement au pied de l'immense chêne et découvrit, dressée le long du tronc, l'échelle arrachée des mains de Bouteloup la veille au crépuscule.

En un éclair le vieux Basile comprit. Son regard

parcourut les énormes ramures, fouilla les branches touffues jusqu'à leurs extrémités...

Sidéré devant l'évidence un juron tonitruant lui échappa :

— Nom de Dieu de cent mille noms de Dieu !

Longtemps il resta immobile, les yeux fixés sur la corde tendue d'un arbre à l'autre au-dessus du marigot. Dans sa tête un chat-huant hulula.

52

Le souvenir de la dernière échappée de Rouget avec la complicité du bossu courait sous le manteau, et la vue du moindre bicorne faisait sourire. Le brigadier de Précigné le ressentait confusément. Il s'était retrouvé dans la même situation qu'au Houssay lorsque Rouget avait sauté la douve, mais cette fois sans pouvoir accuser quiconque de maladresse et l'obliger à la rédaction du rapport... Tacitement, le commissaire Simon et lui avaient décidé qu'il n'en serait pas établi.

Pendant quelques mois, par crainte de ridicule, le vieux Basile n'avait entrepris aucune recherche, attendant une occasion plus franche. Mais en ce matin du 31 juillet 1856 lorsque la Milcent lui avait dit que le père Rouget, gravement malade, allait être conduit à la Démennerie pour que Marie le soignât, il avait décidé immédiatement le guet-apens.

A l'heure de la traite des vaches le brigadier et ses gendarmes se présentèrent aux Chevries, chez Buisard, à qui ils demandèrent de les désaltérer. Puis, simulant un retour sur Précigné, ils s'évanouirent dans les bois.

Une douce nuit d'été s'installait lorsqu'ils parvinrent aux abords de la Démennerie. Ils s'arrêtèrent à un carrefour aux odeurs de paille et de crottin et le brigadier parla à ses quatre hommes :

— Il n'est pas question de placer un gendarme dans chaque arbre. Si Rouget nous échappe on emmène toute la maisonnée. C'est la brigade de Durtal qui opérera, nous serons en soutien. Apparemment nous ne sommes pas signalés. Aucune corne de biquard n'a sonné.

Le ciel se piquetait de mouches scintillantes et demeurait clair. Une pareille nuit à la belle étoile n'affligerait pas les veilleurs. Le vieux Basile se félicita, ses hommes resteraient lucides, soucieux de revanche. Il leur avait interdit de priser, recommandé de ne pas sortir les mouchoirs, aucune odeur personnelle ne devait émaner d'eux. En deux ans de chasse à l'homme il avait acquis des ruses animales, toutes copiées, développées au su du comportement de Rouget. Le braconnier lui avait appris davantage en science du terrain, en astuces et en travail des populations, que des années de carrière sous tous les cieux.

Minuit sonna, loin dans la campagne. Une chouette hulula. Il tressaillit. Le retard de ses collègues de Durtal n'augurait rien de bon, l'afflux de réminiscences non plus...

Enfoui dans les ténèbres Rouget les observait...

Le braconnier avait anticipé la manœuvre des gendarmes en accueillant sous son toit son père malade. Dès la veille il avait rejoint la Démennerie et au crépuscule s'était engagé à l'intérieur de la cheminée, s'arc-boutant et s'accrochant aux pierres disjointes. Calé à son aise sur les pitons qu'il y avait plantés dès les premiers temps de sa cavale, les yeux affleurant le faîte, sa vue perçante habituée au souterrain redessinait les formes les plus floues.

Vers onze heures il avait pressenti l'approche de la chiourme, sensation oppressante d'abord, puis jouissance sublime dès qu'il l'eut située.

Silhouettes, cliquetis de sabre, miasmes de corps de

garde, maintenant elle était là, à vingt mètres au plus, de l'autre côté du chemin, tapie, sournoise, précautionneuse.

Il pouvait être une heure du matin lorsque ses sens perçurent un nouveau danger. Arrivant par la route de Durtal deux ombres tranchèrent sur l'herbe blanchie par l'été. Elles hésitèrent un moment, puis s'assirent le long de la haie qui fermait la cour. « Ceux-là ne sont guère habitués aux longues traques et aux feintes », pensa Rouget. Il se concentra sur la planque du vieux Basile, sans pour autant dédaigner les derniers arrivants. Comptant et décomptant, le braconnier conclut à quatre gendarmes autour de Houlbert, tous étaient en tenue mais sans le bicorne qu'ils avaient dû retirer pour goûter la fraîcheur après une journée de marche par canicule, à moins que ce ne fût pour ne pas se trahir, la nuit restant légère. Par contre Rouget aurait juré que les derniers arrivés, et qui demeuraient à l'écart, sans bouger, étaient en civil. Que les deux groupes s'ignorassent l'intriguait. Apparemment les deux civils qui ne possédaient pas l'art de la chasse récupéraient d'une grande fatigue. Le braconnier percevait de temps à autre leur souffle prolongé, un moment il crut même que l'un dormait.

Il pouvait être deux heures du matin lorsque deux bicornes se détachèrent du groupe du vieux Basile et s'éloignèrent l'un derrière l'autre, remontant le chemin vers La Bruère. « Si ces gendarmes ont remis leur coiffure c'est qu'ils s'en vont », pensa Rouget. Et le calme de la nuit, reposant et léger, amalgama à nouveau en un étrange ballet muet, au ralenti, des silhouettes furtives tout juste séparées de cinquante mètres.

Il pouvait être trois heures du matin !

Les deux civils se levèrent et secouèrent leurs vêtements sans précaution. Les taches claires de leurs visages remuèrent sur le drap de la nuit. Puis les deux silhouettes s'engagèrent sur le chemin de la Bruère. Quand elles passèrent à hauteur du braconnier celui-ci distingua les fusils qu'elles portaient. Rouget ne put mettre de noms à ces deux hommes. Il les vit se rapprocher du groupe du vieux Basile sans que de prime abord ce dernier parût les attendre.

Tendu et curieux Rouget suivait la scène.

Les civils n'étaient plus qu'à quelques mètres quand la silhouette du brigadier de Précigné, sans bicorne, se profila.

— Tiens, voilà ces messieurs de Durtal, entendit Rouget.

— Qui vive ! hurla un civil.

Il n'y eut pas de réponse. Deux détonations secouèrent et déchirèrent le tulle de la nuit. Du haut de sa cheminée le braconnier vit le vieux Basile s'écrouler, son long cri de douleur appelant un écho du fond des bois.

Rouget est blessé ! Il est à nous !

Les civils bondirent par-dessus le talus. Des ombres remuèrent. Le braconnier perçut la voix affaiblie du vieux Basile :

— Malheureux ! vous m'avez tué...

53

— Le commissaire Bodin croyait tirer sur Rouget qui n'avait pas répondu aux sommations. Il y a eu méprise. Une horrible méprise.

Le procureur eut un rire hargneux.

— J'attends votre rapport !

Le gros Ulysse remua sur son fauteuil.

— Il avait été décidé de tendre une embuscade près de la demeure du braconnier assassin. Le brigadier Houlbert s'y trouvait à l'heure prévue...

Le procureur repoussa son encrier et haussa les épaules, l'air de dire « évidemment ».

— ... les gendarmes de Durtal devant être passés en revue le lendemain à Baugé ne pouvaient se rendre au rendez-vous. Le garde-champêtre Chaudet fut désigné pour accompagner et guider le commissaire Bodin qui connaissait mal la contrée...

Le regard du procureur ne se fixait nulle part.

— ... en fait le garde-champêtre de Durtal ne connaissait guère mieux Daumeray. Les deux hommes se sont égarés de nuit en forêt. Ils sont arrivés près de la maison de Rouget plusieurs heures en retard. Vers trois heures du matin, alors qu'ils allaient rentrer, estimant que le braconnier ne viendrait pas à son domicile, derrière un chaumier ils ont aperçu un homme armé. Très émotif, Bodin a tiré les deux coups de son fusil sur le brigadier Houlbert... Le fusil était chargé de chevrotines et de plomb coupé et mâché... le portefeuille de correspondance a arrêté plusieurs morceaux lancés dans la région du cœur, mais Basile Houlbert a eu le bras gauche complètement déchiqueté. Le commissaire Bodin ne daigna pas accourir à son secours, ni l'aider à se relever ou à marcher. Heureusement, le brigadier disposait de deux gendarmes dévoués...

Leblanc, qui se voulait grave, suspendit son résumé un instant, guettant un signe de Métivier. Mais le procureur parut surpris que le discours fût interrompu.

— ... ils ont transporté, ou plutôt porté, leur chef jusqu'à la ferme de la Bruère la plus proche, avec l'intention de demander un cheval et une charrette au fermier du lieu, un nommé Jean Riou, conseiller municipal de Daumeray. Un royaliste !

Puis, durcissant le ton :

— Il a refusé tout net, sous prétexte qu'il avait des

gerbes à charroyer. Et Riou a ricané à la face du gendarme : « Va te plaindre à ton Empereur, il le guérira ton brigadier »...

Leblanc saisit à la seconde près la colère qu'il avait suscitée en Métivier, mais mine de rien il continua :

— ... le malheureux maréchal-des-logis Houlbert, soutenu par ses gendarmes, fut contraint de marcher deux kilomètres pour se rendre chez monsieur le maire du Pé, lequel s'empressa de garnir sa charrette de couettes et matelas, puis fit conduire le sous-officier à la résidence...

Le rentier de Daumeray ramena ses jambes sous le fauteuil.

— ... le brigadier Basile Houlbert a subi l'amputation du bras gauche.

Les yeux de Métivier brillaient d'éclairs diaboliques. Le rentier devina la machination en train de se construire, un harnais d'engrenages qui broieraient les récalcitrants à la politique impériale.

— Les motifs d'inculpation sont suffisants pour qu'il y ait procédure contre Riou.

Leblanc parut se ressaisir :

— Je vais faire rédiger procès-verbal pour non assistance. Le commissaire Bodin mérite également une sévère punition.

— C'est mon affaire !

Métivier se reprit aussitôt, plus nuancé.

— Et Rouget qu'en advient-il ? Qui s'occupe désormais des recherches ?

Une lueur heureuse anima la figure de Leblanc :

— Le brigadier Houlbert, en bonne voie de guérison, n'a jamais failli à son devoir. De son lit de souffrance il dirige encore les opérations. Peu de temps avant la tragédie Houlbert avait entrevu de loin le braconnier, il a pu établir un signalement précis, notamment que Rouget se coiffait d'un chapeau rougeâtre...

— Un chapeau rougeâtre ! intervint, énigmatique, le procureur.

L'agent de la police secrète hésita avant de poursuivre :

— ... oui, un chapeau couleur d'amadou si vous préférez, le brigadier Houlbert estime pouvoir reprendre bientôt les tournées de répression, malgré sa blessure...

— Je vais intervenir près du ministre pour qu'on recherche les gendarmes les plus athlétiques de France et que quelques-uns viennent renforcer la brigade de Précigné.

Puis Métivier redevint sévère :

— Ceci dit, monsieur Leblanc, il est impératif que le braconnier soit mis hors d'état de nuire dans les plus brefs délais.

Le procureur sortit d'un tiroir une dépêche télégraphique, la jeta sur son bureau puis plaqua violemment sa main droite dessus :

— Les faits dont m'informe ce matin le Ministère sont très graves. Ils pourraient susciter de nouveaux troubles en Anjou. Je compte sur vous pour faire savoir aux populations que l'armée interviendra si l'assassin n'est pas livré à la justice avant l'hiver, et ce avec toutes les conséquences nuisibles à l'habitant.

Le procureur brandissait et agitait la dépêche télégraphique...

54

— D'où sors-tu ? demanda la mère Babin en poussant doucement vers leur mère les trois fillettes qu'elle avait recueillies.

Assise et voûtée, la femme Attibert serra contre elle ses enfants. Puis ses yeux rougis et cernés coururent vers le groupe curieux des voisins. Une sorte de délire intérieur la rendait effrayante.

— D'où sors-tu ? redemanda la mère Babin.
— De prison, lâcha-t-elle dans un souffle.
Un instant d'hébétude les figea tous. Nul ne savait le sort des émeutiers après leur transport à Cayenne.
— Pourquoi en prison ? questionna doucement un homme en lui posant la main sur l'épaule.
Elle hocha la tête lentement et fit comprendre qu'elle ignorait le motif de son arrestation.
— Où t'avaient-ils enfermée ?
— Dans les cachots du château.
— Les salauds ! jura l'homme.
La femme Attibert releva la tête. Son regard dur brillait de révolte :
— Ils m'ont dit que Secrétain et Riotteau étaient morts à Cayenne.
— Et François ?
— Je sais pas.
Du dehors parvint une voix joyeuse au moment où Desportes entrait. Pour la première fois depuis l'insurrection le jardinier réapparaissait porteur d'une lettre.
— J'apporte une bonne nouvelle. C'est vraiment une bonne nouvelle !
Écartant tout le monde il s'approcha de l'épouse du proscrit et resta un moment devant elle, sans rien dire, puis il caressa les cheveux des fillettes. La femme Attibert ne bougea pas. Desportes se pencha vers elle :
— Viens, dit-il affectueusement, je veux parler aux perreyeux et faudrait que tu sois avec moi.
Comme elle ne remuait pas il la saisit aux poignets et essaya de la faire se lever. Elle résista. Ce que voyant il se pencha davantage et lui parla à l'oreille.
Elle le fixa un instant, puis elle se leva et le suivit, s'assurant que ses petites les accompagneraient.
Dehors il faisait doux. Les bouleaux jaunissaient sur les buttes de brisures d'ardoises. C'était l'heure de la

remontée. Dans les ruelles les gueules bleuies des ardoisiers dominaient.

En moins de dix minutes quelques centaines de personnes entourèrent la charrette sur laquelle Desportes avait fait monter la femme Attibert et ses enfants. La foule bourdonnante s'apitoya à la vue de cette mère efflanquée, amaigrie.

— Camarades, cria soudain le marianniste.

Le bourdonnement s'amoindrit.

— Camarades, reprit Desportes. Voilà ce que Métivier et sa clique de mouchards ont fait d'une brave épouse de perreyeur. Ils ont séparé une mère de famille de ses enfants après l'avoir séparée de son mari. Ils ont jeté une femme du peuple dans les geôles du château d'Angers. Ils l'ont torturée moralement pendant près d'un mois en lui mentant sur le sort de son époux...

Desportes roulait des yeux vengeurs, se contenait difficilement.

— .. et tout ça pourquoi ? parce que la police scélérate avait intercepté une lettre qui lui était destinée. Mais cette lettre la voici, car la Marianne n'est pas morte, jamais le pouvoir impérial ne la matera, elle et ses amis socialistes. Cette lettre a été écrite et reproduite par un écrivain public et nous nous la sommes procurée. Que tous les bourgeois et capitalistes tremblent, eux dont les infâmes dépositions ont fait condamner les perreyeux insurgés. L'heure de la justice approche, cette lettre nous en apporte l'assurance...

Desportes leva les bras, chacune de ses poignes osseuses de travailleur de la terre agitant des feuillets.

— ... Camarades, cria-t-il jusqu'à s'égosiller. Camarades ! ILS SE SONT ÉVADÉS DE CAYENNE.

Pas un souffle sur le coup, mais brusquement un ouragan joyeux qui défonce un mur de méfiance. « Vive la liberté, vive Attibert, à bas les marchands de grains. »

— Camarades, je vais vous lire la lettre qui nous

apporte un tel réconfort. L'épouse de notre vaillant Attibert m'y autorise.

Le jardinier montra un à un quatre grands feuillets, puis il commença, le ton grave.

« *Ma chère et tendre amie,*

L'amour de la liberté, la longue chaîne de souffrances qui se déroulaient devant mes yeux, la lugubre moisson de l'épidémie constamment en activité, les persécutions non méritées que nous faisait subir l'administration inhumaine de la Guyane, ont fait que, dans la position désespérante où nous étions à l'Île du Diable, nous avons préféré nous exposer aux périls de la navigation sur une mer orageuse et à nous inconnue.

Pleins de résolution et d'espérance, le 12 août dernier, à huit heures du soir, nous partîmes, sept transportés politiques sur un radeau construit avec quelques morceaux de bois de Ouaza et soutenu sur les flots par quatre tonneaux, nous dirigeant vers Surinam, Guyane hollandaise. Après une pérégrination difficile nous y arrivâmes le 3 septembre. Te dire ici, chère amie, les obstacles que nous eûmes à surmonter, les souffrances que nous endurâmes est impossible. Quelques mots suffiront pour te faire comprendre le péril que notre courage a bravé. Nous partîmes sept mais arrivâmes cinq, exténués de fatigue, sans vêtements, sans chaussures, épuisés par un manque absolu de nourriture pendant huit jours. Deux de nos compagnons périrent misérablement dans les marais fangeux, ou de faim, ou de soif, ou peut-être par la voracité des animaux sauvages qui habitent les forêts impénétrables de la Guyane hollandaise.

Notre radeau ayant échoué sur un banc de vase en face des possessions hollandaises, chacun de nous essaya de franchir l'espace qui le séparait de la terre ferme, espérant trouver sur le continent un toit hospitalier, chacun fit comme il put pour gagner la terre et c'est ce trajet qui nous divisa. A terre, nous cherchâmes les deux absents, nous vîmes bien quelques traces de leurs pas, mais bientôt tout disparut. Il n'est pas douteux qu'ils sont morts, car depuis quelques jours sans vivres, nous étions obligés de boire de l'eau de mer et notre urine.

A force de temps et de courage, nous gagnâmes des habitations de planteurs. Nous reçûmes la double hospitalité de naufragés et de proscrits, et quelques jours après, nous étions sous la protection du gouvernement hollandais, recevant de la médecine les secours que nos corps épuisés réclamaient.

D'ici quelques jours, nous allons partir pour New York, d'où, sitôt arrivé, je t'écrirai avec plus de détails.

Je dois aussi te dire que depuis que je suis à Cayenne, je n'ai reçu aucune nouvelle de toi, ce qui me donne de l'inquiétude.

Lorsque je quittais l'Île du Diable, Turmeau se portait bien, il devait partir avec moi, mais la crainte l'a fait changer de résolution. Une nouvelle évasion eut lieu de l'Île du Diable le 13 septembre, trente-quatre déportés politiques partirent sur deux bateaux en paille de maïs, un seul est arrivé, sur lequel étaient vingt personnes, le second a probablement échoué sur la côte française et les quatorze fugitifs auront, sans doute, été conduits à Cayenne, Turmeau et Frouin étaient sur ce dernier radeau.

Plusieurs d'Angers et des environs sont arrivés dans le nombre des vingt, dont Guérin et Chauvin. Nous sommes donc vingt-cinq réfugiés à Surinam, recevant l'hospitalité jusqu'à ce que nos pièces constatant notre qualité de détenus pour cause politique soient arrivées de Cayenne. Ensuite, comme je te l'ai dit plus haut, nous partirons pour l'Amérique, d'où, je te le répète encore, je t'écrirai plus longuement ; car, ma bonne amie, crois-le bien, mon cœur éprouve un vif besoin de s'entretenir avec toi, de se livrer à de doux épanchements, il est si consolant pour un captif de recevoir d'une main amie quelque témoignage de sympathie, et ce bonheur si précieux, mes ignobles geôliers me le ravirent ; mais aujourd'hui, grâce au ciel, nous pouvons sans contrôle, parler ensemble de la famille et des joies douces du foyer domestique en attendant que nous ayons le bonheur réel de nous consoler et de nous aider mutuellement.

J'aurai aussi bien besoin de parler à nos trois enfants, mais, en attendant, qu'elles songent à l'exil de leur père, qu'elles suivent les conseils et l'exemple de leur mère, qu'elles soient douces et aimables envers tous, elles s'attireront l'estime et la considération de tous les gens de bien.

Sois l'interprète de mon amitié et de ma reconnaissance auprès de ma mère Babin, de toute la famille, tes frères et sœurs qui sont aussi les miens ; à tous je souhaite joie et bonheur et reçois, ma bonne amie, les embrassements multipliés de ton mari qui t'aime de toute la puissance de son âme.

Surinam, 28 septembre 1856.

... Desportes acheva sa lecture sur le même ton grave qu'il l'avait commencée. Après avoir exalté son auditoire en narrant avec emphase l'évasion héroïque il cédait au recueillement que les perreyeux agglutinés autour de lui propageaient. C'était comme si tout Trélazé et ses faubourgs eussent communié avec leurs lointains réprouvés.

Puis d'un coup, Desportes s'écria :

— Mort au tyran !

Le peuple gronda et ressaisit sa force.

55

Il rentrerait à pied, afin de s'imprégner du chatoiement des ramilles sous la brise d'octobre...

Le comte de Vauguion prit conscience qu'il ne

pourrait jouir de sa promenade hygiénique. Les paroles de Gonzague le tarabustaient au point qu'il réfléchissait en marchant...

D'abord Rouget n'avait pas répondu aux sollicitations de l'abbé Chevalier. Mais surtout l'autre nouvelle était bigrement inquiétante. Là-bas, à Londres, tous les milieux politiques savaient que le farouche Attibert, évadé du bagne, avait été coopté dans le sinistre Comité Révolutionnaire, conglomérat des proscrits ultra-rouges du monde entier...

La lune montait, pâle dans le ciel encore lumineux. Un regain de vivacité tonifia le comte. De Vauguion s'obligea à quelques détours, flânant par ci, trottinant par là afin d'accélérer son souffle et d'emplir ses bronches d'air sain. Parvenu à l'antique chapelle désaffectée qui jouxtait le château, il s'attarda le temps de contempler les armes de la famille, sculptées au fronton : « De gueules à la bande d'argent chargée de trois molettes d'éperon de sable accompagnées de deux lions d'or, l'un en chef, l'autre en pointe »... Allons donc ! Les Bleus n'avaient point profité du domaine, ce ne seraient pas les Rouges qui se l'approprieraient !...

La détonation le cloua sur place, neutralisant ses facultés. Un bref instant, ses idées revenant, il crut qu'on l'avait tiré comme un vulgaire gibier. Puis le comte réagit. Décidément il fallait un culot de fantassin pour venir fusiller sous les murs du château !

Le comte quitta le chemin et escalada le talus, les pieds fourrés dans la bruyère...

Alors il vit l'homme ! A moins de dix pas. Immédiatement il pensa au braconnier-assassin dont les domestiques avaient signalé qu'il rôdait dans les parages depuis quelques jours. Le propriétaire s'avança crânement au-devant de l'intrus qui sans hâte nouait un sac taché de sang.

— C'est vous Rouget ! s'écria-t-il brusquement.

L'homme fit face, lâcha son sac, pointa son arme, menaçant :

— Oui, c'est moi Rouget.

Le châtelain s'arrêta net et détailla le contumax d'un œil perspicace. Il remarqua le teint bronzé, des yeux aux reflets changeants dans la pénombre du sous-bois. La barbe n'était pas coupée, les moustaches peu fournies, tout au plus le poil d'un jeune homme de dix-huit à vingt ans. Une casquette grise coiffait la tête chafouine, la blouse bleue était en assez bon état, mais le pantalon râpé aux genoux disparaissait dans des bottes. L'arme attira aussitôt l'attention du comte. C'était un fusil à deux coups, de petit calibre, avec une monture à la joue très prononcée. Le braconnier serrait affectueusement la batterie sous son bras droit. Sous l'autre bras, par l'ouverture de la poche de la blouse, de Vauguion aperçut un pistolet logé dans la ceinture.

— Eh bien, vous ne manquez pas de toupet pour circuler pareillement armé sur la propriété d'autrui.

Rouget ne répondit pas. Il reprit son sac à gibier et recula de quelques pas, prêt à partir. Le châtelain s'avança lentement. Le braconnier s'arrêta net, le sourire mauvais. Le comte s'arrêta aussi :

— Rouget vous devriez vous rendre, reprit-il, hautain. Par bonheur le gendarme sur lequel vous avez tiré n'est pas mort. Si vous vous rendiez vous pourriez espérer être condamné seulement à la déportation...

— Seulement ! ricana Rouget. Voyez donc ça ! Facile à dire lorsqu'on loge dans un bâtiment comme le vôtre.

D'un doigt le braconnier montrait le mur d'enceinte de la demeure des nobles.

— Il suffirait de vous bien conduire et vous obtiendriez que votre femme vous suive à Cayenne.

— Taisez-vous ! hurla Rouget. Ma famille est assez malheureuse parce que les gens de votre espèce préfèrent voir les lapins brouter les récoltes, se nourrir mieux que les gueux et crever de vieillesse. Le pauvre monde meurt de faim pendant que les propriétaires quittent un festin pour un autre !

Le comte recula d'un petit pas.

— Vous seriez plus heureux à défricher la Guyane qu'à courir les bois ici.

— Salaud ! Dites-leur que je ne me rendrai jamais. Vous me donneriez de l'or gros comme votre château que je ne me rendrais pas. Qu'on me laisse tranquille ! Je ne ferai de mal à personne, mais le premier qui viendra m'arrêter est sûr de perdre la vie.

— Il n'est pas possible que cet état continue ! Quand bien même vous tueriez dix mille gendarmes, il en resterait trente mille pour vous courir après.

Rouget ôta sa casquette. Puis il posa la crosse de son fusil entre ses pieds pendant que ses mains trituraient sa coiffure, la faisant tourner tantôt dans un sens, tantôt dans l'autre. De temps en temps, d'un petit geste sec il redressait le canon de son arme pour qu'elle tienne debout. Le comte ne bronchait pas, le regard bien accroché dans celui du braconnier qui en imposait, mélange de bravade et de sincérité. Un moment il crut qu'il allait amadouer le hors-la-loi, que son instruction, sa formation d'esprit, lui confirmeraient une ascendance, fût-ce de façon muette. Mais Rouget ne cillait pas, au contraire une assurance tranquille lui donnait une expression intelligente. Alors le comte fit semblant d'avoir l'attention attirée par la coiffure en mouvement dans les mains du braconnier. De Vauguion remarqua la bordure crasseuse de la casquette, les ongles noirs... Il prit un air hautain de dégoût et brusquement fit demi-tour.

— Ne dîtes pas aux gendarmes que vous m'avez vu !

De Vauguion se retourna, goguenard :

— Je ferai mon devoir.

— C'est-à-dire ?
— Je décrirai votre signalement à la police.
— Vous ne le ferez pas !
— Je le ferai !

Rouget remit vivement sa casquette, puis saisit son fusil à pleines mains. Mais le comte désormais sûr de son avantage se recomposa instantanément un visage distant et hautain.

— Je le ferai, répéta-t-il.
— On ne m'a encore jamais parlé ainsi. Personne n'a refusé de me protéger, reprit le braconnier.
— C'est que vous ne m'aviez pas rencontré !

Alors Rouget recula, recula, recula encore, leva son fusil... mais au moment d'épauler...

— Si vous échappez à la justice des hommes vous n'échapperez pas à la justice de Dieu !

Rouget hésita, la crosse calée sous le bras alors que lentement le canon s'abaissait. Il se rappelait avoir sur lui le chapelet offert par l'abbé Chevalier. Et l'évocation de la puissance divine, de cette force mystérieuse qu'il avait rejetée au fond d'une poche tandis que d'autres la propageaient et s'en servaient comme arme, le confondit totalement... Soudainement il fonça sur de Vauguion en poussant un cri terrifiant, mais au moment de jeter le comte à terre il fit un écart et s'enfuit à travers bois. Dans sa tête en ébullition parvinrent des paroles qui le firent courir encore plus vite :

Que Dieu ait pitié de vous Rouget !

56

Il était près de cinq heures quand Drouard s'arrêta. Il ôta son bicorne, s'essuya le front d'un revers de bras et souffla bruyamment.

— Dis donc Marchand, on marche depuis midi, et à mon âge...

Marchand avisa une bille de bois quelques mètres plus loin et alla s'asseoir dessus. Drouard le rejoignit, puis, geignant, se laissa tomber sur le train, ses mains appuyées sur ses genoux écartés, comme pour soutenir le corps trop lourd. Marchand se voulut plaisant :

— Ça manque de pommiers par ici.

Drouard regarda, étonné, le vallon bordé tout au fond par la forêt de Malpaire. C'était vrai, aucun pommier n'arrondissait les pâtures. Les massifs broussailleux, les boqueteaux, ne dessinaient aucune rondeur, et l'état sauvage isolait d'autant plus les gendarmes.

— Tu regrettes ta Normandie ? jeta soudain l'obèse.

Marchand eut un petit rire :

— Un mois que je chasse le Rouget et je ne l'ai pas encore vu.

— Tu le verras assez tôt. Et faudra lui mettre la main au collet... quand on a la réputation d'être le gendarme français qui court le plus vite...

Le jeune gendarme parut ne pas remarquer le ton jaloux. A la brigade de Précigné seul le chef Houlbert fondait sur lui de grands espoirs. De toute la France des maréchaussées c'était lui qu'on avait choisi, François Marchand de la brigade de Cerisé, dans l'Orne. Jusqu'alors aucun autre gendarme ne l'avait devancé, que ce soit sur des kilomètres de route ou en sautant les obstacles du bocage. Rien que d'évoquer ce choix le traversait d'élans profonds, réveillait une ardeur qui grésillait dans ses guibolles. Chaque jour depuis son arrivée il s'était exercé à tenir un rythme soutenu...

— Tu crois que Rouget était vraiment à la foire de Précigné, hier ?

Surpris, Marchand regarda son collègue :

— Pourquoi je le croirais pas ! Si le brigadier Houlbert l'a appris et nous ordonne de patrouiller c'est que c'est vrai.

L'obèse réprima mal un léger gloussement, ses yeux pétillaient de malice.

— Si encore c'était quelqu'un de la région qui l'aurait dit au chef. Mais non, le vieux Basile m'a chuchoté que le renseignement venait d'en haut.

Drouard décolla ses mains de ses genoux et les rabattit aussi vite en un geste évasif. Marchand ne répondit pas. Il semblait avoir ses idées et peu soucieux de s'en ouvrir à quiconque. L'obèse s'en aperçut :

— Oh ! poussa-t-il, quand comme nous tu courras après Rouget depuis plus de deux ans, tu changeras d'avis.

Marchand soupira, puis dit précipitamment :

— Pour rentrer à la résidence c'est une bonne demi-heure de marche. Si on y allait ?

Il se leva. Drouard hésita, prit douloureusement appui sur la bille de bois et lentement se remit sur jambes. L'obèse amorçait son premier pas quand d'un bras tendu Marchand l'arrêta net... Drouard regarda vers où son jeune collègue avait l'attention fixée...

A quatre ou cinq cents mètres un individu armé d'un fusil sortait de la forêt de Malpaire. L'homme longeait une haie et venait vers eux, apparemment sans méfiance.

— Rouget ! murmura Marchand

— T'as de la chance si à pareille distance tu peux reconnaître quelqu'un que t'as jamais vu.

Mais le sourire se figea sur les lèvres de Drouard...

Le gros gendarme plissa les yeux afin de mieux détailler l'inconnu.

— Nom de Dieu ! jura-t-il.

Il venait de remarquer sur la tête de l'homme... Oui,

c'était un pareil chapeau rougeâtre que le braconnier portait à l'étang d'Indret.

— C'est lui !

Marchand s'était détaché de quelques pas, vigoureux et splendide sous le soleil déclinant, tandis que là-bas, presque minuscule dans l'étendue...

Drouard se mit à trotter derrière son collègue qui ne s'occupait pas de lui et filait au ras des haies, confondu avec les nuances des ronciers. En moins de deux minutes le jeune gendarme arriva au bord du chemin, s'accroupit et fit signe de se dépêcher. Drouard s'approcha, la bedaine tressautante, le souffle court. Marchand l'incita à se baisser, mais l'obèse ne put que se courber, les mains sur les genoux, la figure congestionnée. Comme un jeune chien qui flaire son gibier, Marchand se redressa, s'accroupit à nouveau, se redressa encore, humant la brise, à droite, à gauche. Enfin il repéra l'individu dans le champ labouré de l'autre côté du chemin, à une cinquantaine de mètres au plus.

— C'est le moment, dit le jeune gendarme.

Tout en souplesse il franchit un échalier et se retrouva dans le chemin. Il attendit que l'obèse fût près de lui, et aussitôt, sans un soupçon de peur, se dirigea vers l'endroit où, de l'autre côté de la haie, devait se trouver le braconnier.

Subitement des sabots claquèrent sur la glèbe, des craquements de branches froissèrent la haie...

L'homme jaillit sur le chemin, vingt mètres devant... Fusil à deux coups, taille moyenne, forte corpulence, blouse bleue presque neuve, chapeau rougeâtre rabattu sur le front et dissimulant le regard au ras du bord rond de la coiffure.

— Bouge pas Rouget, t'es fait ! cria Marchand en s'élançant vers le braconnier.

Tout aussi prompt l'inconnu repassa dans les labours et s'enfuit vers Malpaire.

— Au nom de la loi...

Marchand déboucha dans le champ juste à temps pour voir la silhouette se fondre derrière un buisson, puis reparaître un peu plus loin, se rabattant vers la haie à cet endroit dégarnie, comme si le chemin tentait l'inconnu.

Marchand constata qu'il gagnait du terrain, Drouard devait être loin derrière. Il avait à moins de dix pas devant lui la silhouette ramassée, jambes distendues dans des ciseaux efficaces... Quand soudain l'individu se débarrassa de son chapeau d'un geste vif. Arrivant sur la coiffure Marchand se baissa et la ramassa. Mais comprenant le piège il se redressa et rageur chercha l'homme... Il vit à six pas le canon plaqué contre un arbre et aligné vers sa poitrine...

La détonation le surprit au moment où il se jetait à terre... Marchand encaissa un grand coup dans son épaule droite, mille pointes brûlantes lui traversèrent la chair... Il bascula sur le côté et s'écroula sans un mot sur la terre luisante d'un sillon...

57

Le ciel était gris, atténuant les effets de décor du vaste bureau de monsieur Chamaillard, préfet de la Sarthe. Le reflet incertain d'une vitre allumait le pied doré d'un chandelier puis de là ricochait sur le torse du grand christ de bois noir, en face, au dessus de la porte.

Lorsque l'huissier annonça : « Le commissaire Simon, de Sablé-sur-Sarthe », le préfet dit simplement :

— Faites entrer.

Un homme au regard franc s'avança à pas lents. Chamaillard décolla de son fauteuil et d'une main déférente invita son hôte à s'asseoir.

— Mes hommages respectueux, Monsieur le Préfet.

Chamaillard inclina poliment la tête.

— Avez-vous des nouvelles du gendarme Marchand ? questionna-t-il, paternel.

— Oui, l'amputation a pu être évitée, mais le bras restera mort. Nous avons compté soixante trous de plomb sur la manche droite et dix-sept sur le plastron de l'uniforme.

— L'enquête avance donc rapidement.

— Vous savez que l'assassin a perdu son chapeau dans sa fuite. C'est un indice non négligeable. Nous avons aussi ramassé la bourre du fusil. Six morceaux d'une affiche sur lesquels les mots à peine lisibles « halles, n° 8505 » et « d'aligné n° 26 » étaient écrits à la main. La bourre se composait également de cinq morceaux de papier écolier portant des écritures d'enfant.

— Rouget aurait un enfant qui fréquente l'école ?

— Oui.

Les deux hommes se regardèrent en silence. Chamaillard parut réfléchir intensément.

— Et alors ? posa-t-il soudain.

Le commissaire Simon haussa les épaules.

— L'enfant Rouget habite le Maine-et-Loire.

Une nouvelle fois les deux hommes se fouillèrent mutuellement du regard. Les yeux clairs du commissaire avouaient une conscience tranquille, une honnêteté inattaquable. Le préfet interpréta que le policier ferait son devoir, tout son devoir, mais rien que son devoir, qu'entre autres le commissaire ne pratiquerait aucune méthode indigne de ses fonctions.

— Comment réagissent les campagnards depuis le dernier crime ?

— Difficile à dire. Une grande partie accuse Rouget d'avoir été trop loin, mais une autre partie...

Le commissaire Simon porta sa main à sa bouche et

toussota, son regard cherchant un encouragement dans celui du préfet. Chamaillard restant inexpressif, il continua :

— ... certains avancent que Rouget n'aurait pas tiré sur le gendarme Marchand. Que ce serait un inconnu qui circulait dans la région les jours précédents.

Le préfet leva une main, dubitatif :

— Méfions-nous des rumeurs.

— Les gendarmes Drouard et Marchand étaient en tournée à la suite d'un constat insolite. Trois jours plus tôt mes services avaient noté, en gare de Sablé, la descente du train de Paris d'un homme d'apparence intelligente, sans bagages, et qui s'est évanoui dans la campagne...

D'une claque de la main sur son bureau, Chamaillard interrompit net le commissaire.

— Rouget nous échappe depuis exactement vingt-sept mois et les populations narguent le pouvoir depuis autant. Comment procéderez-vous dorénavant ?

Le ton autoritaire du préfet ne troubla pas Simon, mais au contraire l'éclaira sur ce que jusqu'alors on susurrait être politique.

— Mettre fin aux agissements de Rouget est une question de moyens. Il faudrait que nous disposions de deux compagnies d'infanterie.

— Allons, allons ! N'exagérons rien.

— Ce n'est pas exagéré. Rouget se déplace dans une zone carrée de vingt kilomètres de côté. Une zone entièrement boisée ou presque. Et jamais nous n'avons pu disposer simultanément de... disons cent gendarmes.

— Je vais intervenir près du gouvernement. Dans l'immédiat nous solliciterons l'appui d'une seule compagnie.

Brusquement il se ressaisit :

— Je souhaite que la troupe soit logée chez l'habitant. Ainsi nous romprons les attaches du braconnier avec les populations, sans que celles-ci se sentent menacées par la loi.

Simon se cala au dossier de son fauteuil puis ferma les yeux un instant, comme s'il se représentait l'arrivée des troupes dans les fermes et les borderies, les problèmes qu'il devrait résoudre.

Le commissaire prit un air obéissant :

— Cette amélioration des moyens dont nous disposons sera efficace, je n'en doute pas.

— Eh bien, fit le préfet souriant, il ne reste plus qu'à travailler.

Simon ne transigea pas :

— La police s'exerce au grand jour, mais vous savez...

Chamaillard remua ses paupières :

— Que voulez-vous dire ?

— Depuis sept ou huit mois une personne nous renseigne sur les va-et-vient de Rouget. Ses renseignements ont toujours été exacts...

— Venez-en au fait, coupa sèchement le préfet.

— ... ainsi voudrait-elle vous entretenir d'un plan radical.

— Qu'elle vous le dise et vous m'en parlerez.

— C'est au préfet de la Sarthe qu'elle veut le soumettre, pas à celui du Maine-et-Loire, rien qu'à vous Monsieur le Préfet.

Flairant des ennuis supplémentaires Chamaillard s'écria :

— J'ai déjà dépensé quelques centaines de francs de police secrète. Pour quels résultats ?

Simon ne se démonta pas.

— Cette personne fréquente Rouget très souvent, elle l'approvisionne et a donc toute sa confiance.

Autant amusé qu'intrigué, le préfet ne voulut point rebuter le fidèle commissaire :

— Je la recevrai, fit-il simplement.

58

La Milcent s'asseyait sur un vieux tronc lorsque Rouget sortit du fourré. Elle ne le vit pas sur le coup. Il s'avança sans heurt, puis posa un pied sur une branche morte. Elle sursauta.

— Tu te fais désirer, dit-elle en riant.

— Bonsoir Angèle, je croyais pas que tu viendrais.

Elle le gronda. Amoureusement. Et lui se sentit rougir.

— T'as toujours été timide, y a que des bicornes que t'as pas peur. Tu doutes de moi maintenant ? Allons Louis, tu te souviens plus de nos jeunes années ?

Elle était tout près, monument de chair tentante, trop expérimentée. Rouget leva la tête et fit semblant de constater que le ciel se couvrait.

— Tu me trouves trop vieille ?

De la tête il fit non. Ils restèrent un moment sans rien dire, elle cherchait son regard mais lui l'évitait, comme aux aguets, toujours prêt à fuir.

Elle se baissa brusquement :

— Tiens, dit-elle en tendant son panier, il y a des rillettes, une terrine de trois kilos. Et aussi deux livres de beurre. Et encore du sel et du poivre pour tes fricassées en forêt.

Elle riait, découvrant ses dents écartées.

— Avec l'hiver qui approche faut se nourrir gras, ajouta-t-elle.

— T'es trop bonne Angèle.

Elle lui pinça le menton.

— Hein mon grand dadais, et en retour je suis guère payée de tout ça.

Elle riait. De bon cœur. Alors Rouget posa le panier,

empoigna Angèle aux épaules et l'embrassa sur chaque joue. Plusieurs fois. Rapidement. Au passage elle cherchait ses lèvres.

Il s'écarta, la tenant toujours aux épaules :

— Ça fait plaisir un tel soutien dans le malheur.

— Eh oui ! Maintenant on risque gros à soutenir le braconnier-assassin, comme ils t'appellent. Depuis la semaine dernière il n'y a pas de jour sans condamnation. Le dernier, hier, c'est Jean Riou, tout conseiller municipal qu'il est. Trois mois de prison pour avoir refusé sa charrette au vieux Basile blessé...

Rouget se fit inquiet.

— ... Pierre Gouzé en a pris pour six mois.

Le braconnier regarda son ancienne amante, interloqué.

— Les salauds ! marmonna-t-il.

— Marie Molier, à son âge, quarante-huit ans, six mois elle aussi.

— Les salauds ! répéta Rouget, à mi-voix.

Une flamme dure brillait dans les yeux de la Milcent.

— Et Joseph Hérisson. Treize mois.

— Tu dis ?

— Joseph Hérisson condamné à treize mois dans les cachots du château d'Angers. Complice d'un assassin.

Rouget sentait ses pieds scellés dans la glaise du chemin.

— Et puis il y a Pierre Andouard, de la Turpinière. La corde que Gilbert t'a jetée d'un arbre à l'autre à l'étang d'Indret, c'est chez Andouard que le bossu l'avait prise... Trois mois de prison.

Elle le regardait fixement, impénétrable, sa forte poitrine se soulevant régulièrement.

— Et le bossu ?

— Les bicornes ne savent pas que c'est lui qui t'a aidé. Et c'est pas mon homme ou moi qui irons leur dire.

Rouget s'était rembruni, cette avalanche de mauvaises nouvelles le culpabilisait, l'étouffait au point qu'il se prit à douter de sa conscience.

— Va donc falloir que je me rende, dit-il sur un ton las.

Ses yeux fixes ne regardaient nulle part, perdus sur des ramilles emmêlées.

— Surtout pas ! s'exclama la Milcent. Après ce que tu viens de faire au gendarme Marchand tu risquerais trop gros.

— C'est pas moi ! s'écria le braconnier.

— Louis, dans la contrée tout le monde dit qu'il n'y a que Rouget pour faire un coup pareil.

— Je te dis que c'est pas moi ! Tout ce qui se fait de mal on me le met sur le dos.

La Milcent se fit confidente, maternelle. Elle prit une main de Rouget et caressa lentement les doigts.

— Les bicornes ont trouvé un chapeau couleur amadou, du même genre que celui que tu portais à l'étang d'Indret. Le vieux Basile te l'a vu sur la tête.

— Je te jure que c'est pas moi. Ce chapeau-là je l'ai perdu cet été en traversant un gué, le courant l'a emporté.

— Tous les journaux racontent que c'est ton chapeau.

— Les menteurs !

Il imagina des feuilles pleines de signes gris, avec, par-ci par-là, de grosses lettres comme celles que son petit Loulou avait lues sur l'affiche à la Démennerie. Des idées de gens bien pour qui écrire c'était une distraction. Des gens qui n'avaient jamais eu le souci de nourrir des queniots, ou qui ne savaient pas ce qu'était une nuit à la belle étoile quand la forêt scintille de givre sous la lune froide.

La Milcent insistait :

— Allons, Louis, dis-moi ce que t'as sur le cœur, ça te soulagera. Et ça restera entre nous.

— C'est pas moi, dit-il, fatigué. Mais celui qu'a tiré sur Marchand avait sans doute ses raisons. Dans l'après-midi, chez Renou, Marchand et le gros Drouard avaient essayé de faire dire à la femme qu'elle me ravitaillait. Comme elle n'avouait pas, Marchand a pris son gamin à part, un gosse de sept ans, et il l'a mis nu pour lui poser des questions sur sa mère, si elle recevait des hommes...

Le braconnier respirait à grands coups.

— Ce Marchand doit être une carne de la même espèce que Javelle.

La Milcent le laissait parler, comme absente d'esprit, mais tout enjôleuse de présence. Soudain Rouget se mit à rire :

— Le Marchand a été envoyé à Précigné pour me courser à ce qu'il paraît. D'homme à homme je le prendrais sur n'importe quelle distance, histoire de lui rabattre le caquet.

— Te fâche pas Louis, on n'a jamais raison contre ces gens-là, ou alors faut avoir beaucoup d'argent. Pour toi, le mieux serait de te débarrasser du souci des bicornes.

Il chercha ce qu'elle avait voulu dire, averti qu'il faut toujours se poser les questions avant de les poser aux autres.

— Pourquoi n'essaies-tu pas de partir à l'étranger ?

Sur le coup il crut avoir mal entendu. Mais Angèle le regardait affectueusement, l'air bonne conseillère. Il eut l'impression qu'une boule pesante fondait subitement dans son estomac, qu'il s'allégeait de toute la peur accumulée en deux ans et demi.

La Milcent sourit.

— C'est pourtant pas compliqué.

Soudain méfiant il se remémora que le comte de Vauguion lui avait proposé d'emmener sa famille à Cayenne.

— Où ça à l'étranger?

— Là où tu voudras.

— En Belgique ?

Il avait jeté ce nom sans l'avoir pensé.

— C'est loin ? requestionna-t-il.

La Milcent rit de bon cœur.

— Mettons que tu mettrais une semaine pour t'y rendre.

Rouget était pensif. Il imaginait une soudaine liberté, Marie et ses queniots près de lui. Une autre vie à refaire. Une vraie vie.

— Faut peut-être une autorisation ?

Les mains d'Angèle firent un geste rassurant :

— J'habite la ville, je lis les journaux, je suis au courant de ce qu'il faut faire.

La Milcent avait la mine réjouie de quelqu'un qui vient de faire du bien.

— Faut que je réfléchisse quelques jours, posa Rouget. Mais ce sera certainement oui.

— Tout s'arrangera en temps utile. Au Mans je connais un monsieur qui a le bras long.

59

— Et voilà le résultat ! fulmina Métivier.

Leblanc se taisait et faisait le dos rond. Il n'en pensait pas moins qu'à vouloir mater tout à la fois socialistes, légitimistes et Rouget, la réussite ne pouvait être totale. Le procureur jugeait la situation de trop haut.

— En fait nous sommes dessaisis de l'affaire, reprit Métivier. Si le gouvernement a nommé le colonel

Manuel coordonnateur des différentes forces ayant mission de s'emparer du braconnier, c'est que nous sommes considérés incapables de ce travail. Le comble de la disgrâce, c'est que ce colonel Manuel installera ses quartiers où ?... pas à Angers, au Mans !

A son habitude Métivier passait et repassait derrière le gros Ulysse assis respectueusement face au fauteuil vide du procureur.

— Ainsi donc le 19ᵉ de ligne se répand sur le Bas-Maine et le Haut-Anjou ?

— Oui. Pour l'instant la troupe est cantonnée dans les bourgades. Mais dans la quinzaine à venir les soldats seront affectés par groupe de trois dans la trentaine de fermes et borderies suspectées de donner asile au braconnier. Le reste de la compagnie sera répartie en renfort des brigades de gendarmerie.

Métivier s'arrêta net. Puis promptement il alla s'asseoir. Le regard triomphant il considéra Leblanc quelques instants sans rien dire.

— Nous disposons donc de l'initiative pendant une bonne semaine, dit-il doucereusement. Vous en profiterez pour écrouer toutes les personnes que vous savez plus ou moins compromises avec Rouget.

Leblanc leva les bras et les laissa retomber pesamment.

— Une demi-douzaine de personnes sont incarcérées !

— Ce n'est pas suffisant, il me faut une quinzaine de condamnations à la prison ferme dans les trois jours qui viennent.

— Mais...

— J'ai dit une quinzaine de condamnations dans les trois jours qui viennent !

Leblanc eut une mimique d'effroi :

— Mais monsieur le procureur, nous allons provoquer une jacquerie !

Métivier s'épancha dans un rire nerveux, les yeux plissés d'ironie condescendante.

— Agissez comme je vous dis monsieur Leblanc, je connais la mentalité de nos campagnards. Pérorez au pignon des fermes, promettez quelques subsides, emprisonnez les récalcitrants, et croyez moi, avant une semaine trois ou quatre paysans se présenteront à la porte d'une gendarmerie, poussant Rouget une fourche dans les reins.

60

— Madame Angèle Milcent, annonça l'huissier.

Occupé à décacheter une lettre dont l'écriture malhabile présageait une dénonciation, le préfet Chamaillard leva la tête, contrarié.

— Faites patienter, dit-il sèchement.

Il déploya la missive et lut :

Monsieur le préfet,

Je suis indigné de voir que vous mettez tant d'hommes sur pied pour un seul homme nommé Rougé et encore de plus faire au tant de peine à nos pauvre fermiers. Plus for encore vous les faite mettre en prison, cruelle perfidie. Vous donné le pouvoir à de misérable gendarme qui commette des atrocités, qui se serve de lautorité que l'on leur donne pour vexer les honnettes fermiers, qui se fon servi à boire et à manger, qui perce les mattelas et paillasse des lits avec leur bayonnette. Se sont pire que des vautours qui ne sont propre qua faire des procès injuste et si il y a un voleur dans le pays il ne le prenderont point, ils sont trops lache et fénéant. Et il faut que nous payons tout ces misérables qui sont doublé de moitié, aussi bien que vos commissaires, il y en a bientôt dans les ville autant que de pavé et aujourd'hui on manque de bras pour tout espèce de travaux.

Retirez donc nos soldats ou bien renvoyez-moi tous vos gendarmes vivre du travail de leurs mains.

Je suis votre tout et tout dévoué.

La signature était illisible. Chamaillard considéra le texte, recto et verso. A priori le rédacteur s'exprimait sincèrement, les fautes ne paraissaient pas intentionnelles bien que la première phrase fût écrite à peu près correctement.

Le préfet sonna.

— Faites savoir au commandant Hugo que je désire le recevoir de suite.

Chamaillard tournait et retournait la lettre lorsque le commandant entra.

— Excusez-moi de vous déranger à nouveau, dit-il en désignant un fauteuil à l'officier.

Il lui tendit la lettre. Un fin sourire éclaira le visage du commandant le temps de sa lecture. Puis l'officier rendit la missive au préfet.

— Vraiment bizarre cette soudaine poussée de répression, dit l'officier. Elle correspond à l'arrivée de la troupe dans les communes.

— La maréchaussée tient sans doute à prouver ses capacités, répondit Chamaillard en riant. La nomination du colonel Manuel est pour tous un affront.

Le commandant Hugo croisa ses jambes, un genou sur l'autre.

— Mon devoir est d'aplanir les passions, de conjuguer des forces jusqu'à ce qu'elles soient opérationnelles.

Le préfet acquiesça, se voulant sensible à l'argument, puis, aimable, il intervint d'une voix posée :

— Commandant, si je vous ai fait demander c'est qu'un des indicateurs les plus efficaces de la police secrète fait antichambre en ce moment. Il s'agit d'une femme... inconnue de moi... j'ai pensé que sa parfaite habitude des lieux vous serait utile. Si vous n'y voyez pas d'inconvénient j'aimerais que vous assistiez à l'entretien.

— Nous ne serons jamais trop nombreux pour bien faire.

Chamaillard approuva d'un cillement accentué, puis sonna.

— Faites entrer la dame Milcent, dit-il à l'huissier.

Un bruit de chaises, un trottinement amorti par le tapis. Les deux hommes virent arriver une femme assez forte, la robe grise assortie au teint terreux qui rehaussait la blancheur de la coiffe angevine.

— Angèle Milcent pour vous servir, fit-elle en s'inclinant.

Elle se montrait avenante, son regard hardi se déplaçant d'un homme à l'autre.

Chamaillard l'interrogeait de ses yeux distants. Elle hésita, lorgna l'officier.

— Vous pouvez parler sans crainte, dit le préfet, ce monsieur est le commandant Hugo, responsable des opérations de gendarmerie qui visent à saisir le bandit Rouget.

Elle sourit. Bêtement, pensa Chamaillard.

— C'est de ce Rouget que je voudrais vous parler, lâcha-t-elle d'une voix saccadée.

Le préfet la laissa s'empêtrer dans les phrases incertaines qu'apparemment elle voulait produire devant des hommes de haut rang.

Le visage de la Milcent exprima un instant le désarroi. Mais bien vite ses yeux allumèrent une lueur de défi.

— Je pourrais amener Rouget ici, dans votre bureau.

Un « oh » moqueur échappa au préfet.

— Ne nous privez pas, Madame, du plaisir d'une compagnie si recherchée. La porte est grande ouverte pour Rouget s'il veut venir jusqu'ici... Quant à en repartir, évidemment...

Chamaillard termina sa phrase par un rire. La Milcent se voulut complice et rit elle aussi. Les traits du commandant Hugo se détendirent.

— Évidemment, dit la Milcent en reprenant le ton et le terme sur lequel s'était arrêté le préfet, évidemment Rouget resterait ici et moi je repartirais.

Elle eut un rire cassé :

— La vie est dure, et après avoir débarrassé le pays d'un assassin que soutiennent les Rouges, il se pourrait que le commerce de mon mari en supporte les conséquences.

— Quel genre de commerce exploite votre mari ? demanda Chamaillard, compréhensif.

— Nous fabriquons des sabots à Sablé, et nous commerçons toutes chaussures.

Le préfet opina d'un mouvement prononcé de la tête, l'air de penser « c'est respectable », mais il ne relança pas la conversation.

— Donc, reprit-elle, si notre commerce en souffre, il nous faudra pourtant vivre, et je pensais que... rendre un aussi grand service à la nation...

Elle fixait étrangement Chamaillard, lequel se voulait incorruptible, soucieux du respect dû à sa charge. La Milcent parut rassembler toutes ses forces, assurer toute sa volonté.

— Je pensais que si l'État m'accordait la jouissance d'un bureau de tabac...

Elle s'interrompit, préoccupée de ne pas trop se découvrir. Le préfet n'extériorisa aucun sentiment, immobile dans son fauteuil. Le commandant se passa une main dans les cheveux et décroisa ses jambes.

— Madame, dit-il froidement, comment comptez-vous amener Rouget ici ?

Elle le regarda en souriant.

— Ça c'est mon secret.

Elle élargit son sourire avec un tantinet de coquetterie, dévisageant le commandant, dévisageant le préfet. Chamaillard se départit de sa réserve.

— Je ne puis, madame Milcent, vous garantir un bureau de tabac dans l'immédiat, mais je me renseignerai sur cette possibilité. Aujourd'hui je ne puis que vous assurer une somme importante si vous livrez Rouget à la justice. Prime que nous offrirons d'ailleurs à quiconque permettra l'arrestation du braconnier.

La Milcent parut calculer vaguement en fixant le préfet.

— Combien ? posa-t-elle enfin.

— ... mille francs.

La seconde d'étonnement cupide de son interlocutrice n'échappa pas à Chamaillard. Comme la Milcent ne réagissait pas, le préfet compléta sa proposition.

— Mille francs. J'espère qu'ils seront pour vous. De toute manière j'avise le commissaire Simon d'avoir à rétribuer votre proposition de ce jour et de couvrir vos frais de voyage.

Il se leva.

— Faites vite madame Milcent, car une troupe d'infanterie intimidera bientôt les paysans d'alentour. Et comme ces gens sont très avares, dès que les soldats seront chez eux, ils trahiront Rouget et le livreront aux autorités.

61

Au Veau, les Poirier commençaient la soupe du matin quand le chien se mit à grogner. Lexandre et Victor avaient fait les litières des bêtes sous la clarté vacillante du falot pendu à un clou. Le jour levé ils iraient tailler une haie, et lier une cinquantaine de fagots, un peu plus bas, au Grand-Montrieux.

Lorsque le chien aboya furieusement, tous se levèrent. Lexandre ouvrit la porte, puis son frère et lui s'avancèrent sur le seuil, le père derrière eux, la mère en retrait. Ils restèrent pantois.

En face, à l'entrée de la cour, des soldats manœuvraient. Ils étaient une cinquantaine, baïonnette au canon, bloc de force. Le plumet des shakos virevoltait, les pantalons bouffants enflaient et désenflaient au gré du pas cadencé.

La section du 19e de ligne fit le tour complet de l'aire, puis se rabattit à l'équerre vers la famille Poirier dans l'expectative.

A dix pas le lieutenant commanda « Halte ». Puis, raide, il s'approcha.

Il s'arrêta net à quelques pas, regard autoritaire, lèvres pincées, mâchoires et barbiche frémissantes. Il salua réglementairement, prit un papier dans sa poche, le déploya et lut :

— Par ordre du ministre de la Guerre et en vertu de la loi de sûreté générale, trois soldats seront placés en garnisaires pour une durée indéterminée chez les habitants désignés par le colonel Manuel, chef d'opération.

Il rempocha nerveusement son feuillet.

— Premier rang, en avant, marche !

Trois hommes s'avancèrent.

— Halte !

Le lieutenant s'adressa directement au père Poirier :

— Ces trois soldats seront hébergés sous votre toit, vous leur devez des conditions d'existence au moins égales à la vôtre. Une chambre avec feu sera mise à leur disposition. Ils mangeront à votre table dans la mesure où leur service le permettra. Vous leur devez les égards dus à une troupe en campagne.

Il salua à nouveau puis retourna près de sa section à laquelle il commanda la marche. La troupe partit en chantant... Alors les paysans détaillèrent les soldats qui, immobiles dans la froidure du matin, semblaient attendre un ordre. C'étaient trois jeunes gens méfiants à l'air indécis...

— Entrez, dit le père Poirier.

62

Ce jour-là Lexandre et Victor Poirier n'allèrent pas à leur coupe. Ils aménagèrent leurs literies dans la chambre de leurs parents et ensuite installèrent les soldats dans la leur. Ceux-ci avaient déposé leur fourniment près de la porte et regardaient faire, bouche close. De temps à autre les Poirier surprenaient des clins d'œil, des coups de coude, mais ils ne s'en offusquaient pas. Ce qui les étonnait c'était l'absence d'hostilité. Tout le contraire de la flopée de gendarmes qui battaient la contrée jour et nuit, emprisonnant hommes et femmes pour un mouvement d'humeur.

Quand le cantonnement fut prêt les Poirier se retirèrent. A midi, la mère alla frapper à leur porte et dit bien fort :

— C'est prêt à manger.

— On arrive, répondit une voix.

Avec leurs fusils ils formèrent un faisceau en bout de table. Pas difficiles, ils mangèrent de bon appétit ce qu'il y avait sur la table. Sans rien dire. Puis, s'enhardissant, ils s'amusèrent d'abord, l'un après l'autre, à faire tenir debout le gros pain rond, ensuite à en découper chacun sa tranche d'un bref coup de baïonnette. De même ils coupèrent le lard à la façon d'un couperet de guillotine. Ils vidaient les verres cul sec, mais sans exagération. Pas un mot ne fut échangé de tout le repas.

A la fin ils se levèrent, regagnèrent leur chambre et ne revinrent que le soir pour une assiette de soupe.

Ce soir-là les cornes de biquards se répondirent pendant une bonne heure.

Au petit matin du deuxième jour la section se présenta sous les aboiements du chien.

— Avez-vous vu le bandit Rouget ? demanda le lieutenant.

Le père Poirier fit non de la tête.

— Savez-vous où il se cache ?

Le père Poirier fit non de la tête.

L'officier désigna un garnisaire pour assurer une surveillance à la ferme puis intima aux autres de se joindre à la section. Et ils partirent.

Ce jour-là les frères Poirier se rendirent à leur coupe. En début de matinée Lexandre s'enfonça en forêt. A la Turpinière il vit le soldat qui patrouillait devant la ferme, route de Durtal. Alors il l'évita, contourna le carrefour de la Mare-au-Brecq, et fila au plus profond du bois du Grip.

Le bossu débitait un tronc à la hache. Lexandre l'avisa que la troupe était au Veau.

— Ils sont partout, répondit Gilbert. On compte une cinquantaine de garnisaires sur Daumeray.

— Et Rouget ?

Le bossu s'essuya le front d'un revers de bras.

— Dans son souterrain de Saint-Germain avec des provisions pour une semaine.

Ils se serrèrent la main et Lexandre repartit vers sa coupe du Grand-Montrieux.

Au repas de midi, seul parmi les paysans, le soldat présent parut intimidé. Il s'était assis un peu à l'écart et avait posé son fusil à portée de la main. Les Poirier parlèrent entre eux.

— Le bois est à point, dit Victor. Les premiers gels l'ont travaillé et les copeaux sont pulpeux.

Le soldat écoutait.

— Faudrait que vous finissiez cette haie après-demain au plus tard, enchaîna le père, car mes rhumatismes prévoient quelques pluies.

— A la ferme le temps est le vrai patron !

Stupéfaits, les Poirier dévisagèrent le soldat. Il souriait.

— En Auvergne c'est comme en Anjou, le temps commande, reprit le soldat.

Le père Poirier sourit à son tour.

— Avant... vous travailliez en ferme ? demanda-t-il.

L'Auvergnat fit oui de la tête.

— Mes parents, dit-il simplement.

Le troisième jour un autre soldat fut désigné pour rester au Veau, tandis que l'Auvergnat et l'autre garnisaire étaient incorporés dans la section qui allait battre les bois.

Celui-là fuyait le contact. Le père Poirier ne le vit que rarement de la matinée. Au repas de midi il s'isola carrément en bout de table. Taciturne il ne répondit que par oui et par non. Les Poirier finirent quand même par savoir qu'il était breton, qu'il avait été tiré au sort et qu'il n'avait jamais eu de chance dans sa vie.

Le jour suivant, le Breton et l'Auvergnat furent repris par la section. La troupe avait tout juste quitté la cour que le troisième garnisaire fit un clin d'œil au père Poirier. Il posa des questions. Qui était ce Rouget ? Le père Poirier répondit que c'était un braconnier bien estimé dans la région. Pourquoi les gendarmes ne l'avaient-ils pas arrêté ? Il était plus malin qu'eux.

Au repas de midi le militaire dit qu'il ne connaissait la campagne que depuis la conscription, sans quoi il n'aurait sans doute jamais quitté Paris.

L'après-midi le soldat serra de plus près les parents

Poirier. A plusieurs reprises il côtoya la mère, lui donna du « madame », se proposa pour porter les seaux d'eau.

Au repas du soir les trois militaires parlèrent à voix basse, sans que les Poirier à l'autre bout de la table comprissent ce qu'ils disaient. De leur côté les fermiers marmonnaient entre eux, parlant du temps et des travaux, mais l'ouïe tendue. A un moment le Parisien parut s'exciter, le Breton et l'Auvergnat l'écoutaient comme s'ils s'efforçaient à comprendre. Un lambeau de phrase fut prononcé plus distinctement : « ... On serait mieux sur une barricade qu'à faire le con dans ce coin perdu... ». La suite fut inaudible pour les paysans.

Le repas fini, les soldats se retirèrent. Les Poirier entendirent les pas s'atténuer. Alors le père regarda Lexandre au fond des yeux. D'un mouvement de tête il lui désigna par où étaient sortis les militaires. Sans rien dire Lexandre retira ses sabots bourrés de paille puis en chaussettes s'en fut prêter l'oreille à la porte de la chambre des garnisaires.

Le lendemain le père Poirier causa souventes fois avec l'Auvergnat en faction à son tour. Le surlendemain le patriarche du Veau s'entretint avec le Breton qui paraissait s'apprivoiser. La troupe cantonnait depuis une semaine lorsque revint le tour de garde du Parisien. Matois et retors le vieil homme ne posa aucune question, il suscita des réflexions que le soldat volubile n'éludait pas.

Ce soir-là, après que les garnisaires se furent enfermés dans leur chambre, le père décolla de son banc. Debout, les mains posées sur la table il se pencha vers ses fils :

— On fera ça la nuit prochaine.

63

Au Veau rien ne bougeait.

Rouget se coula en douceur parmi les ruminants. Un bovin piétina sa litière. Le braconnier caressa l'échine, tapota la croupe, et la bête se calma. Alors Rouget se glissa dans l'écurie qu'il traversa sans tâtonnements. D'instinct il trouva la rampe de l'escalier du grenier. Là, derrière, les Poirier accumulaient toujours quelques brassées de fourrage en réserve. Il se roula dessus jusqu'au fond où il se nicha, puis se recouvrit de plusieurs brassées de foin.

Il s'assura du pistolet glissé dans sa ceinture, puis il écouta...

De la grande salle parvenait de temps à autre un éclat de voix. Seule la buanderie le séparait de la famille Poirier. A cette heure les militaires devaient être dans leur chambre, attendant le repas.

Le chien remua dans sa niche et gémit longuement... Du côté de la mare une grenouille coassa... Rouget sourit. Au bruit des sabots qui résonnaient sur le chemin de La Touchardière il se mit debout. Puis il s'épousseta et, une main sur la crosse du pistolet, gagna la porte de l'écurie...

Rouget coassa faiblement pour s'annoncer. Au passage il taquina le chien en lui serrant le museau un instant, puis rejoignit le groupe au moment où le bossu tambourinait sur la porte.

— Entrez donc, bande de fêtards, cria en riant le père Poirier.

Gilbert ouvrit brusquement et une coulée d'air chaud les enveloppa... La première vision de Rouget fut celle des trois fusils rangés le long d'une armoire et à portée de la main des soldats...

— Et voilà les amis dont je vous ai parlé pour la

veillée, dit le père Poirier aux militaires qui avaient l'air heureux, comme étonnés qu'on les embrigadât si amicalement.

— Ils ont senti le vin qui chauffait, renchérit Victor en montrant la marmite toute noire dans les flammes claires.

Les Poirier serraient les mains des arrivants. Tout le monde parlait en même temps.

— Il faut que je vous présente nos braves soldats du 19e de ligne, reprit le patriarche du Veau. De bons gars qui vont passer la soirée avec nous... L'Auvergnat...

Rouget vit un solide gaillard au visage ouvert, le regard franc.

— ... le Breton...

Aussi costaud que l'Auvergnat, un front haut, une face mangée par le son.

— ... et le Parisien. Avec lui vous pourrez causer votre soûl.

Mince par rapport aux autres, l'air loustic, Rouget comprit d'instinct que celui-ci raisonnait le plus vite.

Lexandre intervint :

— Il y a là un copain de toujours : Louis et sa femme Marie, avec Virginie leur voisine. Celui-là c'est Gilbert, le meilleur charbonnier des bois du Grip. Quant à ce bahut c'est Abaffour, que madame accompagne, Abaffour le maître-maçon de Daumeray. Et messieurs-dames on mangera, on boira, on chantera et on dansera si le cœur nous en dit.

Le père Poirier s'était assis en bout de table et avait invité Rouget à s'asseoir où lui s'installait habituellement. Le braconnier était à la gauche immédiate du paysan, tout à l'opposé des fantassins. La porte principale n'était qu'à quelques mètres. Dans son dos la porte des chambres était surveillée par les frères Poirier qui lui faisaient face. Et en plein devant c'était la porte de la buanderie que jouxtait l'écurie, puis l'étable... puis la forêt.

Le canon du pistolet le gênait, Rouget fit semblant d'agencer sa blouse et dégagea un peu l'arme de la ceinture...

— Vous auriez dû amener les enfants, dit la mère Poirier à Marie.

— Ils sont encore jeunes pour veiller tard, je les ai laissés en garde au père R...

Une seconde de flottement troubla les visages...

— Toi le Parisien tu te mets en bout de table, dit le père Poirier. Tu seras mon vis-à-vis, et si je manque de conversation, comme t'es pas mal causant, tu la relanceras.

— C'est un grand honneur, dit le loustic avec une grimace de considération.

Abaffour se trouvait à côté de l'Auvergnat et, en face, Gilbert à côté du Breton. Tous deux prenaient leurs aises. Assis, sans leur shako, les soldats paraissaient moins redoutables. Leurs têtes jeunes, les épaulettes aux filets brillants et constamment agitées, égayaient même la salle chichement éclairée.

La mère Poirier servit une soupe épaisse, fumante, où dominait l'odeur acidulée du poireau. On parla peu, en dedans chacun prenait la mesure de chacun.

— Faut pas faire attention à nous, dit soudain le Parisien. Faites comme si on n'était pas là.

— Vous nous faites pas peur, rigola le bossu. Plus on est de fous, plus on s'amuse.

L'Auvergnat repoussa légèrement son assiette vide et croisa les bras sur la table :

— Le lieutenant nous croit peut-être à cette heure en train de courser le Rouget en question.

Le Parisien s'esclaffa et le Breton se dérida complètement. Mine de rien Rouget se retourna, l'air de chercher à savoir quelle viande pouvait cuire sur les broches des deux rôtissoires alignées devant le feu. Les Poirier avaient approvisionné du bois. D'un côté de la cheminée une vingtaine de rondins empilés avec comme soutien une bûche toute en nœuds, de l'autre sept ou huit longs fagots debout contre le mur... bien arrangés... Il croisa le regard du père Poirier qui fit oui d'un abaissement des paupières.

— On dirait que l'armée n'est point dans tes goûts, dit Abaffour en posant sa grosse patte sur l'avant-bras de l'Auvergnat.

— J'attends le jour où je rentrerai chez moi. J'ai été tiré au sort et j'avais pas assez d'argent pour acheter un remplaçant.

Le père Poirier abattit ses poings sur la table :

— Vous voyez qu'on est fait pour s'entendre, troupiers ou pas troupiers. Les gros s'engraissent sur notre dos.

Pendant quelques minutes la conversation ne fut plus suivie. On se parlait de voisin à voisin ou en vis-à-vis. Virginie disait au Parisien que son galant était militaire, qu'elle voudrait bien le voir rentrer. Le Parisien s'échauffa en répondant et petit à petit les voix se turent, chacun l'écouta :

— ... j'ai pas attendu d'être enrôlé pour faire le coup de feu. En 48 j'étais môme mais je me trouvais sur la barricade de Montmartre le soir de l'assaut. J'ai vu l'armée embrocher de braves pères de famille qui s'étaient soulevés parce qu'ils n'avaient plus de gagne-pain. Alors vous comprenez...

Il fit un geste du bras, l'air de s'en foutre, mais le visage durci par une soudaine férocité.

— Le 2 Décembre quand le Badinguet a fait son coup, j'ai vu encore des soldats tirer sur le peuple. Alors vous comprenez...

Il refit le même geste fataliste, mais cette fois ne poursuivit pas sa narration. Rouget ne sut quoi lire sur les traits du Parisien tout frémissant de force intérieure.

La tablée mangea en silence un long moment. Les militaires dévoraient goulûment les morceaux des lièvres dont la fermière avait garni deux grands plats. Quand brusquement le Breton s'exclama :

— Mais c'est du gibier qu'on mange !

— Ma foi oui, dit l'Auvergnat.

— C'est meilleur que la carne des casernes, renchérit le Parisien.

La mère Poirier servait deux sauciers qu'elle avait remplis dans les rôtissoires.

— Ça me fait plaisir de vous voir manger de si bon appétit, dit-elle.

— Ça fait d'autant plus plaisir qu'on a la chance d'avoir à faire à de braves gars, ajouta le père.

Les troupiers se regardèrent en riant. Le Parisien exagéra une mimique de modestie.

— On fait ce qu'on peut pour ne pas être encombrants...

Tout le monde se mit à rire.

— ... et surtout on ne fait rien pour arrêter Rouget.

Les rires cessèrent, sauf ceux des soldats. Subitement le visage du Parisien exprima l'étonnement, puis une profonde interrogation. Le regard du fantassin se porta sur Gilbert un brin ironique, sur Abaffour placide, enfin sur Rouget qui, sous la blouse, avait porté la main à sa ceinture, comme s'il la desserrait après avoir trop mangé.

— Eh bien vous là-bas, vous ne causez pas souvent, dit le Parisien en reprenant son air loustic.

— Je profite du bon repas, répondit Rouget en soufflant un grand coup.

Sous la table le père Poirier donna du pied à Rouget et à Lexandre qui heurta du coude celui de son frère. Marie blêmit, Victor regarda le bossu.

Les yeux du Parisien furetèrent sur chacun des convives jusqu'au moment où la bonhomie du père Poirier cassa leur inquisition. Le patriarche et le jeune soldat se mesurèrent du regard un instant. Et peu à peu ces regards que tous les autres guettaient se firent souriants.

Alors le père Poirier montra du doigt son voisin de gauche et dit lentement, calmement :

— Rouget le braconnier, c'est lui.

64

Pendant quelques minutes le silence eût été total ne fut le crépitement de la bûche dans l'âtre. Rouget guettait à la fois les soldats dont la réaction tardait et les fusils comme s'il craignait que les armes ne crachent le feu d'elles-mêmes.

Puis peu à peu la connivence familiale de la tablée dilua la gêne. Le Parisien décolla lentement de son siège, le sourire timide :

— Nom de Dieu, jura-t-il, faut que je te serre la main tout de suite.

Et il se dirigea vers le braconnier. Méfiant, Rouget se leva, la main prête à saisir le pistolet. Mais, les bras ouverts, le soldat tout joyeux donna l'accolade à l'homme traqué.

— Bravo, cria Virginie en tapant des mains.

Les deux autres militaires se levèrent à leur tour et vinrent serrer la main du braconnier.

— Et on remplit les verres pour arroser ça, brailla le père Poirier, debout lui aussi.

Marie riait et pleurait à la fois, tandis que le bossu bourrait amicalement les côtes du Breton, qu'Abaffour et l'Auvergnat fraternisaient sur le ton mesuré du bon sens campagnard, que le Parisien gesticulait, s'égosillait à répéter :

— Si l'Badingu' voyait ça... si l'Badingu' voyait ça...

— ... sûrement que Louis 'Poléon serait pas content, répondit Victor.

Pendant un bon quart d'heure tous rirent dans un enthousiasme de découvertes, de retrouvailles. Et puis, peu à peu, on s'assagit. Le repas terminé, la mère Poirier retira les couverts mais laissa verres et cruches sur la table. Le père Poirier garnit le foyer de trois rondins noueux puis invita chacun à s'installer, sièges et banc devant le feu clair. Lexandre attira et nivela des braises sous la marmite de vin, à l'écart de la flamme.

Ce fut le père Poirier qui lança la conversation :

— Il faudra vous souvenir de cette veillée au Veau. J'ai toujours agi pour rapprocher les gens entre eux. Dommage que ce soit dans le malheur, car quand on voit ce qui se passe...

Le fermier parut avoir l'attention déviée par une écorce que la flamme tordait. Dans la marmite le vin chantonnait...

— ... pendant que nous sommes ici, heureux d'être ensemble devant un bon feu et une marmite de vin chaud, ils sont onze dans le froid des cachots... dont quatre femmes... tous des amis de Rouget, c'est-à-dire mes amis...

Le père Poirier sortit sa tabatière. Il prit une pincée de tabac, la déposa sur le dessus de son poing qu'il porta à ses narines, puis renifla deux grands coups. Ensuite il proposa une prise à l'assemblée, seul Abaffour accepta.

— ... les bicornes se sont mis la contrée à dos. Ils en sont à offenser les femmes. A La Mégréterie ils ont obligé les trois femmes, patronne et servantes, à se déshabiller complètement, sous prétexte que Rouget se déguisait...

— Jamais je ne me suis déguisé, dit Rouget, comme ils sont incapables de me saisir, ils racontent n'importe quoi. Ils voudraient que je me rende. Ils me l'ont fait dire par le curé de Daumeray, et dernièrement par Foucher : « Alors, qu'il m'a dit, t'as dégommé le Marchand après avoir dégommé le Javelle — Non, je lui ai répondu, j'ai pas tiré sur Marchand — Si. Tous les gens en parlent ». Comme j'avais les nerfs à bout je lui ai crié : « Ces gens-là je les emmerde, t'auras qu'à leur dire que j'ai tiré sur Marchand et ils seront contents. » Comme il avait l'air satisfait ça m'a mis en rogne pour de bon : « Fous le camp, que j'ai hurlé, ou je te dégomme »... Il est parti.

Rouget se libéra dans un rire nerveux.

— Sur Marchand tu n'as tiré qu'une fois ? demanda le Parisien.

— Je vous jure que j'ai pas tiré sur Marchand. Ce jour-là j'étais à Durtal.

Lexandre qui tisonnait, détachant des braises de la bûche, se redressa :

— La police secrète est capable d'avoir monté un tel coup. Toutes les fourberies sont permises aux hommes de loi.

Un murmure approuva. Rouget avait les pieds tendus vers les flammes, mais il se réchauffait autant au feu intérieur qui l'embrasait peu à peu.

— J'ai une nouvelle à vous annoncer, dit-il lentement.

Il hésita, eut un regard amoureux pour Marie. Elle l'encouragea d'un sourire.

— J'ai décidé de partir à l'étranger, d'y refaire ma vie quand ma femme et les queniots m'auront rejoint.

Dehors un méchant vent secouait les volets... La cheminée ronflait...

— Qui t'a fourré ça dans la tête ? demanda le père Poirier.

Rouget sourit :

— Quelqu'un qui me veut du bien... le comte de Vauguion. Figurez-vous que ce salaud m'a conseillé d'emmener femme et enfants loin de Daumeray. Devinez où ?... A Cayenne !

La mère Poirier donna une bolée à chacun puis empoigna une louche qu'elle plongea dans la marmite. Alors elle fit le service, en silence. On souffla sur le vin chaud, s'essayant à le boire à petites gorgées, un œil à la dérobée sur Rouget.

Un frémissement nerveux agitait le braconnier. Le Parisien s'en aperçut :

— Dans quel pays as-tu décidé de partir ?

— En Belgique.

— Ça fait un bout de chemin, dit Victor. Comment iras-tu là-bas ?

— Vous en faites pas, je connais quelqu'un qui arrangera ça.

Le Parisien lampa bruyamment une grande gorgée. De sa bouche sortit une vapeur :

— A mon avis le mieux serait de rejoindre Victor Hugo.

Tous les regards furent pour lui.

— Vitorigo, le carbonaro ? posa l'Auvergnat.

— C'est pas un carbonaro, rétorqua le Parisien, et il s'appelle pas Vitorigo, c'est Vic-tor-hu-go, un député qu'a dit merde au Badinguet le 2 Décembre. Et il sait écrire. A Guernesey il a fait construire un grand bâtiment ou il loge les proscrits.

Rouget fixa le Parisien :

— C'est où Guernesey ?

— En Angleterre.

— Loin d'ici ?

— Pas plus loin que la Belgique.

Incrédule Rouget dévisagea le militaire.

— Pour y aller on passe par Le Mans ?

Le Parisien hésita avant de répondre, il semblait gêné :

— Certainement.

Les yeux de Rouget s'allumèrent un instant puis se ternirent de rêverie. Il vida sa bolée de vin en trois lampées. A la dernière il se figea, la tête renversée, le regard accroché au brin de romarin glissé derrière l'image de la Vierge à l'Enfant, au-dessus de la cheminée... Deux larmes lui brûlèrent les yeux... Il fit semblant de frictionner ses paupières closes...

— Jeunes gens, dit le père Poirier aux soldats, vous allez nous chanter un air de votre pays. Il doit bien y avoir des veillées chez vous aussi.

— Oui, il y en a, fit l'Auvergnat, nostalgique.

Rouget se fit joyeux :

— Alors tu y vas de ta chanson.

L'Auvergnat se ressaisit, son visage s'attendrit.

— Je vais pas me faire prier, c'est pas poli.

Il se racla la gorge, s'éclaircit la voix, puis se lança :

De bon matin le grand Pierre se lève
Met son chapeau sur le côté
Chez la Yoyette il est allé...

Il chantait bien, empreint d'amour et de mélancolie. Il bissait les dernières strophes, s'y donnait entier, ses notes évoquaient les clairs et frais Monts d'Auvergne, une jeunesse heureuse, des vies libres et saines...

... Ferai la cour en attendant.
Que la Yoyette elle ait vingt ans.

Il écarta les bras, haussa d'un ton, et tous reprirent en chœur :

... Ferai la cour en attendant.
Que la Yoyette elle ait vingt ans.

Aux applaudissements furent mêlées des félicitations. L'Auvergnat, modeste, s'excusa de ne pas avoir sa viole.

— Et maintenant ça va être le tour du Breton, dit le père Poirier sur un ton rajeuni.

Le Breton eut un geste évasif :

— Je ne chante pas bien, moi.

Virginie se fit câline :

— Je vais t'accompagner. J'ai une cousine bretonne, elle m'en a appris une que tu connais sûrement.

Elle fredonna l'air, guettant un signe dans les yeux du soldat, puis elle commença :

Mon père n'avait fille que moué
Un jour sur la mer il m'envoué...

Plein de bonne volonté le militaire reprit gauchement le refrain avec Virginie :

... Marie-Madeleine ton p'tit jupon d'laine,
Ton p'tit parapluie, ton p'tit panier.

Enjôleuse la jeune fille incita le Breton à continuer. Pas trop sûr des paroles qu'il lisait sur les lèvres de Virginie, il chantonnait plus qu'il ne chantait :

... Le marinier qui m'y mené,
Il devint amoureux de moué.

Virginie savait les couplets par cœur. Il y en avait une dizaine et le soldat se les remémorait à mesure, tandis que les convives qui avaient appris le refrain, entonnaient en chœur, battant des mains :

... Marie-Madeleine ton p'tit jupon d'laine,
Ton p'tit parapluie, ton p'tit panier.

Quand ce fut fini le Breton vint embrasser Virginie et chacun applaudit fort. Heureuse de cette joie dans sa maison la mère Poirier servit à nouveau du vin chaud.

— Buvez braves gens, ça met le cœur en place.

— Et le Parisien chantera, clama le père Poirier.

A la fois espiègle et insolent le Parisien rétorqua :

— C'est pas que je chante bien, mais je connais une chanson que vous ignorez probablement. Elle est pas du même genre que celles des copains, mais tout le monde peut l'entendre puisqu'on est entre grandes personnes.

— D'autant plus qu'on a les oreilles blindées, rigola le bossu.

— C'est pas tout, reprit, malicieux, le Parisien. Va falloir danser le quadrille et que tout le monde s'y mette.

— On s'y mettra, dit Victor.

— Alors voilà, je vais vous chanter les amours du Badingu' et de sa Montijo. Et en place pour la contredanse.

Les patrons restèrent près du feu, tandis que les autres, ayant posé leur bolée vide sur la table, se plaçaient en rond.

— On se prend aux épaules, on tourne en chantant et en lançant un pied en avant, puis après, l'autre pied, c'est pas compliqué.

— Mais on connaît pas la chanson, dit Virginie en riant.

— Vous l'apprendrez vite.

Abaffour s'écarta :

— Une minute, commencez sans moi, faut que j'aille pisser.

Le maçon de Daumeray ouvrit la porte et disparut dans la nuit noire.

— Le refrain est facile, expliqua le Parisien. Et il se mit à chanter :

Amis du pouvoir,
Savez-vous l'histoire
Du Badingu' qui se veut César...

L'air était entraînant et communicatif. Ils répétèrent sans danser, se tenant aux épaules, ânonnant d'abord, riant de leurs bévues, avant de bien s'accorder au rythme du chanteur.

Sur la panse de la Hortense
Étaient passées les plus belles lances
De la cour de Hollande.

Et c'est comme ça qu'naquit
Après une sacrée partie...

Le Parisien donna l'impulsion à la ronde, et ils se mirent à tourner.

Amis du pouvoir,
Savez-vous l'histoire
Du Badingu' qui se veut César.

Au coin du feu les vieux fermiers battaient la mesure, le père tapant ses genoux.

Un jour arrive à Paris
La première putain d'Madrid
La belle Montijo.
Louis'Poléon très en liesse
Dit celle-là s'ra ma maîtresse...

Et la ronde tournait, criait, riait, autant qu'elle ne chantait :

Amis du pouvoir...

Le père Poirier en émouvette * reprenait au refrain lui aussi, comblé de voir cette jeunesse s'amuser dans sa ferme. Les militaires chantant et dansant, les jambes levant les robes, révélant des dentelles, les chevelures folles s'emmêlant...

Un soir très émoustillé,
Il mit la main au fessier
Elle cria : « saligaud !
Je me donne pas pour six francs !
La couronne et t'as mon flanc ! ».

La ronde repartait en sens inverse quand la porte s'ouvrit brutalement. Un courant d'air glacé saisit les danseurs. Reboutonnant sa braguette, Abaffour cria :

— Les bicornes ! Y a des lanternes sur le chemin, et ça vient ici.

Le maçon referma la porte. Les danseurs s'arrêtèrent, certains le pied levé. Rouget se dégagea de la

* Traversé d'émois joyeux.

ronde. Un instant, le braconnier scruta les soldats, l'un après l'autre, les fouillant au plus profond d'un seul coup d'œil froid et soupçonneux.

— Derrière les fagots, y a une cache, dit Lexandre.

Rouget se réfugia d'un bond dans l'encoignure de la cheminée. Les frères Poirier arrangèrent les fagots, les calèrent au mieux... Rouget était complètement dissimulé. Alors tous regardèrent les soldats, les fusils appliqués contre le mur du fond...

— Faut continuer à danser, dit le bossu.

— Il a raison, reprit Abaffour. Allez, on y va pour « La Mère Godichon ».

Dis-moi donc Mère Godichon
Quand tu vas au bal, prends-tu tes mitaines.
Dis-moi donc Mère Godichon
Quand tu vas au bal, prends-tu tes chaussons...

Les militaires hésitèrent à reprendre le pas. D'un sourire Virginie les décida...

Des coups furent frappés sur la porte.

Le père Poirier se déplaça, retira le verrou et ouvrit. Le vieux Basile entra, suivi de quatre gendarmes. Deux tenaient des falots.

Houlbert avait vieilli beaucoup depuis son amputation, la manche vide de sa vareuse était pliée, épinglée sous l'aisselle, ce qui désarticulait curieusement la silhouette rigide...

— Eh bien, on se donne du bon temps, dit le vieux Basile en allant vers les soldats.

Il tendit la main au Breton qui rougit subitement, à l'Auvergnat qui baissa la tête, enfin au Parisien dont les yeux brillaient d'effronterie. Visiblement Houlbert cherchait un interlocuteur valable. Il toisa le Parisien avec autorité :

— Le braconnier assassin, vous avez des indices ?

La malice pétilla dans le regard du Parisien :

— A l'heure qu'il est, on n'a guère envie de fureter dans une forêt qu'on ne connaît pas.

Le vieux Basile comprit à qui il avait à faire. En parfait comédien il détendit son visage amaigri.

— Vous êtes citadin à ce que je vois, demanda-t-il, soudain familier.

— De Paris exactement.

— Paris ! mais je connais ! en 48 j'étais à Montmartre.

— J'habite Montmartre.

— Curieux hasard, s'exclama le brigadier... A l'époque là-bas ça chauffait.

— ...

Le Parisien, sourire aux lèvres, ne répondant pas, un malaise s'installa. Un gendarme sortit sa pipe d'une poche.

— Est-ce que je peux prendre du feu ? dit-il, marchant vers la cheminée.

... Rouget le vit approcher. Il se ramassa davantage, accroupi à l'extrême, le pistolet bien en main...

Virginie, légère et vive, devança le gendarme, sur un pas de danse, les seins tressautant. Elle se pencha sur le foyer, tira une brindille longue et embrasée d'un bout... Sa poitrine débordait... La jeune fille resta courbée, une main posée sur le genou tandis que de l'autre elle offrait du feu... Le gendarme mit un temps pour allumer sa pipe, la suça longuement, fortement, goulûment, soutenant galamment les yeux rieurs de Virginie. Puis il remercia et rejoignit ses collègues près de la porte, comme à regret...

Le vieux Basile racontait ses exploits sur la barricade de Montmartre. Le patriarche du Veau semblait dire « cause toujours bicorne, le Parisien était de l'autre côté et te tirait dessus ». Mais le brigadier se tut subitement. Il venait de reconnaître la femme de Rouget, plus ou moins bien dissimulée par le bossu...

L'air plus réprobateur qu'étonné, le vieux Basile fixa Marie qui ne baissait pas les yeux, innocente et volontaire... Il se détourna d'elle... Apparemment pour compter les hôtes de la ferme.

Lexandre devança le stratagème. En deux pas il fut au vaisselier où il prit cinq bolées :

— Messieurs les gendarmes prendront bien un vin chaud.

Alors que visiblement le brigadier entreprenait de compter la vaisselle, Lexandre plaça les bolées en face de chaque gendarme, puis transposa les autres, les mélangea...

— Faites vite, notre tournée n'est pas finie.

Blême et indiscutablement contrarié, le vieux Basile reprit langue avec le Parisien, traitant de la discipline militaire sur un ton anodin. On devina que sa conversation était superficielle, que tout se jouait dans le tréfonds de l'homme de loi... La poursuite de Rouget un après-midi durant il y avait déjà deux ans, le ravin du bois des Tailles, le grenier du Tertre, la douve du Houssay, l'étang d'Indret, sa fusillade par le commissaire de Durtal... Toutes ces scènes le vieux Basile les revivait à n'en pas douter. Et ce soir les soldats qui dansaient avec la femme de Rouget... Son expérience, son flair de vieux renard, son intuition sublimée, tout lui criait intérieurement la proximité du braconnier... Bafoué, ridiculisé, souffrant de son moignon mal cicatrisé, il vida une bolée d'un trait. Surpassant l'émotion que le va-et-vient de sa pomme d'Adam trahissait, il se voulut enjoué, et à l'ahurissement de tous il se mit à tambouriner sur la table l'air de « La Mère Godichon ».

— Figurez-vous, messieurs-dames, qu'en 48 j'ai eu l'honneur de rencontrer Monsieur Thiers lors d'un banquet. Eh bien, son air préféré c'est « La Mère Godichon ».

Là-dessus, s'esclaffant, il remercia pour le vin, fit

sortir ses gendarmes, salua militairement et derrière lui referma la porte avec précaution.

65

Se frottant les mains à s'en craquer les jointures, Chamaillard se leva et convia le commandant Hugo près du feu. Il gelait à pierre fendre au Mans, ce lundi matin, et un domestique entretenait régulièrement la cheminée en fagots.

L'officier s'approcha et se plaça dos au foyer, à gauche du préfet.

— Quand j'ai su que l'armée plaçait les hommes en garnisaires, j'ai pressenti l'échec. Des accointances entre fermiers et soldats étaient inévitables, surtout en hiver.

Chamaillard se fit rassurant.

— Désormais à nous de jouer, j'espère que 1857 qui commence nous sera bénéfique.

Le commandant eut une moue désabusée.

— Il y a exactement deux ans et demi aujourd'hui, Rouget tirait sur le gendarme Javelle. Dans une région au relief si boisé, une armée entière serait nécessaire pour un ratissage efficace.

Le soleil se levait, pâle, accentuant son jeu sur les dessins bizarres du frimas sur les vitres. Les deux personnalités s'abandonnèrent un instant à la féerie qui donnait de la vie aux fenêtres.

Chamaillard respira profondément :

— De savoir que si nous arrêtons Rouget, nous n'aurons pas le privilège de son interrogatoire me fait mal au cœur. Ce coquin de Métivier aura les honneurs du procès.

Il eut un rire, il avait dit « coquin » sur un ton qu'il voulait un pied-de-nez au langage diplomatique.

On frappa et l'huissier entrebâilla la porte :

— La femme Milcent est arrivée, dit-il sans élever la voix.

— Faites-la attendre sans lui préciser quand elle sera reçue... Je la recevrai dans un quart d'heure, acheva-t-il dans un sourire glacé.

L'huissier approuva de la tête et se retira.

Ils bavardèrent encore, avançant d'un pas à mesure que le feu gagnait en ardeur. Puis ils prirent place dans leurs fauteuils. Derrière son bureau Chamaillard se sentait l'âme d'un juge et considérait intimement le commandant comme son assesseur. Il s'en voulut de n'avoir pas commandé qu'on chauffât la pièce dès cinq heures ce matin, de manière qu'elle fût plus imposante pour une visiteuse qui venait du froid.

Il sonna, affecta une pose solennelle...

La Milcent apparut, le sourire indéfinissable. D'emblée le préfet comprit qu'elle avait des atouts en réserve. Ils se saluèrent, le commandant brièvement, debout pour une amorce de courbette.

Chamaillard se permit un sourire :

— Le commissaire Simon m'a prévenu : vous êtes toujours en contact avec Rouget.

— C'est vrai Monsieur le Préfet, et surtout j'ai plus que jamais sa confiance.

Il trouva un ton mi-ironique, mi-amical :

— Vous aviez promis de nous présenter Rouget ici même.

Elle dodelina de la tête :

— Non ! J'avais dit qu'il me suivrait, ici oui, mais à condition que l'appât...

Elle écarta les bras, impuissante.

— ... il me faut des assurances.

— Madame Milcent, pour le bureau de tabac que vous aviez sollicité, j'ai la réponse... C'est oui.

— Un rapport d'au moins six cents francs l'an ?

— Oui.

— Où ?

— Où vous voudrez.

Elle réfléchit, méfiante, fixant sans ménagements le préfet, lequel soutenait difficilement le regard aux lueurs perforantes. Cette femme avait vraiment une sale tête, elle devait être capable du pire ainsi que l'avait dit le commissaire Simon.

La Milcent parut avoir terminé son calcul.

— La prime de mille francs, dit-elle, traînant les mots...

Chamaillard l'interrompit :

— Cette prime est offerte à qui arrêtera Rouget. Il ne s'agit pas de simplement fournir une information, fût-elle capitale.

— J'ai bien dit que j'amènerai Rouget ici.

Le commandant Hugo détendit ses jambes avec un bruit de talons sur le parquet. Il avait l'air agacé.

— Quand ? demanda sèchement l'officier.

— Quand on se sera mis d'accord.

— Supposons que nous sommes d'accord.

La Milcent sembla domptée par la présence et la voix du commandant.

— Eh bien, je pourrais amener Rouget ici avant la fin du mois.

— Sans aide ?

— J'ai besoin de personne. Mais la prime de mille francs ça fait un peu juste. Faudrait de douze à treize cents francs.

Chamaillard fut sur le point de la faire flanquer à la rue.

— Mais Madame Milcent, la prime offerte est de quinze cents francs.

Ouf ! Il l'avait quand même assommée. Elle ne bougeait plus, la face épanouie, les yeux ailleurs. Chamaillard reprit doucereusement :

— Mille francs lors de l'arrestation, puis cinq cents francs après identification formelle du braconnier.

Elle le regarda étrangement :

— C'est un marché honnête, dit-elle lentement.

Un sourire triste échappa au préfet.

— Comment ferez-vous pour amener Rouget ici ?

— C'est simple, fit-elle débridée. Il veut partir à l'étranger, je lui ai promis un passeport, il viendra le chercher ici sous le nom de Pierre Moreau, marchand de peaux de lapin.

— Et dans quel pays veut-il se réfugier ?

Elle les examina un instant, l'un après l'autre, moins assurée.

— Il veut aller à Guernesey.

— ... !

La lumière solaire gênait la Milcent qui pencha la tête pour l'éviter. Le mutisme prolongé des deux personnages l'intimidait, elle qui n'avait pu obtenir de Rouget où se trouvait Guernesey.

— Voulez-vous répéter, madame, demanda poliment Chamaillard.

— Heu... Rouget veut aller à Guernesey.

— Savez-vous pourquoi Rouget veut aller à Guernesey ?

Elle fit non de la tête. S'apercevant qu'elle n'avait plus l'initiative elle voulut la reprendre.

— Il me faut le passeport aujourd'hui.

— Vous avez dit que l'assassin viendrait le chercher.

— J'ai voulu dire qu'il viendrait le faire signer. Il me faut une preuve. Rouget ne s'engagera pas à partir si je n'ai rien à lui montrer.

Le préfet sembla indécis. Il prit appui de ses mains sur le bord de son bureau et rejetant en arrière son fauteuil sur deux pieds se balança lentement, fixant son interlocutrice d'un air curieux. Puis d'un coup il se ravisa, laissa retomber son fauteuil, ouvrit un tiroir de son bureau...

Chamaillard brandit un papier et le secoua :

— Voici l'appât qui attirera Rouget.

Il se leva et penché sur son bureau, bras tendu, présenta le feuillet à la Milcent. Elle se dressa et fit un pas pour le prendre.

— Merci Monsieur le Préfet.

Elle demeura sur place, palpant le timbre, un timbre à cinq francs au profil de l'empereur. Avec un cachet dessus tamponné à l'encre noire. Très officiel. Alors elle se mit à lire les grosses lettres, les épelant muettement et les assemblant... Un moment elle douta de ce qu'elle venait de lire... Puis, lentement, pleine de suspicion elle dévisagea le préfet.

— Eh oui Madame Milcent, fit-il en riant, c'est une police d'assurance. Mais chacun sait que Rouget est analphabète.

Immobile et interdite la Milcent se sentit rougir. Et brusquement elle retrouva sur ses joues les brûlures des gifles reçues de Rouget au bois de l'Abbaye...

Un rire mauvais lui échappa.

66

Rouget arriva au Veau en début d'après-midi. La température n'avait guère monté depuis le matin. Il avait le cœur gelé et n'osait croire la nouvelle que le bossu lui avait apprise.

Les volets étaient clos. Tous les volets. Il poussa la porte, sans avoir frappé, sans la moindre prudence. Pas un instant il ne songea au traquenard possible. La pénombre l'immobilisa. Il fit un pas et découvrit le feu clair. Personne ! Rouget marcha droit vers les chambres. Il entendit le murmure des prières.

Une bougie tremblotait, éclairant vaguement la rangée d'hommes et de femmes assis à deux pas du lit mortuaire. Il s'approcha, craintif, triturant sa casquette. Le père Poirier reposait, le visage blanc et décharné. Entre ses mains jointes un chapelet à gros grains noirs piquetait le drap écru.

Rouget n'avait pas veillé un mort depuis longtemps. Il s'approcha de la table de nuit, prit le rameau, en trempa la pointe dans l'eau bénite et à trois reprises le secoua faiblement sur le corps. Puis il fit le signe de la croix.

La mère Poirier se leva. Il alla l'embrasser, incapable de paroles qui réconforteraient. Elle avait les joues froides.

— Mon homme avait travaillé bien trop dans sa vie, dit-elle à voix basse. Alors hier matin, d'un seul coup, le cœur a éclaté.

Lexandre se leva à son tour et fit signe à Rouget de sortir. Victor les accompagna.

Dans la cuisine Lexandre prit une bougie sur la cheminée et l'alluma à la flammèche d'une brindille. Il la renversa, laissa fondre quelques gouttes de cire sur la table, puis la scella.

— Le brave homme nous quitte trop vite, dit simplement Rouget qui s'était assis.

Les deux frères reniflèrent en même temps. Ils soupirèrent en même temps. Lexandre répondit :

— Quand on a vingt ans on croit en savoir plus que son père, quelques années plus tard on le trouve de bon conseil, et puis quand il n'est plus là on s'aperçoit qu'on ne sait pas grand-chose.

— C'était autant mon père que le vôtre. Maintenant il y a quelque chose de fêlé en moi.

— T'as raison, dit Victor, les donnes sont changées.

Rouget réalisa soudain :

— Mais... les soldats ?

— Ce matin le lieutenant a emmené les trois gars. Il les ramènera après l'enterrement, dit Lexandre. Pourvu que ce soit les mêmes.

Rouget n'hésita pas :

— Je ne veux pas vous embarrasser.

— Tu nous donneras jamais d'embarras, lâcha Victor.

— Si, dit le braconnier. Vous risqueriez la geôle tôt ou tard... comme les autres. Votre père était mon meilleur conseil, ainsi que Pierre Andouard qui, lui, est en prison. Alors c'est décidé, je pars.

Ils le dévisagèrent :

— Où ?

— A Guernesey.

— T'es pas fou ?

— Non ! J'ai bien réfléchi.

— Mais, Marie et tes queniots ?

— Ils me rejoindront dès que je serai installé là-bas, Victor Hugo est riche, il aide le pauvre monde.

— Pour aller à l'étranger faut des paperasses, reprit Lexandre, et puis faut savoir se diriger.

— La personne qui s'occupe de moi a le bras long, elle a déjà le passeport, je n'aurai qu'à le faire signer au Mans, et devine par qui ? Par un cousin de Victor Hugo.

Ils le regardèrent, mi-inquiets, mi-admiratifs. Rouget se leva.

— Je m'en vais, mais j'espère revenir un jour. De toute façon je ne pouvais pas suivre l'enterrement. N'empêche que je penserai à vous, et toute ma vie je garderai le souvenir du père Poirier.

L'envie de partir le saturait d'émotion. Il serra longtemps la main de Lexandre, celle de Victor longtemps aussi. Puis il gagna la porte. Ses deux amis des jours et des nuits de braconnage, épaule contre épaule, se tenaient droits, émus et dignes, leurs visages graves auréolés de la lueur rousse du foyer.

— Adieu, cria Rouget en partant.

Il courut comme un fou jusqu'à la Mare-au-Brecq où il s'arrêta, essoufflé mais les idées claires. Rouget pensa à Gilbert qui travaillait un peu plus bas, sur le Grip. C'est au bossu que ce matin il avait réservé son premier au revoir, et c'est à lui que Rouget avait fait cadeau de son fusil et de son pistolet.

Il repartit en courant. Vers la Démennerie. Rouget fit un écart par Roche-Péan et après se fit circonspect. Ce serait bête de se faire prendre le jour du grand départ.

Avant de traverser la route de Durtal il ralentit et marcha lentement jusqu'à sa maison. Dissimulé derrière un tas de fagots il observa ses enfants qui jouaient dans la cour. Ils avaient placé un escargot sur une grosse limace orange, et accroupis, les socques dans une flaque d'eau, ils contemplaient les deux bestioles qui s'étiraient et bavaient, cornes dressées. Rouget envia leur liberté, celle qu'il avait connue aux Gâts. Pas un fruit dont il n'avait écrasé la pulpe, goûté le suc, apprécié la saveur. Pas une herbe, pas une branche, dont il ne connaissait les fibres, l'odeur de l'écorce. Pas un insecte, pas un animal dont il n'avait surpris les secrets.

Une brume enneigeait l'air par endroits. Rouget pensa à la toute prochaine nuit de voyage, une nuit qui serait froide. Et probablement arriverait-il au Mans transi, alors qu'aujourd'hui, à quelques pas, la fumée de la cheminée montait droit dans le ciel, que la douce Marie entretenait la chaleur familiale...

Il s'avança, ce fut Totor qui le vit le premier.

— Papa ! lâcha le queniot plein d'amour.

Rouget courut vers ses enfants qui venaient à sa rencontre. Il les cueillit ensemble, un dans chaque bras. De petites mains fouinèrent sur sa nuque pour un chatouillis affectueux.

Ils entrèrent en riant, Rouget esquissant des pas de danse et chantonnant :

Roulons-le l'père Mathurin
Roulons-le dans sa brouette.
Roulons-le l'père Mathurin
Roulons-le jusqu'à demain.

Tout de suite il s'en voulut. Sur la table Marie avait étalé son drap de repassage, un vieux drap roussi, et elle repassait une blouse gris savon, la blouse neuve qu'il endosserait pour son voyage. Marie pleurait en silence. Sans regarder son époux et ses enfants elle empoigna son fer et alla vider les cendres dans le foyer. Puis elle le remplit de braises et d'un rapide mouvement de bras s'essuya le visage avec une manche de son sarrau. Alors elle revint vers la table, souriante, mais les yeux rougis.

Rouget posa ses enfants à terre et sortit de sa poche une pipe et une blague à tabac :

— Regarde Marie, voilà le cadeau de Gilbert le bossu. Moi qui ne fume pas pour ainsi dire. Il croit peut-être que là-bas je ferai rien.

— Tu feras quoi au juste ?

— Je demanderai aux amis de Victor Hugo qu'ils fassent les démarches pour que vous veniez.

— Et tu crois à ça ?

— Oui, souviens-toi du Parisien. Guernesey est le refuge de tous les proscrits.

— Papa va encore partir ? questionna Loulou.

Rouget se reprocha d'avoir nommé le Parisien devant ses enfants. Il sourit et répondit :

— Oui je vais partir tout à l'heure et je ne reviendrai plus. C'est vous qui me rejoindrez. Et là-bas nous serons heureux tous les quatre. Il n'y aura pas de gendarmes pour me courser.

Marie avait fini son repassage. Elle alla ranger la blouse sur le lit, près du pantalon bleu en chiné.

Il y avait aussi une chemise, une cravate, un gilet et un chapeau. A terre une paire de souliers bien cirés. Tout était neuf.

— J'ai oublié de me faire touzer * les cheveux !

Cela le contraria. Il craignit qu'au Mans la personnalité qui légaliserait son passeport ne daignât le recevoir. Il sentit le vide autour de lui. Sa petite famille lui parut lointaine sur l'autre bord du gouffre. Il s'imagina en Angleterre parmi des gens qu'il ne comprendrait pas, qui ne le comprendraient pas et qui peut-être riraient de ses gaucheries... tandis qu'à Daumeray Marie s'éreinterait pour les enfants qui pigneraient ** faute de pain.

Il sortit de sa poche sa bourse en coutil bleu rayé de blanc, délia le brin de genêt et la vida sur la table. Le profit de ses derniers gibiers vendus à Buineau ! Il étala les pièces, les rangea, les sous d'un côté, les francs de l'autre. Une trentaine de francs en tout. Gêné, il regarda Marie.

— Me faudrait cinq francs pour le voyage, dit-il piteusement.

Il prit une pièce et la remit dans sa bourse. Marie s'approcha, et, décidée, poussa vers lui une autre pièce de cent sous.

— Non, fit-il fautif.

— Si, dit-elle, tu partiras pas sans au moins dix francs en poche.

Il eut envie de prendre Marie dans ses bras et de la chérir, mais il se retint. Il se sentait coupable, ce pécule les séparait alors que leurs cœurs battaient au même rythme amoureux. La pauvreté empêchait même l'amour, entravait les êtres...

* Couper, tondre.
** Geindraient.

Il soupira et glissa la pièce de cent sous dans sa bourse. Marie sourit.

— Sortez les enfants, dit-il, je vais me changer.

Loulou saisit la main de Totor et tous deux sortirent. Marie se colla à lui.

— Dis-moi avec qui tu pars, fit-elle câline.

— J'ai juré de ne pas le dire. C'est une personne qui nous veut du bien.

— Je la connais ?

Il y avait ce tragique secret : il partirait avec son ancienne maîtresse, lui qui avait toujours été fidèle à Marie depuis leur mariage.

— Je ne sais pas si tu la connais. On m'accompagne jusqu'au Mans et là on me présentera à un monsieur qui a le bras long.

— J'ai pas confiance, j'étais plus tranquille quand tu courais les bois, on se voyait au moins une fois par semaine.

— Avant trois mois on sera tous à Guernesey.

— Tes parents !

Il fut tout honteux et continua de s'habiller sans rien dire. Quelque chose s'arrachait en lui et déchirait ses fibres.

— J'ai pas eu le courage d'aller les embrasser.

— Oh !

— J'ai eu peur que ça leur assène un coup au cœur.

Leurs lèvres se trouvèrent. Il sentit sur sa joue les larmes de son épouse, de la mère de ses enfants. De Marie qu'il avait préférée à Angèle...

Il la repoussa tendrement :

— Faut que je parte.

Il devina qu'elle surmontait sa détresse, qu'en elle s'enracinait le désir de survie, le besoin de nourrir la progéniture, la nécessité de prouver aux nantis qu'aucun fléau ne retarderait le jour où des générations écloses dans d'infimes interstices se ramifieraient et feraient éclater le sol aride de la cupidité.

Rouget garnit ses poches lentement, la pipe, la blague à tabac, la bourse, le rasoir, le chapelet offert par le curé de Daumeray et qu'il avait promis à Marie de toujours avoir sur lui. Restait le couteau. Il alla vers la huche et l'ouvrit. Un gros pain rond était au fond. Il le saisit et tailla respectueusement un quignon, juste ce qu'il fallait pour qu'il le glissât dans sa poche. Il reposa dévotement le pain dans son tabernacle, estimant le nombre de tartines que Marie couperait pour les queniots. Puis il rabattit le couvercle de la huche, ferma son couteau et l'empocha...

Il se sentit nu sous le regard de Marie. Il n'était qu'un piètre père de famille, abandonnant sans ressources femme et enfants dans une maison qu'il n'avait pas fini de payer.

Il prit Marie dans ses bras. Leurs lèvres s'effleurèrent seulement mais ce n'en était que plus doux. Ni l'un ni l'autre ne cherchèrent à se retenir. Leurs mains glissèrent lentement sur les avant-bras de l'autre jusqu'à ce que leurs mains se caressassent en une pression affectueuse. Marie pleurait en silence, les larmes coulaient régulièrement sur son visage et s'égouttaient sur sa poitrine. La gorge nouée Rouget fit un pas en arrière.

— A bientôt, lâcha-t-il en se retournant.

Il s'enfuit en courant. Ses yeux brouillés distinguèrent vaguement ses enfants à cheval sur un tronc mort. Un lâche refus lui interdit de se montrer à eux en pleurs. Il entendit dans son dos des « papa, papa ». Une douleur immense le poussait vers des taillis pénétrables de lui seul.

67

Minuit était passé depuis longtemps et le froid devenait vif. Par moments le chien du Houssay aboyait et cela consolait Rouget de savoir que des amis se reposaient à proximité. Ses oreilles et son nez glacés, il remonta sa blouse et s'enfouit la tête dedans. Son haleine lui réchauffa la face aussitôt.

Un lointain cahot l'alerta. Rouget distingua une luciole qui brillait par moments. Soudain fébrile il guetta sa réapparition... Le pas régulier d'un cheval le rassura complètement, il amenait l'espoir.

L'attelage se précisa. La lanterne n'éclairait guère plus loin que la crinière de l'animal dont par contre la croupe luisait et ondulait sous la clarté tremblotante. Rouget ne distinguait pas la moindre ombre du conducteur. Le cœur au ralenti afin de mieux percevoir le plus infime indice il attendit que la carriole parvînt au carrefour. Avec Angèle ils avaient convenu qu'elle arrêterait sa voiture à côté du calvaire qui semblait là pour faire éclater la route en deux, à droite vers Chênevert, à gauche vers la Chapelle d'Aligné. Vers Le Mans.

Au carrefour la voiture obliqua à gauche et brusquement les rênes se tendirent. Le cheval s'arrêta net, piaffa deux fois puis ne bougea plus.

Immobile, retenant son souffle, Rouget patienta. Le conducteur ne se manifestait pas. N'eussent été la lanterne et le dos du cheval rien n'aurait indiqué une présence humaine.

La carriole grinça brusquement. La flamme de la lanterne vacilla. Pesamment le conducteur quittait son siège, descendait sur le marchepied... La voiture se déhancha puis dans un bruit de ferraille retrouva son équilibre. Une silhouette se profila devant la lanterne...

Sous le capuchon il reconnut Angèle. Elle déboîta le falot, le porta devant son visage, fit semblant de régler la mèche, puis précautionneusement entreprit de faire le tour de son véhicule, déplaçant la lueur pour qu'elle éclairât complètement l'attelage. C'était une carriole de paysan dans le genre de celles qui servent pour aller aux marchés. Rouget distingua une caisse et des sabots... Il éternua.

— T'es là ? fit la Milcent d'une voix normale.

— Oui.

Il s'avança vers elle et l'embrassa.

— Alors on y va au Mans ?

Rouget trouva une intonation bizarre à la question. Dans son tréfonds une machinerie se mit en branle, aiguisant vue, ouïe et odorat...

— On va pas rester à geler sur place, reprit-elle.

— Mon passeport, réclama-t-il.

La Milcent tira du pli de sa manche un papier bleu qu'elle éclaira. Rouget vit le timbre officiel. Il sourit et empocha le document.

Elle l'agrippa par la manche. Il maîtrisa un recul et se laissa entraîner vers l'arrière de la carriole... En lui la machinerie tournait à toute vitesse. Tous les sens s'enclenchaient...

Elle leva le falot. Il y avait une grande caisse et autour des chaussures, des socques, des pilons, des galoches.

— La caisse est vide, dit la Milcent. Tu t'allonges dedans et tu remets le couvercle par-dessus. Si on m'arrête je dis aller au Mans livrer le travail de mon homme.

Rouget fixait la caisse en bois blanc, sa forme allongée...

— Allez, monte et installe-toi dedans.

— On dirait un cercueil.

La Milcent égrena un rire sinistre dans la nuit glacée :

— Gros nigaud, c'est sûr que je vais pas te trimbaler jusqu'au Mans dans cette boîte, mais s'il y a danger faudra te glisser dedans. Alors faut l'essayer avant. Allez, monte.

Prenant appui sur l'embout de la carriole, d'un bond il fut sur la caisse dont le couvercle gémit. Rouget crut à une voix à l'intérieur. D'un brusque écart il fut sur le côté et leva le couvercle...

La caisse était vide. Non, elle n'était pas vide. Dans un coin il y avait un gros morceau de pain beurré et une bouteille pleine, du vin sans doute.

— Allez, allonge-toi dedans et rabat le couvercle.

Rouget dévisagea la Milcent. Un regard ironique l'encourageait à s'étendre. Il hésita, le temps de faire comprendre qu'il n'avait pas peur... Il mit les pieds dans la caisse...

— Tu voyageras à côté de moi, sur le siège, ça nous rappellera notre jeunesse. Allez, faut essayer.

Il s'allongea tout droit, rabattit violemment le couvercle et resta tout raide... Les yeux ouverts sur du néant... Tout chavira en lui...

— Non ! hurla-t-il effrayé en rejetant vivement le couvercle et en se redressant.

... La lueur jaune du falot éclairait un visage diabolique sous le capuchon sépulcral...

Le rire moqueur de la Milcent fendit la nuit et vibra longtemps.

68

Au Mans, place des Halles, le bureau des diligences était tenu par le sieur Petit, propriétaire de l'hôtel du Cheval Blanc où les voyageurs descendaient. Rondelet, chauve sur le dessus, mais avec une couronne d'un beau noir et agrafée sur le visage couperosé par deux rouflaquettes fournies, il parlait peu, la bouche cousue par les poils de sa moustache, noire elle aussi. Son métier parmi toutes sortes de gens obligeait à la discrétion. Il observait les étrangers, les reconnaissait parfois des années plus tard, sans pour autant le laisser paraître. Enfouir dans sa mémoire les détails indélébiles de ses hôtes était son plaisir secret.

Ce matin-là, ouvrant les volets, il vit les toits blancs, des plaques de gelée sur la place déserte et une stalactite à la sortie de la dalle. Le jour n'était pas levé. Il s'empressa vers la cheminée, jeta dans l'âtre un fagot entier, bouchonna dessous une feuille de journal et craqua une allumette. Debout, il retira un pied de son chausson et le tendit vers la flamme. Les voyageurs qui couchaient à l'étage ne se lèveraient pas avant neuf heures, la salle de l'auberge serait tiède bien avant. Petit ramena son pied brûlant dans son chausson, puis tendit l'autre vers le feu...

La porte s'ouvrit en grand. Deux hommes entrèrent, lorgnèrent vers le foyer un instant, mais s'installèrent dans le coin mal éclairé, côte à côte, le dos au mur, près de la fenêtre. L'aubergiste s'approcha... Deux têtes inconnues... Des blouses de marchands de bœufs... ... Les mains vraiment trop petites dans l'ampleur des manches... ...

— Messieurs désirent ?

— Du café bien chaud, répondit l'un comme s'il avait préparé sa réponse.

— Si vous pouviez patienter cinq minutes, s'excusa-t-il.

— Bien sûr, répondit le même.

Petit s'éclipsa et revint avec une cafetière qu'il posa. Le fagot consumé en son milieu, il en saisit à pleines mains les extrémités, les entassa au centre du foyer sur les braises et cala dessus trois rondins. Puis il mit le café à chauffer, et, soucieux de ne pas laisser ses clients seuls, il les invita à s'asseoir près du feu.

— Merci, répondirent en même temps les deux inconnus.

Petit prit une chaise et s'assit à califourchon, surveillant la cafetière. De temps à autre il la tournait... l'œil à la dérobée sur ses hôtes... ... Il y avait une hiérarchie entre eux... Le plus proche de la fenêtre sortit de sa blouse un journal, « l'Union de la Sarthe », le déploya et donna la page centrale à son voisin... ... c'était un ordre ! Tous deux se mirent à lire.

La cafetière chantonnait. Petit alla disposer les tasses... l'un lisait les mercuriales, tandis que l'autre... l'aubergiste n'eut pas décemment le temps de le constater. Il revint chercher la cafetière et remplit les tasses... l'autre lisait un article sur de nouvelles arrestations dans l'affaire du braconnier-assassin.

Dehors un charroi émergea du silence de la place, le pavé résonna, amplifia le contact des roues ferrées...

L'aubergiste vit la carriole s'arrêter devant la fenêtre, ses clients jeter un rapide coup d'œil sur la voiture puis se remettre à lire. Un homme et une femme descendirent du véhicule. Ce fut la femme qui vint, tout contre la fenêtre attacher le licol à l'un des anneaux scellés. Puis elle étendit une couverture sur le dos du cheval.

Ils entrèrent, la femme la première. D'emblée Petit la reconnut, au cours des trois dernières semaines elle était venue au Mans quatre ou cinq fois et l'aubergiste l'avait inscrite sur le registre des diligences. Son dernier voyage c'était samedi dernier, seule comme à l'habitude. Aujourd'hui l'homme qui l'accompagnait, guère plus grand qu'elle, s'avérait un nouveau client, la manière dont il détaillait rapidement la salle ne trompait pas.

— Bonjour tout le monde, lança la Milcent sur un ton familier.

Rouget souleva légèrement son chapeau d'un doigt négligent mais ne dit rien.

— Réchauffons-nous, dit la Milcent en s'asseyant au coin du feu.

Le braconnier s'assit près d'elle. A peine l'était-il que deux hommes entrèrent. Des ouvriers apparemment, jugea Rouget qui s'était retourné.

L'aubergiste trouva aux derniers arrivants des vêtements trop propres pour un mercredi. Petit chercha un instant quelle fête ou assemblée pouvait avoir lieu ce 21 janvier au point de lui amener des clients si matinaux. Intrigué il prit le balai et sortit. Le temps de s'assurer quelle marchandise transportait la Milcent il balaya le seuil, puis rentra.

— Brr ! fit-il en refermant la porte.

— On le sait bien qu'il fait froid, dit la Milcent en riant et en rejetant en arrière son capuchon. On vient de faire quinze lieues en voiture. Hein, Pierre ?

Rouget approuva de la tête. Petit comprit que le couple n'était pas mari et femme. Au même moment les deux premiers clients l'appelèrent. Ils réglèrent leurs consommations et partirent. L'aubergiste remarqua que les deux derniers s'étaient installés tout à l'opposé et se parlaient à voix basse.

Il s'enquit des désirs de la Milcent.

— On a faim, dit-elle, enjouée. On a grand faim, nous faut du chaud au creux du ventre. Que dirais-tu Pierre d'une omelette au jambon ?

— Ça me ferait du bien, répondit Rouget.

— Allons-y pour une omelette au jambon, dit la Milcent à Petit. Mais une vraie omelette, une douzaine d'œufs et deux tranches de jambon chacun.

Elle eut un rire gourmand tandis que l'aubergiste s'en allait à ses fourneaux. Puis, l'air de surveiller son cheval par la fenêtre elle loucha vers le fond de la salle. Les deux hommes causaient. Alors elle s'adressa à Rouget, à mi-voix :

— Eh bien nous y voilà au Mans.

— C'est la première fois que j'y mets les pieds.

Il se dit que la cause du malaise qui le chavirait devait être le froid, à moins que ce ne fût l'angoisse de l'arrachement aux siens. Ici rien n'était pareil, surtout les odeurs qu'il s'efforçait de marier au décor. Ses sens ne travaillaient plus simultanément. Rouget se sentait divisé, éclaté, incapable de faire jaillir de son tréfonds les multiples antennes qui lui garantiraient la perception globale et immédiate d'un danger. Si Angèle n'eût été à ses côtés il se serait affolé. Déjà il appréhendait la suite de son voyage.

— Tu viendras avec moi à la préfecture ? demanda-t-il presque en chuchotant.

Elle fit non de la tête.

— Je connais pas Le Mans, dit Rouget.

— C'est pas grave. Quelqu'un va venir te chercher et t'y conduira.

— Si c'est ça faut prévenir qu'on est arrivé.

— T'inquiète pas, tout est arrangé à l'avance.

La Milcent eut un petit rire complice, mais se tut lorsque Petit revint avec un plat et des couverts. L'aubergiste disposa le tout sur la table immédiatement derrière eux. La Milcent n'eut qu'à retourner sa chaise pour être attablée.

— Régalons-nous tant que c'est chaud, dit-elle.

L'odeur des œufs réconforta Rouget, elle en chassait d'autres indéfinissables. Il se leva, contourna la table et s'assit face à la Milcent, face au feu, dos tourné aux deux étrangers qui discutaient à voix basse dans la pénombre.

Ils mangèrent en silence, Rouget goulûment, solidement, en toute confiance. Lorsque la Milcent commanda une bouteille de Bourgueil, le braconnier l'interrogea du regard, et elle eut encore son petit rire. Lorsque Rouget eut vidé son assiette et, rassasié, l'eut essuyée respectueusement avec une bouchée de pain qu'il déglutit lentement, la Milcent commanda une tarte aux pommes. Cette fois le braconnier la questionna franchement :

— Qui va payer ? J'ai juste ce qu'il faut pour aller à Guernesey.

Elle eut encore un petit rire avant de répondre.

— Mange à ta faim, c'est moi qui régale.

Quand Petit eut servi la tarte et qu'il fut reparti, la Milcent se pencha vers Rouget :

— Ça ne devrait pas tarder maintenant, chuchota-t-elle. La personne qui va venir te guidera jusqu'à la préfecture où tu demanderas Monsieur Hugo.

— Hugo ?

— Oui, Hugo, reprit-elle avec son petit rire.

Rouget sourit, complètement rassuré. Décidément Angèle avait de bonnes relations ! Il rêva longtemps, le regard dans les flammes qui chantaient et dansaient, sans cesse jaillissantes...

A mesure que le temps passait Rouget devenait fébrile. Il redoutait l'instant où il se séparerait d'Angèle, dernier lien avec son pays de toujours. Ils attendirent plus que ne l'avait prévu la Milcent. Le braconnier avait tendance à s'assoupir quand, dix heures sonnées, un homme entra. Il était grand, avec une mine de commissionnaire. Il eut un œil pour Rouget mais vint droit à la Milcent :

— Je viens chercher monsieur Pierre Moreau.

— Le voici, répondit-elle avec son petit rire et en désignant Rouget.

Le braconnier sourit au nouveau venu, mais celui-ci garda un air froid et distant. Rouget se troubla, sa respiration se précipita.

— Monsieur va te conduire à la préfecture où tu feras légaliser ton passeport.

Rouget se leva, pas trop sûr de ses jambes et de son esprit.

— Viens avec moi jusque là-bas, dit-il, la voix craintive.

— Non, il est temps que je parte si je veux être à Sablé avant la nuit. De ma part tu demanderas le monsieur dont je t'ai parlé. Allez... au revoir.

Elle se mit debout et se pencha par-dessus la table pour l'embrasser : Rouget hésita une seconde, puis se penchant à son tour, laissa faire Angèle... sur chaque joue, sans même qu'il éprouve un soupçon d'effusion tant l'importance du moment le paralysait.

Il se sentit gauche avec ses bras ballants, ses mains vides. Quelque chose lui manquait, mais sans qu'il sache quoi. Dans son plus intime tout était bloqué en cet instant fatidique.

Lentement il s'écarta de la table, puis, le pas incertain, rejoignit l'homme qui l'attendait sur le seuil.

69

Ils marchèrent à peu près un quart d'heure, Rouget une pointure en retrait de l'inconnu qui l'ignorait ostensiblement. En débouchant sur une place le braconnier vit une sorte d'église alors qu'il s'attendait à voir la préfecture. Il se permit de demander :

— C'est loin encore ?

— Vous voulez entrer au couvent ? ricana l'homme.

Ils traversèrent la place en direction d'une rue qui descendait. Rouget découvrit en contrebas un grand bâtiment rehaussé sur un large escalier de pierre. De grosses colonnes soutenaient une voûte au fronton de laquelle on avait étalé de grandes lettres. Rouget s'arrêta et chercha à comprendre ce qu'elles pouvaient dire. Son guide s'arrêta, et, surpris que Rouget essayât de décrypter « PALAIS DE JUSTICE », intervint aussitôt :

— La préfecture c'est ici. Vite, je suis pressé.

L'intonation choqua Rouget, c'était celle péremptoire d'un gendarme ! Un doute le saisit, il croisa le regard d'un homme qui a hâte d'en finir. D'un coup il eut souvenir de la nuit d'orage à la Démennerie, son petit Loulou qui lisait l'affiche aux grosses lettres noires... CONDAMNÉ A MORT...

A nouveau il leva les yeux vers le fronton. Il n'y avait pas de O dans les inscriptions, et cela le rassura... Subitement il regretta de n'être pas venu avec sa famille dès aujourd'hui, Loulou lui aurait été utile...

— Pressons, reprit le commissionnaire.

L'homme avait amorcé le geste de le prendre par le bras. Rouget resta immobile. D'un coup d'œil circulaire il ne discerna aucun bicorne dans les parages... Il regarda l'homme à nouveau, le grand bâtiment austère... Il se décida.

Ils descendirent la rue une dizaine de mètres, puis, à gauche... Rouget mit le pied sur la première marche. Son cœur cognait lourdement. Il monta prestement les marches, tâchant de se mettre à l'aise. Le perron trop lisse le contracta à nouveau... Son guide poussa la grande porte ferrée puis lui fit signe d'entrer... Il s'engouffra dans un long couloir... La porte claqua derrière lui. Il se retourna. Son guide avait disparu et la porte restait entrebâillée, par l'interstice il vit le commissionnaire sur le perron et qui semblait partir... Alors il découvrit une loge vitrée, avec à l'intérieur un homme qui le regardait...

Rouget sortit précautionneusement le papier bleu de sa poche, puis entra franchement dans la loge.

— J'ai rendez-vous avec Monsieur Hugo pour faire légaliser mon passeport.

L'homme tendit la main, Rouget lui remit spontanément le papier timbré. L'œil froid, l'huissier contrôla.

— Suivez-moi, dit-il simplement.

Ils s'engagèrent dans le couloir. Rouget frémit en découvrant assis sur un banc, entre deux gendarmes, un homme menottes aux poignets. A droite l'huissier frappa à une porte... D'instinct Rouget jeta un regard en arrière... Le commissionnaire rentrait...

— Entrez, cria une voix.

L'huissier ouvrit la porte, s'effaça devant Rouget, entra et referma la porte derrière eux... Un homme était assis à son bureau, l'huissier lui présenta le papier timbré...

... La pièce, étroite, avait de chaque côté une porte ouverte sur des pièces dans lesquelles Rouget ne voyait personne... L'huissier s'était reculé d'un pas et se trouvait quasiment dans son dos... En un éclair Rouget revit la Démennerie, Marie et les queniots...

Dans sa tenue civile le commandant Hugo jubilait secrètement. Il avait en main la police d'assurance que le préfet Chamaillard avait remise à la Milcent.

— Que désirez-vous ? demanda-t-il à Rouget.

— C'est pour que vous légalisiez mon passeport.

— Vous vous nommez ?

— Pierre Moreau.

Le commandant de gendarmerie détailla un instant le braconnier. Il l'avait imaginé plus grand, plus massif... Il fit semblant de relire le papier bleu, puis le posa à plat au milieu de son bureau :

— Signez sur le timbre, dit-il à Rouget.

Ce disant il prit une plume dans un tiroir qu'il laissa ouvert. Le commandant trempa la plume dans un encrier et la tendit à Rouget qui la prit dans sa main droite :

— ... Je sais pas écrire mon nom, balbutia le braconnier.

— Faites une croix.

Rouget s'avança au ras du bureau et s'apprêta à signer. Le papier bougeait. Il mit la main gauche dessus pour le maintenir pendant que de la main droite il s'appliquerait à une belle croix...

Brusquement il fut pris à la nuque et tiré en arrière. Il poussa un grand cri. Par-derrière, l'huissier avait passé les bras sous ses aisselles, puis joint les mains sur sa nuque...

Le commandant Hugo plongea la main dans son tiroir et en sortit un pistolet.

— Rouget, c'est fini ! cria l'officier en braquant son arme.

Par les portes latérales des gendarmes accouraient... Rouget se débattit, repoussa le bureau de ses pieds ce qui le fit choir en arrière sur l'huissier mais sans que celui-ci ne lâchât prise... On lui serrait les chevilles, on le saisissait aux poignets...

Alors d'un coup tout craqua en lui. Son énergie lui échappa soudain. Une subite résignation le laissa pantelant. Des mois et des années de tension nerveuse s'évanouirent en un instant. Il se laissa emmener sans résister. Une voix commanda :

— Vous lui passerez la camisole de force de crainte qu'il ne se supprime.

70

Le préfet Chamaillard, calé dans son fauteuil, jouissait seul de sa victoire. Ni le colonel Manuel et ses troupes, ni les autorités angevines dont le tenace Métivier avait à cœur de régler l'affaire Rouget, n'étaient parvenus à mettre la main sur le braconnier. Son astuce avait prévalu. Simple, élémentaire. L'intelligence, la formation d'esprit, avaient triomphé de l'atavisme et des traditions rustiques...

On frappa et son chef de cabinet apparut :

— La dame Milcent demande à être reçue.

Chamaillard sentit son euphorie se dissiper.

Moins d'une minute plus tard elle entrait, s'avançait, incertaine de son approche, la bouche ouverte pour une sorte de sourire. Chamaillard vit la reptation d'un serpent.

— C'est fait, dit-elle.

Elle le regardait, l'interrogeant de ses yeux glauques. Il ne remua pas.

— Mon argent, lâcha-t-elle dans un souffle.

Il la fixa intensément :

— L'homme arrêté n'a pas avoué son identité.

— C'est Rouget, siffla-t-elle.

Chamaillard jugea inutile toute discussion. Il se retourna, ouvrit un petit secrétaire en acajou, compta mille francs. Elle regardait les écus qu'il ensachait. Il tendit le bras et posa la bourse sur son bureau, se refusant à tout contact avec cette personne.

Elle s'avança et empoigna vivement son bien :

— J'ai dépensé quelques centaines de francs pour l'amener... je l'ai bien régalé... avant.

Elle riait. Impassible, Chamaillard prit une feuille de papier et une plume qu'il plaça devant la Milcent.

— Il me faut un reçu, dit-il sans aménité.

Elle empocha la bourse. Regardant le préfet droit dans les yeux elle posa sa main gauche sur la feuille, pinça nerveusement la plume de l'autre main...

— Écrivez en haut de la page : « Je reconnais avoir reçu de monsieur le préfet de la Sarthe la somme de mille francs ».

Il suivait les mots qu'elle écrivait en s'appliquant. Au moment où elle écrivait « francs » il ajouta :

— Dessous écrivez : « Au Mans le 21 janvier 1857 » puis signez « femme Milcent ».

Il lisait à l'envers. Il contint un sourire, elle avait écrit « famme ».

— Le reste ?

— Quand Rouget sera identifié formellement, ainsi que convenu. Pour ce, vous vous adresserez au commandant Hugo qui vous versera les sept cents francs promis.

— Le bureau de tabac ?

— Laissez-nous réfléchir. Vous l'aurez.

Elle gloussa :

— Si vous saviez combien je suis heureuse... ça me rattrape de mes malheurs de jeunesse.

Comme il la fixait sans pitié elle recula d'un pas, de deux, tâta sa poche rebondie, la palpa...

— Au revoir monsieur le préfet. Et merci beaucoup.

Chamaillard ouvrit les deux battants de la fenêtre.

71

Métivier ne tenait pas en place bien que le préfet Vallon l'eût invité à s'asseoir. Il s'excusa :

— Mon cher préfet je désire faire venir l'affaire Rouget aux prochaines assises, c'est-à-dire dans trois semaines. Lorsque hier après-midi une dépêche télégraphique m'a appris l'arrestation du contumace j'ai immédiatement fait ordonner qu'il soit transféré à Angers par correspondance extraordinaire.

— Bigre, vous allez vite en besogne, dit Vallon, content que l'affaire soit réglée.

— L'inculpé est parti du Mans ce matin, sous bonne escorte, par diligence de brigade en brigade et par la voie la plus rapide. Il doit être à Angers ce soir. Rouget a reconnu son identité.

Métivier allait et venait, comme dans son bureau devant un subalterne. Il était satisfait de l'arrestation de Rouget puisqu'il soutiendrait l'accusation. Mais que les autorités sarthoises eussent mis fin aux exploits du braconnier le faisait rager. Surtout que face à lui, Vallon jubilait, heureux de cette issue, et à qui il fallait expliquer pour qu'il comprît :

— Rouget jouissait du patronage des socialistes. Il sollicitait un passeport pour Guernesey. C'est-à-dire que les vieux démons pourraient se réveiller.

Vallon souriait toujours, complaisant, suscitant par son silence des paroles qui libéreraient son hôte. Métivier continua :

— Je veux dire qu'il est nécessaire que d'exceptionnelles forces de police assurent la sécurité tant que Rouget sera présent à Angers.

Vallon ouvrit les bras et les ramenant vivement empoigna les accoudoirs de son fauteuil.

— Je vois, dit le préfet, vous craignez une tentative d'évasion ou une attaque de la prison.

Il rit, puis se fit malicieux :

— Ne m'aviez-vous pas dit que la nouvelle prison du Pré-Pigeon était imprenable.

Métivier sourit, par politesse.

— La Marianne n'est pas démantelée, et les légitimistes attendent l'occasion de retourner les campagnes en leur faveur. La venue de l'empereur l'an dernier, lors des inondations, et les secours accordés, ont quelque peu amoindri les velléités des perreyeux. Pourtant je sais que de la propagande socialiste est faite dans les vieux fonds de carrières et même sur le chantier de construction de la levée Napoléon. Le nommé Desportes correspond toujours avec le proscrit de Guernesey et un marianniste nommé Dorgigné aurait été en relation avec Rouget. Ce Dorgigné serait l'un des rares perreyeux affiliés à la Marianne. C'est paraît-il, un ouvrier poitrinaire, qui sait lire et écrire, très discret, donc très dangereux puisqu'il a pied dans chacun des camps de l'opposition à l'Empire.

Vallon eut un rire :

— Prévoir est une bonne chose, anticiper est encore mieux, mais trop imaginer peut-être néfaste.

Métivier s'arrêta net. Cet homme de paille prétendrait-il lui apprendre l'a.b.c. du noyautage et de l'infiltration ?

— Et si nous prenions le problème à l'envers, continua sans hâte le préfet. Pourquoi ne pas annoncer aux populations que le tribunal fera preuve de mansuétude envers Rouget...

— Que croyez-vous donc ? Je demanderai la tête du braconnier !

Vallon sourit timidement, mais soutint le regard furieux du procureur. Alors subitement une mécanique bien ajustée s'enclencha en Métivier. Il était possible de neutraliser la classe ouvrière en faisant naître la rumeur que Javelle, la victime, pardonnait à son meurtrier et témoignerait en sorte que la tête de Rouget ne tombât point. Et qui mieux que Javelle pouvait provoquer la rumeur ? Il fallait donc que dès ce soir le gendarme des Ponts-de-Cé lançât Salmon et Bouchet dans les cabarets de La Pyramide et Trélazé pour propager ce bruit, avant même que l'arrestation du braconnier ne fût publiée demain par les journaux.

Métivier tira sa montre de son gousset.

— Mon cher préfet, dit-il en souriant, je vous prie de m'excuser, j'ai un rendez-vous à honorer.

Accompagnant son hôte vers la porte, le préfet s'empressa d'ajouter :

— Il serait peut-être judicieux de désigner Affichard comme avocat de Rouget. Cet homme a la confiance des petites gens. Il a sauvé la tête des perreyeux insurgés, je vous l'accorde, mais la nuit de l'émeute aucun coup de feu ne fut tiré, tandis que Rouget est accusé de tentatives d'assassinats sur trois gendarmes. Alors...

Ils se serrèrent la main fortement, puis se saluèrent d'une inclinaison de la tête.

72

Des murs neufs sourdait une fermentation qui amollissait sa volonté. Plus de bise, de pluie ou de neige, mais une quiétude douillette que Rouget appréciait. Et surtout, plus la hantise d'être saisi, garrotté ou tiré comme un gibier nuisible. Ici tout était tranquille. Des voix autoritaires résonnaient parfois dans les longs couloirs qu'on lui avait fait parcourir pour l'amener dans cette cellule, ou encore des chants, des cris, vrillaient de longs moments de silence. Mais on le nourrissait comme jamais il ne l'avait été pendant des mois et des années de bête traquée.

Il s'était adapté en quelques jours, et facilement, à ce nouveau monde, sauf que chaque soir quand refluait la clarté, ses pensées le transportaient à la Démennerie. Loulou... Totor... il les appelait, les nommait à voix basse. Un impérieux besoin de parler, de s'entendre, lui était nécessaire pour éprouver pleinement la proche palpitation de ses queniots. Et Marie ! sa peau douce, ses lèvres sur les siennes. Une femme qui n'avait pas craint de menacer les gendarmes.

Les interrogatoires avaient commencé dès le lendemain de son incarcération à Angers. Des gendarmes l'avaient livré au Palais de Justice, fers aux pieds, poucettes aux mains, à un sieur Grosbois qui s'était présenté comme le président de la cour d'assises. On lui avait demandé son genre de vie dans les bois, ses moyens d'existence. Il l'avait dit, sans citer aucun nom, déjouant le piège des questions avant qu'elles fussent complètement exprimées. Ainsi on aurait voulu lui faire endosser l'affaire Marchand. Rouget avait nié. Il s'était retrouvé devant le gendarme Marchand, bras en écharpe. Ce qui l'avait confondu un instant c'était le chapeau rougeâtre, de même mode que celui qu'il portait à l'étang d'Indret. On le lui avait mis sur la tête. Et le président avait demandé à Marchand s'il reconnaissait l'homme qui avait voulu le tuer. Le jeune gendarme avait répondu que c'était la même silhouette, mais qu'il ne reconnaissait pas le visage.

Et un jour...

A cette heure matinale le bruit du verrou l'avait surpris alors qu'il s'apprêtait à franchir la largeur de sa cellule d'un seul bond. C'était un exercice qui lui plaisait, un bond en largeur, deux en longueur, et de retomber bien droit devant le mur... « Votre avocat, maître Émile Affichard », s'était présenté le nouvel arrivant. D'emblée Rouget s'était méfié, l'autre parlait bien, trop bien, et il souriait souvent, trop souvent.

Maître Affichard avait écrit à Marie, lui demandant d'obtenir des certificats de bonne conduite. Alors là le braconnier avait abandonné son air fautif et sournois pour croiser le regard du beau parleur. Il avait découvert une mine intelligente, des yeux limpides avec au fond des trésors de bonté... Rouget s'était mis à parler, doucement d'abord, puis il avait pris de l'assurance, l'avocat l'encourageait, comprenait sa détresse, disait que lui aussi eût pu réagir de la même manière s'il s'était trouvé dans les mêmes conditions.

Affichard avait sollicité les détails de l'arrestation, de la trahison de cette femme ignoble.

Longtemps Rouget était resté sans voix. C'était trop récent. Sa confiance bernée avait détruit des engrenages intimes, et dans son tréfonds un magma gonflait. L'insistance de l'avocat l'avait pourtant décidé. Rouget avait expliqué sa décision de partir à l'étranger. Trop de ses amis étaient en prison, et l'étaient encore. Cela avait pesé dans la demande d'un passeport pour Guernesey... Maître Affichard l'avait interrompu. Qui avait suggéré d'aller à Guernesey ? Cette femme Milcent ? Rouget avait fait non de la tête. Alors l'avocat avait recommandé de ne plus parler de Guernesey, surtout aux Assises. Il fallait éviter toute tournure politique.

Rouget avait trouvé une grande force en lui pour parler de la Milcent. Il ne pouvait plus appeler Angèle son ancienne maîtresse qui l'avait avivandé pendant huit mois. Maître Affichard s'était étonné de cette idée de partir à l'étranger, sans bagage et les poches presque vides. Rouget n'avait pu expliquer que cette décision relevait de ses instincts, mais il avait fait comprendre que la bête fatiguée ou blessée se livre tôt ou tard à ses prédateurs. Alors maître Affichard lui avait appris que la maison de la Milcent avait été mise à sac...

... La porte de la cellule s'ouvrit. Trois gardiens entrèrent.

— Allez ouste, dit l'un d'eux en lui laçant les menottes. T'es attendu.

Ils le poussèrent hors de sa cellule, deux le tenant aux épaules, l'autre derrière. Au carrefour des quatre couloirs il découvrit, suspendu très haut, l'autel d'où chaque matin l'aumônier célébrait la messe. Il comprit d'un coup pourquoi dans l'aube blême une voix incantatoire semblait venir du ciel.

De couloir en couloir ils bifurquaient, à droite, à gauche, montaient des escaliers. Sur un palier une nuée de soudaines sensations rassura Rouget. Il était sorti de prison, il entrait dans une zone habitée par des gens libres. Des peintures vives et d'odeur fraîche égayaient à elles seules portes et murs d'un vestibule pour gens riches.

Rouget fut poussé devant un bureau derrière lequel était assis le président Grosbois... Deux poignes s'abattirent sur ses épaules et l'assirent brutalement sur une chaise qu'il n'avait pas vue... A la droite de Grosbois se tenait roide dans un fauteuil un personnage au regard dur et hautain, aux narines pincées.

— Monsieur le procureur impérial Métivier, lâcha le président d'un ton respectueux.

Rouget baissa la tête.

— Vous serez traduit demain, jeudi 12 février 1857, devant la cour d'assises du Maine-et-Loire pour y répondre de vos crimes. Voici la liste des jurés qui vous jugeront, prenez-en connaissance.

Le président plaqua à portée de main de Rouget une feuille de papier.

— Ôtez-lui les menottes, ajouta Grosbois.

Désentravé, Rouget prit la feuille et en même temps hasarda un œil sur le procureur... Il se sentit sale et seul, environné des subtils parfums qui s'évaporaient des magistrats. Sa vue se brouilla, une grisaille de lignes flottait sur la feuille de papier, laquelle cachait dans sa fine épaisseur des ennemis dissimulés dans les recoins d'une intelligence incompréhensible.

— Faites-vous opposition à certains noms ? demanda Grosbois sur un ton professionnel.

— Vous savez bien que je sais pas lire, balbutia Rouget.

Le président tendit une main et Rouget lui remit le feuillet.

Grosbois commença :

— Les douze jurés qui décideront de votre sort sont : Michel Godefroy, percepteur à Montrevault — Urbain Libaud, fabricant à La Tessoualle — Auguste Letort, médecin à Candé — André Letourneau, notaire à Angers — Louis Bordeaux, négociant à Angers...

Rouget eut l'impression que tous les parfums riches s'accentuaient, l'enivraient, l'asphyxiaient...

Le président continuait :

— ... Jules Delage, propriétaire à Montreuil-Bellay — Charles Guinebert, propriétaire à Longué — Urbain Lemercier, propriétaire à Saint-Clément-de-la-Place...

— Propriétaire, murmura Rouget.

— ... Benjamin Brullé, propriétaire à Angers.

— Propriétaire, bafouilla Rouget.

— ... René Granger, propriétaire à Saint-Georges-sur-Loire.

— Propriétaire... ... ...

— ... Paul Réau, propriétaire à La Salle-de-Vihiers.

— Propr... ... ...

... Un reflux nerveux vida complètement Rouget.

73

Là, sous les yeux, de chaque côté de la porte d'accès à la salle de la cour d'assises, s'étalaient en grosses lettres malhabiles deux « Grâce pour Rouget », les mêmes que ceux qui dans la nuit avaient été écrits sur les murs de la ville, à l'ocre rouge, parfois suivis d'un « Vive la liberté ».

L'annonce de la prise du braconnier avait secoué tout Angers, et encore plus la banlieue ouvrière. Certains piétinaient là depuis l'aube, des groupes s'étaient formés, s'évitaient, se cherchaient, mais ne fusionnaient pas. Les bourgeois et leurs dames parfumées conversaient à mi-voix, tandis que les gueuses du faubourg Saint-Michel, habituées des petits matins quand la guillotine tranche les têtes, s'invectivaient plus souvent qu'elles ne discutaient, supputant la carrure de ce Rouget, son comportement au pied de l'échafaud. Des paysans en blouse et gros sabots se taisaient. Quant aux perreyeux ils avaient le regard froid et pur de l'ardoise, leurs larges mains à demi fermées comme si elles tenaient le ciseau cobra et le maillet à abattre, leurs galoches carrées prêtes à serrer le réparton : des blocs de schiste posés au cœur de la foule.

Vers dix heures on ouvrit la petite porte de la rue Botanique. Ce fut la ruée vers la salle d'audience.

En fin de matinée le piaffement d'un attelage venant de la place du Pélican annonça la voiture cellulaire.

— C'est Rouget, cria quelqu'un.

Un homme tête basse descendit de la voiture cellulaire, chacune de ses mains jumelée avec celle d'un gendarme par des menottes. Les bicornes rehaussaient la stature des hommes de loi et rapetissaient la silhouette résignée du braconnier.

La ferveur populaire fit craindre aux gendarmes une échauffourée. Ils se resserrèrent autour du prévenu alors qu'au milieu de la place des Halles retentissait la Carmagnole.

Le braconnier, gêné par cette cohue inhabituelle, parut égaré un instant. Les gendarmes le poussèrent vers l'escalier du Palais. Il prit les devants, et, lestement, grimpa les marches deux à deux, tirant ses gardes surpris. Puis, sur le perron, les gendarmes hâtèrent Rouget vers le tribunal.

— Faites entrer l'accusé, dit le président Grosbois.

Il parut. Rouget, symbole d'une liberté à conquérir chaque jour et qui depuis bientôt trois ans défrayait les conversations. Rouget, dont les méfaits relatés par les journaux devenaient autant d'exploits dans la bouche de ceux qui se nourrissaient de leur travail.

La surprise calma le prétoire. Au lieu d'un individu

farouche on avait introduit un homme petit, l'air doux, presque timide.

En un éclair Maître Affichard saisit combien cette subite prise de conscience populaire pouvait étayer la défense.

Le visage de Rouget s'éclaira. Au premier rang il venait de voir Marie et le petit Totor. A côté d'eux étaient assis le père Rouget et Gilbert le bossu.

— Grâce pour Rouget, cria une voix.

Le président Grosbois riposta à la fraction de seconde :

— Au moindre bruit, bienveillant ou malveillant, je fais évacuer la salle.

Puis le magistrat se tourna vers Rouget :

— Accusé levez-vous.

Plus impressionné par le grand crucifix que par les robes chamarrées, Rouget se leva.

— Vous comparaissez libre mais accompagné de gendarmes...

Quand l'interrogatoire d'identité fut terminé le président ajouta :

— Vous allez entendre lecture des crimes qui vous sont reprochés.

Le public s'apitoya lors de la narration du passage où le fautif implorait la clémence de Javelle et Pennegat au nom de ses enfants à nourrir. Rouget enfouit sa tête dans ses mains...

L'assesseur discourut près d'une demi-heure : « ... L'accusé est un homme d'une violence de caractère qui l'a rendu depuis longtemps l'effroi du pays qu'il habite. Il ne s'y maintient caché que par la peur qu'il inspire aux habitants, et ne craint pas de faire entendre, par la bouche de sa femme, des menaces à ceux dont il redoute la haine ou l'indiscrétion... »

La salle s'enfla instantanément sans qu'un cri ne dépassât l'autre.

D'un bref coup d'œil Maître Affichard vit Métivier contrarié. Le président clama un rappel à l'ordre.

— ... en conséquence, reprit l'assesseur.

L'auditoire grondait encore un peu.

— ... en conséquence Rouget est accusé. Premièrement. D'avoir le 9 juillet 1854, dans un sentier du bois de l'Abbaye, commune de Daumeray, commis une tentative d'homicide volontaire sur la personne des gendarmes Javelle et Pennegat, en leur tirant deux coups de fusil...

L'assesseur tourna une page.

— ... Deuxièmement. D'avoir le même jour, dans un champ... Troisièmement. D'avoir le même jour, dans un chemin d'exploitation...

L'assesseur relatait avec les mêmes mots le cinquième coup de fusil tiré contre Javelle...

— ... Fait au parquet de la Cour Impériale d'Angers le 28 juin 1855 par le procureur Métivier.

— Affaire Marchand, lança le président Grosbois.

L'assesseur reprit sa lecture monotone. Bien vite les regards furent pour Rouget qui, à grands gestes, niait en permanence comme s'il réenroulait le fil du discours à mesure que le dévidait le magistrat. Les incessantes dénégations n'apparaissaient que soubresauts de moustique dans la toile traîtresse. Une suite d'images amoindrissant l'accusé s'imprimait peu à peu dans les esprits. On pardonnait l'affaire Javelle dont on savait Rouget coupable. D'autant plus que cette carne de Javelle méritait quelques volées de plomb. Si encore les cinq coups de fusil du braconnier lui avaient passé l'envie de mener la vie dure aux pauvres gens, mais non, dans les jours qui avaient suivi l'émeute des perreyeux ce saligaud avait traqué des insurgés en débandade jusque sur Saint-Barthélemy-d'Anjou, c'est-à-dire non seulement au-delà de sa brigade des Ponts-de-Cé, mais encore après avoir traversé celle de Trélazé.

Si, trop récente, l'affaire Marchand ne présentait aucun point commun avec la vie de tout un chacun, elle laissait supposer un de ces mystères dont se servent les puissants pour atrophier davantage des intelligences moindres. Trop accablantes, les charges, que cumulait de minute en minute l'assesseur, indisposaient le public mal informé de cette affaire.

— Reconnaissez-vous les faits dont vous êtes accusé ? demanda le président Grosbois lorsque l'assesseur se fut tu.

— J'ai tiré sur Javelle. Pennegat se trouvait à côté, mais je ne l'ai pas visé. Quant à Marchand c'est un mensonge, tout le monde m'en veut ! cria Rouget.

— Faites entrer le premier témoin, tonna le président comme s'il se ressaisissait.

Un homme s'avança jusqu'à la barre.

— Auguste Debrais, médecin à Morannes.

L'homme se raidit.

— Le dimanche 9 juillet 1854, en fin d'après-midi, j'ai été mandaté afin de soigner un gendarme de la brigade de Daumeray. Avant d'entreprendre les soins il me fallait obtenir du gendarme Javelle dans quelle position il se trouvait lorsque les coups de feu l'atteignirent. Sans quoi le moindre mouvement du blessé eût pu être mortel. Sa figure ensanglantée, les épaules et bras labourés par les plombs, mais surtout la nuque qui n'était qu'une bouillie horrible...

Le médecin se tut. Il hocha la tête un instant avant de continuer.

— A vrai dire, la gravité des blessures était peu grave...

S'apercevant de son lapsus alors que des rires roulaient, il s'interrompit encore.

— Au second témoin, trancha le président.

Un homme apparut solennel, bien sanglé dans son uniforme : Jean Javelle.

— Eh ! le mal tué ! cria une voix.

Des huées enflèrent, mais sans vraie conviction, comme si une crainte rentrée interdisait des épanchements spontanés.

— Nous vous écoutons.

— J'ai toujours fait mon devoir de gardien de l'ordre, avec la seule idée de protéger les honnêtes gens des menées criminelles...

Le ton était pathétique. Le silence se fit, la curiosité prenant le dessus.

— Rouget parut étonné que je lui rendisse son arme. Comme il m'implorait, disant que ses enfants mourraient de faim s'il allait en prison, je lui ai dit comment faire pour éviter une partie du procès : il lui suffisait de présenter un certificat d'indigence dont l'obtention était facile...

— C'est faux ! s'écria Rouget.

— Pourtant je vous l'ai dit.

Maître Affichard se leva.

— Cela n'apparaît dans aucune de vos dépositions.

Pour Affichard tout s'éclaira. Le procureur impérial en poussant Javelle sur le terrain affectif voulait enlever à la défense l'un de ses fortins. Probablement Métivier avait-il eu vent de son intention de présenter les enfants de Rouget aux jurés. Le machiavélisme du procureur obstruait toutes les issues. Pas question non plus d'avancer les noms de Guernesey, de Victor Hugo soutien des malheureux. Métivier n'attendait que cette occasion pour assimiler Rouget aux socialistes, ce qui serait néfaste sur un jury de propriétaires.

— Au témoin suivant, enchaîna Grosbois.

Un autre uniforme se présenta. D'emblée on remarqua que l'homme était manchot. Immédiatement le public comprit de qui il s'agissait.

— Brigadier Basile Houlbert, de la résidence de Précigné, département de la Sarthe.

Le vieux Basile se fit véhément :

— Rouget est un braconnier de profession. Un maraudeur déjà condamné pour plusieurs vols. Chaque amende était suivie de nouveaux vols pour la payer. Depuis qu'il est en fuite il a volé un fusil double et une somme de trente francs au curé de Notre-Dame-du-Pé pendant la grand-messe.

— C'est pas vrai ! Le vieux Basile m'en veut parce que j'ai déjoué toutes ses ruses.

— Respectez au moins votre victime ! s'écria Métivier.

— Et puis quoi encore ! Oseriez-vous insinuer que Rouget tira sur le brigadier Houlbert ? ironisa Affichard.

Blême et le sourire pincé, Métivier rétorqua en haussant la voix :

— Il y a partout et toujours des pillards vivant de déprédations, en lutte perpétuelle avec la loi et ses agents, détestant la gendarmerie parce que la gendarmerie n'aime pas les voleurs, rêvant spoliation et poursuivant de leur haine et de leurs coups les DÉ-FENSEURS de la PRO-PRI-ÉTÉ...

— Gardez quelques flèches pour le réquisitoire, cingla Maître Affichard croyant interrompre Métivier qui martelait ses mots avec force.

— ... Ces pillards SOU-TE-NAIENT Rouget. Ils sont ses amis et ses complices.

L'allusion était évidente. Affichard vit le piège et le contourna.

— Des complices ! En vingt jours d'une instruction bâclée vous ne devez guère avoir eu le temps d'en découvrir !...

— Bravo, bravo, cria le public.

— Silence, ou je fais évacuer la salle.

— C'est une honte, reprit Affichard sans se laisser démonter, parler de complicités lorsqu'un homme seul souffre sur le banc des accusés n'honore pas son auteur. Rouget est tellement seul que pas un témoin à décharge n'est prévu. Alors je pose la question : QUI les a dissuadés de se présenter à l'audience ? QUI a fait pression sur le maire de Daumeray pour qu'il ne signe pas les certificats de bonne conduite que la femme Rouget avait obtenus des voisins ?... QUI ? tonna l'avocat en s'adressant à Métivier.

— Nous n'en sommes qu'à l'audition des témoins trancha le président. Introduisez le suivant.

Un civil apparut. Macfarlane de bonne coupe, chapeau à la main, l'air assuré.

— Comte Daniel de Vauguion, maire de La Chapelle-d'Aligné.

Le président salua d'un faible mouvement de tête et avec un fin sourire.

— Voulez-vous rapporter l'entretien que vous avez eu avec Rouget ?

Le comte ploya légèrement les genoux puis se raidit.

— C'était le 9 septembre dernier dans le parc de mon château. Une paisible soirée d'été finissant. Une détonation me cloua sur place...

De Vauguion se raidit encore plus, dissimulant mal son héroïsme.

— Aussitôt je courus vers l'auteur du coup de feu. Je découvris un braconnier. « Vous êtes Rouget, dis-je ? — Oui, me répondit-il. » J'observai l'homme...

— Reconnaissez-vous l'accusé ? demanda le président.

— Je le reconnais, dit fermement le comte, c'est bien l'homme à qui j'ai parlé.

Il avait planté son regard hautain dans celui de Rouget. Le braconnier baissa la tête.

Métivier s'entremit insidieusement.

— Rouget, quel chapeau portiez-vous ce jour-là ?

Le braconnier hésita.

— Je ne m'en souviens plus.

— Il portait un chapeau à larges bords, relança le comte.

— Un chapeau comme celui-ci ? demanda le président.

Il montrait les pièces à conviction rangées sur une table, et parmi elles le chapeau qui avait été ramassé là où le gendarme Marchand fut blessé.

— J'ai vu à Rouget un chapeau rougeâtre, reprit le maire de La Chapelle-d'Aligné. Un chapeau que je crois être celui que vous me présentez. Je suppose que c'est la coiffure perdue par l'homme qui a tiré sur le gendarme Marchand...

Un martèlement sourd coupa net la parole au comte. Maître Affichard frappait de ses poings la boiserie du box.

— Qu'entends-je ? fulmina-t-il soudain.

Brusquement le temps s'était arrêté. Toute la salle fixait le jeune avocat qui à vue d'œil maîtrisait sa fureur.

— Qu'entends-je ? continua-t-il sur un ton presque doux. Le comte de Vauguion témoigne sous le serment que Rouget portait un chapeau lorsqu'il le rencontra. Or, le lendemain de cette rencontre, le témoin déclara aux gendarmes que Rouget portait une casquette. Sa déposition figure au dossier.

Le président piqua du nez dans le dossier. De Vauguion se ressaisit :

— Dans la pénombre du sous-bois il m'était difficile de voir distinctement. Cette rencontre m'a chaviré pendant quelques jours.

— Vous persistez à dire que Rouget portait un chapeau ?

— Je suis certain que le braconnier portait CE chapeau, rectifia le comte.

— C'est pas vrai, s'écria Rouget. Je m'en souviens maintenant, j'avais une casquette. Je le jure sur mes enfants.

— La parole d'un assassin n'a aucune valeur, coupa Métivier.

— Les appréciations de monsieur le procureur me paraissent quelque peu hâtives, railla Affichard. Au lieu de hâter le procès il aurait mieux fait d'étudier le dossier.

— Je vous en prie Maître, trancha le président, usez de modération. Au témoin suivant.

Un gendarme s'avança vers la barre, le bras droit en écharpe.

— Gendarme François Marchand de la résidence de Précigné, département de la Sarthe.

— Reconnaissez-vous l'accusé ? demanda le président.

— C'est bien sa tournure, sa taille, mais je ne reconnais pas positivement sa figure que j'ai mal vue à cause de ce chapeau. Pourtant il me semble que c'est bien cet homme.

— Le chapeau trouvé par les gendarmes ne m'a jamais appartenu, s'écria Rouget.

Marchand regarda le braconnier sans méchanceté :

— Je suis aussi malin que vous, lorsque vous vous êtes débarrassé de votre chapeau j'ai tout de suite compris que c'était pour que je le ramasse et ainsi me retarder de quelques mètres de façon que vous atteigniez Malpaire avant que je vous rejoigne...

— Messieurs les jurés vous avez bien entendu ? s'empressa Affichard. Le témoin, la victime, vient de dire que son agresseur avait non pas perdu son chapeau mais s'en était débarrassé.

Perplexe, Marchand attendit quelques secondes après que l'avocat eut terminé.

— ... C'est alors que j'ai vu l'arme braquée sur

moi... Le braconnier m'attendait caché derrière un tronc...

— L'individu en question attendait le gendarme.

De son air intelligent et persuasif Affichard sondait chaque juré. Un index dressé, la voix confidentielle, il ajouta :

— Attendait...

Puis il se rassit.

— J'ai pas tiré sur Marchand, cria encore Rouget.

— Pourtant vous vous en êtes vanté, répondit du tac au tac le président. Le dernier témoin nous le confirmera. Qu'on le fasse entrer.

Un homme courtaud s'approcha de la barre d'un pas hésitant. Sa grosse tête dodelinante déplaçait des yeux porcins qui fouillaient à droite et à gauche.

A la demande du président il jura. Et aussitôt un sourire niais étira ses lèvres pincées.

— Louis Foucher, métayer en Daumeray.

D'emblée Foucher se tourna vers Rouget, l'air contrit :

— Je t'ai toujours dit de te rendre.

— Que vous a-t-il dit de l'affaire Marchand ? questionna le président.

Le métayer se ramassa davantage au point de paraître un gnome.

— Il m'a dit : « Les gens qui t'en parleront t'auras qu'à leur dire que j'ai tiré sur Marchand et ils seront contents. »

— Ne le croyez pas, s'écria Rouget, c'est un menteur et un voleur.

— Le voleur c'est toi, tu m'as bien dit que t'avais pris le fusil du garde Diot ?

— Rouget, admettez-vous avoir volé le fusil du garde Diot ? demanda Grosbois.

Affichard regarda son client.

— Oui, répondit Rouget.

— Vous aviez donc l'intention de commettre un nouveau crime ?

— Non ! c'était pour me défendre. Je suis un honnête homme... Mes enfants savent lire !

Ses derniers mots avaient jailli en un cri déchirant. Une houle roula et gronda sur les bancs du public.

Le jour baissait, noyant d'ombre les encoignures. Le président annonça que tous les témoins avaient déposé, après quoi il fit part d'une suspension d'audience d'un quart d'heure et la Cour se retira.

Le froid gagnait. Stoïque, nul dans la foule n'aurait cédé sa place, n'aurait quitté le Palais. Le public s'épanchait en une coulée régulière de paroles ferventes. Pas d'éclats de voix, sinon des cris et des chants qui venaient de dehors chaque fois que la porte était ouverte.

Peu à peu dans la salle certains battirent des pieds pour se les réchauffer, et le martèlement devint rythmé rapidement.

Une seule conscience animait les centaines de personnes, et bien vite les bourgeois qui occupaient les premiers rangs comprirent. Les pieds anonymes émettaient d'impératifs « Grâce pour Rouget ».

Les gendarmes qui cernaient le prétoire se resserrèrent. Les deux hommes, qui, chacun d'un côté, allumaient les chandeliers, se hâtèrent. Les longues perches de bambou à l'extrémité desquelles était fixé le cierge allumeur tremblaient.

La Cour fut annoncée solennellement.

Toutes les têtes se tournèrent vers Métivier, remuant ses manches, frétillant à l'heure de la curée. Mais, surprise, il commença sur un ton empreint de sagesse, comme inspiré de justice divine :

— Nous n'avons pas malheureusement, en France, un sentiment assez profond du respect de la loi qui nous protège. Nous sommes trop enclins à l'éluder, à aider ceux qui l'éludent, et à considérer comme ennemis ceux qui sont chargés de l'appliquer. Aussi, quand un homme indigne de tout intérêt par ses antécédents comme par ses crimes échappe à l'action de la justice, on voit l'opinion populaire lui servir en quelque sorte d'égide.

Brusquement Métivier pointa un doigt vers Rouget :

— Cet homme a commis des assassinats de la manière la plus lâche et la plus méprisable. Il a frappé jusqu'à cinq fois sa victime désarmée. C'est sur lui qu'on s'apitoie, et non sur sa victime. Celui-ci, a-t-on dit, « n'est qu'un gendarme ». Hélas ! Encore hélas !

Métivier saliva, s'inclina en avant :

— Le voilà donc ce misérable bandit que des esprits trop crédules plaçaient en quelque sorte sur un piédestal et dont ils se plaisaient à faire une victime. Qu'ils sachent donc enfin qui est cet homme !

Métivier secoua ses manches, dégagea ses poignets.

— Le plus souvent le meurtrier cède à un mouvement irréfléchi. Il frappe mais se repent ; il se hâte de fuir et va porter au loin son remords. Il était réservé à cette grave affaire de nous montrer un assassin qui frappe sans colère, ou plutôt sans motif...

— Ses enfants avaient faim, cria une voix parmi le public.

On entendit une brève bousculade, des jurons, une porte qui claque, puis un murmure qui dégénère en chuintements... Métivier faisait semblant de classer des feuillets...

— Pour comprendre l'esprit de ce criminel il suffit de rappeler l'acharnement qu'il mit à assassiner le gendarme Javelle : il y a une distance d'un kilomètre entre l'endroit où fut tiré le premier coup de feu et l'endroit où fut tiré le cinquième. Il est regrettable que des actes d'improbité, des égarements, des complicités, des illusions aient précédé ou suivi ce crime. Il se rencontre des gens pusillanimes et tremblants qui ne font pas de mal mais le laissent faire. Que leur repos soit troublé, ou leur propriété menacée, ils accourent vers la gendarmerie. Il y a enfin des personnes dont les intentions valent mieux que les actes et qui, s'inspirant de banalités peu sensées sur la charité, la philanthropie et la réhabilitation, s'éprennent de passion pour les plus scélérats sous prétexte qu'ils sont les plus malheureux. Comme si la religion n'inspirait pas le respect de la loi. Comme si la philanthropie consistait à sacrifier les bons aux méchants. Comme si la réhabilitation devait précéder l'expiation.

Métivier s'interrompit, espérant visiblement que ses paroles de bon sens s'incrustassent dans les esprits. Au moment où il pressentit une convergence globale sur ce qu'il venait de dire, il relança avec force :

— Je proteste au nom de la morale contre ces complicités, ces défaillances et ces niaiseries. Les esprits faibles donnaient à Rouget les proportions grandioses que l'imagination populaire accorde aux grands criminels. Qu'ils voient ce qu'il est, un malfaiteur vulgaire parvenu à l'assassinat par le vol, et au vol par la paresse !...

Le public parut décoller de la semi-obscurité comme un gros insecte qui bourdonne.

— ... Combien sont insensées les dénégations de l'accusé sur l'assassinat du gendarme Marchand. L'odieux et la lâcheté de ce nouveau guet-apens permettent de mieux cerner le caractère de Rouget. C'est dire que la vie misérable du hors-la-loi ne doit pas infléchir votre conscience, messieurs les jurés. Aucune circonstance atténuante ne peut être retenue. Et surtout qu'on n'argue pas de la survie des deux victimes, les tentatives d'homicides sont indéniables...

Rouget, mâchoires serrées, regard fulgurant, bandé comme un arc qui va se détendre, semblait vouloir endiguer le flot verbeux de son accusateur.

— ... Supposez que le lendemain de la tentative d'assassinat commise sur le gendarme Javelle on eût conduit devant vous, messieurs les jurés, la victime ensanglantée et l'assassin, quelle voix se serait alors élevée pour soustraire au châtiment suprême celui qui, à cinq reprises, avait déchargé son arme sur le pauvre blessé. Celui qui eût été infailliblement condamné à la peine capitale en juillet 1854, pourquoi ne le serait-il pas aujourd'hui ?...

Une subite dépression glaça la salle. Métivier demandait la tête de Rouget. Marie poussa un petit cri et se blottit contre son beau-père. Le vieillard était de cire, seuls ses yeux humides brillaient.

— ... Ce n'est pas de vous, messieurs les jurés, que j'attends une inconséquence. Toujours esclaves, souvent victimes du devoir, les gendarmes s'étaient montrès envers Rouget, consciencieux, fermes, modérés. Cette justice ils l'attendent avec confiance. C'est le seul encouragement qu'ils demandent pour se dévouer encore au service des ingrats !

Les dernières paroles résonnèrent dans les hauteurs ténébreuses du prétoire après un large battement de manches du procureur.

Une émotion rebelle suintait de la foule nivelée dans la pénombre. Les bougies fumaient et tissaient au-dessus des chandeliers des limbes d'innocents. Rouget cachait sa tête dans ses mains. Maître Affichard se leva, sans hâte. Il tassa un paquet de feuillets dans sa largeur, puis dans sa longueur.

— Messieurs les jurés, en abordant la défense de Rouget je ne dissimule ni sa gravité, ni ses périls ; et le bruit qui s'est fait autour de cette cause n'en a certes pas amoindri les dangers. Les esprits les moins imaginatifs sont encore à se demander comment un homme, par les seules forces de son intelligence, par la seule énergie de sa volonté, a pu, pendant deux années et plus, tenir en échec la société armée et résister à des bataillons ! Quand on pense que le célèbre et populaire Mandrin n'a bravé le pouvoir qu'une année au plus et commis les pires exactions, on comprend que le cas Rouget fut un phénomène social, et, dès lors, le héros d'un pareil événement, fût-il un paysan sans lettres et un braconnier obscur, a dû bien rapidement obtenir les honneurs de la légende. Les imaginations assombries ont transformé Rouget en un bandit, dépassant de cent coudées les Fra-Diavolo, les Robin des Bois, tandis que les imaginations tendres faisaient de Rouget une victime, un héros de roman, digne de tous les attendrissements et de toutes les sympathies. Les uns et les autres ont péché ; ils ont péché par exagération. Rouget n'est pas plus un bandit qu'une victime ; disons-le, c'est un coupable, mais surtout un malheureux !

Maître Affichard se tut subitement. Son regard concentré détaillait les jurés un à un, mais sans paraître les voir.

— Rouget est un braconnier par nécessité vivant dans un pays de braconnage, et déjà il avait été condamné pour ce délit. Que les cinq coups de feu, messieurs les jurés, soient chose très grave, qui donc le nie ? Mais en même temps, qui ne voit que leur gravité est subordonnée à la liberté du gendarme de fermer les yeux sur un lapin mort. De ce point tout dépend. De même je réfute la responsabilité de Rouget sur le cinquième coup de feu. Rouget avait un fusil à deux coups, et à deux reprises il déchargea son arme coup sur coup. S'il avait tiré un cinquième coup de feu il en eût tiré un sixième. Il est donc probable qu'un autre homme tira le dernier coup de feu. C'est dire combien le gendarme Javelle s'était fait d'inimitiés...

— Javelle ne s'en prend qu'aux malheureux, cria une femme. Nos époux sont au bagne...

Autoritaire, Grosbois intervint :

— Maître Affichard, je vous prie de mieux choisir la forme de votre expression.

— Je suis seul entre cet homme et l'échafaud. Si je faillis à ma tâche un flot de sang retombera sur moi !

Le public explosa et crépita en une rafale de « Bravo », « Vive la liberté », « Grâce pour Rouget », « Vive Affichard ». Puis un brouhaha suivit. Aux premiers rangs, des bourgeois bien mis se levèrent et sortirent, raides et l'air pincé.

Maître Affichard consulta sa montre :

— Il est l'heure du théâtre, railla-t-il. Se divertir d'une comédie * est plus harmonieux que d'entendre la voix du peuple.

Pendant quelques minutes le remue-ménage troubla l'audience et la suspendit de fait.

Affichard s'adressa à Métivier.

— L'accusation pourrait-elle dire ce qui s'est passé dans l'esprit de Rouget, quel désordre s'est produit dans ses facultés, sait-elle la mesure dans laquelle son libre arbitre a été entravé ? Je ne le sais pas plus qu'elle, seulement pour découvrir la vérité j'étudie les paroles mêmes de l'accusé, et je suis pas à pas les ravages de la passion au fond de l'âme. C'est la douleur qui commence, c'est le désespoir qui finit. Rouget, d'abord, supplie, il pleure, il gémit sur le sort de sa femme et de ses enfants. C'est à cet instant que les gendarmes abusèrent des applications de la loi. Pour un lapin !

Affichard se tourna vers les jurés :

— Pour un lapin dont personne ne peut justifier à

* *(Note de l'auteur)* Au théâtre municipal d'Angers on jouait « Le village », une comédie de M. Octave Feuillet, de l'Académie française.

qui il appartenait. Dira-t-on : cet homme devait commander à sa colère ? Rien n'est plus vrai, philosophiquement parlant, mais pratiquement rien n'est moins facile. Après avoir frappé il a fui vers sa demeure et s'est assis au coin du foyer, jusqu'à ce que les pas de la force armée, lui révélant toute la vérité, le malheureux s'élançât au milieu des bois.

L'avocat se tut un instant, sa figure devint attristée.

— Nous touchons, messieurs les jurés, à la période la plus émouvante de la vie de Rouget. Il erre, que va-t-il devenir ? Rouget connaît les bois, nul secret buisson n'est ignoré de lui, je le consens. Mais cela ne donne ni le pain pour vivre, ni l'eau pour se désaltérer, et les privations qu'il lui faut endurer sont inénarrables. Il accepte tout, il supporte tout par amour de la liberté. Il vit de l'aumône quand le cœur des hommes est accessible à la charité, et quand la nourriture propre à la vie de l'homme lui manque, il va jusqu'à manger de l'herbe !

Affichard se tourna vers Rouget. Le braconnier le fixa avec l'admiration d'un gosse pour l'intelligence de son père. Ils échangèrent un sourire, puis l'avocat se reconcentra.

— A ces maux venaient se joindre les tortures de l'âme. Pour Rouget tout était péril, tout était écueil, il vivait ainsi, marchant sans cesse, furtif et tremblant.

Maître Affichard délaissa les jurés et porta son regard sur la foule... Au troisième rang du public il remarqua l'inconnu qui l'avait présenté à Desportes alors qu'il préparait la défense des perreyeux.

... Le jeune avocat réalisa brutalement. Tout se tenait. Le machiavélisme de Métivier apparaissait suivant une chronologie indiscutable... Maître Affichard baissa la tête et fit semblant de chercher un document dans son dossier. Desportes qui correspondait toujours avec Victor Hugo l'avait informé que certaines lettres étaient probablement interceptées par la police impériale, dont notamment une, datée du début juin 1855 et dans laquelle l'écrivain appelait au soulèvement national. Tout était précis : vers la mi-juin cette lettre parvient à Métivier, le 19 le procureur déclare close l'instruction du dossier Rouget, le 28 il dresse l'acte d'accusation du populaire braconnier. Ensuite Métivier prend son temps avant de disposer son appât. Le 14 août il obtient la condamnation à mort par contumace, mais décide de la garder secrète afin de mieux ferrer socialistes et mariannistes. Le 16, la super-intuition de Rouget confirme la menace, le braconnier vole un fusil. Le 18, Secrétain part pour Paris... ou Londres. Sûr que son gibier mord à l'appât, Métivier rend publique la condamnation à mort de Rouget qui en prend connaissance le 23, par une affiche placardée à la Démennerie. Le 25, Secrétain revient de Paris avec l'ordre d'insurrection. Les 26 et 27, c'est l'émeute. Une instruction de cent trente-trois inculpés bâclée en quarante jours, dimanches compris, et le 12 octobre c'est le verdict. Le 27, on notifie à Victor Hugo son expulsion de Jersey.

Chronologiquement tout se tenait. Le procès de Rouget était un procès politique, d'autant plus que l'attentat contre Marchand sentait la machination policière à dix pas.

Maître Affichard redressa la tête, calme et serein. Un instant il dévisagea Métivier. Apparemment le procureur subodorait que le défenseur venait de comprendre ses manœuvres. Et, Affichard l'aurait juré, Métivier était désormais sur la défensive, ce qui interdisait au procureur toute allusion politique.

— Je disais donc, reprit Affichard, qu'un événement terrible décida Rouget à ne point se rendre. Savez-vous, messieurs les jurés, comment Rouget apprit sa condamnation à mort ?

Le jeune avocat eut un regard rapide vers la famille. L'enfant dormait, le vieillard était hébété, la femme reniflait...

Affichard bloqua son souffle un instant puis se fit pathétique :

— Le procès de Rouget est le procès de la misère et de l'ignorance. Souvenez-vous, cet après-midi l'accusé s'est écrié : « Mes enfants savent lire. » Le drame fut que pour la première fois depuis le fin fond des siècles un Rouget sût enfin lire, pour lire quoi ? Pour lire à son père sa condamnation à mort !... A partir de cette période dramatique, la vie de Rouget, en lutte ouverte contre la société, et qui n'était ni sans grandeur ni sans prestige, devait finir. Mais il était écrit que la trahison seule aurait raison du braconnier.

Affichard lorgna vers Métivier et exagéra une moue de dégoût.

— C'est en vain que je cherche autour de moi l'infâme auteur de ce guet-apens. Il n'est point ici, et la justice a pensé que le scandale de sa présence devait être épargné à ce procès. Pour moi, je le confesse bien haut, j'aurais souhaité pouvoir dire à cette créature que dans notre pays le délateur porte et portera toujours les stigmates de la honte. Fasse Dieu que ma parole aille par-delà ces murailles porter à cette femme immonde l'expression du mépris public dont elle a reçu déjà les premières atteintes. Je lui prédis, moi, des jours de larmes et de désespoir, je lui prédis la misère et le dénuement. Une heure viendra où, mendiante et repoussée, elle implorera vainement le pain du pauvre et le verre d'eau du malheureux. Ainsi vieillira-t-elle jusqu'à ce que le temps qui fait justice de toute chose l'appréhende et la précipite dans le gouffre des gémonies éternelles !

L'avocat fit face aux jurés :

— Messieurs ! Le temps, on l'a dit, est un grand

maître et aussi un grand réparateur. Eh bien, que les deux années d'expiation de Rouget sauvent sa tête. Que ses souffrances éveillent en vous la compassion et la miséricorde. Laissez-lui la vie ! Que son sang, je vous en conjure, ne retombe pas sur moi !

Affichard se rassit lentement.

Magistrats et jurés se levèrent. Les gendarmes mirent les menottes à Rouget et l'emmenèrent.

74

— La Cour !

Affichard consulta sa montre. La délibération avait duré près d'une heure. Trop court ou trop long pour qu'il en tirât conclusion.

— Qu'on introduise l'accusé !

Rouget apparut, voûté, l'air fatigué. Sitôt que le braconnier fut libéré des menottes, le premier juré se leva. La main droite placée sur le cœur il récita :

— Charles Brouillet, médecin à Beaupréau, sur mon honneur et ma conscience, devant Dieu et devant les hommes, la déclaration du jury est la suivante. « Première question : Louis Rouget, accusé, est-il coupable... ... ... oui à la majorité. Circonstances aggravantes, préméditation, guet-apens ? Réponse : oui à la majorité... »

Affichard se crispa sur son banc.

— « ... Existe-t-il des circonstances atténuantes en faveur de l'accusé ? Réponse : oui à la majorité ».

Le premier juré se rassit. Doctement le président Grosbois entreprit la lecture du texte de la loi pénale :

— Article 295 : l'homicide commis volontairement est qualifié meurtre. Article 296 : tout meurtre commis avec préméditation ou guet-apens est qualifié assassinat...

Le président énonça encore quelques articles du Code pénal. Mais il n'était plus écouté. Tous les regards étaient pour Rouget hypertendu et qui encore semblait vouloir maîtriser les paroles du président.

— ... En conséquence, la Cour condamne Louis Rouget à la peine des travaux forcés à perpétuité, et au remboursement envers l'État des frais liquidés à la somme de six cent quarante-six francs quarante centimes. Le condamné dispose de trois jours pour se pourvoir en cassation...

... C'ÉTAIT CAYENNE !

Cayenne ! Le bagne, des araignées monstrueuses et des serpents immondes !

Sur le coup le public demeura stupéfait, gorgé de dantesques images. Et puis soudainement il réalisa : Rouget avait sauvé sa tête... Dans un brutal accès de joie il explosa. Le prétoire devint un capharnaüm où des fulgurations enthousiastes zébraient une rumeur sourde : « Vive Rouget, Vive Affichard, Vive la liberté. »

L'avocat fit signe à la famille d'approcher.

— Je reviendrai, je reviendrai, bégaya Rouget.

Mais il sentait que sa petite nichée n'était que faible graine rejetée par le vent du présent. C'était l'arrachement à jamais, contre nature, par la volonté d'hommes avides.

La voix du président s'éleva :

— La séance est levée. Gardes, emmenez le condamné !

Les gendarmes passèrent vivement les menottes à Rouget, et sans pitié, saisirent Marie, la séparèrent de son époux, puis la repoussèrent.

— Papa ! Je veux aller avec toi.

Au cri de son enfant Rouget tourna la tête au

moment où il quittait le prétoire. Le petit Totor le regardait partir les yeux grands de peur.

— Papa ! Papa !

... Une bourrade catapulta Rouget dans un couloir sombre, froid et désert.

ÉPILOGUE

A partir de cette soirée Maître Affichard symbolisa la défense des faibles outragés par les forts. Maintes fois dans les années qui suivirent il plaida bénévolement pour les démunis. Il devint l'une des gloires du barreau angevin et fut l'auteur d'ouvrages de droit et de sociologie. Après sa mort, en 1898, Ernest Jac publia un « Éloge de Maître Affichard ».

Le bon peuple n'avait retenu qu'une chose : Rouget le braconnier avait sauvé sa tête. Pourtant la peine était lourde pour Rouget qui redoutait autant Cayenne que l'échafaud. Le 10 mars 1857 il quitta la prison d'Angers pour le bagne de Brest où il resta sept mois, jusqu'au 29 octobre, jour de son embarquement sur « l'Adour », une manille d'une livre rivée à la cheville, dans une sorte de cage à fauve, à fond de cale. Le 9 décembre Rouget fut débarqué en Guyane puis dirigé vers le camp central de Saint-Laurent-du-Maroni, à trente kilomètres à l'intérieur. Rouget devint le numéro 6296 et dut revêtir le pantalon jaune, la casaque rouge et le bonnet vert des condamnés à perpétuité, après avoir eu le crâne rasé. Il fut affecté à l'exploitation forestière et taxé à un mètre cube de bois par jour. Avec une inconscience à peine croyable, Rouget s'évada et s'enfonça dans la forêt équatoriale, droit devant lui, à l'est, vers la Démennerie et les êtres chers, vers ses bois et ses forêts paisibles. Il erra une dizaine de jours et autant de nuits dans la chaleur moite et oppressante de la jungle, probablement les instincts détraqués au vu des animaux effrayants et au constat des mille dangers de l'enfer vert. Il échoua dans un village indigène, affamé, le corps couvert d'ulcères. Ses sauveurs le restaurèrent, le soignèrent, puis une fois rétabli le livrèrent aux gendarmes moyennant la prime prévue dans ces cas. Pour son évasion Rouget fut condamné à l'internement dans l'île du Salut. La vie en cellule lui fut fatale. Malade, il s'éteignit le 19 avril 1858, la veille de son quarante et unième anniversaire. Le lendemain son corps fut jeté en pâture aux requins. Le décès du braconnier ne fut connu à Daumeray que six mois plus tard, et sa fin mystérieuse dans des contrées lointaines ajouta une auréole à son personnage déjà légendaire.

Le 15 août 1859, à l'occasion des « Fêtes de la Saint-Napoléon et de la Vierge Marie » (sic) l'empereur gracia les condamnés politiques. Victor Hugo, du haut de son rocher de Guernesey, entouré de femme, enfants, et de toute sa famille, avec à quelques encâblures Juliette Drouet, nargua Napoléon-le-Petit et refusa la grâce impériale. Attibert, alors à Londres, membre du Comité révolutionnaire, séparé depuis quatre ans de sa femme et de ses trois fillettes sans ressources à Trélazé, l'accepta. Dès septembre, il était de retour à la Maraîchère. Les perreyeux le tinrent en quarantaine, probablement par l'effet pernicieux des agents secrets. Mais quelques mois plus tard Attibert avait retrouvé son influence et dès avril 1860 il connaissait à nouveau un emprisonnement de quelques semaines. En pleine époque de colonisation de l'Algérie, on fit en sorte qu'il ne trouvât aucun travail, puis une bourse anonyme, prise sur les fonds secrets impériaux, l'encouragea à partir vers « la terre de la grande espérance ». Attibert se rendit jusqu'à la frontière espagnole, puis revint à Trélazé où il continua son travail révolutionnaire.

Un dimanche d'août 1866 une voiture le renversa, route de Juigné, et il décéda quelques jours plus tard.

Le soir même de l'arrestation du braconnier, toute la ville de Sablé savait que la Milcent avait trahi Rouget. L'aubergiste Petit avait trouvé anormal que la femme Milcent vînt au Mans en charrette, accompagnée d'un homme. Dès midi, sitôt connu le sort de Rouget il rapprocha les faits et s'en entretint avec les conducteurs de la diligence de Sablé. Et le lendemain la Milcent et son mari furent insultés.

Cette nuit-là les époux Milcent durent se réfugier à l'étage, le rez-de-chaussée de leur maison fut mis à sac et des pierres furent lancées contre la croisée de leur chambre. Elle se plaignit au commissaire Simon qui se heurta au mutisme de la population.

Elle essaya d'obtenir le bureau de tabac d'un sieur Legros, habitant la même rue, en l'accusant de lui avoir lancé une pierre. Là encore le commissaire Simon ne trouva aucun témoin. Le 15 février, trois jours après la condamnation de Rouget, elle fit le voyage du Mans pour recevoir du commandant Hugo les sept cents francs qui lui restaient dus. Le 28 février le commissaire adressa un rapport au préfet, expliquant que « la femme Milcent, démunie de ressources, ne peut plus habiter Sablé où elle est très mal vue par la classe ouvrière qui protégeait Rouget... ». Les Milcent quittèrent Sablé dans les premiers jours de mars et disparurent à jamais... pour leurs contemporains *.

* *(Note de l'auteur)* Cent dix ans plus tard, un jeune chercheur des archives départementales de Maine-et-Loire, Dominique Lambert, retrouvait la trace de la Milcent qui était morte à Angers le 14 juin 1882, ne laissant aucune succession.

En 1862 Victor Hugo publia « Les Misérables ». Un homme simple y dérobe un pain, il est condamné au bagne, s'évade, il veut le bien autour de lui, mais un policier inflexible le poursuit. Le héros participe à un soulèvement populaire. Le policier traque l'insurgé débandé...

Les rapports de police en témoignent, Victor Hugo correspondit longtemps avec Desportes, le jardinier des Ponts-de-Cé, brigade du gendarme Jean Javelle, lequel avait une réputation « de carne qui s'en prend toujours au pauvre monde » bien avant l'affaire Rouget. Victor Hugo, très au courant de la situation en Anjou, trouva probablement sous la plume de Desportes le nom du policier intransigeant, et Javelle devint Javert *. C'est supposer combien les événements angevins influencèrent Victor Hugo pendant la rédaction des « Misérables », l'imagination débordante du génie assurant l'enrobage de la fresque.

En 1863, Foucher, le fermier qui avait monnayé au vieux Basile la prise de Rouget contre le prix d'une vache, fut retrouvé noyé dans la mare de sa ferme. La rumeur propagea que Gilbert le bossu et les frères Poirier lui avaient réglé son compte... Il n'y eut pas de suites judiciaires.

Au fil des années bûcherons ou paysans découvrirent des cachettes de Rouget, notamment en forêt de Malpaire la souche creuse astucieusement aménagée. La renommée du braconnier, déjà affirmée, s'accrut encore quand de mars à octobre 1882 le quotidien royaliste « Le Petit Angevin » publia un feuilleton intitulé « Rouget le braconnier d'Anjou ». La signature de Pierre Pigniers était en réalité celle de Ferdinand-Jacques Hervé-Bazin, lequel allait transformer l'épo-

* Noter également cette bizarrerie : Jean Valjean est quasiment l'anagramme de Jean Javelle.

pée du braconnier de façon à faire pleurer Margot dans les chaumières.

En 1888, à Daumeray, Marie Rouget décéda d'une dysenterie. Elle avait survécu trente ans à son époux et lui était restée fidèle dans le veuvage, gagnant péniblement sa vie en faisant des buées (des lessives).

Louis Rouget, le fils aîné du braconnier, mourut en 1908 à Daumeray où il était devenu cantonnier. Il s'était marié mais ne laissait aucune descendance. La population vouait un grand respect à celui qui, sous les éclairs de l'orage, avait lu à son père sa condamnation à mort.

En 1913 un drame en cinq actes et dix tableaux, à la gloire de Rouget le braconnier, fut composé par un nommé René Lucas, et dès l'hiver joué dans les patronages de la région. Aussitôt Victor Rouget, sans descendance lui aussi, et qui vivait de la charité publique, entreprit de collecter ses « droits d'auteur ». Sur les chemins gelés ou enneigés le vieillard battit la campagne. Lorsque dans un village il remarquait une affiche montrant son père tirant sur les gendarmes, il allait à la mairie et réclamait vingt francs... On les lui donnait.

Victor Rouget s'éteignit le 5 novembre 1921 à l'hospice de Saint-Denis-d'Anjou, département de la Mayenne. Avec lui disparaissait le dernier personnage du drame d'un homme simple et pauvre, qui, un jour, en tuant un lapin pour nourrir sa famille, allait ajouter, sans jamais le savoir, un épisode à l'impitoyable lutte qui déchire l'humanité depuis ses plus lointaines civilisations.

Saint-Herblain
27 janvier 1980-14 juillet 1983

POSTFACE

Rebelle de la lignée des hors-la-loi légendaires, Rouget le braconnier a ceci de particulier qu'il ne tua personne au cours de son épopée pourtant devenue affaire d'État. Était-ce pour cette raison que, pendant plus d'un siècle, le drame de cet homme pris dans l'engrenage d'une impitoyable lutte qui le dépassait aurait été émasculé de ses aspects sociaux et de leurs répercussions politiques ? Cette question et d'autres analogues m'incitèrent à écrire l'histoire que vous venez de lire, laquelle, restituée dans sa dimension épique, devient alors significative du destin de Rouget.

Curieux de savoir pourquoi on n'évoquait jamais dans les livres ce qui se racontait parfois au sujet du héros dont les exploits avaient émerveillé mon enfance angevine, j'entrepris des recherches. Et ainsi, de dossier en dossier, de service d'archives en service d'archives, la vérité m'apparut.

Ceux qui précédemment avaient écrit sur Rouget le braconnier professaient des opinions conservatrices. De ce fait, d'ouvrage en ouvrage, la réalité historique avait été dénaturée, le dernier de ces auteurs, dont la préfacière écrivait qu'il « était enclin à prendre parti », ayant, lui, en plus, modifié le patronyme du braconnier en « Rougé » afin de composer un personnage dont il serait l'historien de référence, cela à partir de citations que cautionnerait sa fonction, mais sans publier, et pour cause, de documents relatifs au justiciable Rouget.

C'est un roman que j'ai écrit, sans pour autant trahir l'histoire, mais en pratiquant le mentir-vrai admis en littérature. La complexité de l'affaire Rouget, la multitude des personnes impliquées m'ont conduit à créer quelques personnages fictifs par synthèse de plusieurs acteurs. Par exemple, après qu'à Angers entrent en scène préfet et procureur sous leur vrai nom, lorsque l'action se déplace au Mans où agissent le préfet de la Sarthe et le procureur Chamaillard, ai-je regroupé l'action de ces deux hommes en un « préfet Chamaillard ». De même ai-je réduit le nombre des prouesses de Rouget, sans quoi lesquelles, répétitives, eussent lassé le lecteur. Ou en ce qui concerne la Milcent dont le vrai prénom, Angélique, ne typait pas le personnage, ai-je usé du diminutif Angèle. Ou encore ai-je confondu les perreyeux Dorgigné et Gérigné en un unique « Dorgigné ».

En amplifiant pour mieux montrer on esquisse une époque à la façon du sculpteur qui surdimensionne son personnage, sans quoi la célébrité aurait l'air d'un nabot sur son piédestal. Mais pour mieux montrer, il faut aussi élaguer, de manière à obtenir un récit de lecture facile et assimilable par un vaste public. Telles furent mes lignes directrices en m'attelant à ce travail, mon souci restant avant tout de broder sur un canevas historique irréfutable, et de conserver le maximum de détails vivants, comme tels dialogues puisés dans les documents de justice ou de police.

L'apport essentiel de cet ouvrage à l'histoire est de révéler le poids de la personnalité de Victor Hugo lorsque l'affaire Rouget rejoignait l'actualité sociale et politique. Quand la raison d'État commande, le pouvoir s'exerce de façon occulte, et, aucun document ne justifiant les décisions officielles, la porte sur le futur reste ouverte à toutes les interprétations. Ainsi des « historiens », universitaires de surcroît, ont-ils nié récemment l'existence des chambres à gaz nazies, arguant qu'aucun écrit n'en atteste. Il en fut de même, toutes proportions gardées, pour le contexte de l'affaire Rouget, rares étant les documents dans lesquels Victor Hugo est nommé.

A vrai dire, sur l'affaire Rouget elle-même, on ne trouve, quant au proscrit de Guernesey, que deux allusions formulées après l'arrestation du braconnier, et ce, par des autorités sarthoises. Car, bizarrement, dans le dossier Rouget des archives départementales de Maine-et-Loire, je n'ai trouvé aucune trace de V. Hugo, alors que juridiquement, et surtout politiquement, le nœud de cette affaire se situait en Anjou, avec, en corollaire, l'insurrection des perreyeux. Par contre, les dossiers des insurgés de Trélazé renferment des pièces que j'ai exhumées. Sur celles-ci Victor Hugo est nommément accusé d'avoir fomenté ce soulèvement. Or, au début des années 1930, un Angevin, François Simon, instituteur laïc auteur de La Marianne au pays d'Anjou, *ne trouva point ces documents et ne put que supposer l'influence des exilés sur l'insurrection. Ces pièces seraient donc réapparues depuis, comme est réapparu le « Dossier du braconnier-assassin Rouget », dossier 26 M 83 dont la cote ne figurait pas dans une nomenclature publiée en 1974, laquelle, trop prudemment selon moi, ne se voulait pas exhaustive. Dossier 26 M 83 dont je ne découvris l'existence qu'en 1980, après de longues et fastidieuses recherches dans le fichier des dossiers, et qui, depuis, aurait été codifié 4 M 4.*

La première référence publique à V. Hugo dans l'affaire Rouget est, à ma connaissance, celle, anodine mais pas innocente, faite par Saint-Martin dans la préface de son roman, préface dans laquelle l'auteur peint ainsi Rouget : « Malgré soi on pensait au héros du premier roman de Victor Hugo, on pensait au fameux Han d'Islande, si petit mais si fort. » *Et plus loin Saint-Martin précise :*

« A l'heure actuelle les passions sont éteintes et nous pouvons raconter avec impartialité les dramatiques événements qui... »

Éteintes les passions ? Plutôt atténuées, Saint-Martin, pseudonyme de l'actif militant royaliste Ferdinand-Jacques Hervé-Bazin, ayant écrit son Rouget le braconnier *en 1882 alors que Hugo, au faîte de sa gloire, était encore un adversaire politique, ce qui explique qu'on ne trouve aucune allusion à Hugo ou aux perreyeux dans le roman lui-même. Quant à l'impartialité... Ce mot, sous la plume d'un éminent représentant de la haute bourgeoisie angevine, est déjà l'aveu implicite, par un contemporain de Rouget, que l'affaire du braconnier débordait sur le terrain politique.*

Par la suite, plusieurs auteurs susurrèrent que « la politique s'en était mêlée », *sans qu'aucun d'eux n'approfondît la question. Pourtant, aux archives départementales de la Sarthe, le dossier 77 M 26 bis contient la missive qu'adressa le préfet de ce département au ministre de l'Intérieur dans les heures qui suivirent l'arrestation du braconnier. Le plus récent « historien » ayant disséqué dans ce texte ce qui allait dans le sens de ses idées, tout en qualifiant d'absurdité ce qui attestait de la politisation de l'affaire Rouget, afin que ne subsiste aucune ambiguïté voici, jusqu'alors inédit dans son entier, le texte intégral, avec ses parties soulignées, de ce message annoté « confidentiel » par le préfet :*

21 janvier 1857

M. le Ministre (Intérieur)

Ainsi que l'annonce ma dépêche télégraphique de ce matin, le *nommé Rouget*, condamné à mort par contumace, a été arrêté aujourd'hui au Mans. Cet homme dangereux qui *depuis trois ans* avait su se dérober aux recherches de la justice et contre lequel tout récemment des mesures exceptionnelles avaient été réclamées, cet homme est venu se livrer en quelque sorte de lui-même ; il est tombé dans le piège qui lui était tendu et qui consistait à lui faire supposer qu'une personne dévouée lui procurerait un passeport pour se rendre à l'étranger.

Quoique très méfiant, Rouget a eu foi dans les démarches *d'une personne dont j'avais acheté les services* et ne sachant ni lire ni écrire, il m'a été facile de me concerter avec M. le Commandant de gendarmerie pour que ce dernier pût préparer à coup sûr son arrestation. En conséquence Rouget, amené cette nuit au Mans, a été conduit par un homme déguisé *jusqu'au palais de justice ;* là, le commandant de gendarmerie l'a appréhendé au corps et l'a immédiatement livré aux magistrats du parquet. Le malheureux a paru atterré *(sic)* du coup qui le frappait : il a presque refusé de répondre à M. le Procureur impérial et a vainement essayé de faire croire à un personnage supposé.

Sur la demande de M. le Procureur général d'Angers transmise par le télégraphe, Rouget sera conduit demain matin au chef-lieu de la cour impériale où il doit purger sa contumace et répondre des autres méfaits par lui commis depuis qu'il a été frappé par la justice.

Ainsi que je l'avais secrètement promis, j'ai donné à la personne qui a livré Rouget une somme de *dix-sept cents francs*, dont 1 000 francs au moment de l'arrestation, 500 francs quand l'identité aurait été constatée et 200 francs pour frais de toute nature, voiture, auberge, etc.

Je dois le plus grand éloge, M. le Ministre, à M. Hugo, commandant de gendarmerie, qui a fait preuve dans cette circonstance d'énergie, d'habileté et de discrétion.

En terminant il est nécessaire de bien établir que les *moyens secrets étaient les seuls qui pussent amener l'arrestation du nommé Rouget.* Le pays tout entier était son complice, soit par terreur, soit par sympathie. Jamais on ne fût venu à bout de le prendre vivant et à découvert. Les troupes, les gendarmes n'arrivaient à aucun résultat. L'autorité se trouvait en quelque sorte mystifiée à chaque instant, si bien qu'il y a peu de jours Rouget dînait dans une ferme côte à côte avec les soldats et couchait dans un autre bordage dans une pièce contiguë à celle où reposait un gendarme. *L'argent seul pouvait amener sa capture.* Je me félicite d'avoir employé ce moyen qui livre à la Justice un homme dangereux sous tous les rapports.

Je suis, etc.

P.S — Rouget semble avoir reçu le patronage des socialistes, car il demandait un passeport pour *Guernesey.*

Je laisse à la sagacité de mes lecteurs l'analyse de ce rapport d'un préfet à son ministre, rapport confidentiel dans lequel chaque terme ou expression peut donc être pris à la lettre ou considéré dans son esprit le plus subtil.

Rouget « dangereux sous tous les rapports » ! *En langage diplomatique une telle expression se suffit déjà, quel que soit le régime politique qui l'émet. Quand en plus on apprend que les soldats chargés d'arrêter cet homme dont* « le pays tout entier était son complice » *dînaient avec lui chez l'habitant, il va de soi que l'affaire sort du droit commun et devient un problème politique mettant en cause le régime. Conclusion qui s'impose d'autant plus que Rouget* « demandait un passeport pour Guernesey », *là où réside le principal opposant à l'empereur.*

Dans cette lettre, le préfet nuance la situation politique le plus longtemps possible, sans doute pour être conforme à l'esprit du pouvoir qui a dû donner des ordres secrets afin qu'en aucun cas référence ne soit faite à V. Hugo, par crainte d'offrir une tribune à l'opposition. A une époque où les médias sont rares et la population en grande partie analphabète, le pouvoir limite ainsi au mieux la popularité de Rouget, et la cantonne en une affaire de droit commun. Ce n'est qu'en post-scriptum *que le préfet, conforté par sa réussite, se permet une appréciation franchement politique mais toute de prudence :* « Rouget semble avoir reçu le patronage des socialistes. » *Or, sinon le but de son voyage, le braconnier n'avouera rien de ses relations ni de ses profondes motivations :* « Il a presque refusé de répondre », *ce qui ajoute à sa grandeur.*

Le dessein du pouvoir impérial se précise dès la mutation du zélé gendarme Javelle, sur qui Rouget a tiré, à la brigade des Ponts-de-Cé, commune où réside René Salmon, mouchard le mieux introduit dans les milieux d'opposition et qui signe d'un K ses billets de renseignements, mais là où réside aussi le jardinier Desportes qui reçoit les lettres de V. Hugo, ce dont la police est informée suite à des interceptions de courrier. Ainsi Métivier fait-il du pion Javelle la charnière renseignement-répression à partir de laquelle il articulera sa provocation au sein des groupes républicains exaltés par la rébellion du braconnier. Et comment ne pas voir le machiavélisme de ce procureur qui, après avoir gardé sous le coude le dossier Rouget, ne rend publique la condamnation à mort du braconnier que lorsque le couvercle de la marmite républicaine est prêt de sauter, soit trois jours avant l'insurrection des perreyeux que deux mois plus tard il traitera de pillards dans son réquisitoire. D'évidence Rouget n'a pas participé à cette insurrection, par contre, seize mois plus tard dans son réquisitoire contre le braconnier, Métivier a bien dit : « Ces pillards soutenaient Rouget, ils sont ses amis et ses complices », *bouclant ainsi, politiquement, un seul et même dossier.*

Cela est l'hypothèse que j'ai choisie et dont je révèle le schéma pages 388-389 afin que des historiens futurs affinent les recherches. Mais il en est une seconde tout aussi plausible, car d'une part elle explique pourquoi la condamnation à mort par contumace de Rouget, datée du 14 août 1855, ne fut rendue publique que le 22 août, et d'autre part elle répond à la question que je ne fus pas le premier à me poser : « Pourquoi Rouget qui court les bois, sans arme à feu, depuis treize mois, et que la maréchaussée laisse tranquille depuis près de six mois, accapare-t-il soudain un fusil sans raison donnée ? » Je rappelle que nous sommes en pays chouan, que Rouget est de lignée républicaine (son grand-père, Michel, fut tué en 1794 dans les rangs d'une milice qui combattait une bande chouanne), voici alors quel pourrait être le schéma de cette seconde hypothèse :

— le 16 août, Rouget vole un fusil après avoir appris par le perreyeur Gérigné, qui habite route de Châteauneuf, qu'une insurrection armée est imminente ;

— le 18 août, Métivier apprend, par ses mouchards, que Secrétain est parti pour Paris afin de préparer cette insurrection ;

— le 20 août, le juge Dorion rapporte à Métivier que Rouget a volé un fusil ;

— le 22 août, Métivier obtient la condamnation à mort du braconnier et la rend publique... après l'avoir ANTIDATÉE au 14 août, soit avant le vol du fusil. Ce faisant il prive Rouget de ses droits civils et... politiques pour le cas où..., mais en même temps, sur le plan du droit commun, il justifie le vol du fusil par un braconnier traqué, ce qui débranche affaire Rouget et affaire des perreyeux d'un même tronc républicain ;

— le 26 août, insurrection des perreyeux.

Malgré les efforts du pouvoir impérial et ceux des « historiens » conservateurs, il reste de nos jours cinq points communs entre affaire Rouget et affaire des perreyeux : un même gendarme répressif, Javelle ; un même procureur, Métivier ; un même avocat, Affichard ; un même pôle, Victor Hugo ou Guernesey selon le dossier qu'on étudie ; et un même dénominateur, le peuple opprimé.

Seul un roman pouvait replacer le drame de Rouget dans le contexte de son époque : j'ai accompli ce travail au mieux de mes possibilités. S'il me fut agréable de parcourir le pays de Rouget et de m'entretenir avec ses habitants, le plus pénible fut la recherche des documents. J'écris ces lignes trois ans et demi après la première édition de ce livre. A part le lieu de naissance d'Attibert : Trélazé, les corrections de fautes de typo et deux ou trois tournures de phrases, je n'ai rien changé au texte initial. Mais puisque l'occasion m'est donnée d'ajouter ce que je n'ai pu « caser » dans le roman, qu'on me permette une digression sur les prouesses athlétiques de Rouget.

Le braconnier soutient la comparaison avec des athlètes de haut niveau. Son rapport foulée-taille (1,23) était, par exemple, identique à celui de Jesse Owens, triple champion olympique en 1936 sur piste nivelée, en tenue d'athlète et avec chaussures à pointes, alors que lui opérait sur terrain inégal, en pantalon et avec sabots ou souliers, qu'il ne mangeait pas toujours à sa faim, et surtout qu'il réalisait ses performances à l'âge de trente-huit ans.

Pour conclure, je voudrais dire à ceux qui s'efforceraient de confiner le rôle de Rouget dans un grand jeu du gendarme et du voleur, ce qui, l'enjeu de classe aidant, durera peut-être encore longtemps, je voudrais leur dire qu'ils devront comprendre que je ne serai jamais un « administrateur des biens des décédés », *expression dont Michelet affublait ironiquement les « historiens » qui promènent des touristes sur les lieux où vécut leur héros.*

Je pense avoir dévoilé les différentes facettes de ce

drame, et surtout avoir expliqué la genèse de mon œuvre afin que celle-ci se défende seule dorénavant. Mais d'ores et déjà, je le sais pour avoir lu des plumes compétentes, on comprend mieux pourquoi Rouget le braconnier, symbole de la liberté au sein d'une population opprimée, est entré dans la mémoire d'un peuple. En ce sens je suis heureux d'avoir atteint mon objectif.

La Vecquerie — Noël 1987

DU MÊME AUTEUR

Récits

LES PROLOS, *éd. Messidor*

COURS DES 50 OTAGES, *éd. Ville de Sarrebrück*

Romans

LES FEUX DU SACRIFICE, *éd. Denoël*

MON VILLAGE À L'ÈRE NUCLÉAIRE, *éd. Messidor*

LES ANNÉES NOIRES, *éd. Messidor*

Tome 1 LE MOULIN À FOULON

Tome 2 COMMANDOS SUR L'ESTUAIRE

Tome 3 OHÉ ! DU MAQUIS

Théâtre

50 OTAGES (drame créé le 9 novembre 1991, théâtre de Fercé)

Essais

L'EXPRIMASS

Impression Bussière à Saint-Amand (Cher),
le 23 septembre 1992.
Dépôt légal : septembre 1992.
Numéro d'imprimeur : 1598.
ISBN 2-07-038551-5./Imprimé en France.

Impression Bussière à Saint-Amand (Cher),
le 24 septembre 1992.
Dépôt légal : septembre 1992.
Numéro d'imprimeur : 1598.
ISBN 2-07-038551-5./Imprimé en France.

56448